四世同堂

(Ⅱ)

老舍 著

民主与建设出版社
·北京·

目录

三十二	001
三十三	013
三十四	025
三十五	042
三十六	053
三十七	063
三十八	076
三十九	093
四十	104
四十一	113
四十二	126
四十三	134
四十四	151
四十五	166
四十六	180
四十七	201
四十八	214
四十九	229

五十	244
五十一	261
五十二	273
五十三	291
五十四	304
五十五	315
五十六	324
五十七	334

三十二

南京陷落！

天很冷。一些灰白的云遮住了阳光。水倾倒在地上，马上便冻成了冰。麻雀藏在房檐下。

瑞宣的头上可是出着热汗。上学去，走在半路，他得到这一部历史上找不到几次的消息。他转回家来。不顾得想什么，他只愿痛哭一场。昏昏糊糊的，他跑回来。到了屋中，他已满头大汗。没顾得擦汗，他一头扎到床上，耳中直轰轰的响。

韵梅觉出点不对来，由厨房跑过来问："怎么啦？没去上课呀？"

瑞宣的泪忽然落下来。

"怎么啦？"她莫名其妙，惊异而恳切的问。

他说不上话来。像为父母兄弟的死亡而啼哭那样，他毫不羞愧的哭着，渐渐的哭出声来。

韵梅不敢再问，又不好不问，急得直搓手。

用很大的力量，他停住了悲声。他不愿教祖父与母亲听见。还流着泪，他啐了一口唾沫，告诉她："你去吧！没事！南京丢了！"

"南京丢了？"韵梅虽然没有像他那么多的知识与爱国心，可是也晓得南京是国都。"那，咱们不是完啦吗？"他没再出声。她无可如何的走出去。

广播电台上的大气球又骄傲的升起来，使全北平的人不敢仰视。"庆祝南京陷落！"北平人已失去他们自己的城，现在又失去了他们的国都！

瑞丰同胖太太来看瑞宣。他们俩可是先到了冠宅去。冠先生与大赤包热烈的欢迎他们。

大赤包已就了职,这几天正计划着:第一,怎样联络地痞流氓们,因为妓女们是和他们有最密切关系的。冠晓荷建议去找金三爷。自从他被金三爷推翻在地上,叫了两声爸爸以后,他的心中就老打不定主意——是报仇呢?还是和金三爷成为不打不相识的朋友呢?对于报仇,他不甚起劲;这两个字,听起来就可怕!圣人懂得仁爱,英雄知道报仇;晓荷不崇拜英雄,不敢报仇;他顶不喜欢读《水浒传》——一群杀人放火的恶霸,没意思!他想应当和金三爷摆个酒,嘻嘻哈哈的吃喝一顿,忘了前嫌。他总以为金三爷的样子,行动,和本领,都有点像江湖奇侠——至少他也得是帮会里的老头子!这样,他甚至于想到拜金三爷为师。师在五伦之中,那么那次的喊爸爸也就无所不可了。现在,为帮助大赤包联络地痞流氓,就更有拜老头子的必要,而金三爷的影子便时时出现在他的心眼中。再说,他若与金三爷发生了密切关系,也就顺手儿结束了钱冠两家的仇怨——他以为钱先生既已被日本人"管教"过,想必见台阶就下,一定不会拒绝与他言归于好的。大赤包赞同这个建议。她气派十分大的闭了闭眼,才说:"应该这么办!即使他不在帮里,凭他那两下子武艺,给咱们作个打手也是好的!你去办吧!"晓荷很得意的笑了笑。

第二,怎么笼络住李空山和蓝东阳。东阳近来几乎有工夫就来,虽然没有公然求婚,可是每次都带来半斤花生米或两个冻柿子什么的给小姐;大赤包看得出这是蓝诗人的"爱的投资"。她让他们都看明白招弟是动下得的——她心里说:招弟起码得嫁个日本司令官!可是,她又知道高第不很听话,不肯随着母亲的心意去一箭双雕的笼络住两个人。论理,高第是李空山的。可是,她愿教空山在做驸马以前多给她效点劳;一旦作了驸马爷,老丈母娘就会失去不少的权威的。同时,在教空山等候之际,她也愿高第多少的对东阳表示点亲热,好教他给晓荷在新民会中找个地位。高第可是对这两个男人都很冷淡。大赤包不能教二女儿出马,于是想到了尤桐芳。她向晓荷说明:"反正桐芳爱飞眼,教她多瞟李空山两下,他不是就不紧迫着要高第了吗?你知道,高第也得招呼着蓝东阳啊!"

"那怪不好意思的吧?"晓荷满脸赔笑的说。

大赤包沉了脸:"有什么不好意思?我要是去偷人,你才戴绿帽子!桐芳是什么东西?你有什么不好意思的?李空山要是真喜欢她,教她走好啦!我还留着我的女儿,给更体面的人呢!"

晓荷不敢违抗太太的命令,又实在觉得照令而行有点难为情。无论多么不要脸的男人也不能完全铲除了嫉妒,桐芳是他的呀!无可如何的,他只答应去和桐芳商议,而不能替桐芳决定什么。这很教大赤包心中不快,她高声的说出来:"我是所长!一家子人都吃着我,喝着我,就得听我的吩咐!不服气,你们也长本事挣钱去呀!"

第三,她须展开两项重要的工作:一个是认真检查,一个是认真爱护。前者是加紧的,狠毒的,检查妓女;谁吃不消可以没法通融免检——只要肯花钱。后者是使妓女们来认大赤包作干娘;彼此有了母女关系,感情上自然会格外亲密;只要她们肯出一笔"认亲费",并且三节都来送礼。这两项工作的展开,都不便张贴布告,俾众周知,而需要一个得力的职员去暗中活动,把两方面的关系弄好。冠晓荷很愿意担任这个事务,可是大赤包怕他多和妓女们接触,免不了发生不三不四的事,所以另找了别人——就是那曾被李四爷请来给钱先生看病的那位医生。他叫高亦陀。大赤包颇喜欢这个人,更喜欢他的二千元见面礼。

第四,是怎样对付暗娼。战争与灾难都产生暗娼。大赤包晓得这个事实。她想作一大笔生意——表面上严禁暗娼,事实上是教暗门子来"递包袱"。暗娼们为了生活,为了保留最后的一点廉耻,为了不吃官司,是没法不出钱的;只凭这一笔收入,大赤包就可以发相当大的财。

为实现这些工作计划,大赤包累得常常用拳头轻轻的捶胸口几下。她的装三磅水的大暖水瓶老装着鸡汤,随时的呷两口,免得因勤劳公事而身体受了伤。她拼命的工作,心中唯恐怕战争忽然停止,而中央的官吏再回到北平;她能搂一个是一个,只要有了钱,就是北平恢复了旧观也没大关系了。

南京陷落!大赤包不必再拼命,再揪着心了。她从此可以从从容容的,稳稳当当的,作她的所长了。她将以"所长"为梯子,而一步一步的走到最高处去。她将成为北平的第一个女人——有自己的汽车,出入在东交民巷与北京饭店之间,戴着镶有最大的钻石的戒指,穿着足以改变全东亚妇女服装式样的衣帽裙鞋!

她热烈的欢迎瑞丰夫妇。她的欢迎词是:"咱们这可就一块石头落了地,可以放心的作事啦!南京不是一年半载可以得回来的,咱们痛痛快快的在北平多快活两天儿吧!告诉你们年轻的人们吧,人生一世,就是吃喝玩乐;别等到老掉了牙再想吃,老毛了腰再想穿;那就太晚喽!"然后,她对胖太太:"祁二太太,你我得打成一气,我要是北平妇女界中的第一号,你就必得是第二号。比如说:我今天烫猫头鹰头,你马上也就照样的去烫,有咱们两个人在北海或中山公园溜一个小圈儿,明天全北平的女人就都得争着改烫猫头鹰头!赶到她们刚烫好不是,哼,咱们俩又改了样!咱们俩教她们紧着学都跟不上,教她们手忙脚乱,教她们没法子不来磕头认老师!"她说到这里,瑞丰打了岔:"冠所长!原谅我插嘴!我这两天正给她琢磨个好名字,好去印名片。你看,我是科长,她自然少不了交际,有印名片的必要!请给想一想,是祁美艳好,还是祁菊子好?她原来叫玉珍,太俗气点!"

大赤包没加思索,马上决定了:"菊子好!像日本名字!凡是带日本味儿的都要时兴起来!"

晓荷像考古学家似的说:"菊子夫人不是很有名的电影片儿吗?"

"谁说不是!"瑞丰表示钦佩的说:"这个典故就出自那个影片呀!"

大家全笑了笑，觉得都很有学问。

"祁科长！"大赤包叫。"你去和令兄说说，能不能把金三爷请过来？"她扼要的把事情说明白，最后补上："天下是我们的了，我们反倒更得多交朋友了！你说是不是？"瑞丰高兴作这种事，赶快答应下来。"我跟瑞宣也还有别的事商量。"说完，他立起来。"菊子，你不过那院去？"

胖菊子摇了摇头。假若可能，她一辈子也不愿再进五号的门。

瑞丰独自回到家中，应酬公事似的向祖父和母亲问了安，就赶快和瑞宣谈话：

"那什么，你们学校的校长辞职——这消息别人可还不知道，请先守秘密！——我想大哥你应当活动一下。有我在局里，运动费可以少花一点。你看，南京已经丢了，咱们反正是亡了国，何必再固执呢？再说，教育经费日内就有办法，你能多抓几个，也好教老人们少受点委屈！怎么样？要活动就得赶快！这年月，找事不容易！"一边说，他一边用食指轻轻的弹他新买的假象牙的香烟烟嘴。说完，把烟嘴叼在口中，像高射炮寻找飞机似的左右转动。叼着这根假象牙的东西，他觉得气派大了许多，几乎比科长所应有的气派还大了些！

瑞宣的眼圈还红着，脸上似乎是浮肿起来一些，又黄又松。听弟弟把话说完，他半天没言语。他懒得张口。他晓得老二并没有犯卖国的罪过，可是老二的心理与态度的确和卖国贼的同一个味道。他无力去诛惩卖国贼，可也不愿有与卖国贼一道味儿的弟弟。说真的，老二只吃了浮浅，无聊，与俗气的亏，而并非是什么罪大恶极的人。可是，在这国家危亡的时候，浮浅，无聊，与俗气，就可以使人变成汉奸。在汉奸里，老二也不过是个小三花脸儿，还离大白脸的奸雄很远很远。老二可恨，也可怜！

"怎样？你肯出多少钱？"老二问。

"我不愿作校长，老二！"瑞宣一点没动感情的说。"你不要老这个样子呀，大哥！"瑞丰板起脸来。"别人想多花钱运动都弄不到手，你怎么把肉包子往外推呢？你开口就是国家，闭口就是国家，可是不看看国家成了什么样子！连南京都丢了，光你一个人有骨头又怎么样呢？"老二的确有点着急。他是真心要给老大运动成功，以便兄弟们可以在教育界造成个小小的势力，彼此都有些照应。

老大又不出声了。他以为和老二辩论是浪费唇舌。他劝过老二多少次，老二总把他的话当作耳旁风。他不愿再白费力气。

老二本来相当的怕大哥。现在，既已作了科长，他觉得不应当还那么胆小。他是科长，应当向哥哥训话："大哥，我真替你着急！你要是把机会错过，以后吃不上饭可别怨我！以我现在的地位，交际当然很广，挣得多，花得也多，你别以为我可以帮助你过日子！"

瑞宣还不想和老二多费什么唇舌，他宁可独力支持一家人的生活，也不愿再和老二多罗嗦。"对啦！我干我的，你干你的好啦！"他说。他的声音很低，可是语气非常的坚决。

老二以为老大一定是疯了。不然的话，他怎敢得罪科长弟弟呢！

"好吧，咱们各奔前程吧！"老二要往外走，又停住了脚。"大哥，求你一件事。别人转托的，我不能不把话带到！"他简单的说出冠家想请金三爷吃酒，求瑞宣从中拉拢一下。他的话说得很简单，好像不屑于和哥哥多谈似的。最后，他又板着脸教训："冠家连太太都能作官，大哥你顶好对他们客气一点！这年月，多得罪人不会有好处！"

瑞宣刚要动气，就又控制住自己。仍旧相当柔和的，他说："我没工夫管那种闲事，对不起！"

老二猛的一推门就走出去。他也下了决心不再和疯子哥哥打交道。在院中，他提高了声音叨唠，为是教老人们听见："简直岂有此理！太难了！太难了！有好事不肯往前巴结，倒好像作校长是丢人的事！"

"怎么啦？老二！"祁老人在屋中问。

"什么事呀？"天佑太太也在屋中问。

韵梅在厨房里，从门上的一块小玻璃往外看；不把情形看准，她不便出来。

老二没进祖父屋中去，而站在院中卖嚷嚷："没事，你老人家放心吧！我想给大哥找个好差事，他不干！以后呢，我的开销大，不能多孝顺你老人家；大哥又不肯去多抓点钱；这可怎么好？我反正尽到了手足的情义，以后家中怎样，我可就不负责喽！"

"老二！"妈妈叫："你进来一会儿！我问你几句话！""还有事哪，妈！过两天我再来吧！"瑞丰匆匆的走出去。他无意使母亲与祖父难堪，但是他急于回到冠家去，冠家的一切都使他觉着舒服合适。

天佑太太的脸轻易不会发红，现在两个颧骨上都红起一小块来。她的眼也发了亮。她动了气。这就是她生的，养大的，儿子！作了官连妈妈也不愿意搭理啦！她的病身子禁不起生气，所以近二三年来她颇学会了点视而不见，听而不闻的本事，省得教自己的病体加重。今天这口气可是不好咽，她的手哆嗦起来，嘴中不由的骂出："好个小兔崽子！好吗！连你的亲娘都不认了！就凭你作了个小科长！"

她这么一出声，瑞宣夫妇急忙跑了过来。他们俩晓得妈妈一动气必害大病。瑞宣顶怕一家人没事儿拌嘴闹口舌。他觉得那是大家庭制度的最讨厌的地方。但是，母亲生了气，他又非过来安慰不可。多少世纪传下来的规矩，差不多变成了人的本能；不论他怎样不高兴，他也得摆出笑脸给生了气的妈妈看。好在，他只须走过来就够了，他晓得韵梅在这种场合下比他更聪明，更会说话。

韵梅确是有本事。她不问婆婆为什么生气，而抄着根儿说："老太太，又忘了自己的身子吧！怎么又动气呢？"这两句话立刻使老太太怜爱了自己，而觉得有哼哼两声的必要。一哼哼，怒气就消减了一大半，而责骂也改成了叨唠："真没想到啊，他会对我这个样！对儿女，我没有偏过心,都一样的对待!我并没少爱了一点老二呀,他今天会……"老太太落了泪,心中可是舒展多了。

老太爷还没弄清楚都是怎么一回事,也凑过来问:"都是怎么一回子事呀?乱七八糟的!"

瑞宣搀祖父坐下。韵梅给婆婆拧了把热毛巾,擦擦脸;又给两位老人都倒上热茶,而后把孩子拉到厨房去,好教丈夫和老人们安安静静的说话儿。

瑞宣觉得有向老人们把事说清楚的必要。南京陷落了,国已亡了一大半。从一个为子孙的说,他不忍把老人们留给敌人,而自己逃出去。可是,对得住父母与祖父就是对不住国家。为赎自己对不住国家的罪过,他至少须消极的不和日本人合作。他不愿说什么气节不气节,而只知这在自己与日本人中间必须画上一条极显明的线。这样,他须得到老人们的协助;假若老人们一定要吃得好喝得好,不受一点委屈,他便没法不像老二似的那么投降给敌人。他决定不投降给敌人,虽然他又深知老人们要生活得舒服一点是当然的;他们在世界上的年限已快完了,他们理当要求享受一点。他必须向老人们道歉,同时也向他们说清楚:假若他们一定讨要享受,他会狠心逃出北平的。

很困难的,他把心意说清楚。他的话要柔和,而主意又拿定不变;他不愿招老人们难过,而又不可避免的使他们难过;一直到说完,他才觉得好像割去一块病似的,痛快了一些。

母亲表示得很好:"有福大家享,有苦大家受;老大你放心,我不会教你为难!"

祁老人害了怕。从孙子的一大片话中,他听出来:日本人是一时半会儿绝不能离开北平的了!日本人,在过去的两三个月中,虽然没直接的伤害了他,可是已经弄走了他两个孙子。日本人若长久占据住北平,焉知道这一家人就不再分散呢?老人宁可马上死去,也不愿看家中四分五裂的离散。没有儿孙们在他眼前,活着或者和死了一样的寂寞。他不能教瑞宣再走开!虽然他心中以为长孙的拒绝作校长有点太过火,可是他不敢明说出来;他晓得他须安慰瑞宣:"老大,这一家子都仗着你呀!你看怎办好,就怎办!好吧歹吧,咱们得在一块儿忍着,忍过去这步坏运!反正我活不了好久啦,你还能不等着抓把土埋了我吗?"老人说到末一句,声音已然有点发颤了。

瑞宣不能再说什么。他觉得他的态度已经表示得够明显,再多说恐怕就不怎么合适了。听祖父说得那样的可怜,他勉强的笑了:"对了,爷爷!咱们就在一块儿苦混吧!"

话是容易说的;在他心里,他可是晓得这句诺言是有多大分量!他答应了把四世同堂的一个家全扛在自己的双肩上!

同时,他还须远远的躲开占据着北平的日本人!

他有点后悔。他知道自己的挣钱的本领并不大。他的爱惜羽毛不许他见钱就抓。那么,他怎能独力支持一家人的生活呢?再说,日本人既是北平的主人,他们会给他自由吗?可是,无论怎样,他也感到一点骄傲——他表明了态度,一个绝对不作走狗的态度!走着瞧吧,谁知道究竟怎样呢!

这时候,蓝东阳来到冠家。他是为筹备庆祝南京陷落大会来到西城,顺便来向冠家的女性们致敬——这回,他买来五根灌馅儿糖。在路上,他已决定好绝口不谈庆祝会的事。每逢他有些不愿别人知道的事,他就觉得自己很重要,很深刻;尽管那件事并没有保守秘密的必要。

假若他不愿把自己知道的告诉别人,他可是愿意别人把所知道的都告诉给他。他听说,华北的政府就要成立——成立在北平。华北的日本军人,见南京已经陷落,不能再延迟不决;他们必须先拿出个华北政府来,好和南京对抗——不管南京是谁出头负责。听到这个消息,他把心放下去,而把耳朵竖起来。放下心去,因为华北有了日本人组织的政府,他自己的好运气便会延长下去。竖起耳朵来，他愿多听到一些消息，好多找些门路，教自己的地位再往上升。他的野心和他的文字相仿，不管通与不通，而硬往下做！他已经决定了：他须办一份报纸，或一个文艺刊物。他须作校长。他须在新民会中由干事升为主任干事。他须在将要成立的政府里得到个位置。事情越多，才越能成为要人；在没有想起别的事情以前，他决定要把以上的几个职位一齐拿到手。他觉得他应当，可以，必须，把它们拿到手，因为他自居为怀才未遇的才子；现在时机来到了，他不能随便把它放过去。他是应运而生的莎士比亚，不过要比莎士比亚的官运财运和桃花运都更好一些。

进到屋中，把五根糖扔在桌儿上，他向大家咧了咧嘴，而后把自己像根木头似的摔在椅子上。除了对日本人，他不肯讲礼貌。

瑞丰正如怨如慕的批评他的大哥。他生平连想都没大想到过，他可以作教育局的科长。他把科长看成有天那么大。把他和科长联在一块，他没法不得意忘形。他没有冠先生的聪明，也没有蓝东阳的沉默。"真！作校长仿佛是丢人的事！你就说，天下竟会有这样的人！看他文文雅雅的，他的书都白念了！"

冠晓荷本想自荐。他从前作过小官；既作过小官，他以为，就必可以作中学校校长。可是，他不愿意马上张口，露出饥不择食的样子。这一下，他输了棋。蓝东阳开了口："什么？校长有缺吗？花多少钱运动？"他轻易不说话，一说可就说到根儿上；他张口就问了价钱。

晓荷像吃多了白薯那样，冒了一口酸水，把酸水咽下去，他仍然笑着，不露一点着急的样子。他看了看大赤包，她没有什么表示。她看不起校长，不晓得校长也可以抓钱，所以没怪晓荷。晓荷心中安定了一些。他很怕太太当着客人的面儿骂他无能。

瑞丰万没想到东阳来得那么厉害，一时答不出话来了。

东阳的右眼珠一劲儿往上吊，喉中直咯咯的响，嘴唇儿颤动着，凑过瑞丰来。像猫儿看准了一个虫子，要往前扑那么紧张，他的脸色发了绿，上面的青筋全跳了起来。他的嘴像要咬人似的，对瑞丰说："你办去好啦，我出两千五百块钱！你从中吃多少，我不管，事情成了，我另给你三百元！今天我先交二千五，一个星期内我要接到委任令！""教育局可不是我一个人的呀！"瑞丰简直忘了他是科长。他还没学会打官话。

"是呀！反正你是科长呀！别的科长能荐人，你怎么不能？你为什么作科长，假若你连一句话都不能给我说！"东阳的话和他的文章一样，永远不管逻辑，而只管有力量。"不管怎样，你得给我运动成功，不然的话，我还是去给你报告！""报告什么！"可怜的瑞丰，差不多完全教东阳给弄胡涂了。

"还不是你弟弟在外边抗日？好吗，你在这里作科长，你弟弟在外边打游击战，两边儿都教你们占着，敢情好！"东阳越说越气壮，绿脸上慢慢的透出点红来。

"这，这，这，"瑞丰找不出话来，小干脸气得焦黄。

大赤包有点看不上东阳了，可是不好出头说话；她是所长，不能轻易发言。

晓荷悟出一点道理来：怪不得他奔走这么多日子，始终得不到个位置呢；时代变了，他的方法已然太老，太落伍了！他自己的办法老是摆酒，送礼，恭维，和摆出不卑不亢的架子来。看人家蓝东阳！人家托情运动事直好像是打架，没有丝毫的客气！可是，人家既是教务主任，又是新民会的干事，现在又瞪眼"买"校长了！他佩服了东阳！他觉得自己若不改变作风，天下恐怕就要全属于东阳，而没有他的份儿了！

胖菊子——一向比瑞丰厉害，近来又因给丈夫运动上官职而更自信——决定教东阳见识见识她的本事。还没说话，她先推了东阳一把，把他几乎推倒。紧跟着，她说："你这小子可别这么说话，这不是对一位科长说话的规矩！你去报告！去！去！马上去！咱们斗一斗谁高谁低吧！你敢去报告,我就不敢?我认识人,要不然我的丈夫他不会作上科长!你去报告好了,你说我们老三抗日,我也会说你是共产党呀!你是什么揍的?我问问你!"胖太太从来也没高声的一气说这么多话,累得鼻子上出了油,胸口也一涨一落的直动。她的脸上通红,可是心中相当的镇定,她没想到既能一气骂得这么长,而且这么好。她很得意。她平日最佩服大赤包,今天她能在大赤包面前显露了本事,她没法不觉得骄傲。

她这一推和一顿骂把东阳弄软了。他脸上的怒气和凶横都忽然的消逝。好像是骂舒服了似的,他笑了。晓荷没等东阳说出话来便开了口:"我还没作过校长,倒颇想试一试,祁科长你看如何?呕,东阳,我决不抢你的事,先别害怕!我是把话说出来,给大家作个参考,请大家都想一想怎么办最好。"

这几句话说得是那么柔和,周到,屋中的空气马上不那么紧张了。蓝东阳又把自己摔在椅子上,用黄牙咬着手指甲。瑞丰觉得假若冠先生出头和东阳竞争,他天然的应当帮助冠先生。胖菊子不再出声,因为刚才说的那一段是那么好,她正一句一句的追想,以便背熟了好常常对朋友们背诵。大赤包说了话。先发言的勇敢,后发言的却占了便宜。她的话,因为是最后说的,显着比大家的都更聪明合理:"我看哪,怎么运动校长倒须搁在第二,你们三个——东阳,瑞丰,晓荷——第一应当先拜为盟兄弟。你们若是成为不愿同年同月同日同时生,而愿同年同月同日同时死的弟兄,你们便会和和气气的,真真诚诚的,彼此帮忙。慢慢的,你们便会成为新朝廷中的一个势力。你们说对不对?"

瑞丰,论辈数,须叫晓荷作叔叔,不好意思自己提高一辈。

东阳本来预备作冠家的女婿,也不好意思和将来的岳父先拜盟兄弟。

晓荷见二人不语,笑了笑说:"所长所见极是!肩膀齐为弟兄,不要以为我比你们大几岁,你们就不好意思!所长,就劳你大驾,给我预备香烛纸马吧!"

三十三

瑞宣以为华北政府既费了那么多的日子才产生出来，它必定有一些他所不知道的人物，好显出确有点改朝换代的样子。哪知道，其中的人物又是那一群他所熟知的，也是他所痛恨的，军阀与官僚。由这一点上看，他已看清日本人是绝对没有丝毫诚心去履行那些好听的口号与标语的。只有卑鄙无能的人才能合他们的脾味，因为他们把中国人看成只配教贪官污吏统辖着的愚夫愚妇——或者猪狗！

看着报纸上的政府人员名单，他胸中直堵得慌。他不明白，为什么中国会有这么多甘心作走狗的人！这错处在哪里呢？是的，历史，文化，时代，教育，环境，政治，社会，民族性，个人的野心……都可以给一些解释，但是什么解释也解释不开这个媚外求荣的羞耻！他们实际上不能，而在名义上确是，代表着华北的人民；他们几个人的行动教全华北的人民都失去了"人"的光彩！

他恨这群人，他诅咒着他们的姓名与生存！

可是，紧跟着他就也想起瑞丰，东阳，与冠晓荷。这三个小鬼儿的地位比伪政府中的人低多了，可是他们的心理与志愿却和大汉奸们是一模一样的。谁敢说，瑞丰不会作到教育督办？谁敢说，冠晓荷不会作财政总长呢？这么一想，他想明白了：假若圣贤是道德修养的积聚；汉奸却恰恰的相反——是道德修养的削减。圣贤是正，汉奸是负。浮浅，愚蠢，无聊，像瑞丰与晓荷，才正是日本人所喜欢要的，因为他们是"负"数。日本人喜欢他们，正如同日本人喜欢中国的鸦片烟鬼。

想到这里，他也就想出对待"负数"的办法来。杀！他们既是负数，就绝对没有廉耻。他们绝不会受任何道德的，正义的，感动；他们只怕死。杀戮是对待他们的最简截的办法，正如同要消灭蝗灾只有去赶尽杀绝了蝗虫。谁去杀他们呢？华北的每一个人，因为每一个人都受了他们的连累，都随着他们丧失了人格。杀他们与杀日本人是每一个良善国民的无可推诿的责任！

可是，他就管不了自己的弟弟！不要说去杀，他连打老二一顿都不肯！假若老二帮助日本人，他却成全了老二！他和老二有一样的罪过：老二卖国，老大不干涉卖国的人！他不干涉老二，全华北的人民也都不干涉伪政府的汉奸，华北便像一个一动也不动的死海，只会蒸发臭气！想到这里，他无可如何的笑了。一切是负数——伪政府，瑞丰，晓荷，那些不敢诛奸的老实人，和他自己！他只能"笑"自己，因为自己的存在已是负数的！

庆祝南京陷落的大会与游行，比前几次的庆祝都更热闹。瑞宣的脸一青一红的在屋中听着街上的叫花子与鼓手们的喧呼与锣鼓。他难过。可是他已不再希望在天安门或在任何地方有什么反抗的举动——一切都是负数！他既看到自己的无用与无能，也就不便再责备别人。他的唯一的可以原谅自己的地方是家庭之累，那么，连汉奸当然也都有些"累"而都可以原谅了！最会原谅自己的是最没出息的！

可是，不久他便放弃了这种轻蔑自己与一切人的态度，他听到蒋委员长的继续抗战的宣言。这宣言，教那最好战的日本人吃了一惊，教汉奸们的心中冷了一冷，也教瑞宣又挺起胸来。不！他不能自居为负数而自暴自弃。别人，因为中央继续抗战，必会逃出北平去为国效忠。中央，他想，也必会派人来，抚慰民众和惩戒汉奸！一高兴，他的想象加倍的活动，他甚至于想到老三会偷偷的回来，作那惩处汉奸或别的重要工作！那将是多么兴奋，多么像传奇的事呀，假若他能再看见老三！

瑞宣，既是个中国的知识分子，不会求神或上帝来帮助他自己和他的国家。他只觉得继续抗战是中国的唯一的希望。他并不晓得中国与日本的武力相差有多少，也几乎不想去知道。爱国心现在成了他的宗教信仰，他相信中国必有希望，只要我们肯去抵抗侵略。

他去看钱先生，他愿一股脑儿的把心中所有话都说净。南京的陷落好像舞台上落下幕来，一场争斗告一段落。战争可是并没停止，正像幕落下来还要再拉起去。那继续抗战的政府，与为国效忠的军民，将要受多少苦难，都将要作些什么，他无从猜到。他可是愿在这将要再开幕的时候把他自己交代清楚：他的未来的苦难也不比别人的少和小，虽然他不能扛着枪到前线去杀敌，或到后方作义民。他决定了：在沦陷的城内，他一定不能因作孝子而向敌人屈膝；他宁可丢了脑袋，也不放弃了膝磕。这是一件不容易的事，像掉在海里而拒绝喝水那么不容易。可是，他很坚决，无论受多大的苦处，他要挣扎过去，一直到北平城再看到国旗的时候！老三既不在家，他只好去把这个决定说给钱先生；只有对一位看得起他的，相信他的朋友，交代清楚，他才能开始照计而行去作事，去挣钱；不然的话，他就觉得去作事挣钱是与投降一样可耻的。

在南京陷落的消息来到的那一天，钱先生正决定下床试着走几步。身上的伤已差不多都平复了，他的脸上也长了一点肉，虽然嘴还瘪瘪着，腮上的坑儿可是小得多了。多日未刮脸，长起一部柔软而黑润的胡须，使他更像了诗人。他很不放心他的腿。两腿腕时常肿起来，酸痛。这一天，他觉得精神特别的好，腿腕也没发肿，所以决定下床试一试。他很怕两腿是受了内伤，永远不能行走！他没告诉儿媳妇，怕她拦阻。轻轻的坐起来，他把腿放下去；一低头，他才发现地上没有鞋。是不是应当喊少奶奶来给找鞋呢？正在犹豫不定之间，他听到四大妈的大棉鞋塌拉塌拉的响。

"来啦？四大妈？"他极和气的问。

"来喽！"四大妈在院中答应。"甭提啦，又跟那个老东西闹了一肚子气！"

"都七十多了,还闹什么气哟!"钱先生精神特别的好,故意找话说。

"你看哪,"她还在窗外,不肯进来,大概为是教少奶奶也听得见:"他刚由外边回来,就撇着大嘴,说什么南京丢了,气横横的不张罗吃,也不张罗喝!我又不是看守南京的,跟我发什么脾气呀,那个老不死的东西!"

钱先生只听到"南京丢了,"就没再往下听。光着袜底,他的脚碰着了地。他急于要立起来,好像听到南京陷落,他必须立起来似的。他的脚刚有一部分碰着地,他的脚腕就像一根折了的秫秸棍似的那么一软,他整个的摔倒在地上。这一下几乎把他摔昏了过去。在冰凉的地上趴伏了好大半天,他才缓过气来。他的腿腕由没有感觉而发麻,而发酸,而钻心的疼。他咬上了嘴唇,不哼哼出来。疼得他头上出了黄豆大的汗珠,他还是咬住了残余的几个牙,不肯叫出来。他挣扎着坐起来,抱住他的脚。他疼,可是他更注意他的脚是日久没用而发了麻,还是被日本人打伤不会再走路。他急于要知道这点区别,因为他必须有两条会活动的腿,才能去和日本人拼命。扶着床沿,一狠心,他又立起来了,像有百万个细针一齐刺着他的腿腕。他的汗出得更多了。可是他立住了。他挣扎着,想多立一会儿,眼前一黑,他趴在了床上。这样卧了许久许久,他才慢慢爬上床去,躺好。他的脚还疼,可是他相信只要慢慢的活动,他一定还能走路,因为他刚才已能站立了那么一会儿。他闭上了眼。来往于他的心中的事只有两件,南京陷落与他的脚疼。

慢慢的,他的脚似乎又失去知觉,不疼也不麻了。他觉得好像没有了脚。他赶紧蜷起腿来,用手去摸;他的确还有脚,一双完整的脚。他自己笑了一下。只要有脚能走路,他便还可以作许多的事。那与南京陷落,与孟石仲石和他的老伴儿的死亡都有关系的事。

他开始从头儿想。他应当快快的决定明天的计划,但是好像成了习惯似的，他必须把过去的那件事再想一遍，心里才能觉得痛快，才能有条有理的去思想明天的事。他记得被捕的那天的光景。一闭眼，白巡长，冠晓荷，宪兵，太太，孟石，就都能照那天的地位站在他的眼前。他连墙根的那一朵大秋葵也还记得。跟着宪兵，他走到西单商场附近的一条胡同里。他应当晓得那是什么胡同，可是直到现在也没想起来。在胡同里的一条小死巷里，有个小门。他被带进去。一个不小的院子，一排北房有十多间，像兵营，一排南房有七八间，像是马棚改造的。院中是三合土砸的地，很平，像个小操场。刚一进门，他就听到有人在南屋里惨叫。他本走得满头大汗，一听见那惨叫，马上全身都觉得一凉。他本能的立住了像快走近屠场的牛羊似的那样本能的感到危险。宪兵推了他一把，他再往前走。他横了心，抬起头来。"至多不过是一死！"他口中念道着。

到尽东头的一间北屋里，有个日本宪兵搜检他的身上。他只穿着那么一身裤褂，一件大衫，和一只鞋，没有别的东西。检查完，他又被带到由东数第二间北屋去。在这里，一个会说中国话的日本人问他的姓名籍贯年岁职业等等，登记在卡片上。当他回答没有职业的时候，那个人把笔咬在口中，细细的端详了他一会儿。这是个，瘦硬的脸色青白的人。他觉得这个瘦人也许不会很凶，所以大大方方的教他端详。那个人把笔从口中拿下来，眼还紧盯着他，又问："犯什么罪？"他的确不知道自己犯了什么罪。像平日对好友发笑似的，他很天真的笑了一下，而后摇了摇头。他的头还没有停住，那个瘦子就好像一条饥狼似的极快的立起来，极快的给了他一个嘴巴。他啐出一个牙来。瘦子，还立着，青白的脸上起了一层霜似的，又问一声："犯什么罪？"

他的怒气撑住了疼痛，很安详的，傲慢的，他一个字一个字的说："我不知道！"

又是一个嘴巴，打得他一歪身。他想高声的叱责那个人，他想质问他有没有打人的权，和凭什么打人。可是他想起来，面前的是日本人。日本人要是有理性就不会来打中国。因此,他什么也不愿说;对一个禽兽,何必多费话呢。他至少应当说:"你们捕了我来,我还不晓得为了什么。我应当问你们,我犯了什么罪!"可是,连这个他也懒得说了。看了看襟上的血,他闭了闭眼,心里说:"打吧!你打得碎我的脸,而打不碎我的心!"

瘦硬的日本人咽了一口气,改了口:"你犯罪不犯?"随着这句话,他的手又调动好了距离;假若他得到的是一声"不",或是一摇头。他会再打出个最有力的嘴巴。

他看明白了对方的恶意,可是他反倒横了心。咽了一口带血的唾沫,他把脚分开一些,好站得更稳。他决定不再开口,而准备挨打。他看清:对方的本事只是打人,而自己自幼儿便以打人为不合理的事,那么,他除了准备挨打之外,还有什么更好的方法呢?再说,他一辈子作梦也没梦到,自己会因为国事军事而受刑;今天,受到这样的对待,他感到极大的痛苦,可是在痛苦之中也感到忽然来到的光荣。他咬上了牙,准备忍受更多的痛苦,为是多得到一些光荣!

手掌又打到他的脸上,而且是一连串十几掌。他一声不响,只想用身体的稳定不动作精神的抵抗。打人的微微的笑着,似乎是笑他的愚蠢。慢慢的,他的脖子没有力气;慢慢的,他的腿软起来;他动了。左右开弓的嘴巴使他像一个不倒翁似的向两边摆动。打人的笑出了声——打人不是他的职务,而是一种宗教的与教育的表现;他欣赏自己的能打,会打,肯打,与胜利。被打的低下头去,打人的变了招数,忽然给囚犯右肋上一拳,被打的倒在了地上。打人的停止了笑,定睛看地上的那五十多岁一堆没有了力气的肉。

在灯光之中,他记得,他被塞进一辆大汽车里去。因为脸肿得很高,他已不易睁开眼。同时,他也顾不得睁眼看什么。汽车动了,他的身子随着动,心中一阵清醒,一阵昏迷,可是总知道自己是在什么东西中动摇——他觉得那不是车，而是一条在风浪中的船。慢慢的，凉风把他完全吹醒。从眼皮的隙缝中，他看到车外的灯光，一串串的往后跑。他感到眩晕，闭上了眼。他不愿思索什么。他的妻儿，诗画，花草，与茵陈酒，都已象从来就不是他的。在平日，当他读陶诗，或自己想写一首诗的时节，他就常常的感到妻室儿女与破坛子烂罐子都是些障碍，累赘，而诗是在清风明月与高山大川之间的。一想诗，他的心灵便化在一种什么抽象的宇宙里；在那里，连最美的山川花月也不过是暂时的，粗糙的，足以限制住思想的东西。他所追求的不只是美丽的现象，而是宇宙中一点什么气息与律动。他要把一切阻障都去掉，而把自己化在那气息与律动之间，使自己变为无言的音乐。真的，他从来没能把这个感觉写出来。文字不够他用的；一找到文字，他便登时限制住了自己的心灵！文字不能随着他的心飞腾，荡漾在宇宙的无形的大乐里，而只能落在纸上。可是，当他一这么思索的时候，尽管写不出诗来，他却也能得到一些快乐。这个快乐不寄存在任何物质的，可捉摸的事物上，而是一片空灵，像绿波那么活动可爱，而多着一点自由与美丽。绿波只会流入大海，他的心却要飞入每一个星星里去。在这种时候，他完全忘了他的肉体；假若无意中摸到衣服或身体，他会忽然的颤抖一下，像受了惊似的。

现在，他闭上了眼，不愿思索一切。真的，他最先想到的就是："大概拉去枪毙！"可是，刚想到这个，他便把眼闭得更紧一点，问自己："怕吗？怕吗？"紧跟着，他便阻止住乱想，而愿和作诗的时候似的忘了自己，忘了一切。"死算什么呢！"他口中咀嚼着这一句。待了一会儿，他又换了一句："死就是化了！化了！"他心中微微的感到一点愉快。他的脸上身上还都疼痛，可是心中的一点愉快教他轻视疼痛，教他忘了自己。又待了一会儿，在一阵迷糊之后，他忽然想起来：现在教他"化了"的不是诗，而是人世间的一点抽象的什么；不是把自己融化在什么山川的精灵里，使自己得到最高的和平与安恬，而是把自己化入一股刚强之气，去抵抗那恶的力量。他不能只求"化了"，而是须去抵抗，争斗。假若从前他要化入宇宙的甘泉里去，现在他须化成了血，化成忠义之气；从前的是可期而不可得的，现在是求仁得仁，马上可以得到的；从前的是天上的，现在的是人间的。是的，他须把血肉掷给敌人，用勇敢和正义结束了这个身躯！一股热气充满了他的胸膛，他笑出了声。

车停住了。他不知道那是什么地方，也不屑于细看。殉国是用不着选择地点的。他只记得那是一座大楼，仿佛像学校的样子。他走得很慢，因为脚腕上砸着镣。他不晓得为什么敌人是那么不放心他，一定给他带镣，除非是故意的给他多增加点痛苦。是的，敌人是敌人，假若敌人能稍微有点人心人性，他们怎会制作战争呢？他走得慢，就又挨了打。胡里胡涂的，辨不清是镣子磕的痛，还是身上被打的痛，他被扔进一间没有灯亮的屋子去。他倒了下去，正砸在一个人的身上。底下的人骂了一声。他挣扎着，下面的人推搡着，不久，他的身子着了地。那个人没再骂，他也一声不出；地上是光光的，连一根草也没有，他就那么昏昏的睡去。

第二天一整天没事，除了屋里又添加了两个人。他顾不得看同屋里的人都是谁，也不顾得看屋子是什么样。他的脸肿得发涨，牙没有刷，面没有洗，浑身上下没有地方不难过。约摸在上午十点钟的时候，有人送来一个饭团，一碗开水。他把水喝下去，没有动那团饭。他闭着眼，两腿伸直，背倚着墙，等死。他只求快快的死，没心去看屋子的同伴。

第三天还没事。他生了气。他开始明白：一个亡了国的人连求死都不可得。敌人愿费一个枪弹，才费一个枪弹；否则他们会教你活活的腐烂在那里。他睁开了眼。屋子很小，什么也没有，只在一面墙上有个小窗，透进一点很亮的光。窗栏是几根铁条。屋子当中躺着一个四十多岁的人，大概就是他曾摔在他身上的那个人。这个人的脸上满是凝定了的血条，像一道道的爆了皮的油漆；他蜷着腿，而伸着两臂，脸朝天仰卧，闭着眼。在他的对面，坐着一对青年男女，紧紧的挤在一块儿；男的不很俊秀，女的可是长得很好看；男的扬着头看顶棚，好久也不动一动；女的一手抓着男的臂，一手按着自己的膝盖，眼睛——很美的一对眼睛——一劲儿眨巴，像受了最大的惊恐似的。看见他们，他忘了自己求死的决心。他张开口，想和他们说话。可是，口张开而忘了话，他感到一阵迷乱。他的脑后抽着疼。他闭上眼定了定神。再睁开眼，他的唇会动了。低声而真挚的，他问那两个青年："你们是为了什么呢？"

男青年吓了一跳似的，把眼从顶棚上收回。女的开始用她的秀美的眼向四面找，倒好像找什么可怕的东西似的。"我们——"男的拍了女的一下。女的把身子更靠紧他一些。

"你们找打！别说话！"躺着的人说。说了这句话，他似乎忘了他的手；手动了动，他疼得把眼鼻都拧在一处，头向左右乱摆："哎哟！哎哟！"他从牙缝里放出点再也拦不住的哀叫。"哎哟！他们吊了我三个钟头，腕子断了！断了！"

女的把脸全部的藏在男子的怀里。男青年咽下一大口唾沫去。

屋外似乎有走动，很重的皮鞋声在走廊中响。中年人忽然的坐起来，眼中发出怒的光，"我……"他想高声的喊。

他的手极快的捂住中年人的嘴。中年人的嘴还在动，热气喷着他的手心。"我喊，把走兽们喊来！"中年人挣扎着说。

他把中年人按倒。屋中没了声音，走廊中皮鞋还在响。

用最低的声音，他问明白：那个中年人不晓得自己犯了什么罪，只是因为他的相貌长得很像另一个人。日本人没有捉住那另一个人，而捉住了他，教他替另一个人承当罪名；他不肯，日本人吊了他三点钟，把手腕吊断。

那对青年也不晓得犯了什么罪，而被日本人从电车上把他们捉下来。他们是同学，也是爱人。他们还没受过审，所以更害怕；他们知道受审必定受刑。

听明白了他们的"犯罪"经过,第一个来到他心中的事就是想援救他们。可是,看了看脚上的镣,他哑笑了一下,不再说话。呆呆的看着那一对青年,他想起自己的儿子来。从模样上说,那个男学生一点也不像孟石和仲石,但是从一点抽象的什么上说,他越看,那个青年就越像自己的儿子。他很想安慰他的儿子几句。待了一会儿,他又觉得那一点也不像他的儿子。他的儿子,仲石,会把自己的身体和日本人的身体摔碎在一处,摔成一团肉酱。他的儿子将永远活在民族的心里,永远活在赞美的诗歌里;这个青年呢?这个青年大概只会和爱人在一处享受温柔乡的生活吧?他马上开了口:"你挺起胸来!不要怕!我们都得死,但须死得硬梆!你听见了吗?"

他的声音很低,好像是对自己说呢。那个青年只对他翻了翻白眼。

当天晚上,门开了,进来一个敌兵,拿着手电筒。用电筒一扫,他把那位姑娘一把拉起来。她尖叫了一声。男学生猛的立起来,被敌兵一拳打歪,窝在墙角上。敌兵往外扯她。她挣扎。又进来一个敌兵。将她抱了走。

青年往外追,门关在他的脸上。倚着门,他呆呆的立着。

远远的,女人尖锐的啼叫,像针尖似的刺进来,好似带着一点亮光。

女人不叫了。青年低声的哭起来。

他想立起来,握住青年的手。可是他的脚腕已经麻木,立不起来。他想安慰青年几句,他的舌头好像也麻木了。他瞪着黑暗。他忽然的想道:"不能死!不能死!我须活着,离开这里,他们怎样杀我们,我要怎样杀他们!我要为仇杀而活着!"

快到天亮,铁栏上像蛛网颤动似的有了些光儿。看着小窗,他心中发噤,晓风很凉。他盼望天快明,倒好像天一明他就可以出去似的。他往四处找那个青年,看不见。他愿把心中的话告诉给青年:"我常在基督教教堂外面看见'信、望、爱'。我不大懂那三个字的意思。今天,我明白了:相信你自己的力量,盼望你不会死,爱你的国家!"

他正这么思索,门开了,像扔进一条死狗似的,那个姑娘被扔了进来。

小窗上一阵发红,光颤抖着透进来。

女的光着下身,上身只穿着一件贴身的小白坎肩。她已不会动。血道子已干在她的大腿上。

男青年脱下自己的裰子,给她盖上了腿,而后,低声的叫:"翠英!翠英!"她不动,不出声。他拉起她的一只手——已经冰凉!他把嘴堵在她的耳朵上叫:"翠英!翠英!"她不动。她已经死了一个多钟头。

男青年不再叫,也不再动她。把手插在裤袋里,他向小窗呆立着。太阳已经上来,小窗上的铁栏都发着光——新近才安上的。男青年一动不动的站着,仰着点头,看那三四根发亮的铁条。他足足的这么立了半个多钟头。忽然他往起一蹿,手扒住窗沿,头要往铁条上撞。他的头没能够到铁条。他极失望的跳下来。

他——钱先生——呆呆的看着,猜不透青年是要逃跑,还是想自杀。

青年转过身来,看着姑娘的身体。看着看着,热泪一串串的落下来。一边流泪,他一边往后退;退到了相当的距离,他又要往前蹿,大概是要把头碰在墙上。

"干什么?"他——钱老人——喝了一句。

青年楞住了。

"她死,你也死吗?谁报仇?年轻的人,长点骨头!报仇!报仇!"

青年又把手插到裤袋中去楞着。楞了半天,他向死尸点了点头。而后,他轻轻的,温柔的,把她抱起来,对着她的耳朵低声的说了几句话。把她放在墙角,他向钱先生又点了点头,仿佛是接受了老人的劝告。

这时候,门开开,一个敌兵同着一个大概是医生的走进来。医生看了看死尸,掏出张印有表格的纸单来,教青年签字。"传染病!"医生用中国话说："你签字！"他递给青年一支头号的派克笔。青年咬上了嘴唇，不肯接那支笔。钱先生嗽了一声，送过一个眼神。青年签了字。

医生把纸单很小心的放在袋中，又去看那个一夜也没出一声的中年人。中年人的喉中响了两声，并没有睁一睁眼；他是个老实人，仿佛在最后的呼吸中还不肯多哼哼两声，在没了知觉的时候还吞咽着冤屈痛苦，不肯发泄出来；他是世界上最讲和平的一个中国人。医生好像很得意的眨巴了两下眼睛，而后很客气的对敌兵说："消毒！"敌兵把还没有死的中年人拖了出去。

屋中剩下医生和两个活人，医生仿佛不知怎么办好了；搓着手，他吸了两口气；然后深深的一鞠躬，走出去，把门倒锁好。

青年全身都颤起来，腿一软，他蹲在了地上。

"这是传染病！"老人低声的说。"日本人就是病菌！你要不受传染，设法出去；最没出息的才想自杀！"门又开了，一个日本兵拿来姑娘的衣服，扔给青年。"你，她，走！"

青年把衣服扔在地上，像条饥狼扑食似的立起来。钱先生又咳嗽了一声，说了声"走！"

青年无可如何的把衣服给死尸穿上，抱起她来。敌兵说了话："外边有车！对别人说，杀头的！杀头的！"青年抱着死尸，立在钱先生旁边，仿佛要说点什么。老人把头低了下去。

青年慢慢的走出去。

三十四

剩下他一个人,他忽然觉得屋子非常的大了,空洞得甚至于有点可怕。屋中原来就什么也没有,现在显着特别的空虚,仿佛丢失了些什么东西。他闭上了眼。他舒服了一些。在他的心中,地上还是躺着那个中年人,墙角还坐着那一对青年男女。有了他们,他觉得有了些倚靠。他细细的想他们的声音,相貌,与遭遇。由这个,他想到那个男青年的将来——他将干什么去呢?是不是要去从军?还是……不管那个青年是干什么去,反正他已给了他最好的劝告。假若他的劝告被接受,那个青年就必定会象仲石那样去对付敌人。是的,敌人是传染病,仲石和一切的青年们都应当变成消毒剂!想到这里,他睁开了眼。屋子不那么空虚了,它还是那么小,那么牢固;它已不是一间小小的囚房,而是抵抗敌人,消灭敌人的发源地。敌人无缘无敌的杀死那个中年人与美貌的姑娘,真的;可是只有那样的任意屠杀才会制造仇恨和激起报复。敌人作得很对!假若不是那样,凭他这个只会泡点茵陈酒,玩玩花草的书呆子,怎会和国家的兴亡发生了关系呢?

他的心平了下去。他不再为敌人的残暴而动怒。这不是讲理的时候,而是看谁杀得过谁的时候了。不错,他的脚上是带着镣,他的牙已有好几个活动了,他的身体是被关在这间制造死亡的小屋里;可是,他的心里从来没有像现在这样充实过。身子被囚在小屋里,他的精神可是飞到历史中去,飞到中国一切作战的地方去。他手无寸铁,但是还有一口气。他已说服了一个青年,他将在这里等候着更多的人,用他的一口气坚强他们,鼓励他们,直到那口气被敌人打断。假若他还能活着走出去,他希望他的骨头将和敌人的碎在一处,像仲石那样!

他忘记了他的诗,画,酒,花草,和他的身体,而只觉得他是那一口气。他甚至于觉得那间小屋很美丽。它是他自己的,也是许多人的,监牢,而也是个人的命运与国运的联系点。看着脚上的镣,摸着脸上的伤,他笑了。他决定吞食给他送来的饭团,好用它所给的一点养分去抵抗无情的鞭打。他须活着;活着才能再去死!他像已落在水里的人,抓住一块木头那样把希望全寄托给它。他不能,绝对不能,再想死。他以前并没有真的活着过;什么花呀草呀,那才真是像一把沙子,随手儿落出去。现在他才有了生命,这生命是真的,会流血,会疼痛,会把重如泰山的责任肩负起来。

有五六天,他都没有受到审判。最初,他很着急;慢慢的,他看明白:审问与否,权在敌人,自己着急有什么用呢?他压下去他的怒气。从门缝送进一束稻草来,他把它垫在地上,没事儿就抽出一两根来,缠弄着玩。在草心里,他发现了一条小虫,他小心把虫放在地上,好像得到一个新朋友。虫老老实实的卧在那里,只把身儿蜷起一点。他看着它,想不出任何足以使虫更活泼,高兴,一点的办法。像道歉似的,他向虫低语:"你以为稻草里很安全,可是落在了我的手里!我从前也觉得很安全,可是我的一切不过是根稻草!别生气吧,你的生命和我的生命都一边儿大;不过,咱们若能保护自己,咱们的生命才更大一些!对不起,我惊动了你!可是,谁叫你信任稻草呢?"

就是在捉住那个小虫的当天晚上,他被传去受审。审问的地方是在楼上。很大的一间屋子,像是课堂。屋里的灯光原来很暗,可是他刚刚进了屋门,极强的灯光忽然由对面射来,使他瞎了一会儿。他被拉到审判官的公案前,才又睁开眼;一眼就看见三个发着光的绿脸——它们都是化装过的。三个绿脸都不动,六只眼一齐凝视着他,像三只猫一齐看着个老鼠那样。忽然的,三个头一齐向前一探,一齐露出白牙来。

他看着他们，没动一动。他是中国的诗人，向来不信"怪力乱神"，更看不起玩小把戏。他觉得日本人的郑重其事玩把戏，是非常的可笑。他可是没有笑出来，因为他也佩服日本人的能和魔鬼一样真诚！

把戏都表演过，中间坐的那个绿小鬼向左右微一点头，大概是暗示："这是个厉害家伙！"他开始问，用生硬的中国语问：

"你的是什么？"

他脱口而出的要说："我是个中国人！"可是，他控制住自己。他要爱护自己的身体，不便因快意一时而招致皮骨的损伤。同时，他可也想不起别的，合适的答话。"你的是什么？"小鬼又问了一次。紧跟着，他说明了自己的意思："你，共产党？"

他摇了摇头。他很想俏皮的反问："抗战的南京政府并不是共产党的！"可是，他又控制住了自己。

左边的绿脸出了声："八月一号，你的在那里？""在家里！"

"在家作什么？"

想了想："不记得了！"

左边的绿脸向右边的两张绿脸递过眼神："这家伙厉害！"右边的绿脸把脖子伸出去，像一条蛇似的口里嘶嘶的响："你！你要大大的打！"紧跟着，他收回脖子来，把右手一扬。

他——钱老人——身后来了一阵风，皮鞭像烧红的铁条似的打在背上，他往前一栽，把头碰在桌子上。他不能再控制自己，他像怒了的虎似的大吼了一声。他的手按在桌子上："打！打！我没的说！"

三张绿脸都咬着牙微笑。他们享受那嗖嗖的鞭声与老人的怒吼。他们与他毫无仇恨，他们找不出他的犯罪行为，他们只愿意看他受刑，喜欢听他喊叫；他们的职业，宗教，与崇高的享受，就是毒打无辜的人。

皮鞭像由机器管束着似的，均匀的，不间断的，老那么准确有力的抽打。慢慢的，老人只能哼了，像一匹折了腿的马那样往外吐气，眼珠子弩出多高。又挨了几鞭,他一阵恶心,昏了过去。

  醒过来,他仍旧是在那间小屋里。他口渴,可是没有水喝。他的背上的血已全定住,可是每一动弹,就好像有人撕扯那一条条的伤痕似的。他忍着渴,忍着痛,双肩靠在墙角上,好使他的背不至于紧靠住墙。他一阵阵的发昏。每一发昏,他就觉得他的生命像一些蒸气似的往外发散。他已不再去想什么,只在要昏过的时候呼着自己的名字。他已经不辨昼夜,忘了愤怒与怨恨,他只时时的呼叫自己,好像是提醒自己:"活下去!活下去!"这样,当他的生命像一股气儿往黑暗中飞腾的时候,就能远远的听见自己的呼唤而又退回来。他于是咬上牙,闭紧了眼,把那股气儿关在身中。生命的荡漾减少了他身上的苦痛;在半死的时候,他得到安静与解脱。可是,他不肯就这样释放了自己。他宁愿忍受苦痛,而紧紧的抓住生命。他须活下去,活下去!

  日本人的折磨人成了一种艺术。他们第二次传讯他的时候,是在一个晴美的下午。审官只有一个,穿着便衣。他坐在一间极小的屋子里,墙是淡绿色的;窗子都开着,阳光射进来,射在窗台上的一盆丹红的四季绣球上。他坐在一个小桌旁边,桌上铺着深绿色的绒毯,放着一个很古雅的小瓶,瓶中插着一枝秋花。瓶旁边,有两个小酒杯,与一瓶淡黄的酒。他手里拿着一卷中国古诗。

  当钱先生走进来的时候,他还看着那卷诗,仿佛他的心已随着诗飞到很远的地方,而忘了眼前的一切。及至老人已走近,他才一惊似的放下书,赶紧立起来。他连连的道歉,请"客人"坐下。他的中国话说得非常的流利,而且时时的转文。

  老人坐下。那个人口中连连的吸气,往杯中倒酒,倒好了,他先举起杯:"请!"老人一扬脖,把酒喝下去。那个人也饮干,又吸着气倒酒。干了第二杯,他笑着说:"都是一点误会,误会!请你不必介意!"

  "什么误会?"老人在两杯酒入肚之后,满身都发了热。他本想一言不发，可是酒力催着他开开口。

日本人没正式的答复他，而只狡猾的一笑；又斟上酒。看老人把酒又喝下去，他才说话："你会作诗？"

老人微一闭眼，作为回答。

"新诗？还是旧诗？"

"新诗还没学会！"

"好的很！我们日本人都喜欢旧诗！"

老人想了想，才说："中国人教会了你们作旧诗，新诗你们还没学了去！"

日本人笑了，笑出了声。他举起杯来："我们干一杯，表示日本与中国的同文化，共荣辱！四海之内皆兄弟也，而我们差不多是同胞弟兄！"

老人没有举杯。"兄弟？假若你们来杀戮我们，你我便是仇敌！兄弟？笑话！"

"误会！误会！"那个人还笑着，笑得不甚自然。"他们乱来，连我都不尽满意他们！"

"他们是谁？"

"他们——"日本人转了转眼珠。"我是你的朋友！我愿意和你作最好的朋友，只要你肯接受我的善意的劝告！你看，你是老一辈的中国人，喝喝酒，吟吟诗。我最喜欢你这样的人！他们虽然是不免乱来，可是他们也并不完全闭着眼瞎撞，他们不喜欢你们的青年人，那会作新诗和爱读新诗的青年人；这些人简直不很像中国人，他们受了英美人的欺骗，而反对日本。这极不聪明！日本的武力是天下无敌的，你们敢碰碰它，便是自取灭亡。因此，我虽拦不住他们动武，也劝不住你们的青年人反抗，可是我还立志多交中国朋友，像你这样的朋友。只要你我能推诚相见，我们便能慢慢的展开我们的势力与影响，把日华的关系弄好，成为真正相谅相助，共存共亡的益友！你愿意作什么？你说一声，没有办不到的！我有力量释放了你，叫你达到学优而仕的愿望！"多大半天，老人没有出声。

"怎样？"日本人催问。"呕，我不应当催促你！真正的中国人是要慢条斯礼的！你慢慢去想一想吧？"

"我不用想！愿意释放我，请快一点！"

"放了你之后呢？"

"我不答应任何条件！饿死事小，失节事大！"

"你就不为我想一想？我凭白无故的放了你，怎么交代呢？"

"那随你！我很爱我的命，可是更爱我的气节！""什么气节？我们并不想灭了中国！"

"那么，打仗为了什么呢？"

"那是误会！"

"误会？就误会到底吧！除非历史都是说谎，有那么一天，咱们会晓得什么是误会！"

"好吧！"日本人用手慢慢的摸了摸脸。他的右眼合成了一道细缝，而左眼睁着。"饿死事小，你说的，好，我饿一饿你再看吧！三天内，你将得不到任何吃食！"

老人立了起来，头有点眩晕；扶住桌子，他定了神。日本人伸出手来，"我们握握手不好吗？"

老人没任何表示，慢慢的往外走。已经走出屋门，他又被叫住："你什么时候想明白了，什么时候通知我，我愿意作你的朋友！"

回到小屋中，他不愿再多想什么，只坚决的等着饥饿。是的，日本人的确会折磨人，打伤外面，还要惩罚内里。他反倒笑了。

当晚，小屋里又来了三个犯人，全是三四十岁的男人。由他们的惊恐的神色，他晓得他们也都没有罪过；真正作了错事的人会很沉静的等待判决。他不愿问他们什么，而只低声的嘱咐他们："你们要挺刑！你们认罪也死，不认罪也死，何苦多饶一面呢？用不着害怕，国亡了，你们应当受罪！挺着点，万一能挺过去，你们好知道报仇！"

三天，没有他的东西吃。三天，那三个新来的人轮流着受刑，好像是打给他看。饥饿，疼痛，与眼前的血肉横飞，使他闭上眼，不出一声。他不愿死，但是死亡既来到，他也不便躲开。他始终不晓得到底犯了什么罪，也不知道日本人为什么偏偏劝他投降，他气闷。可是，饿了三天之后，他的脑子更清楚了；他看清：不管日本人要干什么，反正他自己应当坚定！日本人说他有罪，他便是有罪，他须破着血肉去接取毒刑，日本人教他投降，他便是无罪，他破出生命保全自己的气节。把这个看清，他觉得事情非常的简单了，根本用不着气闷。他给自己设了个比喻：假若你遇见一只虎，你用不着和它讲情理，而须决定你自己敢和它去争斗不敢！不用思索虎为什么咬你，或不咬你，你应当设法还手打它！

他想念他的小儿子，仲石。他更想不清楚为什么日本人始终不提起仲石来。莫非仲石并没有作了那件光荣的事？莫非冠晓荷所报告的是另一罪行？假若他真是为仲石的事而被捕，他会毫不迟疑的承认，而安心等着死刑。是的，他的确愿意保留着生命，去作些更有意义的事；可是，为了补充仲石的壮烈，他是不怕马上就死去的。日本人，可是，不提起仲石，而劝他投降。什么意思呢？莫非在日本人眼中，他根本就像个只会投降的人？这么一想，他发了怒。真的，他活了五十多岁，并没作出什么有益于国家与社会的事。可是，消极的，他也没作过任何对不起国家与社会的事。为什么日本人看他像汉奸呢？呕！呕！他想出来了：那山水画中的宽衣博带的人物，只会听琴看花的人物，不也就是对国事袖手旁观的人么？日本人当然喜欢他们。他们至多也不过会退隐到山林中去，"不食周粟"；他们决不会和日本人拼命！"好！好！好！"他对自己说："不管仲石作过还是没作过那件事，我自己应当作个和国家紧紧拴在一处的新人，去赎以前袖手旁观国事的罪过！我不是被国事连累上，而是因为自己偷闲取懒误了国事；我罪有应得！从今天起，我须把生死置之度外的去保全性命,好把性命完全交给国家!"

　　这样想清楚,虽然满身都是污垢和伤痕,他却觉得通体透明,像一块大的水晶。

　　日本人可是并不因为他是块水晶而停止施刑;即使他是金刚钻,他们也要设法把他磨碎。

　　他挺着,挺着,不哼一声。到忍受不了的时候,他喊:"打!打!我没的说!"他咬着牙,可是牙被敲掉。他晕死过去,他们用凉水喷他,使他再活过来。他们灌他凉水,整桶的灌,而后再教他吐出来。他们用杠子轧他的腿,用火绒炙他的头。他忍着挺受。他的日子过得很慢,当他清醒的时候;他的日子过得很快,当他昏迷过去的工夫。他决定不屈服,他把生命像一口唾液似的,在要啐出去的时节,又吞咽下去。

　　审问他的人几乎每次一换。不同的人用不同的刑,问不同的话。他已不再操心去猜测到底他犯了什么罪。他看出来:假若他肯招认,他便是犯过一切的罪,随便承认一件,都可以教他身首分离。反之他若是决心挺下去,他便没犯任何罪,只是因不肯诬赖自己而受刑罢了。他也看明白:日本人也不一定准知道他犯了什么罪,可是既然把他捉来,就不便再随便放出去;随便打着他玩也是好的。猫不只捕鼠,有时候捉到一只美丽无辜的小鸟,也要玩弄好大半天!

　　他的同屋的人,随来随走,他不记得一共有过多少人。他们走,是被释放了,还是被杀害了,他也无从知道。有时候,他昏迷过去好大半天;再睁眼,屋中已经又换了人。看着他的血肉模糊的样子,他们好象都不敢和他交谈。他可是只要还有一点力气,便鼓舞他们,教他们记住仇恨和准备报仇。这,好似成了他还须生活下去的唯一的目的与使命。他已完全忘了自己,而只知道他是一个声音;只要有一口气,他就放出那个声音——不是哀号与求怜,而是教大家都挺起脊骨,竖起眉毛来的信号。

　　到最后,他的力气已不能再支持他。他没有了苦痛,也没有了记忆;

有好几天，他死去活来的昏迷不醒。

在一天太阳已平西的时候，他苏醒过来。睁开眼，他看见一个很体面的人，站在屋中定睛看着他。他又闭上了眼。恍恍惚惚的，那个人似乎问了他一些什么，他怎么答对的，已经想不起来了。他可是记得那个人极温和亲热的拉了拉他的手，他忽然清醒过来；那只手的热气好像走到了他的心中。他听见那个人说："他们错拿了我，一会儿我就会出去。我能救你。我在帮，我就说你也在帮，好不好？"以后的事，他又记不清了，恍惚中他好像在一本册子上按了斗箕，答应永远不向别人讲他所受过的一切折磨与苦刑。在灯光中，他被推在一座大门外。他似醒似睡的躺在墙根。

秋风儿很凉，时时吹醒了他。他的附近很黑，没有什么行人，远处有些灯光与犬吠。他忘了以前的一切，也不晓得他以后要干什么。他的残余的一点力气，只够使他往前爬几步的。他拼命往前爬，不知道往哪里去，也不管往哪里去。手一软，他又伏在地上。他还没有死，只是手足都没有力气再动一动。像将要入睡似的，他恍忽的看见一个人——冠晓荷。

像将溺死的人，能在顷刻中看见一生的事，他极快的想起来一切。冠晓荷是这一切的头儿。一股不知道哪里得的力气，使他又扬起头来。他看清：他的身后，也就是他住过那么多日子的地方，是北京大学。他决定往西爬，冠晓荷在西边。他没想起家，而只想起在西边他能找到冠晓荷！冠晓荷把他送到狱中，冠晓荷也会领他回去。他须第一个先教冠晓荷看看他，他还没死！

他爬，他滚，他身上流着血汗，汗把伤痕腌得极痛，可是他不停止前进；他的眼前老有个冠晓荷。冠晓荷笑着往前引领他。

他回到小羊圈，已经剩了最后的一口气。他爬进自己的街门。他不晓得怎样进了自己的屋子，也不认识自己的屋子。醒过来，他马上又想起冠晓荷。伤害一个好人的，会得到永生的罪恶。他须马上去宣布冠晓荷的罪恶……慢慢的，他认识了人，能想起一点过去的事。他几乎要感激冠晓荷。假若不是冠晓荷，他或者就像一条受了伤的野狗似的死在路上。当他又会笑了以后，他常常为这件事发笑——一个害人的会这么万想不到的救了他所要害的人！对瑞宣，金三爷，和四大妈的照应与服侍，他很感激。可是，他的思想却没以感激他们为出发点，而想怎样酬答他们。只有一桩事，盘旋在他的脑海中——他要想全了自从被捕以至由狱中爬出来的整部经过。他天天想一遍。病越好一些，他就越多想起一点。不错，其中有许多许多小块的空白，可是，渐渐的他已把事情的经过想出个大致。渐渐的，他已能够一想起其中的任何一事件，就马上左右逢源的找到与它有关的情节来，好像幼时背诵《大学》《中庸》那样，不论先生抽提哪一句，他都能立刻接答下去。这个背熟了的故事，使他不因为身体的渐次痊好，和亲友们的善意深情，而忘了他所永不应忘了的事——报仇。

瑞宣屡屡的问他，他总不肯说出来，不是为他对敌人起过誓，而是为把它存在自己的心中，象保存一件奇珍似的，不愿教第二个人看见。把它严严的存在自己心中，他才能严密的去执行自己的复仇的计划；书生都喜欢纸上谈兵，只说而不去实行；他是书生，他知道怎样去矫正自己。

在他入狱的经过中，他引为憾事的只有他不记得救了他的人是谁。他略略的记得一点那个人的模样；姓名，职业，哪里的人，他已都不记得；也许他根本就没有询问过。他并不想报恩；报仇比报恩更重要。虽然如此，他还是愿意知道那是谁；至少他觉得应当多交一个朋友，说不定那个人还会帮助他去报仇的。

对他的妻与儿，他也常常的想起，可是并不单独的想念他们。他把他们和他入狱的经过放在一处去想，好增加心中的仇恨。他不该入狱，他们不该死。可是，他入了狱，他们死掉。这都不是偶然的，而是因为日本人要捉他，要杀他们。他是读书明理的人，他应当辨明恩怨。假若他只把毒刑与杀害看成"命该如此"，他就没法再像个人似的活着，和像个人似的去死！

想罢了入狱后的一切，他开始想将来。

对于将来，他几乎没有什么可顾虑的，除了安置儿媳妇的问题。她，其实，也好安置。不过，她已有了孕；他可以忘了一切，而不轻易的忘了自己的还未出世的孙子或孙女。他可以牺牲了自己，而不能不管他的后代。他必须去报仇，可是也必须爱护他孙子。仇的另一端是爱，它们的两端是可以折回来碰到一处，成为一个圈圈的。

"少奶奶！"他轻轻的叫。

她走进来。他看见了她半天才说："你能走路不能啊？我要教你请你的父亲去。"

她马上答应了。她的健康已完全恢复，脸上已有了点红色。她心中的伤痕并没有平复，可是为了腹中的小儿，和四大妈的诚恳的劝慰，她已决定不再随便的啼哭或暗自发愁，免得伤了胎气。

她走后，他坐起来，闭目等候着金三爷。他切盼金三爷快快的来到，可是又后悔没有嘱咐儿媳不要走得太慌，而自己嘟囔着："她会晓得留心的！她会！可怜的孩子！"嘟囔了几次，他又想笑自己：这么婆婆妈妈的怎像个要去杀敌报仇的人呢！

少奶奶去了差不多一个钟头才回来。金三爷的发光的红脑门上冒着汗，不是走出来的，而是因为随着女儿一步一步的蹭，急出来的。到了屋中，他叹了口气："要随着她走一天的道儿，我得急死！"

少奶奶向来不大爱说话，可是在父亲跟前，就不免撒点娇："我还直快走呢！"

"好！好！你去歇会儿吧！"钱老人的眼中发出点和善的光来。在平日，他说不上来是喜爱她，还是不喜爱她。他仿佛只有个儿媳，而公公与儿媳之间似乎老隔着一层帐幕。现在，他觉得她是个最可怜最可敬的人。一切将都要灭亡，只有她必须活着，好再增多一条生命，一条使死者得以不死的生命。

"三爷！劳你驾，把桌子底下的酒瓶拿过来！"他微笑着说。

"刚刚好一点，又想喝酒！"金三爷对他的至亲好友是不闹客气的。可是，他把酒瓶找到，并且找来两个茶杯。倒了半杯酒，他看了亲家一眼，"够了吧？"

钱先生颇有点着急的样子："给我！我来倒！"金三爷吸了口气，把酒倒满了杯，递给亲家。

"你呢？"钱老人拿着酒杯问。

"我也得喝？"

钱老人点了点头："也得是一杯！"

金三爷只好也给自己倒了一杯。

"喝！"钱先生把杯举起来。

"慢点哟！"金三爷不放心的说。

"没关系！"钱先生分两气把酒喝干。

亮了亮杯底，他等候着亲家喝。一见亲家也喝完，他叫了声："三爷！"而后把杯子用力的摔在墙上，摔得粉碎。"怎么回事？"金三爷莫名其妙的问。

"从此不再饮酒！"钱先生闭了闭眼。

"那好哇！"金三爷眨巴着眼，拉了张小凳，坐在床前。

钱先生看亲家坐好，他猛的由床沿上出溜下来，跪在了地上；还没等亲家想出主意，他已磕了一个头。金三爷忙把亲家拉了起来。"这是怎回事？这是怎回事？"一面说，他一面把亲家扶到床沿上坐好。

"三爷，你坐下！"看金三爷坐好，钱先生继续着说："三爷，我求你点事！虽然我给你磕了头，你可是能管再管，不要勉强！"

"说吧，亲家，你的事就是我的事！"金三爷掏出烟袋来，慢慢的拧烟。

"这点事可不算小！"

"先别吓噱我！"金三爷笑了一下。

"少奶奶已有了孕。我，一个作公公的，没法照应她。我打算——"

"教她回娘家，是不是？你说一声就是了，这点事也值得磕头？她是我的女儿呀！"金三爷觉得自己既聪明又慷慨。"不，还有更麻烦的地方！她无论生儿生女，你得替钱家养活着！我把儿媳和后代全交给了你！儿媳还年轻，她若不愿守节，任凭她改嫁，不必跟我商议。她若是改了嫁，小孩可得留给你，你要像教养亲孙子似的教养他。别的我不管，我只求你必得常常告诉他，他的祖母、父亲、叔父，都是怎样死的！三爷，这个麻烦可不小，你想一想再回答我！你答应，我们钱家历代祖宗有灵，都要感激你；你不答应，我决不恼你！你想想看！"

金三爷有点摸不清头脑了，吧唧着烟袋，他楞起来。他会算计，而不会思想。女儿回家，外孙归他养活，都作得到；家中多添两口人还不至于教他吃累。不过，亲家这是什么意思呢？他想不出！为不愿多发楞，他反问了句："你自己怎么办呢？"

酒劲上来了，钱先生的脸上发了点红。他有点急躁。"不用管我，我有我的办法！你若肯把女儿带走，我把这些破桌子烂板凳，托李四爷给卖一卖。然后，我也许离开北平，也许租一间小屋，自己瞎混。反正我有我的办法！我有我的办法！"

"那，我不放心！"金三爷脸上的红光渐渐的消失，他的确不放心亲家。在社会上，他并没有地位。比他穷的人，知道他既是钱狠子，手脚又厉害，都只向他点头哈腰的敬而远之。比他富的人，只在用着他的时候才招呼他；把事办完，他拿了佣钱，人家就不再理他。他只有钱先生这么个好友，能在生意关系之外，还和他喝酒谈心。他不能教亲家离开北平，也不能允许他租一间小屋子去独自瞎混。"那不行！连你，带我的女儿，都归了我去！我养活得起你们！你五十多了，我快奔六十！让咱们天天一块儿喝两杯吧！"

"三爷！"钱先生只这么叫了一声，没有说出别的来。他不能把自己的计划说出来，又觉得这是违反了"事无不可对人言"的道理。他也知道金三爷的话出于一片至诚，自己不该狠心的不说出实话来。沉默了好久，他才又开了口："三爷，年月不对了，我们应当各奔前程！干脆一点，你答应我的话不答应？"

"我答应！你也得答应我，搬到我那里去！"

很难过的，钱先生扯谎："这么办，你先让我试一试，看我能独自混下去不能！不行，我一定找你去！"金三爷楞了许久才勉强的点了头。

"三爷，事情越快办越好！少奶奶愿意带什么东西走，随她挑选！你告诉她去，我没脸对她讲！三爷，你帮了我的大忙！我，只要不死，永远，永远忘不了你的恩！"

金三爷要落泪，所以急忙立起来，把烟袋锅用力磕了两下子。而后，长叹了一口气，到女儿屋中去。

钱先生还坐在床沿上，心中说不出是应当高兴，还是应当难过。妻，孟石，仲石，都已永不能再见；现在，他又诀别了老友与儿媳——还有那个未生下来的孙子！他至少应当等着看一看孙子的小脸；他相信那个小脸必定很像孟石。同时，他又觉得只有这么狠心才对，假若他看见了孙子，也许就只顾作祖父而忘了别的一切。"还是这样好！我的命是白捡来的，不能只消磨在抱孙子上！我应当庆祝自己有这样的狠心——敌人比我更狠得多呀！"看了看酒瓶，他想再喝一杯。可是，他没有去动它。只有酒能使他高兴起来，但是他必须对得起地上破碎的杯子！他咽了一大口唾沫。

正这样呆坐，野求轻手蹑脚的走进来。老人笑了。按着他的决心说，多看见一个亲戚或朋友与否，已经都没有任何关系。可是，他到底愿意多看见一个人；野求来的正是时候。

"怎么？都能坐起来了？"野求心中也很高兴。

钱先生笑着点了点头。"不久我就可以走路了！""太好了！太好了！"野求揉着手说。

野求的脸上比往常好看多了,虽然还没有多少肉,可是颜色不发绿了。他穿着件新青布棉袍,脚上的棉鞋也是新的。一边和姐丈闲谈,他一边掏胸前尽里边的口袋。掏了好大半天,他掏出来十五张一块钱的钞票来。笑着,他轻轻的把钱票放在床上。

"干吗?"钱先生问。

野求笑了好几气,才说出来:"你自己买点什么吃!"说完,他的小薄嘴唇闭得紧紧的,好像很怕姐丈不肯接受。"你哪儿有富余钱给我呢?"

"我,我,找到个相当好的事!"

"在哪儿?"

野求的眼珠停止了转动,楞了一会儿。"新政府不是成立了吗?"

"哪个新政府?"

野求叹了口气。"姐丈!你知道我,我不是没有骨头的人!可是,八个孩子,一个病包儿似的老婆,教我怎办呢?难道我真该瞪着眼看他们饿死吗?"

"所以你在日本人组织的政府里找了差事!"钱先生不错眼珠的看着野求的脸。

野求的脸直抽动。"我没去找任何人!我晓得廉耻!他们来找我,请我去帮忙。我的良心能够原谅我!"

钱先生慢慢的把十五张票子拿起来,而极快的一把扔在野求的脸上:"你出去!永远永远不要再来,我没有你这么个亲戚!走!"他的手颤抖着指着屋门。

野求的脸又绿了。他的确是一片热诚的来给姐丈送钱,为是博得姐丈的欢心,谁知道结果会是碰了一鼻子灰。他不能和姐丈辩驳,姐丈责备的都对。他只能求姐丈原谅他的不得已而为之,可是姐丈既不肯原谅,他就没有一点办法。他也不好意思就这么走出去，姐丈有病，也许肝火旺一点，他应当忍着气，把这一场和平的结束过去，省得将来彼此不好见面。姐丈既是至亲，又是他所最佩服的好友，他不能就这么走出去，绝了交。他不住的舔他的薄嘴唇。坐着不妥，立起来也不合适，他不知怎样才好。

"还不走？"钱先生的怒气还一点也没减，催着野求走。野求含着泪，慢慢的立起来。"默吟！咱们就……"羞愧与难过截回去了他的话。他低着头，开始往外走。"等等！"钱先生叫住了他。

他像个受了气的小媳妇似的赶紧立住，仍旧低着头。"去，开开那只箱子！那里有两张小画，一张石豀的，一张石谷的，那是我的镇宅的宝物。我买得很便宜，才一共花了三百多块钱。光是石豀的那张，卖好了就可以卖四五百。你拿去，卖几个钱，去作个小买卖也好；哪怕是去卖花生瓜子呢，也比投降强！"把这些话说完，钱先生的怒气已去了一大半。他爱野求的学识，也知道他的困苦，他要成全他，成全一个好友是比责骂更有意义的。"去吧！"他的声音像平日那么柔和了。"你拿去，那只是我的一点小玩艺儿，我没心程再玩了！"

野求顾不得去想应当去拿画与否，就急忙去开箱子。他只希望这样的服从好讨姐丈的欢喜。箱子里没有多少东西，所有的一些东西也不过是些破书烂本子。他愿意一下子就把那两张画找到，可是又不敢慌忙的乱翻；他尊重图书，特别尊重姐丈的图书；书越破烂，他越小心。找了好久，他看不到所要找的东西。

"没有吗？"钱先生问。

"找不到！"

"把那些破东西都拿出来，放在这里！"他拍了拍床。"我找！"

野求轻轻的，象挪动一些珍宝似的，一件件的往床上放那些破书。钱先生一本本的翻弄。他们找不到那两张画。"少奶奶！"钱先生高声的喊，"你过来！"

他喊的声音是那么大,连金三爷也随着少奶奶跑了过来。

看到野求的不安的神气,亲家的急躁,与床上的破纸烂书,金三爷说了声:"这又是那一出?"

少奶奶想招呼野求,可是公公先说了话:"那两张画儿呢?"

"哪两张?"

"在箱子里的那两张,值钱的画!"

"我不知道!"少奶奶莫名其妙的回答。

"你想想看,有谁开过那个箱子没有!"

少奶奶想起来了。

金三爷也想起来了。

少奶奶也想起丈夫与婆婆来,心中一阵发酸,可是没敢哭出来。

"是不是一个纸卷哟?"金三爷说。

"是!是!没有裱过的画!"

"放在孟石的棺材里了!"

"谁?"

"亲家母!"

钱先生楞了好半天,叹了口气。

三十五

　　春天好似不管人间有什么悲痛，又带着它的温暖与香色来到北平。地上与河里的冰很快的都化开，从河边与墙根都露出细的绿苗来。柳条上缀起鹅黄的碎点，大雁在空中排开队伍，长声的呼应着。一切都有了生意，只有北平的人还冻结在冰里。

　　苦了小顺儿和妞子。这本是可以买几个模子，磕泥饽饽的好时候。用黄土泥磕好了泥人儿，泥饼儿，都放在小凳上，而后再从墙根采来叶儿还卷着的香草，摆在泥人儿的前面，就可以唱了呀："泥泥饽饽，泥泥人儿耶，老头儿喝酒，不让人儿耶！"这该是多么得意的事呀！可是，妈妈不给钱买模子，而当挖到了香草以后，唱着"香香蒿子，辣辣罐儿耶"的时候，父亲也总是不高兴的说："别嚷！别嚷！"

　　他们不晓得妈妈近来为什么那样吝啬，连磕泥饽饽的模子也不给买。爸爸就更奇怪，老那么横虎子似的，说话就瞪眼。太爷爷本是他们的"救主"，可是近来他老人家也仿佛变了样子。在以前，每逢柳树发了绿的时候，他必定带着他们到护国寺去买赤包儿秧子，葫芦秧子，和什么小盆的"开不够"与各种花仔儿。今年，他连萝卜头，白菜脑袋，都没有种，更不用说是买花秧去了。

　　爷爷不常回来，而且每次回来，都忘记给他们带点吃食。这时候不是正卖豌豆黄，艾窝窝，玫瑰枣儿，柿饼子，和天津萝卜么？怎么爷爷总说街上什么零吃也没有卖的呢？小顺儿告诉妹妹："爷爷准是爱说瞎话！"

　　祖母还是待他们很好，不过，她老是闹病，哼哼唧唧的不高兴。她常常念叨三叔，盼望他早早回来，可是当小顺儿自告奋勇，要去找三叔的时候,她又不准。小顺儿以为只要祖母准他去,他必定能把三叔找回来。他有把握!妞子也很想念三叔,也愿意陪着哥哥去找他。因为这个,他们小兄妹俩还常拌嘴。小顺儿说:"妞妞,你不能去!你不认识路!"妞子否认她不识路:"我连四牌楼,都认识!"

一家子里,只有二叔满面红光的怪精神。可是,他也不是怎么老不回来。他只在新年的时候来过一次,大模大样的给太爷爷和祖母磕了头就走了,连一斤杂拌儿也没给他们俩买来。所以他们俩拒绝了给他磕头拜年,妈妈还直要打他们;臭二叔!胖二婶根本没有来过,大概是,他们猜想,肉太多了,走不动的缘故。

最让他们羡慕的是冠家。看人家多么会过年!当妈妈不留神的时候,他们俩便偷偷的溜出去,在门口看热闹。哎呀,冠家来了多少漂亮的姑娘呀!每一个都打扮得那么花哨好看,小妞子都看呆了,嘴张着,半天也闭不上!她们不但穿得花哨,头和脸都打扮得漂亮,她们也都非常的活泼,大声的说着笑着,一点也不像妈妈那么愁眉苦眼的。她们到冠家来,手中都必拿着点礼物。小顺儿把食指含在口中,连连的吸气。小妞子"一、二、三,"的数着;她心中最大的数字是"十二",一会儿她就数到了"十二个瓶子!十二包点心!十二个盒子!"她不由的发表了意见:"他们过年,有多少好吃的呀!"他们还看见一次,他们的胖婶子也拿着礼物到冠家去。他们最初以为她是给他们买来的好吃食,而跑过去叫她,她可是一声也没出便走进冠家去。因此,他们既羡慕冠家,也恨冠家——冠家夺去他们的好吃食。他们回家报告给妈妈:敢情胖婶子并不是胖得走不动,而是故意的不来看他们。妈妈低声的嘱咐他们,千万别对祖母和太爷爷说。他们不晓得这是为了什么,而只觉得妈妈太奇怪;难道胖二婶不是他们家的人么?难道她已经算是冠家的人了么?但是,妈妈的话是不好违抗的,他们只好把这件气人的事存在心里。小顺儿告诉妹妹:"咱们得听妈妈的话哟!"说完他像小大人似的点了点头,仿佛增长了学问似的。

是的，小顺儿确是长了学问。你看，家中的大人们虽然不乐意听冠家的事，可是他们老嘀嘀咕咕的讲论钱家。钱家，他由大人的口中听到，已然只剩了一所空房子，钱少奶奶回了娘家，那位好养花的老头儿忽然不见了。他上哪儿去了呢？没有人知道。太爷爷没事儿就和爸爸嘀咕这回事。有一回，太爷爷居然为这个事而落了眼泪。小顺儿忙着躲开，大人们的泪是不喜欢教小孩子看见的。妈妈的泪不是每每落在厨房的炉子上么？

更教小顺儿心里跳动而不敢说什么的事，是，听说钱家的空房子已被冠先生租了去，预备再租给日本人。日本人还没有搬了来，房屋可是正在修理——把窗子改矮，地上换木板好摆日本的"榻榻米"。小顺儿很想到一号去看看，又怕碰上日本人。他只好和了些黄土泥，教妹妹当泥瓦匠，建造小房子。他自己作监工的。无论妹妹把窗子盖得多么矮，他总要挑剔："还太高！还太高！"他捏了个很小的泥人，也就有半寸高吧。"你看看，妹，日本人是矮子，只有这么高呀！"

这个游戏又被妈妈禁止了。妈妈仿佛以为日本人不但不是那么矮，而且似乎还很可怕；她为将要和日本人作邻居，愁得什么似的。小顺儿看妈妈的神气不对，不便多问；他只命令妹妹把小泥屋子毁掉，他也把那个不到半寸高的泥人揉成了个小球，扔在门外。

最使他们俩和全家伤心的是常二爷在城门洞里被日本人打了一顿，而且在瓮圈儿里罚跪。

常二爷的生活是最有规律的，而且这规律是保持得那么久，倒好像他是大自然的一个钟摆，老那么有规律的摆动，永远不倦怠与停顿。因此，他虽然已经六十多岁，可是他自己似乎倒不觉得老迈；他的年纪仿佛专为给别人看的，像一座大钟那样给人们报告时间。因此，虽然他吃的是粗茶淡饭，住的是一升火就像砖窑似的屋子，穿的是破旧的衣裳，可是他，自青年到老年，老那么活泼结实，直像刚挖出来的一个红萝卜，虽然带着泥土，而鲜伶伶的可爱。

每到元旦，他在夜半就迎了神，祭了祖，而后吃不知多少真正小磨香油拌的素馅饺子——他的那点猪肉必须留到大年初二祭完财神，才作一顿元宝汤的。吃过了素馅饺子，他必须熬一通夜。他不赌钱，也没有别的事情，但是他必须熬夜，为是教灶上老有火亮，贴在壁上的灶王爷面前老烧着一线高香。这是他的宗教。他并不信灶王爷与财神爷真有什么灵应，但是他愿屋中有点光亮与温暖。他买不起鞭炮，与成斤的大红烛，他只用一线高香与灶中的柴炭，迎接新年，希望新年与他的心地全是光明的。后半夜，他发困的时候，他会出去看一看天上的星；经凉风儿一吹，他便又有了精神。进来，他抓一把专为过年预备的铁蚕豆，把它们嚼得嘣嘣的响。

他并不一定爱吃那些豆子，可是真满意自己的牙齿。天一亮，他勒一勒腰带，顺着小道儿去"逛"大钟寺。没有人这么早来逛庙，他自己也并不希望看见什么豆汁摊子，大糖葫芦，沙雁，风车与那些红男绿女。他只是为走这么几里地，看一眼那座古寺；只要那座庙还存在，世界仿佛就并没改了样，而他感到安全。

看见了庙门，他便折回来，沿路去向亲戚朋友拜年。到十点钟左右，他回到家，吃点东西，便睡一个大觉。大年初二，很早的祭了财神，吃两三大碗馄饨，他便进城去拜年，祁家必是头一家。

今年，他可是并没到大钟寺去，也没到城里来拜年。他的世界变了，变得一点头脑也摸不着。夜里，远处老有枪声，有时候还打炮。他不知道是谁打谁，而心里老放不下去。像受了惊吓的小儿似的，睡着睡着他就猛的一下子吓醒。有的时候，他的和邻居的狗都拼命的叫，叫得使人心里发颤。第二天，有人告诉他：夜里又过兵来着！什么兵？是我们的，还是敌人的？没人知道。

假若夜里睡不消停，白天他心里也不踏实。谣言很多。尽管他的门前是那么安静，可是只要过来一辆大车或一个行人，便带来一片谣言。有的说北苑来了多少敌兵，有的说西苑正修飞机场，有的说敌兵要抓几千名案子，有的说沿着他门前的大道要修公路。抓案？他的儿子正年轻力壮啊！他得设法把儿子藏起去。修公路？他的几亩田正在大道边上；不要多，只占去他二亩，他就受不了！他决定不能离开家门一步，他须黑天白日盯着他的儿子与田地！

还有人说：日本人在西苑西北屠了两三个村子，因为那里窝藏着我们的游击队。这，常二爷想，不能是谣言；半夜里的枪声炮响不都是在西北么？他愿意相信我们还有游击队，敢和日本鬼子拼命。同时，他又怕自己的村子也教敌人给屠了。想想看吧，德胜门关厢的监狱不是被我们的游击队给砸开了么？他的家离德胜门也不过七八里路呀！屠村子是可能的！

他不但听见，也亲眼看见了：顺着大道，有许多人从西北往城里去，他们都扶老携幼的，挑着或背着行李。他打听明白：这些人起码都是小康之家，家中有房子有地。他们把地像白给似的卖出去，放弃了房子，搬到城里去住。他们怕屠杀。这些人也告诉他：日本人将来不要地税，而是要粮食，连稻草与麦秆儿全要。你种多少地，收多少粮，日本人都派人来监视；你收粮，他拿走！你不种，他照样的要！你不交，他治死你！

常二爷的心跳到口中来。背着手在他的田边上绕，他须细细的想一想。他有智慧，可是脑子很慢。是不是他也搬进城去住呢？他向西山摇了摇头。山，他，他的地，都永远不能动！不能动！真的，他的几亩地并没给过他任何物质上的享受。他一年到头至多吃上两三次猪肉，他的唯一的一件礼服是那件洗过不知多少次的蓝布大褂。可是，他还是舍不得离开他的地。离开他的地，即使吃喝穿住都比现在好，他也不一定快活。有地，才有他会作的事；有地，他才有了根。

不！不！什么都也许会遇见，只有日本人来抢庄稼是谣言，地道的谣言！他不能先信谣言，吓唬自己。看着土城，他点了点头。他不知道那是金元时代的遗迹，而只晓得他自幼儿就天天看见它，到如今它也还未被狂风吹散。他也该像这土城，永远立在这里。由土城收回眼神，他看到脚前的地，麦苗儿，短短的，黑绿的麦苗儿，一垄一垄的一直通到邻家的地，而后又连到很远很远的地，又……他又看到西山。谣言！谣言！这是他的地，那是王家的，那是丁家的，那是……西山；这才是实在的！别的都是谣言！

不过，万一敌人真要抢粮来，怎办呢？即使不来抢，而用兵马给践踏坏了，怎办呢？他想不出办法！他的背上有点痒，像是要出汗！他只能昼夜的看守着他的地。有人真来抢劫，他会拚命！这么决定了，他又高兴一点，开始顺着大道去拣马粪。拣着一堆马粪，他就回头看一看他的地，而后告诉自己：都是谣言，地是丢不了的！金子银子都容易丢了，只有这黑黄的地土永远丢不了！

快到清明了，他更忙了一些。一忙，他心里反倒踏实了好多。夜里虽还时时听到枪声，可是敌人并没派人来要粮。麦苗已经不再趴在地上，都随着春风立起来，油绿油绿的。一行行的绿麦，镶着一条条的黄土，世界上还有什么比这更好看呢？再看，自己的这一块地，收拾得多么整齐，麦垅有多么直溜！这块地的本质原不很好，可是他的精神与劳力却一点不因土壤而懈怠。老天爷不下雨，或下雨太多，他都无法挽救旱涝；可是只要天时不太坏，他就用上他的全力去操作，不省下一滴汗。看看他的地，他觉得应当骄傲，高兴！他的地不仅出粮食，也表现着他的人格。他和地是一回事。有这块地，连日月星辰也都属于他了！

对祁家那块坟地，他一点也不比自己的那块少卖力气。"快清明了！"他心中说："应当给他们拍一拍坟头！谁管他们来不来烧纸呢！"他给坟头添了土，拍得整整齐齐的。一边拍，一边他想念祁家的人，今年初二，他没能去拜年，心中老觉得不安。他盼望他们能在清明的时节来上坟。假若他们能来，那就说明了城里的人已不怕出城，而日本人抢粮的话十之八九是谣言了。

离他有二里地的马家大少爷闹嗓子，已经有一天多不能吃东西。马家有几亩地，可是不够吃的，多亏大少爷在城里法院作法警，月间能交家三头五块的。大少爷的病既这么严重，全家都慌了，所以来向常二爷要主意。常二爷正在地里忙着，可是救命的事是义不容辞的。他不是医生，但是凭他的生活经验与人格，邻居们相信他或者比相信医生的程度还更高一些。他记得不少的草药偏方，从地上挖巴挖巴就能治病，既省钱又省事。在他看，只有城里的人才用得着医生，唯一的原因是城里的人有钱。对马家少爷的病，他背诵了许多偏方，都觉得不适用。闹嗓子是重病。最后，他想起来六神丸。他说：

"这可不是草药，得上城里买去，很贵！"

贵也没办法呀，救命要紧！马家的人从常二爷的口中听到药名，仿佛觉得病人的命已经可以保住。他们丝毫不去怀疑六神丸。只要出自常二爷之口，就是七神丸也一样能治病的。问题只在哪儿去筹几块钱，和托谁去买。

七拼八凑的，弄到了十块钱。谁去买呢？当然是常二爷。大家的逻辑是：常二爷既知道药名，就也必知道到哪里去买；而且，常二爷若不去买，别人即使能买到，恐怕也会失去效验的！

"得到前门去买呀！"常二爷不大愿意离开家，可又不便推辞，只好提出前门教大家考虑一下。前门，在大家的心中，是个可怕的地方。那里整天整夜的拥挤着无数的人马车辆，动不动就会碰伤了人。还有，乡下的土财主要是想进城花钱，不是都花在前门么？那里有穿着金线织成的衣服的女人，据说这种女人"吃"土财主十顷地象吃一个烧饼那么容易！况且，前门离西直门还有十多里路呢。

不过，唯其因为前门这样的可怕，才更非常二爷出马不行。嘴上没有胡须的人哪能随便就上前门呢！

常二爷被自己的话绕在里边了！他非去不可！众望所归，还有什么可说的呢？揣上那十块钱，他勒了勒腰带，准备进城。已经走了几步，有人告诉他，一进西直门就坐电车，一会儿就到前门。他点了点头，而心中很乱；他不晓得坐电车都有多少手续与规矩。他一辈子只晓得走路，坐车已经是个麻烦，何况又是坐电车呢！不，他告诉自己，不坐车，走路是最妥当的办法！

刚一进西直门，他就被日本兵拦住了。他有点怕，但是决定沉住了气。心里说："我是天字第一号的老实人，怕什么呢？"

日本人打手式教他解开怀。他很快的就看明白了，心中几乎要高兴自己的沉着与聪明。在解纽扣之前，他先把怀中掖着的十块钱票子取了出来，握在手中。心里说："除了这个，准保你什么也搜不着！有本事的话，你也许能摸住一两个虱子！"

日本人劈手把钱抢过去，回手就是左右开弓两个嘴巴。常二爷的眼前飞起好几团金星。

"大大的坏，你！"日本兵指着老人的鼻子说。说罢，他用手捏着老人的鼻子，往城墙上拉；老人的头碰在了墙上，日本兵说："看！"

老人看见了，墙上有一张告示。可是，他不认那么多的字。对着告示，他咽了几口气。怒火烧着他的心，慢慢的他握好了拳。他是个中国人，北方的中国人，北平郊外的中国人。他不认识多少字，他可是晓得由孔夫子传下来的礼义廉耻。他吃的是糠，而道出来的是仁义。他一共有几亩地，而他的人格是顶得起天来的。他是个最讲理的，知耻的，全人类里最拿得出去的，人！他不能这么白白的挨打受辱，他可以不要命，而不能随便丢弃了"理"！

可是，他也是世界上最爱和平的人。慢慢的，他把握好的拳头又放开了。他的邻居等着吃药呢！他不能只顾自己的脸面，而忘了马少爷的命！慢慢的，他转过身来，像对付一条恶狗似的，他忍着气央求："那几块钱是买药的，还给我吧！那要是我自己的钱，就不要了，你们当兵的也不容易呀！"日本兵不懂他的话，而只向旁边的一个中国警察一努嘴。警察过来拉住老人的臂，往瓮圈里拖。老人低声的问："怎么回事？"

警察用很低的声音，在老人耳边说："不准用咱们的钱啦，一律用他们的！带着咱们的钱，有罪！好在你带的少，还不至于有多大的罪过。得啦，"他指着瓮圈内的路旁，"老人家委屈一会儿吧！"

"干什么？"老人问。

"跪一会儿！"

"跪？"老人从警察手中夺出胳臂来。

"好汉不吃眼前亏！你这么大的年纪啦，招他捶巴一顿，受不了！没人笑话你，这是常事！多嗒咱们的军队打回来，把这群狗养的都杀绝。"

"我不能跪！"老人挺起胸来。

"我可是好意呀，老大爷！论年纪，你和我父亲差不多！这总算说到家了吧？我怕你再挨打！"

老人没了主意，日本兵有枪，他自己赤手空拳。即使他肯拼命，马家的病人怎么办呢？极慢极慢的，眼中冒着火，他跪了下去。他从手到脚都哆嗦着。除了老亲和老天爷，他没向任何人屈过膝。今天，他跪在人马最多的瓮圈儿中。他不敢抬头，而把牙咬得山响，热汗顺着脖子往下流。

虽然没抬头，他可是觉得出，行人都没有看他；他的耻辱，也是他们的；他是他们中间的老人。跪了大概有一分钟吧，过来一家送殡的，闹丧鼓子乒乒乓乓的打得很响。音乐忽然停止。一群人都立在他身旁，等着检查。他抬起头来看了一眼，那些穿孝衣的都用眼盯着日本人，沉默而着急，仿佛很怕棺材出不了城。他叹了口气，对自己说："连死人也逃不过这一关！"

日本兵极细心的检查过了一切的人，把手一扬，锣鼓又响了。一把纸钱，好似撒的人的手有点哆嗦，没有揉好，都三三两两的还没分开，就落在老人的头上。日本兵笑了。那位警察乘着机会走过来，假意作威的喊："你还不滚！留神，下次犯了可不能这么轻轻的饶了你！"

老人立起来,看了看巡警,看了看日本兵,看了看自己的磕膝。他好像不认识了一切,呆呆的楞在那里。他什么也不想,只想过去拧下敌兵的头来。一辈子,他老承认自己的命运不好,所以永远连抱怨老天爷不下雨都觉得不大对。今天他所遇到的可并不是老天爷,而是一个比他年轻许多的小兵。他不服气!人都是人,谁也不应当教谁矮下一截,在地上跪着!

"还不走哪?"警察很关心的说。

老人用手掌使劲的擦了擦嘴上的花白短胡,咽了口气,慢慢的往城里走。

他去找瑞宣。进了门,他没敢跺脚和拍打身上的尘土,他已经不是人,他须去掉一切人的声势。走到枣树那溜儿,带着哭音,他叫了声:"祁大哥!"

祁家的人全一惊,几个声音一齐发出来:"常二爷!"他立在院子里。"是我哟!我不是人!"

小顺儿是头一个跑到老人的跟前,一边叫,一边扯老人的手。

"别叫了!我不是太爷,是孙子!"

"怎么啦?"祁老人越要快而越慢的走出来。"老二,你进来呀!"

瑞宣夫妇也忙着跑过来。小妞儿慌手忙脚的往前钻,几乎跌了一跤。

"老二!"祁老人见着心友,心中痛快得仿佛像风雪之后见着阳光似的。"你大年初二没有来!不是挑你的眼,是真想你呀!"

"我来?今天我来了!在城门上挨了打,罚了跪!凭我这个年纪,罚跪呀!"他看着大家,用力往回收敛他的泪。可是,面前的几个脸都是那么熟习和祥,他的泪终于落了下来。"怎么啦?常二爷爷?"瑞宣问。

"先进屋来吧!"祁老人虽然不知是怎回事,可是见常二爷落了泪,心中有些起急。"小顺儿的妈,打水,泡茶去!"进到屋中,常二爷把城门上的一幕学说给大家听。"这都是怎么事呢?大哥,我不想活着了,快七十了,越活越矮,我受不了!"

"是呀！咱们的钱也不准用了！"祁老人叹着气说。"城外头还照常用啊！能怪我吗？"常二爷提出他的理由来。

"罚跪还是小事，二爷爷！不准用咱们的钱才厉害！钱就是咱们的血脉，把血脉吸干，咱们还怎么活着呢？"瑞宣明知道这几句话毫无用处，可是已经憋了好久，没法不说出来。常二爷没听懂瑞宣的话，可是他另悟出点意思来："我明白了，这真是改朝换代了，咱们的钱不准用，还教我在街上跪着！"

瑞宣不愿再和老人讲大事，而决定先讨他个欢心。"得啦，还没给你老人家拜年，给你拜个晚年吧！"说完，他就跪在了地上。

这，不但教常二爷笑了笑，连祁老人也觉得孙子明礼可爱。祁老人心中一好受，马上想出了主意："瑞宣，你给买一趟药去！小顺儿的妈，你给二爷爷作饭！"常老人不肯教瑞宣跑一趟前门。瑞宣一定要去："我不必跑那么远，新街口有一家铺子就带卖！我一会儿就回来！""真的呀？别买了假药！"常二爷受人之托，唯恐买了假药。

"假不了！"瑞宣跑了出去。

饭作好，常二爷不肯吃。他的怒气还未消。大家好说歹说的，连天佑太太也过来劝慰，他才勉强的吃了一碗饭。饭后说闲话，他把乡下的种种谣言说给大家听，并且下了注解："今天我不敢不信这些话了，日本人是什么屎都拉得出来的！"瑞宣买来药，又劝慰了老人一阵。老人拿着药告辞："大哥，没有事我可就不再进城了！反正咱们心里彼此想念着就是了！"

小顺儿与妞子把常二爷的事听明白了差不多一半。常二爷走后，他开始装作日本人，教妹妹装常二爷，在台阶下罚跪。妈妈过来给他屁股上两巴掌，"你什么不好学，单学日本人！"小顺儿抹着泪，到祖母屋中去诉苦。

三十六

杏花开了。台儿庄大捷。

程长顺的生意完全没了希望。日本人把全城所有的广播收音机都没收了去,而后勒令每一个院子要买一架日本造的,四个灯的,只能收本市与冀东的收音机。冠家首先遵命,昼夜的开着机器,冀东的播音节目比北平的迟一个多钟头,所以一直到夜里十二点,冠家还锣鼓喧天的响着。六号院里,小文安了一架,专为听广播京戏。这两架机器的响声,前后夹攻着祁家,吵得瑞宣时常的咒骂。瑞宣决定不买,幸而白巡长好说话,没有强迫他。

"祁先生你这么办,"白巡长献计:"等着,等到我交不上差的时候,你再买。买来呢,你怕吵得慌,就老不开开好了!

这是日本人作一笔大生意,要讲听消息,谁信……"

李四爷也买了一架,不为听什么,而只为不惹事。他没心听戏,也不会鼓逗那个洋玩艺。他的儿子,胖牛儿,可是时常把它开开,也不为听什么,而是觉得花钱买来的,不应当白白的放着不用。

七号杂院里,没有人愿意独力买一架,而大家合伙买又办不到,因为谁出了钱都是物主,就不便听别人的支配,而这个小东西又不是随便可以乱动的。后来,说相声的黑毛儿方六有一天被约去广播,得了一点报酬,买来一架,为是向他太太示威。他的理由是:"省得你老看不起我,贫嘴恶舌的说相声!瞧吧,我方六也到广播电台去露了脸!我在那儿一出声,九城八条大街,连天津三不管,都听得见!不信,你自己听听好喽!"

四号里,孙七和小崔当然没钱买,也不高兴买。"累了一天,晚上得睡觉,谁有工夫听那个!"小崔这么说。孙七完全同意小崔的话,可是为显出自己比小崔更有见识，就提出另一理由来："还不光为了睡觉！谁广播？日本人！这就甭说别的了，我反正不花钱听小鬼子造谣言！"

他们俩不肯负责，马寡妇可就慌了。明明的白巡长来通知，每家院子都得安一架，怎好硬不听从呢？万一日本人查下来，那还了得！同时她又不肯痛痛快快的独自出钱。她出得起这点钱，但是最怕人家知道她手里有积蓄。她决定先和小崔太太谈一谈。就是小崔太太和小崔一样的不肯出钱，她也得教她知道知道她自己手中并不宽绰。

"我说崔少奶奶，"老太太的眼睛眨巴眨巴的，好像心中有许多妙计似的。"别院里都有了响动，咱们也不能老耗着呀！我想，咱们好歹的也得弄一架那么会响的东西，别教日本人挑出咱们的错儿来呀！"

小崔太太没从正面回答，而扯了扯到处露着棉花的破袄，低着头说："天快热起来，棉衣可是脱不下来，真愁死人！"

是的，夹衣比收音机重要多了。马老太太再多说岂不就有点不知趣了么？她叹了口气，回到屋中和长顺商议。长顺呜嚷着鼻子，没有好气。"这一下把我的买卖揍到了底！家家有收音机，有钱的没钱的一样可以听大戏，谁还听我的话匣子？谁？咱们的买卖吹啦，还得自己买一架收音机？真！日本人来调查，我跟他们讲讲理！"

"他们也得讲理呀！他们讲理不就都好办了吗？长顺，我养你这么大，不容易，你可别给我招灾惹祸呀！"

长顺很坚决，一定不去买。为应付外婆，他时常开开他的留声机。"日本人真要是来查的话，咱们这儿也有响动就完了！"同时，他不高兴老闷在家里，听那几张已经听过千百次的留声机片。他得另找个营生。这又使外婆昼夜的思索，也想不出办法来。教外孙去卖花生瓜子什么的，未免有失身份；作较大的生意吧，又没那么多的本钱；卖力气，长顺是娇生惯养的惯了，吃不了苦；耍手艺，他又没有任何专长。她为了大难。为这个，她半夜里有时候睡不着觉。听着外孙的呼声，她偷偷的咒骂日本人。

她本来认为她和外孙是连个苍蝇也不得罪的人,日本人就绝对不会来欺侮他们。不错,日本人没有杀到他们头上来;可是,长顺没了事作,还不是日本人捣的鬼?她渐渐的明白了孙七和小崔为什么那样恨日本人。虽然她还不敢明目张胆的,一答一和的,对他们发表她的意见,可是,赶到他们俩在院中谈论日本人的时候,她在屋中就注意的听着;若是长顺不在屋里,她还大胆的点一点头,表示同意他们的话语。

长顺不能一天到晚老听留声机。他开始去串门子。他知道不应当到冠家去。外婆所给他的一点教育,使他根本看不起冠家的人。他很想到文家去,学几句二簧,可是他知道外婆是不希望他成为"戏子",而且也必定反对他和小文夫妇常常来往的。外婆不反对他和李四爷去谈天,但是他自己又不大高兴去,因为李四爷尽管是年高有德的人,可是不大有学问。他自己虽然也不过只能连嚼带糊的念戏本儿,可是觉得有成为学者的根底——能念唱本儿,慢慢的不就能念大书了么?一来二去,他去看丁约翰,当约翰休假的时候,他想讨换几个英国字,好能读留声机片上的洋字。他以为一切洋字都是英文,而丁约翰是必定精通英文的。可是,使他失望的是约翰并不认识那些字!不过,丁约翰有一套理论:"英文也和中文一样,有白话,有文言,写的和说的大不相同,大不相同!我在英国府作事,有一口儿英国话就够了;念英国字,那得有幼工,我小时候可惜没下过工夫!英国话,我差不多!你就说黄油吧,叫八特儿;茶,叫踢;水,是窝特儿!我全能听能说!"

长顺听了这一套,虽然不完全满意,可是究竟不能不钦佩丁约翰。他记住了八特儿,并且在家里把脂油叫作"白八特儿",气得外婆什么似的。

丁约翰既没能满足他,又不常回来,所以程长顺找到了瑞宣。对瑞宣,他早就想亲近。可是,看瑞宣的文文雅雅的样子,他有点自惭形秽,不敢往前巴结。有一天,看瑞宣拉着妞子在门口看大槐树上的两只喜鹊,他搭讪着走过来打招呼。不错,瑞宣的确有点使人敬而远之的神气,可是也并不傲气凌人。因此,他搭讪着跟了进去。在瑞宣的屋中,他请教了留声机片上的那几个英国字。瑞宣都晓得,并且详细的给他解释了一番。他更佩服了瑞宣,心中说:人家是下过幼工的!

长顺的求知心很盛,而又不敢多来打扰瑞宣,所以每一来到的时候,他的语声就呜嚷的特别的厉害,手脚都没地方放。及至和瑞宣说过了一会儿话,听到了他所没听过的话,他高了兴,开始极恭敬诚恳的问瑞宣许多问题。他相当的聪明,又喜欢求知。瑞宣看出来他的局促不安与求知的恳切,所以告诉他可以随便来,不必客气。这样,他才敢放胆的到祁家来。

瑞宣愿意有个人时常来谈一谈。年前,在南京陷落的时节,他的心中变成一片黑暗。那时候,他至多也不过能说:反正中日的事情永远完不了;败了,再打就是了!及至他听到政府继续抗战的宣言,他不再悲观了。他常常跟自己说:"只要打,就有出路!"一冬,他没有穿上皮袍,因为皮袍为钱先生的病送到当铺里去,而没能赎出来。他并没感觉到怎样不舒服。每逢太太催他去设法赎皮袍的时候,他就笑一笑:"心里热,身上就不冷!"赶到过年的时候,家中什么也没有,他也不着急,仿佛已经忘了过年这回事。韵梅的心中可不会这么平静,为讨老人们的喜欢,为应付儿女们的质问,她必须好歹的点缀点缀;若光是她自己,不过年本是无所不可的。她不敢催他,于是心中就更着急。忍到无可忍了,她才问了声:"怎么过年呀?"瑞宣又笑了笑。他已经不愿再为像过年这路的事体多费什么心思,正像他不关心冬天有皮袍没有一样。他的心长大了。他并无意变成个因悲观而冷酷的人,也不愿意因愤慨而对生活冷淡。他的忽略那些生活中的小事小节,是因为心中的坚定与明朗。他看清楚,一个具有爱和平的美德的民族,敢放胆的去打断手足上的锁镣,它就必能刚毅起来,而和平与刚毅揉到一起才是最好的品德。他还愁什么呢?看见山的,谁还肯玩几块小石卵呢?皮袍的有无,过年不过,都是些小石子,他已经看到了大山。

被太太催急了,他建议去把她那件出门才穿的灰鼠袍子送到当铺中去。韵梅生了气:"你怎么学得专会跑当铺呢?过日子讲究添置东西,咱们怎么专把东西往外送呢?"说真的,那虽然是她唯一的一件心爱的衣服,可是她并不为心疼它而生气。她所争的是家庭过日子的道理。

瑞宣没有因为这不客气的质问而发脾气。他已决定不为这样的小事动他的感情。苦难中的希望,洗涤了他的灵魂。结果,韵梅的皮袍入了当铺。

转过年开学,校中有五位同事不见了。他们都逃出北平去。瑞宣不能不惭愧自己的无法逃走,同时也改变了在北平的都是些糟蛋的意见。他的同事,还另外有许多人,并不是糟蛋,他们敢冒险逃出去。他们逃出去,绝不为去享受,而是为不甘心作奴隶。北平也有"人"!

由瑞丰口中,他听到各学校将要有日本人来作秘书,监视全校的一切活动。他知道这是必然的事,而决定看看日本秘书将怎么样给学生的心灵上刑。假若可能,他将在暗中给学生一些鼓励,一些安慰,教他们不忘了中国。这个作不到,他再辞职,去找别的事作。为了家中的老小,他须躲避最大的危险。可是,在可能的范围内,他须作到他所能作的,好使自己不完全用惭愧宽恕自己。

钱先生忽然不见了,瑞宣很不放心。可是,他很容易的就想到,钱先生一定不会隐藏起来,而是要去作些不愿意告诉别人的事。假若真要隐藏起去,他相信钱先生会告诉他的;钱先生是个爽直的人。爽直的人一旦有了不肯和好友说的话,他的心中必定打算好了一个不便连累朋友的计划。想到这里,他不由的吐出一口气来,心里说:"战争会创造人!坏的也许更坏,而好的也会更好!"他想象不出来,钱诗人将要去作些什么,和怎么去作,他可是绝对相信老人会不再爱惜生命,不再吟诗作画。钱老人的一切似乎都和抗战紧紧的联系在一处。他偷偷的喝了一盅酒,预祝老诗人的成功。

　　同事们与别人的逃走，钱老人的失踪，假若使他兴奋，禁止使用法币可使他揪心。他自己没有银行存款，用不着到银行去调换伪币，可是他觉得好像有一条绳子紧紧的勒在他与一切人的脖子上。日本人收法币去套换外汇，同时只用些纸来欺骗大家。华北将只耍弄一些纸片，而没有一点真的"财"。华北的血脉被敌人吸干！那些中国的银行还照常的营业，他想不出它们会有什么生意，和为什么还不关门。看着那些好看的楼房，他觉得它们都是纸糊的"楼库"。假若他弄不十分清楚银行里的事，他可是从感情上高兴城外的乡民还照旧信任法币。法币是纸，伪币也是纸，可是乡下人拒绝使用伪钞。这，他以为，是一种爱国心的表现。这是心理的，而不是经济的。他越高兴乡民这种表现，就越看不起那些银行。

　　和银行差不多，是那些卖新书的书店。它们存着的新书已被日本人拿去烧掉，它们现在印刷的已都不是"新"书。瑞宣以为它们也应当关门，可是它们还照常的开着。瑞宣喜欢逛书铺和书摊。看到新书，他不一定买，可是翻一翻它们，他就觉得舒服。新书仿佛是知识的花朵。出版的越多，才越显出文化的荣茂。现在，他看见的只是《孝经》，《四书》，与《西厢记》等等的重印，而看不到真的新书。日本人已经不许中国人发表思想。

　　是的，北平已没了钱财，没了教育，没了思想！但是，瑞宣的心中反倒比前几个月痛快的多了。他并不是因看惯了日本人和他们的横行霸道而变成麻木不仁，而是看到了光明的那一面。只要我们继续抵抗，他以为，日本人的一切如意算盘总是白费心机。中央政府的继续抗战的宣言像一剂泻药似的洗涤了他的心；他不再怀疑这次战争会又像九一八与一二八那样胡里胡涂的结束了。有了这个信心，他也就有了勇气。他把日本人在教育上的，经济上的，思想上的侵略，一股拢总都看成为对他这样不能奔赴国难的人的惩罚。他须承认自己的不能尽忠国家的罪过，从而去勇敢的受刑。同时，他决定好，无论受什么样的苦处，他须保持住不投降不失节的志气。不错,政府是迁到武汉去了。可是,他觉得自己的心离政府更近了一些。是的,日本人最厉害的一招是堵闭了北平人的耳朵,不许听到中央的广播,而用评戏,相声与像哭号似的日本人歌曲,麻醉北平人的听觉。可是,瑞宣还设法去听中央的广播,或看广播的纪录。他有一两位英国朋友,他们家里的收音机还没被日本人拿了去。听到或看到中央的消息,他觉得自己还是个中国人,时时刻刻的分享着在战争中一切中国人的喜怒哀乐。就是不幸他马上死亡,他的灵魂也会飞奔了中央去的。他觉得自己绝不是犯了神经病,由喜爱和平改为崇拜战争,绝不是。他读过托尔司泰、罗素、罗曼罗兰的非战的文字,他也相信人类的最大的仇敌是大自然,人类最大的使命是征服自然,使人类永远存在。人不应当互相残杀。可是,中国的抗战绝不是黩武喜杀,而是以抵抗来为世界保存一个和平的,古雅的,人道的,文化。这是个极大的使命。每一个有点知识的人都应当挺起胸来,担当这个重任。爱和平的人而没有勇敢,和平便变成屈辱,保身便变为偷生。

看清了这个大题目,他便没法不注意那些随时发生的小事:新民报社上面为庆祝胜利而放起的大气球,屡次被人们割断了绳子,某某汉奸接到了装着一颗枪弹的信封,在某某地方发现了抗日的传单……这些事都教他兴奋。他知道抗战的艰苦,知道这些小的表现绝不足以吓倒敌人,可是他没法不感觉到兴奋快活,因为这些小事正是那个大题目下的小注解;事情虽小,而与那最大的紧紧的相联,正像每一细小的神经都通脑中枢一样。

台儿庄的胜利使他的坚定变成为一种信仰。西长安街的大气球又升起来,北平的广播电台与报纸一齐宣传日本的胜利。日本的军事专家还写了许多论文,把这一战役比作但能堡的歼灭战。瑞宣却独自相信国军的胜利。他无法去高声的呼喊,告诉人们不要相信敌人的假消息。他无法来放起一个大气球,扯开我们胜利的旗帜。他只能自己心中高兴,给由冠家传来的广播声音一个轻蔑的微笑。

真的，即使有机会，他也不会去高呼狂喊，他是北平人。他的声音似乎专为吟咏用的。北平的庄严肃静不允许狂喊乱闹，所以他的声音必须温柔和善，好去配合北平的静穆与雍容。虽然如此，他心中可是觉得憋闷。他极想和谁谈一谈。长顺儿来得正好。长顺年轻，虽然自幼儿就受外婆的严格管教，可是年轻人到底有一股不能被外婆消灭净尽的热气。他喜欢听瑞宣的谈话。假若外婆的话都以"不"字开始——不要多说话！不要管闲事！不要……——瑞宣的话便差不多都以"我们应当"起头儿。外婆的话使他的心缩紧，好象要缩成一个小圆弹子，攥在手心里才好。瑞宣的话不然，它们使他兴奋，心中发热，眼睛放亮。他最喜欢听瑞宣说："中国一定不会亡！"瑞宣的话有时候很不容易懂，但是懂不懂的，他总是细心的听。他以为即使有一两句不懂，那又有什么关系呢，反正有"中国不亡"打底儿就行了！

长顺听了瑞宣的话，也想对别人说；知识和感情都是要往外发泄的东西。他当然不敢和外婆说。外婆已经问过他，干吗常到祁家去。他偷偷的转了转眼珠，扯了个谎："祁大爷教给我念洋文呢！"外婆以为外国人都说同样的洋文，正如同北平人都说北平话那样。那么，北平城既被日本人占据住，外孙子能说几句洋文，也许有些用处；因此，她就不拦阻外孙到祁家去。

可是，不久他就露了破绽。他对孙七与小崔显露了他的知识。论知识的水准，他们三个原本都差不多。但是，年岁永远是不平等的。在平日，孙七与小崔每逢说不过长顺的时候，便搬出他俩的年岁来压倒长顺。长顺心中虽然不平，可是没有反抗的好办法。外婆不是常常说，不准和年岁大的人拌嘴吗？现在，他可是说得头头是道，叫孙七与小崔的岁数一点用处也没有了。况且，小崔不过比他大着几岁，长顺简直觉得他几乎应当管小崔叫老弟了。

不错，马老太太近来已经有些同情孙七与小崔的反日的言论；可是，听到自己的外孙滔滔不绝的发表意见，她马上害怕起来。她看出来：长顺是在祁家学"坏"了!

她想应当快快的给长顺找个营生,老这么教他到处去摇晃着,一定没有好处。有了正当的营生,她该给外孙娶一房媳妇,拢住他的心。她自己只有这么个外孙,而程家又只有这么一条根,她绝对不能大撒手儿任着长顺的意儿爱干什么就干什么。这是她最大的责任,无可脱卸!日本人尽管会横行霸道,可是不能拦住外孙子结婚,和生儿养女。假如她自己这辈子须受日本人的气,长顺的儿女也许就能享福过太平日子了。只要程家有了享福的后代,他们也必不能忘了她老婆子的,而她死后也就有了焚香烧纸的人!

老太太把事情都这么想清楚,心中非常的高兴。她觉得自己的手已抓住了一点什么最可靠的东西,不管年月如何难过,不管日本人怎样厉害,都不能胜过她。她能克服一切困难。她手里仿佛拿到了万年不易的一点什么,从汉朝——她的最远的朝代是汉朝——到如今,再到永远,都不会改变——她的眼睛亮起来,颧骨上居然红润了一小块。

在瑞宣这方面,他并没料到长顺会把他的话吸收得那么快,而且使长顺的内心里发生了变动。在学校里,他轻易不和学生们谈闲话,即使偶一为之,他也并没感到他的话能收到多大的效果。学校里的教师多,学生们听的话也多,所以学生们的耳朵似乎已变硬,不轻易动他们的感情。长顺没入过中学,除了简单数目的加减,与眼前的几个字,他差不多什么也不知道。因此,他的感情极容易激动,就像一个粗人受人家几句煽惑便马上敢去动武打架那样。有一天,他扭捏了半天,而后说出一句话来:"祁先生!我从军去好不好?"

瑞宣半天没能回出话来。他没料到自己的闲话会在这个青年的心中发生了这么大的效果。他忽然发现了一个事实:知识不多的人反倒容易有深厚的情感,而这情感的泉源是我们的古远的文化。一个人可以很容易获得一些知识,而性情的深厚却不是一会儿工夫培养得出的。上海与台儿庄的那些无名的英雄,他想起来,岂不多数是没有受过什么教育的乡下人么?

他们也许写不上来"国家"两个字,可是他们都视死如归的为国家牺牲了性命!同时,他也想到,有知识的人,像他自己,反倒前怕狼后怕虎的不敢勇往直前;知识好像是情感的障碍。他正这样的思索,长顺又说了话:"我想明白了:就是日本人不勒令家家安收音机,我还可以天天有生意作,那又算得了什么呢?国要是亡了,几张留声机片还能救了我的命吗?我很舍不得外婆,可是事情摆在这儿,我能老为外婆活着吗?人家那些打仗的,谁又没有家,没有老人呢?人家要肯为国家卖命,我就也应当去打仗!是不是?祁先生!"

瑞宣还是回不出话来。在他的理智上,他知道每一个中国人都该为保存自己的祖坟与文化而去战斗。可是,在感情上,因为他是中国人,所以他老先去想每个人的困难。他想:长顺若是抛下他的老外婆,而去从军,外婆将怎么办呢?同时,他又不能拦阻长顺,正如同他不能拦阻老三逃出北平那样。

"祁先生,你看我去当步兵好,还是炮兵好?"长顺呜呜囔囔的又发了问。"我愿意作炮兵!你看,对准了敌人的大队,忽隆一炮,一死一大片,有多么好呢!"他说得是那么天真,那么热诚,连他的呜囔的声音似乎都很悦耳。

瑞宣不能再楞着。笑了一笑,他说:"再等一等,等咱们都详细的想过了再谈吧!"他的话是那么没有力量,没有决断,没有意义,他的口中好像有许多锯末子似的。

长顺走了以后,瑞宣开始低声的责备自己:"你呀,瑞宣,永远成不了事!你的心不狠,永远不肯教别人受委屈吃亏,可是你今天眼前的敌人却比毒蛇猛兽还狠毒着多少倍!为一个老太婆的可怜,你就不肯教一个有志的青年去从军!"

责备完了自己,他想起来:这是没有用处的,长顺必定不久就会再来问他的。他怎么回答呢?

三十七

大赤包变成全城的妓女的总干娘。高亦陀是她的最得力的"太监"。高先生原是卖草药出身,也不知怎的到过日本一趟,由东洋回来,他便挂牌行医了。他很谨慎的保守他的出身的秘密,可是一遇到病人,他还没忘了卖草药时候的胡吹乱侃;他的话比他的道高明着许多。嘴以外,他仗着"行头"鲜明,他永远在出门的时候穿起过分漂亮的衣服鞋袜,为是十足的卖弄"卖像儿";在江湖上,"卖像儿"是非常重要的。

一个古老的文化本来就很复杂,再加上一些外来的新文化,便更复杂得有点莫名其妙,于是生活的道路上,就像下过大雨以后出来许多小径那样,随便那个小径都通到吃饭的处所。在我们老的文化里,我们有很多医治病痛的经验,这些经验的保留者与实行者便可以算作医生。赶到科学的医术由西方传来,我们又知道了以阿司匹灵代替万应锭,以兜安氏药膏代替冻疮膏子药;中国人是喜欢保留古方而又不肯轻易拒绝新玩艺儿的。因此,在这种时候要行医,顶好是说中西兼用,旧药新方,正如同中菜西吃,外加叫条子与高声猜拳那样。高亦陀先生便是这种可新可旧,不新不旧,在文化交界的三不管地带,找饭吃的代表。

他的生意可惜并不甚好。他不便去省察自己的本事与学问,因为那样一来,他便会完全失去自信,而必不可免的摘下"学贯中西"的牌匾。他只能怨自己的运气不大好,同时又因嫉妒而轻视别的医生;他会批评西医不明白中国医道,中医又不懂科学,而一概是杀人的庸医。

大赤包约他帮忙,他不能不感激知遇之恩。假若他的术贯中西的医道使他感到抓住了时代的需要,去作妓女检查所的秘书就更是天造地设的机遇。他会说几句眼前的日本语，他知道如何去逢迎日本人，他的服装打扮足以"唬"得住妓女，他有一张善于词令的嘴。从各方面看，他都觉得胜任愉快，而可以大展经纶。他本来有一口儿大烟瘾，可是因为收入不怎么丰，所以不便天天有规律的吸食。现在，他看出来他的正规收入虽然还不算很多，可是为大赤包设法从妓女身上榨取油水的时候，他会，也应当，从中得些好处的。于是，他也就马上决定天天吸两口儿烟，一来是日本人喜欢中国的瘾士，二来是常和妓女们来往，会抽口儿烟自然是极得体的。

对大赤包，在表面上，他无微不至的去逢迎。他几乎"长"在了冠家。大家打牌，他非到手儿不够的时候，决不参加。他的牌打得很好，可是他知道"喝酒喝厚了，赌钱赌薄了"的格言，不便于天天下场。不下场的时候，他总是立在大赤包身后，偶尔的出个主意，备她参考。他给她倒茶，点烟，拿点心，并且有时候还轻轻的把松散了的头发替她整理一下。他的相貌，风度，姿态，动作，都像陪阔少爷冶游，帮吃帮喝的"篾片儿"。大赤包完全信任他，因为他把她伺候得极舒服。每当大赤包上车或下车，他总过去搀扶。每当她要"创造"一种头式，或衣样，他总从旁供献一点意见。她的丈夫从来对她没有这样殷勤过。他是西太后的李莲英。可是，在他的心里，他另有打算。他须稳住了大赤包，得到她的完全的信任，以便先弄几个钱。等到手里充实了以后，他应当去直接的运动日本人，把大赤包顶下去，或者更好一点把卫生局拿到手里。他若真的作了卫生局局长，哼，大赤包便须立在他的身后，伺候着他打牌了。

对冠晓荷，他只看成为所长的丈夫，没放在眼里。他非常的实际，冠晓荷既还赋闲，他就不必分外的客气。对常到冠家来的人，像李空山，蓝东阳，瑞丰夫妇，他都尽量的巴结，把主任，科长叫得山响，而且愿意教大家知道他是有意的巴结他们。他以为只有被大家看出他可怜，大家才肯提拔他；到他和他们的地位或金钱可以肩膀齐为兄弟的时候，他再拿出他的气派与高傲来。他的气派与高傲都在心中储存着呢！把主任与科长响亮的叫过之后,他会冰凉的叫一声冠"先生",叫晓荷脸上起一层小白疙疸。

冠晓荷和东阳,瑞丰拜了盟兄弟。虽然他少报了五岁,依然是"大哥"。他羡慕东阳与瑞丰的官运,同时也羡慕他们的年轻有为。当初一结拜的时候,他颇高兴能作他们的老大哥。及至转过年来,他依然得不到一官半职,他开始感觉到一点威胁。虽然他的白发还是有一根便拔一根,可是他感到自己或者真是老得不中用了;要不然,凭他的本事,经验,风度,怎么会干不过了那个又臭又丑的蓝东阳,和傻蛋祁瑞丰呢?他心中暗暗的着急。高亦陀给他的刺激更大,那声冰凉的"先生"简直是无情的匕首,刺着他的心!他想回敬出来一两句俏皮的,教高亦陀也颤抖一下的话,可是又不便因快意一时而把太太也得罪了;高亦陀是太太的红人啊。他只好忍着,心中虽然像开水一样翻滚,脸上可不露一点痕迹。他要证明自己是有涵养的人。他须对太太特别的亲热,好在她高兴的时候,给高亦陀说几句坏话,使太太疏远他。反正她是他的太太,尽管高亦陀一天到晚长在这里,也无碍于他和太太在枕畔说话儿呀。为了这个,他已经不大到桐芳屋里去睡。

大赤包无论怎样像男人,到底是女子,女子需要男人的爱,连西太后恐怕也非例外。她不但看出高亦陀的办事的本领,也感到他的殷勤。凭她的岁数与志愿,她已经不再想作十八九岁的姑娘们的春梦。可是,她平日的好打扮似乎也不是偶然的。她的心爱的红色大概是为补救心中的灰暗。她从许多年前,就知道丈夫并不真心爱她。现在呢,她又常和妓女们来往,她满意自己的权威,可是也羡慕她们的放浪不拘。她没有工夫去替她们设身处地的去想她们的苦痛;她只理会自己的存在,永远不替别人想什么。她只觉得她们给她带来一股像春风的什么,使她渴想从心中放出一朵鲜美的花来。她并没看得起高亦陀,可是高亦陀的殷勤到底是殷勤。想想看,这二三十年来,谁给过她一点殷勤呢?她没有过青春。不管她怎样会修饰打扮,人们仿佛总以为她像一条大狗熊,尽管是一条漂亮的大狗熊。她知道客人们的眼睛不是看高第与招弟,便是看桐芳,谁也不看她。他们若是看她,她就得给他们预备茶水或饭食,在他们眼中,她只是主妇,而且是个不大像女人的主妇!

在初一作所长的时节,她的确觉得高兴,而想拿出最大的度量,宽容一切的人,连桐芳也在内。赶到所长的滋味已失去新鲜,她开始想用一点什么来充实自己,使自己还能像初上任时那么得意。第一个她就想到了桐芳。不错,以一个妇女而能作到所长,她不能不承认自己是个女中的豪杰。但是,还没得到一切。她的丈夫并不完全是她的。她应当把这件事也马上解决了。平日,她的丈夫往往偏向着桐芳;今天她已是所长,她必须用所长的威力压迫丈夫,把那个眼中钉拔了去。

赶到晓荷因为抵制高亦陀而特别和她表示亲密,她并没想出他的本意来;她的所作所为是无可批评的。她以为他是看明白了她的心意,而要既承认君臣之兴,又恢复夫妻之爱;她开始向桐芳总攻。

这次的对桐芳攻击,与从前的那些次大不相同。从前,她的武器只是叫骂吵闹。这样的武器,桐芳也有一份儿,而且比她的或者更锐利一点。现在,她是所长,她能指挥窑子里的鱼兵虾将作战。有权的才会狠毒,而狠毒也就是威风。她本来想把桐芳赶出门去就算了,可是越来越狠,她决定把桐芳赶到窑子里去。一旦桐芳到了那里,大赤包会指派鱼兵虾将监视着她,教她永远困在那里。把仇敌随便的打倒,还不如把仇敌按着计划用在自己指定的地方那么痛快;她看准了窑子是桐芳的最好的牢狱。

大赤包不常到办公处去,因为有一次她刚到妓女检查所的门口,就有两三个十五六岁的男孩子大声的叫她老鸨子。她追过去要打他们,他们跑得很快,而且一边跑一边又补上好几声老鸨子。她很想把门外的牌子换一换,把"妓女"改成更文雅的字眼儿。可是,机关的名称是不能随便改变的。她只好以不常去保持自己的尊严。有什么公文,都由高亦陀拿到家来请她过目；至于经常的事务，她可以放心的由职员们代办，因为职员们都清一色的换上了她的娘家的人；他们既是她的亲戚，向来知道她的厉害，现在又作了她的属员，就更不敢不好好的效力。

决定了在家里办公，她命令桐芳搬到瑞丰曾经要住的小屋里去，而把桐芳的屋子改为第三号客厅。北屋的客厅是第一号，高第的卧室是第二号。凡是贵客，与头等妓女，都在第一号客厅由她自己接见。这么一来，冠家便每天都贵客盈门，因为贵客们顺便的就打了茶围。第二号客厅是给中等的亲友，与二等妓女预备着的，由高第代为招待。穷的亲友与三等妓女都到第三号客厅去，桐芳代为张罗茶水什么的。一号和二号客厅里，永远摆着牌桌。麻雀，扑克，押宝，牌九，都随客人的便；玩的时间与赌的大小，也全无限制。无论玩什么，一律抽头儿。头儿抽得很大，因为高贵的香烟一开就是十来筒，在屋中的每一角落，客人都可以伸手就拿到香烟；开水是昼夜不断，高等的香片与龙井随客人招呼，马上就沏好。"便饭"每天要开四五桌，客人虽多，可是酒饭依然保持着冠家的水准。热毛巾每隔三五分钟由漂亮的小老妈递送一次；毛巾都消过毒——这是高亦陀的建议。

只有特号的客人才能到大赤包的卧室里去。这里有由英国府来的红茶，白兰地酒，和大炮台烟。这里还有一价儿很精美的鸦片烟烟具。

大赤包近来更发了福，连脸上的雀斑都一个个发亮，好像抹上了英国府来的黄油似的。她手指上的戒指都被肉包起来，因而手指好像刚灌好的腊肠。随着肌肉的发福，她的气派也更扩大。每天她必细细的搽粉抹口红，而后穿上她心爱的红色马甲或长袍，坐在堂屋里办公和见客。她的眼和耳控制着全个院子，她的咳嗽与哈欠都是一种信号——二号与三号客厅的客人们若吵闹得太凶了，她便像放炮似的咳嗽一两声，教他们肃静下来；她若感到疲倦便放一声像空袭警报器似的哈欠，教客人们鞠躬告退。

在堂屋坐腻了，她才到各屋里像战舰的舰长似的检阅一番，而二三等的客人才得到机会向她报告他们的来意。她点头,就是"行";她皱眉,便是"也许行";她没任何的表示,便是"不行"。假若有不知趣的客人,死气白赖的请求什么,她便责骂尤桐芳。

午饭后,她要睡一会儿午觉。只要她的卧室的帘子一放下来,全院的人都立刻闭上了气,用脚尖儿走路。假若有特号的客人,她可以牺牲了午睡,而精神也不见得疲倦。她是天生的政客。

遇到好的天气,她不是带着招弟,便是瑞丰太太,偶尔的也带一两个她最宠爱的"姑娘",到中山公园或北海去散散步,顺便展览她的头式和衣裳的新样子——有许多"新贵"的家眷都特意的等候着她,好模仿她的头发与衣服的式样。在这一方面,她的创造力是惊人的:她的灵感的来源最显著的有两个,一个是妓女,一个是公园里的图画展览会。妓女是非打扮得漂亮不可的。可是,从历史上看,在民国以前,名妓多来自上海与苏州,她们给北平带来服装打扮的新式样,使北平的妇女们因羡慕而偷偷的模仿。民国以后,妓女的地位提高了一些,而女子教育也渐渐的发达,于是女子首先在梳什么头,作什么样的衣服上有了一点自由,她们也就在这个上面表现出创造力来。这样,妓女身上的俗艳就被妇女们的雅致给压倒。在这一方面,妓女们失去了领导的地位。大赤包有眼睛,从她的"干女儿"的脸上,头上,身上,脚上,她看到了前几年的风格与式样,而加上一番揣摩。出人意料的,她恢复了前几年曾经时行的头式,而配以最新式样的服装。她非常的大胆,硬使不调和的变成调和。假若不幸而无论如何也不调谐,她会用她的气派压迫人们的眼睛,承认她的敢于故作惊人之笔,像万里长城似的,虽然不美,而惊心动魄。在她这样打扮了的时节,她多半是带着招弟去游逛。招弟是彻底的摩登姑娘,不肯模仿妈妈的出奇制胜。于是,一老一少,一常一奇,就更显出妈妈的奇特,而女儿反倒平平常常了。当她不是这样怪里怪气的时候,她就宁教瑞丰太太陪着她,也不要招弟,因为女儿的年轻貌美天然的给她不少威胁。

每逢公园里有画展,她必定进去看一眼。她不喜欢山水花卉与翎毛,而专看古装的美人。遇到她喜爱的美人,她必定购一张。她愿意教"冠所长"三个字长期的显现在大家眼前,所以定画的时节,她必嘱咐把这三个字写在特别长的红纸条上,而且字也要特别的大。画儿定好,等到"取件"的时节,她不和画家商议,而自己给打个八折。她觉得若不这样办,就显不出所长的威风,好像妓女检查所所长也是画家们的上司似的。画儿取到家中之后,她到夜静没人的时候,才命令晓荷给她展开,她详细的观赏。古装美人衣服上的边缘如何配色,头发怎样梳,额上或眉间怎样点"花子",和拿着什么样的扇子,她都要细心的观摩。看过两三次,她发明了宽袖宽边的衣服,或像唐代的长髻垂发,或眉间也点起"花子",或拿一把绢制的团扇。她的每一件发明,都马上成为风气。

假若招弟专由电影上取得装饰的模范,大赤包便是温故知新,从古旧的本位的文化中去发掘,而后重新改造。她并不懂得什么是美,可是她的文化太远太深了,使她没法不利用文化中的色彩与形式。假若文化是一条溪流,她便是溪水的泡沫,而泡沫在遇上相当合适的所在,也会显出它的好看。她不懂得什么叫文化,正像鱼不知道水是什么化合的一样。但是,鱼若是会浮水,她便也会戏弄文化。

在她的心里,她只知道出风头,与活得舒服。事实上,她却表现着一部分在日本辖制下的北平人的精神状态。这一部分人是投降给日本人的。在投降之后,他们不好意思愧悔,而心中又总有点不安,所以他们只好鬼混,混到哪里是哪里,混到几时是几时。这样,物质的享受与肉欲的放纵成了他们发泄感情的唯一的出路。假若"气节"令他们害怕,他们会以享受与纵欲自取灭亡,作个风流鬼。他们吸鸦片,喝药酒,捧戏子,玩女人;他们也讲究服装打扮。在这种心理下,大赤包就成了他们的女人的模范。大赤包的成功是她误投误撞的碰到了汉奸们的心理状态。在她,她始终连什么亡国不亡国都根本没有思索过。她只觉得自己有天才,有时运,有本领，该享受，该作大家的表率。她使大家有了事作，有了出风头的机会与启示。她看不起那模仿她的女人们，因为她们缺乏着创造的才智。况且，她们只能模仿她的头发，衣装，与团扇，而模仿不了她作所长。她是女英雄，能抓住时机自己升官发财，而不手背朝下去向男人要钱买口红与钻石。站在公园或屋里，她觉得她的每一个脚指头都嘎噔嘎噔的直响！

在她的客厅里，她什么都喜欢谈，只是不谈国事。南京的陷落与武汉的成为首都，已使她相信她可以高枕无忧的作她的事情了。她并不替日本人思索什么，她觉得日本人的占据北平实在是为她打开一个天下。她以为若没有她，日本驻北平的军队便无从得到花姑娘，便无法防止花柳病的传播，而连冠家带她娘家的人便不会得到一切享受。她觉得她比日本人还更重要。她与日本人的关系，她以为，不是主与仆的，而是英雄遇见了好汉，相得益彰。因此，北平全城只要有集会她必参加，而且在需要锦标与奖品的时候，她必送去一份。这样，她感到她是与日本人平行的，并不分什么高低。

赶到她宴请日本人的时候，她也无所不尽其极的把好的东西拿出来，使日本人不住的吸气。她要用北平文化中的精华，教日本人承认她的伟大。她不是汉奸，不是亡国奴，而是日本人在吃喝穿戴等等上的导师。日本人，正同那些妓女，都是她的宝贝儿，她须给他们好的吃喝，好的娱乐。她是北平的皇后，而他们不过是些乡下孩子。

假如大赤包像吃了顺气丸似的那么痛快，冠晓荷的胸中可时时觉得憋闷。他以为日本人进了北平，他必定要走一步好运。可是，他什么也没得到。他奔走得比谁都卖力气，而成绩比谁都坏。他急躁，他不平。他的过去的经历与资格不但不足以帮助他，反倒像是一种障碍。高不成，低不就，他落了空。他几乎要失去自信，而怀疑自己已经控制不住环境与时代了。他不晓得自己是时代的渣滓，而以为自己是最会随机应变抓住时机的人。照着镜子，他问自己："你有什么缺点呢？怎么会落在人家后头了呢？"他不明白，他觉得日本人的攻占北平一定有点错误，要不然，怎会没有他的事作呢？对于大赤包的得到职位，他起初是从心里真的感觉快活。他以为连女人还可以作官，他自己就更不成问题了。可是，官职老落不到他的头上来，而太太的气焰一天高似一天，他有点受不住了。他又不能不承认事实，太太作官是千真万确的，而凡是官就必有官的气派，太太也非例外。他只好忍气吞声的忍耐着。他知道，太太已经是不好随便得罪的，况且是有官职的太太呢。他不便自讨无趣的和她表示什么。反之，他倒应该特别的讨太太的喜欢，表示对她的忠诚与合作。因此，他心里明明喜爱桐芳，可也没法不冷淡她。假若他还照以前那样宠爱桐芳，他知道必定会惹起大赤包的反感，而自己也许碰一鼻子灰。他狠心的牺牲了桐芳，希望在他得到官职以后，再恢复旧日的生活秩序。他听到太太有把桐芳送到窑子去的毒计，也不敢公开的反对；他绝对不能得罪太太，太太是代表着一种好运与势力。鸡蛋是不便和石头相碰的；他很自傲，但是时运强迫他自认为鸡蛋。

他可是仍然不灰心。他还见机会就往前钻；时运可以对不起他，他可不能对不起自己。在钻营而外，他对于一些小的事情也都留着心，表现出自己的才智。租下钱家的房子是他的主意。这主意深得太太的嘉奖。把房子租下来，转租给日本人，的确是个妙计。自从他出卖了钱先生，他知道，全胡同的人都对他有些不敬。他不愿意承认作错了事，而以为大家对他的不敬纯粹出于他的势力不足以威震一方的。当大赤包得了所长的时候，他以为大家一定要巴结他了。可是他们依旧很冷淡，连个来道喜的也没有。现在，他将要作二房东，日本人，连日本人，都要由他手里租房住！二房东虽然不是什么官衔，可是房客是日本人，这个威风可就不小。他已经板着面孔训示了白巡长："我说，白巡长，"他的眼皮眨巴的很灵动，"你晓得一号的房归了我，不久就有日本人来住。咱们的胡同里可是脏得很，你晓得日本人是爱干净的。你得想想办法呀！"

白巡长心中十分讨厌冠晓荷,可是脸上不便露出来,微笑着说:"冠先生,胡同里的穷朋友多,拿不出清洁费呀!""那是你的事,我没法管!"冠先生的脸板得有棱有角的说。"你设法办呢,讨日本人的喜欢!你不管呢,日本人会直接的报告上去,我想对你并没有好处!我看,你还是劝大家拿点钱,雇人多打扫打扫好!大家出钱,你作了事,还不好?"他没等白巡长回出话来,就走了进去,心中颇为得意。有日本人租他的房,他便拿住了白巡长,也就是拿住了全胡同的人。

当大赤包赠送银杯,锦标,或别的奖品的时候,冠晓荷总想把自己的名字也刻上,绣上,或写上。大赤包不许:"你不要这样子呀!"她一点不客气的说。"写上你算怎回事呢?难道还得注明了你是我的丈夫?"

晓荷心里很不好受,可是他还尽心的给她想该题什么字样。他的学问有限的很;唯其如此,他才更能显出绞尽脑汁的样子,替她思索。他先声明:"我是一片忠心,凡事决不能马马虎虎!"然后,他皱上眉,点上香烟,研好了墨,放好了纸,把《写信不求人》,《春联大全》之类的小册子堆在面前,作为参考书,还嘱咐招弟们不要吵闹,他才开始思索。他假嗽,他喝茶,他闭眼,他背着手在屋中来回的走。这样闹哄了许久,他才写下几个字来。写好,他放开轻快的步子,捧着那张纸像捧着圣旨似的,去给大赤包看。她气派很大的眯着眼看一看,也许看见了字,也许根本没看见,就微微一点头:"行啦!"事实上,她多半是没有看见写的是什么。在她想,只要杯或盾是银的,旗子是缎子的,弄什么字就都无所不可。为表示自己有学问,晓荷自己反倒微笑着批评:"这还不十分好,我再想想看!"

遇到蓝东阳在座,晓荷必和他斟酌一番。蓝东阳只会作诗与小品文,对编对联与题字等等根本不懂。可是他不便明说出来,而必定用黄牙啃半天他的黑黄的指甲,装着用脑子的样子。结果,还是晓荷胜利,因为东阳的指甲已啃到无可再啃的时节总是说:"我非在夜间极安静的时候不能用脑子！算了吧，将就着用吧！"这样战胜了东阳，晓荷开始觉得自己的确有学问，也就更增加了点怀才不遇之感——一种可以自傲的伤心。

一个怀才不遇的人特别爱表现他的才。晓荷，为表现自己的才气，给大赤包造了一本名册。名册的"甲"部都是日本人，"乙"部是伪组织的高官，"丙"部是没有什么实权而声望很高，被日本人聘作咨议之类的"元老"，"丁"部是地方上有头脸的人。他管这个名册叫作四部全书，仿佛堪作四库全书的姐妹著作似的。每一个名下，他详细的注好：年龄，住址，生日，与嗜好。只要登在名册上，他便认为那是他的友人，设法去送礼。送礼，在他看，是征服一切人之特效法宝。为送礼，他和瑞丰打过赌；瑞丰输了。瑞丰以为晓荷的办法是大致不错的，不过，他怀疑日本人是否肯接受晓荷的礼物。他从给日本人作特务的朋友听到：在南京陷落以后，日本军官们已得到训令——他们应当鼓励中国人吸食鸦片，但是不论在任何场合，他们自己不可以停留在有鸦片烟味的地方，免得受鸦片的香味的诱惑；他们不得接受中国人的礼物。瑞丰报告完这点含有警告性的消息，晓荷闭了闭眼，而后噗哧一笑。"瑞丰！你还太幼稚！我告诉你，我亲眼看见过日本人吸鸦片！命令是命令，命令改变不了鸦片的香美！至于送礼，咱们马上打个赌！"他打开了他的四部全书。"你随便指定一个日本人，今天既不是他的生日，也不是中国的或日本的节日，我马上送过一份礼去，看他收不收，他收下，你输一桌酒菜，怎样？"

瑞丰点了头。他知道自己要输，可是不便露出怕输一桌酒席的意思。

晓荷把礼物派人送出去，那个人空着手回来，礼物收下了。

"怎样？"晓荷极得意的问瑞丰。

"我输了！"瑞丰心疼那桌酒席，但是身为科长，不便说了不算。

"为这种事跟我打赌！你老得输！"晓荷微笑着说。也不仅为赢了一桌酒席得意，而也更得意日本人接受了他的礼物。"告诉你，只要你肯送礼，你几乎永远不会碰到摇头的人！只要他不摇头，他——无论他是怎样高傲的人——便和你我站得肩膀一边齐了！告诉你，我一辈子专爱惩治那些挑着眉毛，自居清高的人。怎么惩治，给他送礼。礼物会堵住一切人的嘴，会软化一切人的心，日本人也是人；既是人，就得接我的礼；接了我的礼，他便什么威风也没有了！你信不信？"

瑞丰只有点头，说不上什么来。自从作了科长，他颇有些看不起冠大哥。可是冠大哥的这一片话实在教他钦佩，他没法不恢复以前对冠先生的尊敬。冠先生虽然现在降了一等，变成了冠大哥，到底是真有"学问"！他想，假若他自己也去实行冠大哥的理论，大概会有那么一天，他会把礼物送给日本天皇，而天皇也得拍一拍他的肩膀，叫他一声老弟的。

因为研究送礼，晓荷又发现了日本人很迷信。他不单看见了日本军人的身上带着神符与佛像，他还听说：日本人不仅迷信神佛，而且也迷信世界上所有的忌讳。日本人也忌讳西洋人的礼拜五，十三，和一枝火柴点三枝香烟。他们好战，所以要多方面的去求保佑。他们甚至于讨厌一切对他们的预言。英国的威尔斯预言过中日的战争，并且说日本人到了湖沼地带便因瘟疫而全军覆没。日本人的"三月亡华论"已经由南京陷落而不投降，和台儿庄的大捷而成了梦想。他们想起来威尔斯的预言，而深怕被传染病把他们拖进坟墓里去。因此，他们不惜屠了全村，假若那里发现了霍乱或猩红热。他们的武士道精神使他们不怕死，可是知道了自己准死无疑，他们又没法不怕死。他们怕预言，甚至也怕说"死"。根据着这个道理，晓荷送给日本人的礼物总是三样。他避免"四"，因为"四"和死的声音相近。这点发现使他名闻九城，各报纸不单有了记载，而且都有短评称赞他的才智。

这些小小的成功，可是并没能完全减去他心中的苦痛。他已是北平的名人，东方画艺研究会，大东亚文艺作家协会（这是蓝东阳一手创立起来的），三清会（这是道门的一个新组织，有许多日本人参加）；还有其他的好些个团体，都约他入会，而且被选为理事或干事。他几乎得天天去开会,在会中还要说几句话,或唱两段二簧,当有游艺节目的时候。可是,他作不上官!他的名片上印满了理事,干事等等头衔,而没有一个有分量的。他不能对新朋友不拿出名片来,而那些不支薪的头衔只招人家对他翻白眼!当他到三清会或善心社去看扶乩或拜神的时候,他老暗暗的把心事向鬼神们申诉一番:"对神仙,我决不敢扯假话!论吃喝穿戴,有太太作所长,也就差不多了。不过,凭我的经验与才学,没点事作,实在不大像话呀!我不为金钱,还能不为身份地位吗?我自己还是小事,你们作神佛的总得讲公道呀;我得不到一官半职的,不也是你们的羞耻吗?"闭着眼,他虔诚的这样一半央求,一半讥讽,心中略为舒服一点。可是申诉完了,依然没用处,他差不多要恨那些神佛了。神佛,但是,又不可以得罪;得罪了神佛也许要出点祸事呢!他只好轻轻的叹气。叹完了气,他还得有说有笑的和友人们周旋。他的胸口有时候一窝一窝的发痛!胸口一痛,他没法不低声的骂了:"白亡了会子国,他妈的连个官儿也作不上,邪!"

三十八

一晃儿已是五月节。祁老人的几盆石榴,因为冬天保护的不好,只有一棵出了两三个小菁葵。南墙根的秋海棠与玉簪花连叶儿也没出,代替它们的是一些兔儿草。祁老人忽略了原因——冬天未曾保护它们——而只去看结果,他觉得花木的萎败是家道衰落的恶兆;他非常的不高兴。他时常梦见"小三儿",可是"小三儿"连封信也不来;难道"小三儿"已经遇到什么不幸了吗?他问小顺儿的妈,她回答不出正确的消息,而只以梦解梦。近来,她的眼睛显着更大了,因为脸上掉了不少的肉。把许多笑意凑在眼睛里,她告诉老人:"我也梦见了老三,他甭提多么喜欢啦!我想啊,他一定在外边混得很好!他就根儿就是有本事的小伙子呀!爷爷,你不要老挂念着他,他的本事,聪明,比谁都大!"其实,她并没有作过那样的梦。一天忙到晚,她实在没有工夫作梦。可是,她的"创造的"梦居然使老人露出一点点笑容。他到底相信梦与否,还是个问题。但是,到了无可奈何的时候,他只好相信那虚渺的谎言,好减少一点实际上的苦痛。

除了善意的欺骗老人之外,小顺儿的妈还得设法给大家筹备过节的东西。她知道,过节并不能减少他们的痛苦,可是鸦雀无声的不点缀一下,他们就会更难过。

在往年,到了五月初一和初五,从天亮,门外就有喊:"黑白桑葚来大樱桃"的,一个接着一个,一直到快吃午饭的时候,喊声还不断。喊的声音似乎不专是为作生意,而有一种淘气与凑热闹的意味,因为卖樱桃桑葚的不都是职业的果贩,而是有许多十几岁的儿童。他们在平日,也许是拉洋车的,也许是卖开水的,到了节,他们临时改了行——家家必须用粽子，桑葚，樱桃，供佛，他们就有一笔生意好作。今年，小顺儿的妈没有听到那种提醒大家过节的呼声。北城的果市是在德胜门里，买卖都在天亮的时候作。隔着一道城墙，城外是买卖旧货的小市，赶市的时候也在出太阳以前。因为德胜门外的监狱曾经被劫，日本人怕游击队乘着赶市的时候再来突击，所以禁止了城里和城外的早市，而且封锁了德胜门。至于樱桃和桑葚，本都是由北山与城外来的，可是从西山到北山还都有没一定阵地的战事，没人敢运果子进城。"唉！"小顺儿的妈对灶王爷叹了口气："今年委屈你喽！没有卖樱桃的呀！"这样向灶王爷道了歉，她并不就不努力去想补救的办法；"供几个粽子也可以遮遮羞啊！"

可是，粽子也买不到。北平的卖粽子的有好几个宗派："稻香村"卖的广东粽子，个儿大，馅子种类多，价钱贵。这种粽子并不十分合北平人的口味，因为馅子里面硬放上火腿或脂油；北方人对糯米已经有些胆怯，再放上火腿什么的，就更害怕了。可是，这样的东西并不少卖，一来是北平人认为广东的一切都似乎带着点革命性，所以不敢公然说它不好吃，二来是它的价钱贵，送礼便显着体面——贵总是好的，谁管它好吃与否呢。

真正北平的正统的粽子是（一）北平旧式满汉饽饽铺卖的，没有任何馅子，而只用顶精美的糯米包成小，很小的，粽子；吃的时候，只撒上一点白糖。这种粽子也并不怎么好吃，可是它洁白，娇小，摆在彩色美丽的盘子里显着非常的官样。（二）还是这样的小食品，可是由沿街吆喝的卖蜂糕的带卖，而且用冰镇过。（三）也是沿街叫卖的，可是个子稍大，里面有红枣。这是最普通的粽子。

此外，另有一些乡下人，用黄米包成粽子，也许放红枣，也许不放，个儿都包得很大。这，专卖给下力的人吃，可以与黑面饼子与油条归并在一类去，而内容与形式都不足登大雅之堂的。

小顺儿的妈心中想着的粽子是那糯米的，里面有红枣子的。她留心的听着门外的"小枣儿大粽子嘞！"的呼声。可是，她始终没有听到。她的北平变了样子：过端阳节会没有樱桃，桑葚，与粽子！她本来不应当拿这当作一件奇事，因为自从去年秋天到如今，北平什么东西都缺乏，有时候忽然一关城，连一棵青菜都买不到。可是，今天她没法不感觉着别扭，今天是节日呀。在她心里，过节不过节本来没有多大关系；她知道，反正要过节。她自己就须受劳累；她须去买办东西，然后抱着火炉给大家烹调；等大家都吃得酒足饭饱，她已经累得什么也不想吃了。可是，从另一方面想，这就是她的生活，她仿佛是专为给大家操作而活着的。假若家中没有老的和小的，她自然无须乎过节，而活着仿佛也就没有任何意义了。她说不上来什么是文化，和人们只有照着自己的文化方式——象端阳节必须吃粽子，樱桃，与桑葚——生活着才有乐趣。她只觉得北平变了，变得使她看着一家老小在五月节瞪着眼没事作。她晓得这是因为日本人占据住北平的结果，可是不会扼要的说出：亡了国便是不能再照着自己的文化方式活着。她只感到极度的别扭。

为补救吃不上粽子什么的，她想买两束蒲子，艾子，插在门前，并且要买几张神符贴在门楣上，好表示出一点"到底"有点像过节的样子。她喜爱那些神符。每年，她总是买一张大的，黄纸的，印着红的钟馗，与五个蝙蝠的，贴在大门口；而外，她要买几张粘在白纸上的剪刻的红色"五毒儿"图案，分贴在各屋的门框上。她也许相信，也许根本不相信，这些纸玩艺儿有什么避邪的作用，但是她喜爱它们的色彩与花纹。她觉得它们比春联更美观可爱。

可是，她也没买到。不错，她看见了一两份儿卖神符的，可是价钱极贵，因为日本人不许乱用纸张，而颜料也天天的涨价。她舍不得多花钱。至于卖蒲子艾子的，因为城门出入的不便，也没有卖的。

小顺儿的小嘴给妈妈不少的难堪："妈，过节穿新衣服吧？吃粽子吧？吃好东西吧？脑门上抹王字不抹呀？妈，你该上街买肉去啦！人家冠家买了多多少少肉，还有鱼呢！妈，冠家门口都贴上判儿啦，不信，你去看哪！"他的质问，句句像是对妈妈的谴责！

妈妈不能对孩子发气，孩子是过年过节的中心人物，他们应当享受，快活。但是，她又真找不来东西使他们高声的笑。她只好惭愧的说："初五才用雄黄抹王字呢！别忙，我一定给你抹！"

"还得带葫芦呢？"葫芦是用各色的绒线缠成的樱桃，小老虎，桑葚，小葫芦……联系成一串儿，供女孩子们佩带的。

"你臭小子，戴什么葫芦？"妈妈半笑半恼的说。

"给小妹戴呀！"小顺儿的理由老是多而充实的。妞子也不肯落后，"妈！妞妞戴！"

妈妈没办法，只好抽出点工夫，给妞子作一串儿"葫芦"。只缠得了一个小黄老虎，她就把线笸箩推开了。没有旁的过节的东西，只挂一串儿"葫芦"有什么意思呢？假若孩子们肚子里没有一点好东西，而只在头上或身上戴一串儿五彩的小玩艺，那简直是欺骗孩子们！她在暗地里落了泪。

天佑在初五一清早，拿回来一斤猪肉和两束蒜苔。小顺儿虽不懂得分两，也看出那一块肉是多么不体面。"爷爷！就买来这么一小块块肉哇？"他笑着问。

爷爷没回答出什么来，在祁老人和自己的屋里打了个转儿，就搭讪着回了铺子。他非常的悲观，但是不愿对家里的人说出来。他的生意没有法子往下作，可是又关不了门。日本人不准任何商店报歇业，不管有没有生意。天佑知道，自从大小汉奸们都得了势以后，绸缎的生意稍微有了点转机。但是，他的铺子是以布匹为主，绸缎只是搭头儿；真正讲究穿的人并不来照顾他。专靠卖布匹吧，一般的人民与四郊的老百姓都因为物价的高涨，只顾了吃而顾不了穿，当然也不能来照顾他。再说，各地的战争使货物断绝了来源；他既没法添货，又不像那些大商号有存货可以居奇。他简直没有生意。他愿意歇业，而官厅根本不许呈报。他须开着铺子，似乎专为上税与定阅官办的报纸——他必须看两份他所不愿意看的报纸。他和股东们商议，他们不给他一点好主意，而仿佛都愿意立在一旁看他的笑话。他只好裁人。这又给他极大的痛苦。他的铺伙既没有犯任何的规矩，又赶上这兵荒马乱理应共患难的时候，他凭什么无缘无故的辞退人家呢？五月节，他又裁去两个人。两个都是他亲手教出来的徒弟。他们了解他的困难，并没说一句不好听的话。他们愿意回家，他们家里有地，够他们吃两顿棒子面的。可是，他们越是这样好离好散的，他心中才越难过。他觉得他已是个毫无本领，和作事不公平的人。他们越原谅他，他心中便越难受。

更使他揪心的是，据说，不久日本人就要清查各铺户的货物，而后由他们按照存货的多少，配给新货。他们给你多少是多少，他们给你什么你卖什么。他们也许只给你三匹布，而配上两打雨伞。你就须给买主儿一块布，一把或两把雨伞，不管人家需要雨伞与否！

天佑的黑胡子里露出几根白的来，在表面上，他要装出沉得住气的样子，一声不哼不响。他是北平铺子的掌柜的，不能当着店伙与徒弟们胡说乱骂。可是，没有人在他面前，他的胡子嘴儿就不住的动："这算么买卖规矩呢？布铺吗，卖雨伞！我是这儿的掌柜呢，还是日本人是掌柜呢？"叨唠完了一阵，他没法儿不补上个"他妈的！"他不会骂人撒村，只有这三个字是他的野话，而也只有这三个字才能使他心中痛快一下。

这些委屈为难，他不便对铺子的人说，并且决定也不教家里人知道。对老父亲，他不单把委屈圈在心里，而且口口声声的说一切都太平了，为是教老人心宽一点。就是对瑞宣，他也不愿多说什么，他知道三个儿子走了两个，不能再向对家庭最负责的长子拉不断扯不断的发牢骚。父子见面，几乎是很大的痛苦。瑞宣的眼偷偷的目留着父亲，父亲的眼光碰到了儿子的便赶紧躲开。两个人都有多多少少被泪浸渍了许久的话，可是不便连话带泪一齐倾倒出来。一个是五十多的掌柜，一个是三十多岁的中学教师，都不便随便的把泪落下来。而且，他们都知道，一畅谈起来，他们就必定说到国亡家必破的上头来，而越谈就一定越悲观。所以，父子见面，都只那么笑一笑，笑得虚伪，难堪，而不能不笑。因此，天佑更不愿回家了。铺子中缺人是真的，但是既没有多少生意，还不致抽不出点回家看看的工夫来。他故意的不回家，一来是为避免与老亲，儿孙，相遇的痛苦，二来也表示出一点自己的倔强——铺子既关不了门，我就陪它到底；尽管没有生意，我可是应尽到自己的责任！

在一家人中，最能了解天佑的是瑞宣。有祁老人在上面压着，又有儿子们在下面比着，天佑在权威上年纪上都须让老父亲一步，同时他的学问与知识又比不上儿子们，所以他在家中既须作个孝子，又须作个不招儿子们讨厌的父亲。因此，大家都只看见他的老实，而忽略了他的重要。只有瑞宣明白：父亲是上足以承继祖父的勤俭家风，下足以使儿子受高等教育的继往开来的人。他尊敬父亲，也时常的想给父亲一些精神的安慰。他是长子，他与父亲的关系比老二与老三都更亲密；他对父亲的认识，比弟弟们要多着几年的时光。特别在近几个月中，他看出父亲的忧郁和把委屈放在肚子里的刚强，也就更想给父亲一些安慰。可是，怎么去安慰呢？父子之间既不许说假话，他怎能一面和老人家谈真话，还能一面使老人家得到安慰呢；真话，在亡国的时候，只有痛苦！且先不讲国家大事吧，只说家中的事情已经就够他不好开口的了。他明知道父亲想念老三，可是他有什么话可以教老人不想念老儿子呢？他明知道父亲不满意老二，他又有什么话使老人改为喜欢老二呢？这些，都还是以不谈为妙。不过，连这些也不谈，父子还谈什么呢？他觉得父子之间似乎隔上了一段纱幕，彼此还都看得见，可是谁也摸不着谁了。侵略者的罪恶不仅是把他的兄弟拆散，而且使没有散开的父子也彼此不得已的冷淡了！

大家马马虎虎的吃过午饭，瑞丰不知在哪里吃得酒足饭饱的来看祖父。不，他不像是来看祖父。进门，他便向大嫂要茶："大嫂！泡壶好茶喝喝！酒喝多了点！有没有好叶子呀，没有就买去！"他是像来表现自己的得意与无聊。

小顺儿的妈话都到嘴边上了，又控制住自己。她想说："连祖父都喝不着好茶叶，你要是懂人事，怎么不买来点儿呢？"可是，想了一想，她又告诉自己："何必呢，大节下的！再说，他无情，难道我就非无义不可吗？"这么想开，她把水壶坐在火炉上。

瑞宣躲在屋里，假装睡午觉。可是，老二决定要讨厌到底。"大哥呢？大哥！"他一边叫，一边拉开屋门。"吃了就睡可不好啊！"他明明见哥哥在床上躺着，可是决定不肯退出来。瑞宣只好坐了起来。

"大哥，你们学校里的日本教官怎样？"他坐在个小凳上，酒气喷人的打了两个长而有力的嗝儿。

瑞宣看了弟弟一眼，没说什么。

瑞丰说下去："大哥，你要晓得，教官，不管是教什么，都必然的是太上校长。人家挣的比校长还多，权力也自然比校长大。校长若是跟日本要人有来往呢，教官就客气点；不然的话，教官可就不好伺候了！近来，我颇交了几个日本朋友。我是这么想，万一我的科长丢了，我还能——凭作过科长这点资格——来个校长作作，要作校长而不受日本教官的气，我得有日本朋友。这叫作有备无患，大哥你说是不是？"他眨巴着眼，等大哥夸赞他。

瑞宣还一声没出。

"噢，大哥，"老二的脑子被酒精催动的不住的乱转，"听说下学期各校的英文都要裁去，就是不完全裁，也得拨出一大半的时间给日文。你是教英文的，得乘早儿打个主意呀！其实，你教什么都行，只要你和日本教官说得来！我看哪，大哥，你别老一把死拿，老板着脸作事；这年月，那行不通！你也得活动着点，该应酬的应酬，该送礼的别怕花钱！日本人并不像你想的那么坏，只要你肯送礼，他们也怪和气的呢！"瑞宣依旧没出声。

老二，心中有那点酒劲儿，没觉出哥哥的冷淡。把话说完，他觉得很够个作弟弟的样子，把好话都不取报酬的说给了大哥。他立了起来，推开门，叫："大嫂！茶怎样了？劳驾给端到爷爷屋来吧！"他走向祁老人的屋子去。

瑞宣想起学校中的教官——山木——来。那是个五十多岁的矮子，长方脸，花白头发，戴着度数很深的近视镜。山木教官是个动物学家，他的著作——华北的禽鸟——是相当有名的。他不像瑞丰所说的那种教官那样，除了教日语，他老在屋里读书或制标本，几乎不过问校务。他的中国话说得很好，可是学生骂他，他只装作没听见。学生有时候把黑板擦子放在门上，他一拉门便打在头上，他也不给学生们报告。这，引起瑞宣对他的注意，因为瑞宣听说别的学校里也有过同样的事情，而教官报告上去以后，宪兵便马上来捉捕学生，下在监牢里。瑞宣以为山木教官一定是个反对侵略，反对战争的学者。

可是，一件事便改变了瑞宣的看法。有一天，教员们都在休息室里，山木轻轻的走进来。向大家极客气的鞠了躬，他向教务主任说，他要对学生们训话，请诸位先生也去听一听。他的客气，使大家不好意思不去。学生全到了礼堂，他极严肃的上了讲台。他的眼很明，声音低而极有劲，身子一动也不动的，用中国话说："报告给你们的一件事，一件大事。我的儿子山木少尉在河南阵亡的了！这是我最大的，最大的，光荣！中国，日本，是兄弟之邦；日本在中国作战不是要灭中国，而是要救中国。中国人不明白，日本人有见识，有勇气，敢为救中国而牺牲性命。我的儿子，唯一的儿子，死在中国，是最光荣的！我告诉你们，为是教你们知道，我的儿子是为你们死了的！我很爱我的儿子，可是我不敢落泪，一个日本人是不应当为英雄的殉职落泪的！"他的声音始终是那么低而有力，每个字都是控制住了的疯狂。他的眼始终是干的，没有一点泪意。他的唇是干的，缩紧的,像两片能开能闭的刀片儿。他的话,除了几个不大妥当的"的"字,差不多是极完美简劲的中国话——他的感情好像被一种什么最大的压力压紧,所以能把疯狂变为理智,而有系统的,有力量的,能用别国的言语说出来。说完,他定目看着下面,好像是极轻视那些人,极厌恶那些人。可是,他又向他们极深,极规矩的,鞠了躬。而后慢慢的走下台来。仰起脸,笑了笑,又看了看大家,他轻轻的,相当快的,走出去。

瑞宣很想独自去找山木,跟他谈一谈。他要告诉山木:"你的儿子根本不是为救中国而牺牲了的,你的儿子和几十万军队是来灭中国的!"他也想对山木说明白:"我没想到你,一个学者,也和别的日本人一样的胡涂!你们的胡涂使你们疯狂,你们只知道你们是最优秀的,理当作主人的民族,而不晓得没有任何一个民族甘心作你们的奴隶。中国的抗战就是要打明白了你们,教你们明白你们并不是主人的民族,而世界的和平是必定仗着民族的平等与自由的!"他还要告诉山木:"你以为你们已经征服了我们,其实,战争还没有结束,你们还不能证明是否战胜!你们的三月亡华论已经落了空,现在,你们想用汉奸帮助你们慢慢的灭亡中国;你们的方法变动了一点,而始终没有觉悟你们的愚蠢与错误。汉奸是没有多大用处的,他们会害了我们,也会害了你们!日本人亡不了中国,汉奸也亡不了中国,因为中国绝对不向你们屈膝,而中国人也绝不相信汉奸!你们须及早的觉悟,把疯狂就叫作疯狂,把错误就叫作错误,不要再把疯狂与错误叫作真理!"

可是,他在操场转了好几个圈子,把想好了的话都又咽回去。他觉得假若一个学者还疯狂到那个程度,别的没有什么知识的日本人就更可想而知了。即使他说服了一个山木,又有什么用处呢?况且,还不见得就能说服了他呢。

要想解决中日的问题,他看清楚,只有中国人把日本人打明白了。我们什么时候把"主人"打倒,他才会省悟,才会失去自信而另打好主意。

说空话是没有用处的。对日本人，枪弹是最好的宣传品！

想到这里，他慢慢的走出校门。一路上，他还没停止住思索。他想：说服山木或者还是小事，更要紧的倒是怎样防止学生们不上日本教官的，与伪报纸的宣传的当。怎样才不教学生们上当呢？在讲堂上，他没法公开的对学生谈什么，他怀疑学生和教师里边会没有日本的侦探。况且，他是教英文的，他不能信口开河的忽然的说起文天祥史可法的故事，来提醒学生们。同时，假若他还是按照平常一样，除了教课，什么闲话也不说，他岂不是只为那点薪水而来上课，在拿钱之外，什么可以自慰自解的理由也没有了吗？他不能那么办，那太没有人味儿了！

今天，听到瑞丰的一片话，他都没往心里放。可是，他却听进去了：暑假后要裁减英文钟点。虽然老二别的话都无聊讨厌，这点消息可不能看成耳旁风。假若他的钟点真的被减去一半或多一半，他怎么活着呢？他立起来。他觉得应当马上出去走一走，不能再老这么因循着。他须另找事作。为家计，他不能一星期只教几个钟点的英文。为学生，他既没法子给他们什么有益的指导，他就该离开他们——这不勇敢，可是至少能心安一点。去到处奔走事情是他最怕的事。但是，今天，他决定要出去跑跑。

他走在院中，小顺儿和妞子正拉着瑞丰从祁老人屋里出来。

"爸！"小顺儿极高兴的叫。"我们看会去！""什么会？"瑞宣问。

"北平所有的会，高跷，狮子，大鼓，开路，五虎棍，多啦！多啦！今儿个都出来！"瑞丰替小顺儿回答。"本来新民会想照着二十年前那样办，教城隍爷出巡，各样的会随着沿路的耍。可是，咱们的城隍爷的神像太破旧了，没法儿往外抬，所以只在北海过会。这值得一看，多年没见的玩艺儿，今天都要露一露。日本人有个好处，他们喜欢咱们的旧玩艺儿！""爸，你也去！"小顺儿央求爸爸。

"我没工夫！"瑞宣极冷酷的说——当然不是对小顺儿。

他往外走，瑞丰和孩子们也跟出来。一出大门，他看见大赤包，高第，招弟，和胖菊子，都在槐荫下立着，似乎是等着瑞丰呢。她们都打扮得非常的妖艳，倒好像她们也是一种到北海去表演的什么"会"似的。瑞宣低下头，匆匆的走过去。他忽然觉得心里闹得慌，胃中一酸，吐了一口清水。山木与别的日本人的疯狂，他刚才想过，是必须教中国人给打明白的。可是，大赤包与瑞丰却另有一种疯狂，他们把屈膝与受辱看成享受。日本人教北平人吃不上粽子，而只给他们一些热闹看，他们也就扮得花花绿绿的去看！假若日本人到处遇到大赤包与瑞丰，他们便会永久疯狂下去！他真想走回去，扯瑞丰两个大嘴巴子。看了看自己的手，那么白软的一对手，他无可如何的笑了笑。他不会打人。他的教育与文化和瑞丰的原是一套，他和瑞丰的软弱只有程度上的差别而已！他和瑞丰都缺乏那种新民族的（像美国人）英武好动，说打就打，说笑就笑，敢为一件事，（不论是为保护国家，还是为试验飞机或汽车的速度，）而去牺牲了性命。想到这里，他觉得即使自己的手不是那么白软，也不能去打瑞丰了；他和瑞丰原来差不多，他看不起瑞丰也不过是以五十步笑百步罢了。

更使他难过的是他现在须托人找事情作。他是个没有什么野心的人，向来不肯托人情，拉关系。朋友们求他作事，他永远尽力而为；他可是绝不拿帮助友人作本钱，而想从中生点利。作了几年的事，他觉得这种助人而不求人的作风使他永远有朋友，永远受友人的尊敬。今天，他可是被迫的无可奈何，必须去向友人说好话了。这教他非常的难过。侵略者的罪恶，他觉得，不仅是烧杀淫掠，而且也把一切人的脸皮都揭了走！

同时，他真舍不得那群学生。教书，有它的苦恼，但也有它的乐趣。及至教惯了书，即使不提什么教育神圣的话，一个人也不愿忽然离开那些可爱的青年的面孔，那些用自己的心血灌溉过的花草！再说，虽然他自己不敢对学生们谈论国事，可是至少他还是个正直的，明白的人。有他和学生在一处，至少他可以用一两句话纠正学生的错误，教他们要忍辱而不忘了复仇。脱离学校便是放弃这一点点责任!他难过!

况且,他所要恳求的是外国朋友呢。平日,他最讨厌"洋狗"——那种歪戴帽,手插在裤袋里,口中安着金牙,从牙缝中蹦出外国字的香烟公司的推销员,和领外国人逛颐和园的翻译。因此,他自己虽然教英文,而永远不在平常谈话的时候夹上英国字。他也永不穿西装。他不是个褊狭的国家主义者,他晓得西洋文明与文化中什么地方值得钦佩。他可是极讨厌那只戴上一条领带便自居洋狗的浅薄与无聊。他以为"狗仗人势"是最卑贱的。据他看,"洋狗"比瑞丰还更讨厌,因为瑞丰的无聊是纯粹中国式的,而洋狗则是双料的——他们一点也不晓得什么是西洋文化,而把中国人的好处完全丢掉。连瑞丰还会欣赏好的竹叶青酒,而洋狗必定要把汽水加在竹叶青里,才咂一咂嘴说:有点像洋酒了!在国家危亡的时候,洋狗是最可怕的人,他们平常就以为中国姓不如外国姓热闹悦耳,到投降的时候就必比外国人还厉害的来破坏自己的文化与文物。在邻居中,他最讨厌丁约翰。

可是,今天,他须往丁约翰出入的地方走。他也得去找"洋"事!

他晓得,被日本人占据了的北平,已经没有他作事的地方,假若他一定"不食周粟"的话。他又不能教一家老小饿死,而什么也不去作。那么,去找点与日本人没有关系的事作,实在没什么不可原谅自己的地方。可是,他到底觉得不是味儿。假若他有几亩田,或有一份手艺,他就不必为难的去奉养着老亲。可是,他是北平人。他须活下去,而唯一的生活方法是挣薪水。他几乎要恨自己为什么单单的生在北平了!

走到了西长安街,他看到一档子太狮少狮。会头打着杏黄色的三角旗,满头大汗的急走,像是很怕迟到了会场的样子。一眼,他看见了棚匠刘师傅。他的心里凉了一阵儿,刘师傅怎么也投降了呢?他晓得刘师傅的为人,不敢向前打招呼,他知道那必给刘师傅以极大的难堪。他自己反倒低下头去。他不想责备刘师傅,"凡是不肯舍了北平的,迟早都得舍了廉耻！"他和自己嘟囔。

他要去见的，是他最愿意看到的，也是他最怕看到的，人。那是曾经在大学里教过他英文的一位英国人，富善先生。富善先生是个典型的英国人，对什么事，他总有他自己的意见，除非被人驳得体无完肤，他决不轻易的放弃自己的主张与看法。即使他的意见已经被人驳倒，他还要卷土重来找出稀奇古怪的话再辩论几回。他似乎拿辩论当作一种享受。他的话永远极锋利，极不客气，把人噎得出不来气。可是，人家若噎得他也出不来气，他也不发急。到他被人家堵在死角落的时候，他会把脖子憋得紫里蒿青的，连连的摇头。而后，他请那征服了他的人吃酒。他还是不服气，但是对打胜了的敌人表示出敬重。

他极自傲，因为他是英国人。不过，有人要先说英国怎样怎样的好，他便开始严厉的批评英国，仿佛英国自有史以来就没作过一件好事。及至对方也随着他批评英国了，他便改过来，替英国辩护，而英国自有史以来又似乎没有作错过任何一件事。不论他批评英国也罢，替英国辩护也罢，他的行为，气度，以至于一举一动，没有一点不是英国人的。

他已经在北平住过三十年。他爱北平，他的爱北平几乎等于他的爱英国。北平的一切，连北平的风沙与挑大粪的，在他看，也都是好的。他自然不便说北平比英国更好，但是当他有点酒意的时候，他会说出真话来："我的骨头应当埋在西山静宜园外面！"

对北平的风俗掌故，他比一般的北平人知道的还要多一些。北平人，住惯了北平，有时候就以为一切都平平无奇。他是外国人，他的眼睛不肯忽略任何东西。凡事他都细细的看，而后加以判断，慢慢的他变成了北平通。他自居为北平的主人，因为他知道一切。他最讨厌那些到北平旅行来的外国人："一星期的工夫，想看懂了北平？别白花了钱而且污辱了北平吧！"他带着点怒气说。

他的生平的大志是写一本《北平》。他天天整理稿子，而始终是"还差一点点！"他是英国人，所以在没作成一件事的时候，绝对不肯开口宣传出去。他不肯告诉人他要写出一本《北平》来，可是在遗嘱上，他已写好——杰作《北平》的著者。

英国人的好处与坏处都与他们的守旧有很大的关系。富善先生，既是英国人，当然守旧。他不单替英国守旧，也愿意为北平保守一切旧的东西。当他在城根或郊外散步的时候，若遇上一位提着鸟笼或手里揉着核桃的"遗民"，他就能和他一谈谈几个钟头。他，在这种时候，忘记了英国，忘记了莎士比亚，而只注意那个遗民，与遗民的鸟与核桃。从一个英国人的眼睛看，他似乎应当反对把鸟关在笼子里。但是，现在他忘了英国。他的眼睛变成了中国人的，而且是一个遗民的。他觉得中国有一整部特异的，独立的，文化，而养鸟是其中的一部分。他忘了鸟的苦痛，而只看见了北平人的文化。

因此，他最讨厌新的中国人。新的中国人要革命，要改革，要脱去大衫而穿上短衣，要使女子不再缠足，要放出关在笼子中的画眉与八哥。他以为这都是消灭与破坏那整套的文化，都该马上禁止。凭良心说，他没有意思教中国人停在一汪儿死水里。可是，他怕中国人因改革而丢失了已被他写下来的那个北平。他会拿出他收藏着的三十年前的木版年画，质问北平人："你看看，是三十年前的东西好，还是现在的石印的好？看看颜色，看看眉眼，看看线条，看看纸张，你们哪样比得上三十年前的出品！你们已忘了什么叫美，什么叫文化！你们要改动，想要由老虎变成猫！"

同年画儿一样，他存着许多三十年前的东西，包括着鸦片烟具，小脚鞋，花翎，朝珠。"是的，吸鸦片是不对的，可是你看看，细看看，这烟枪作的有多么美，多么精致！"他得意的这样说。

当他初一来到北平，他便在使馆——就是丁约翰口中的英国府——作事。因为他喜爱北平，所以他想娶一个北平姑娘作太太。那时候，他知道的北平事情还不多，所以急于知道一切，而想假若和中国人联了姻，他就能一下子明白多少多少事情。可是，他的上司警告了他："你是外交官，你得留点神！"他不肯接受那个警告，而真的找到了一位他所喜爱的北平小姐。他知道，假若他真娶了她，他必须辞职——把官职辞掉，等于毁坏了自己的前途。可是，他不管明天，而决定去完成他的"东方的好梦"。不幸，那位小姐得了个暴病儿，死去。他非常的伤心。虽然这可以保留住他的职位，可是他到底辞了职。他以为只有这样才能对得住死者——虽然没结婚，我可是还辞了职。在他心情不好的时候，他常常的嘟囔着："东方是东方，西方是西方，"而加上："我想作东方人都不成功！"辞职以后，他便在中国学校里教教书，或在外国商店里临时帮帮忙。他有本事，而且生活又非常的简单，所以收入虽不多，而很够他自己花的。他租下来东南城角一个老宅院的一所小花园和三间房。他把三间房里的墙壁挂满了中国画，中国字，和五光十色的中国的小玩艺，还求一位中国学者给他写了一块匾——"小琉璃厂"。院里，他养着几盆金鱼，几笼小鸟，和不少花草。一进门，他盖了一间门房，找来一个曾经伺候过光绪皇帝的太监给他看门。每逢过节过年的时候，他必教太监戴上红缨帽，给他作饺子吃。他过圣诞节，复活节，也过五月节和中秋节。"人人都像我这样，一年岂不多几次享受么？"他笑着对太监说。

他没有再恋爱，也不想结婚，朋友们每逢对他提起婚姻的事，他总是摇摇头，说："老和尚看嫁妆，下辈子见了！"他学会许多北平的俏皮话与歇后语，而时常的用得很恰当。

当英国大使馆迁往南京的时候，他又回了使馆作事。他要求大使把他留在北平。这时候，他已是六十开外的人了。

他教过，而且喜欢，瑞宣，原因是瑞宣的安详文雅，据他看，是有点像三十年前的中国人。瑞宣曾帮助他搜集那或者永远不能完成的杰作的材料，也帮助他翻译些他所要引用的中国诗歌与文章。瑞宣的英文好，中文也不错。和瑞宣在一块儿工作，他感到愉快。虽然二人也时常的因意见不同而激烈的彼此驳辩,可是他既来自国会之母的英国,而瑞宣又轻易不红脸,所以他们的感情并不因此而受到损伤。在北平陷落的时候,富善先生便派人给瑞宣送来信。信中,他把日本人的侵略比之于欧洲黑暗时代北方野蛮人的侵袭罗马;他说他已有两三天没正经吃饭。信的末了,他告诉瑞宣:"有什么困难,都请找我来,我一定尽我力之所能及的帮助你。我在中国住了三十年,我学会了一点东方人怎样交友与相助!"瑞宣回答了一封极客气的信,可是没有找富善先生去。他怕富善老人责难中国人。他想象得到老人会一方面诅咒日本人的侵略,而一方面也会责备中国人的不能保卫北平。今天,他可是非去不可了。他准知道老人会帮他的忙,可也知道老人必定会痛痛快快的发一顿牢骚,使他难堪。他只好硬着头皮去碰一碰。无论怎么说,吃老人的闲话是比伸手接日本人的钱要好受的多的。

果然不出他所料,富善先生劈头就责备了中国人一刻钟。不错,他没有骂瑞宣个人,可是瑞宣不能因为自己没挨骂而不给中国人辩护。同时,他是来求老人帮忙,可也不能因此而不反驳老人。

富善先生的个子不很高,长脸,尖鼻子,灰蓝色的眼珠深深的藏在眼窝里。他的腰背还都很直,可是头上稀疏的头发已差不多都白了。他的脖子很长,而且有点毛病——每逢话说多了,便似堵住了气的伸一伸脖子,很像公鸡要打鸣儿似的。

瑞宣看出来,老人的确是为北平动了心,他的白发比去年又增加了许多根,而且说话的时候不住的伸脖子。虽然如此,他可是不便在意见上故意的退让。他不能为挣钱吃饭,而先接受了老人的斥责。他必须告诉明白了老人:中国还没有亡,中日的战争还没有结束,请老人不要太快的下断语。辩论了有半个多钟头,老人才想起来:"糟糕!只顾了说话儿,忘了中国规矩!"他赶紧按铃叫人拿茶来。送茶来的是丁约翰。看瑞宣平起平坐和富善先生谈话,约翰的惊异是难以形容的。

喝了一口茶,老人自动的停了战。他没法儿驳倒瑞宣,也不能随便的放弃了自己的意见，只好等有机会另开一次舌战。他知道瑞宣必定有别的事来找他，他不应当专说闲话。他笑了笑，用他的稍微有点结巴，而不算不顺利的中国话说："怎样？找我有事吧？先说正经事吧！"

瑞宣说明了来意。

老人伸了好几下脖子，告诉瑞宣："你上这里来吧，我找不到个好助手；你来，我们在一块儿工作，一定彼此都能满意！你看，那些老派的中国人，英文不行啊，可是中文总靠得住。现在的中国大学毕业生，英文不行，中文也不行——你老为新中国人辩护，我说的这一点，连你也没法反对吧？""当一个国家由旧变新的时候，自然不能一步就迈到天堂去！"瑞宣笑着说。

"哦？"老人急忙吞了一口茶。"你又来了！北平可已经丢了，你们还变？变什么？"

"丢了再夺回来！"

"算了！算了！我完全不相信你的话，可是我佩服你的信念坚定！好啦，今天不再谈，以后咱们有的是机会开辩论会。下星期一，你来办公，把你的履历给我写下来，中文的和英文的。"

瑞宣写完，老人收在衣袋里。"好不好喝一杯去？今天是五月节呀！"

三十九

由东城往回走，瑞宣一路上心中不是味儿。由挣钱养家上说，他应当至少也感到可以松一口气了；可是从作"洋"事上说，尽管他与丁约翰不同，也多少有点别扭。往最好里讲，他放弃了那群学生，而去帮助外国人作事，也是一种逃避。他觉得自己是在国家最需要他的时候，作出最对不起国家的事！他低着头，慢慢的走。他没脸看街上的人，尽管街上走着许多糊糊涂涂到北海看热闹的人。他自己不糊涂，可是他给国家作了什么呢？他逃避了责任。

可是，他又不能否认这个机会的确解决了眼前的困难——一家大小暂时可以不挨饿。他没法把事情作得连一点缺陷也没有，北平已经不是中国人的北平，北平人也已经不再是可以完全照着自己的意思活着的人。他似乎应当庆祝自己的既没完全被日本人捉住，而又找到了一个稍微足以自慰自解的隙缝。这样一想，他又抬起头来。他想应当给老人们买回一点应节的点心去，讨他们一点喜欢。他笑自己只会这么婆婆妈妈的作孝子，可是这到底是一点合理的行动，至少也比老愁眉不展的，招老人们揪心强一点！他在西单牌楼一家饽饽铺买了二十块五毒饼。

这是一家老铺子，门外还悬着"满汉饽饽"，"进贡细点"等等的金字红牌子。铺子里面，极干净，极雅致的，只有几口大朱红木箱，装着各色点心。墙上没有别的东西，只有已经黄暗了的大幅壁画，画的是《三国》与《红楼梦》中的故事。瑞宣爱这种铺子，屋中充满了温柔的糖与蛋糕，还有微微的一点奶油的气味，使人闻着心里舒服安静。屋中的光线相当的暗，可是刚一走近柜台，就有头永远剃的顶光，脸永远洗得极亮的店伙，安静的，含笑的，迎了上来，用极温和的低声问："您买什么？"

这里没有油饰得花花绿绿的玻璃柜，没有颜色刺目的罐头与纸盒，没有一边开着玩笑一边作生意的店伙，没有五光十色的"大减价"与"二周年纪念"的纸条子。这里有的是字号，规矩，雅洁，与货真价实。这是真正北平的铺店，充分和北平的文化相配备。可是，这种铺子已慢慢的灭绝，全城只剩了四五家，而这四五家也将要改成"稻香村"，把点心，火腿，与茶叶放在一处出售；否则自取灭亡。随着它灭亡的是规矩，诚实，那群有真正手艺的匠人，与最有礼貌的店伙。瑞宣问了好几种点心，店伙都抱歉的回答"没有"。店伙的理由是，材料买不到，而且预备了也没有人买。应时的点心只有五毒饼，因为它卖不出去还可以揉碎了作"缸炉"——一种最易消化的，给产妇吃的点心。瑞宣明知五毒饼并不好吃，可只好买了二十块，他知道明年也许连五毒饼这个名词都要随着北平的灭亡而消灭的！

出了店门，他跟自己说："明年端阳也许必须吃日本点心了！连我不也作了洋事吗？礼貌，规矩，诚实，文雅，都须灭亡，假若我们不敢拼命去保卫它们的话！"

快到家了，他遇见了棚匠刘师傅。刘师傅的脸忽然的红起来。瑞宣倒觉得怪难为情的，说什么也不好，不说什么也不好。刘师傅本已低下头去，可又赶紧抬起来，决定把话说明白，他是心中藏不住话的人。"祁先生，我到北海去了，可是没有给他们耍玩艺，我本来连去也不肯去，可是会头把我的名字报上去了，我要不去，就得惹点是非！你说我怎么办？我只好应了个卯，可没耍玩艺儿！我……"他的心中似乎很乱，不知道再说什么才好，他的确恨日本人，绝不肯去给日本人耍狮子，可是他又没法违抗会头的命令，因为一违抗，他也许会吃点亏。他要教瑞宣明白他的困难，而依旧尊敬他。他明知自己丢了脸，而还要求原谅。他也知道，这次他到了场而没有表演，大概下一次他就非下场不可了，他怎么办呢？他晓得"既在矮檐下，怎敢不低头"的道理，可是他豪横了一生，难道，就真把以前的光荣一笔抹去，而甘心向敌人低头吗？不低头吧，日本人也许会给他点颜色看看。他只有一点武艺，而日本人有机关枪！

瑞宣想象得到刘师傅心中的难过与忧虑，可是也找不到什么合适的话来说。他曾经问过刘师傅，凭他的武艺，为什么不离开北平。刘师傅那时候既没能走开，现在还有什么话好讲呢？他想说："不走，就得把脸皮揭下来，扔在粪坑里！"可是，这又太不像安慰邻居——而且是位好邻居——的话。他也不能再劝刘师傅逃走，刘师傅若是没有困难，他相信，一定会不等劝告就离开北平的。既有困难，而他又不能帮助解决，光说些空话有什么用处呢？他的嘴唇动了几动，而找不到话说。他虽没被日本人捉去拷打，可是他已感到自己的心是上了刑。

这会儿，程长顺由门里跑出来，他楞头磕脑的，不管好歹的，开口就是一句："刘师傅！听说你也耍狮子去啦？"

刘师傅没还出话来，憋得眼睛里冒了火。他不能计较一个小孩子，可是又没法不动怒，他瞪着长顺，像要一眼把他瞪死似的。

长顺害了怕，他晓得自己说错了话。他没再说什么，慢慢的退回门里去。

"真他妈的！"刘师傅无聊的骂了这么一句，而后补上："再见！"扭头就走开。

瑞宣独自楞了一会儿，也慢慢的走进家门。他不知道怎样判断刘师傅与程长顺才好。论心地，他们都是有点血性的人。论处境，他们与他都差不多一样。他没法夸赞他们，也不好意思责备他们。他们与他好像是专为在北平等着受灵魂的凌迟而生下来的。北平是他们生身之地，也是他们的坟地——也许教日本人把他们活埋了！

不过，他的五毒饼可成了功。祁老人不想吃，可是脸上有了笑容。在他的七十多年的记忆里，每一件事和每一季节都有一组卡片，记载着一套东西与办法。在他的端阳节那组卡片中，五毒饼正和中秋的月饼与年节的年糕一样，是用红字写着的。他不一定想吃它们，但是愿意看到它们，好与脑中的卡片对证一下，而后觉得世界还没有变动，可以放了心。今年端阳，他没看见樱桃，桑葚，粽子，与神符。他没说什么，而心中的卡片却七上八下的出现，使他不安。现在，至少他看见一样东西，而且是用红字写着的一样东西，他觉得端阳节有了着落，连日本人也没能消灭了它。他赶紧拿了两块分给了小顺儿与妞子。

小顺儿和妞子都用双手捧着那块点心，小妞子乐得直吸气。小顺儿已经咬了一口，才问："这是五毒饼呀！有毒啊？"老人叹着气笑了笑："上边的蝎子，蜈蚣，都是模子磕出来的，没有毒！"

瑞宣在一旁看着，起初是可怜孩子们——自从北平陷落，孩子们什么也吃不到。待了一会儿，他忽然悟出一点道理来："怪不得有人作汉奸呢，好吃好喝到底是人生的基本享受呀！有好吃的，小孩子便笑得和小天使一般可爱！"他看着小顺儿，点了点头。

"爸！"小顺儿从点心中挪动着舌头："你干吗直点头呀？"小妞子怕大人说她专顾了吃，也莫名其妙的问了声："点头？"

瑞宣惨笑了一下，不愿回答什么。假若他要回答，他必定是说："可是，我不能为孩子们的笑容而出卖了灵魂！"他不像老二那么心中存不住事。他不想马上告诉家中，他已找到了新的位置。假若在太平年月，他一定很高兴得到那个位置，因为既可以多挣一点钱，又可以天天有说英语的机会，还可以看到外国书籍杂志，和听外国语的广播。现在，他还看见了这些便利，可是高兴不起来。他总觉得放弃了那群学生是件不勇敢不义气，和逃避责任的事。假若一告诉家中，他猜得到，大家必定非常的欢喜，而大家的欢喜就会更增多他的惭愧与苦痛。

但是，看到几块点心会招出老的小的那么多的笑容，他压不住自己的舌头了。他必须告诉他们，使大家更高兴一点。

他把事情说了出来。果然，老人与韵梅的喜悦正如同他猜想到的那么多。三言五语之间，消息便传到了南屋。妈妈兴奋得立刻走过来，一答一和的跟老公公提起她怎样在老大初作事挣钱的那一天，她一夜没能闭眼，和怎样在老二要去作事的时候，她连夜给他赶作一双黑绒的布底鞋，可是鞋已作好，老二竟自去买了双皮鞋，使她难受了两三天。

儿媳妇的话给了老公公一些灵感，祁老人的话语也开了闸。他提起天佑壮年时候的事，使大家好像听着老年的故事，而忘了天佑是还活着的人。他所讲的连天佑太太还有不知道的，这使老人非常的得意，不管故事的本身有趣与否，它的年代已足使儿媳妇的陈谷子烂芝麻减色不少。

韵梅比别人都更欢喜。几个月来，为了一家大小的吃穿，她已受了不知多少苦处。现在可好了，丈夫有了洋事。她一眼看到还没有到手的洋钱，而洋钱是可以使她不必再揪心缸里的米与孩子脚上的鞋袜的。她不必再骂日本人。日本人即使还继续占据着北平，也与她无关了！听着老人与婆婆"讲古"，她本来也有些生儿养女的经验，也值得一说，可是她没敢开口，因为假若两位老亲讲的是古树，她的那点经验也不过是一点刚长出的绿苗儿。她想，丈夫既有了可靠的收入，一家人就能和和气气的过日子，等再过二三十年，她便也可以安坐炕上，对儿女们讲古了。

瑞宣听着看着，心中难过，而不敢躲开。看着，听着是他的责任！看别人发笑，他还得陪着笑一下，或点点头。他想起山木教官。假若山木死了爱子也不能落泪，他自己就必须在城已亡的时候还陪着老人们发笑。全民族的好战狂使山木像铁石那样无情，全民族的传统的孝悌之道使他自己过分的多情——甚至于可以不管国家的危亡！他没法一狠心把人伦中的情义斩断，可是也知道家庭之累使他，或者还有许多人，耽误了报国的大事！他难过，可是没有矫正自己的办法；一个手指怎能拨转得动几千年的文化呢？

好容易二位老人把话说到了一个段落，瑞宣以为可以躲到自己屋里休息一会了。可是祁老人要上街去看看，为是给儿子天佑送个信，教儿子也

喜欢喜欢。小顺儿与妞子也都要去,而韵梅一劲儿说老人招呼不了两个淘气精。瑞宣只好陪了去。他问小顺儿:

"你们不是刚刚上过北海吗?"意思是教孩子们不必跟去了。

"还说呢!"韵梅答了话:"刚才都哭了一大阵啦!二爷愿意带着他们,胖婶儿嫌麻烦,不准他们去,你看两个小人儿这个哭哇!"

瑞宣又没了话,带孩子们出去也是一种责任!

幸而,老少刚一出门,遇上了小崔。瑞宣实在不愿再走一趟,于是把老人和孩子交给了小崔:"崔爷,你拉爷爷去好不好?上铺子。越慢走越好!小顺儿,妞子,你们好好的坐着,不准乱闹!崔爷,要没有别的买卖,就再拉他们回来。"

小崔点了头。瑞宣把爷爷搀上车;小崔把孩子们抱了上去,而后说说笑笑的拉了走。

瑞宣松了一口气。

老太太在枣树下面,看树上刚刚结成的象嫩豌豆的小绿枣儿呢。瑞宣由门外回来,看到母亲在树下,他觉得很新奇。枣树的叶子放着浅绿的光,老太太的脸上非常的黄,非常的静,他好像是看见了一幅什么静美而又动心的画图,他想起往日的母亲。拿他十几岁时或二十岁时的母亲和现在的母亲一比,他好像不认识她了。他楞住,呆呆的看着她。她慢慢的从小绿枣子上收回眼光,看了看他。她的眼深深的陷在眶儿里,眼珠有点瘪而痴呆,可是依然露出仁慈与温柔——她的眼睛改了样儿,而神韵还没有变,她还是母亲。瑞宣忽然感到心中有点发热,他恨不能过去拉住她的手,叫一声妈,把她的仁慈与温柔都叫出来,也把她的十年前或二十年前的眼睛与一切都叫回来。假若那么叫出一声妈来,他想自己必定会像小顺儿与妞子那样天真,把心中的委屈全一股脑儿倾泻出来,使心中痛快一回!可是,他没有叫出来,他的三十多岁的嘴已经不会天真的叫妈了。

"瑞宣!"妈妈轻轻的叫,"你来,我跟你说几句话儿!"她的声音是那么温柔,好象有一点央求他的意思。

他极亲热的答应了一声。他不能拒绝妈妈的央求。他知道老二老三都不在家,妈妈一定觉得十分寂寞。他很惭愧自己为什么早没想到这一点,而多给母亲一点温暖与安慰。他随着妈妈进了南屋。

"老大!"妈妈坐在炕沿上,带着点不十分自然的笑容说:"你找到了事,可是我看你并不怎么高兴,是不是?""嗯——"老大为了难,不知怎样回答好。

"说实话,跟我还不说实话吗?"

"对啦,妈!我是不很高兴!"

"为什么?"老太太又笑了笑,仿佛是表示,无论儿子怎样回答,她是不会生气的。

老大晓得不必说假话了。"妈,我为了家就为不了国,为了国就为不了家!几个月来,我为了这个就老不高兴,现在还是不高兴,将来我想我也不会高兴。我觉得国家遇到这么大的事,而我没有去参加,真是个——是个——"他想不出恰当的字来,而半羞半无聊的笑了一下。

老太太楞了半天,而后点了点头:"我明白!我和祖父连累了你!"

"我自己还有老婆儿女!他们也得仗着我活着!""是不是有人常嘲笑你?说你胆小无能?"

"没有!我的良心时时刻刻的嘲笑我!"

"嗯!我,我恨我还不死,老教你吃累!"

"妈!"

"我看出来了,日本鬼子是一时半会儿不会离开北平的。有他们在这儿,你永远不会高兴!我天天扒着玻璃目留着你,你是我的大儿子,你不高兴,我心里也不会好受!"

瑞宣半天没说出话来。在屋中走了两步,他无聊的笑了一下:"妈,你放心吧!我慢慢的就高兴了!""你?"妈妈也笑了一下。"我明白你！"

瑞宣的心疼了一下，什么也说不来了。

妈妈也不再出声。

最后，瑞宣搭讪着说了声："妈，你躺会儿吧！我去写封信！"他极困难的走了出来。

回到自己屋中，他不愿再想妈妈的话，因为想到什么时候也总是那句话，永远没有解决的办法。他只会敷衍环境，而不会创造新的局面，他觉得他的生命是白白的糟塌了。

他的确想写信，给学校写信辞职。到了自己屋中，他急忙的就拿起笔来。他愿意换一换心思，好把母亲的话忘了。可是，拿着笔，他写不下去。他想应当到学校去，和学生们再见一面。他应当嘱告学生们：能走的，走，离开北平！不能走的，要好好的读书，储蓄知识；中国是亡不了的，你们必须储蓄知识，将来好为国家尽力。你们不要故意的招惹日本人，也不要甘心作他们的走狗；你们须忍耐，坚强的沉毅的忍耐，心中永别忘了复仇雪耻！

他把这一段话翻来覆去的说了多少遍。他觉得只有这么交代一下，他才可以赎回一点放弃了学生的罪过。可是，他怎样去说呢？假若他敢在讲堂上公开的说，他马上必被捕。他晓得各学校里都有人被捕过。明哲保身在这危乱的时代并不见得就是智慧，可是一旦他被捉去，祖父和母亲就一定会愁死。他放下笔，在屋中来回的走。是的，现在日本人还没捉了他去，没给他上刑，可是他的口，手，甚至于心灵，已经全上了锁镣！走了半天，他又坐下，拿起笔来，写了封极简单的信给校长。写完，封好，贴上邮票，他小跑着把它投在街上的邮筒里。他怕稍迟疑一下，便因后悔没有向学生们当面告别，而不愿发出那封信去。

快到吃晚饭的时候，小崔把老少三口儿拉了回来。天气相当的热，又加上兴奋，小顺儿和妞子的小脸上全都红着，红得发着光。祁老人脸上虽然没发红，可是小眼睛里窝藏着不少的快活。他告诉韵梅："街上看着好像什么事也没有了，大概日本人也不会再闹到哪里去吧？"希望在哪里，错误便也在哪里。老人只盼着太平，所以看了街上的光景就认为平安无事了。

小崔把瑞宣叫到大槐树底下，低声的说："祁先生，你猜我遇见谁了？"

"谁？"

"钱先生！"

"钱——"瑞宣一把抓住小崔的胳臂，把他扯到了门内；关上门，他又重了一声："钱先生？"

小崔点了点头。"我在布铺的对面小茶馆里等着老人家。刚泡上茶，我一眼看到了他！他的一条腿走路有点不方便，走得很慢。进了茶馆，屋里暗，外面亮，他定了定神，好像看不清哪里有茶桌的样子。"

"他穿着什么？"瑞宣把声音放得很低的问；他的心可是跳得很快。

"一身很脏的白布裤褂！光着脚，似乎是穿着，又像是拖着，一双又脏又破的布鞋！"

"噢！"瑞宣一想就想到，钱诗人已经不再穿大褂了；一个北平人敢放弃了大褂，才敢去干真事！"他胖了还是瘦了？""很瘦！那可也许是头发欺的。他的头发好像有好几个月没理过了！头发一长，脸不是就显着小了吗？""有了白的没有？"

小崔想了想："有！有！他的眼可是很亮。平日他一说话，眼里不是老那么泪汪汪的，笑不唧儿的吗？现在，他还是那么笑不唧儿的，可是不泪汪汪的了。他的眼很亮，很干，他一看我，我就觉得不大得劲儿！"

"没问他在哪儿住？"

"问了，他笑了笑，不说！我问他好多事，在哪儿住呀？干什么呀？金三爷好呀？他都不答腔！他跟我坐在了一块，要了一碗白开水。喝了口水,他的嘴就开了闸。他的声音很低,其实那会儿茶馆里并没有几个人。"

"他告诉了你什么?"

"有好多话,因为他的声音低,又没有了门牙,我简直没有听明白。我可听明白了一件,他教我走!"

"上哪儿?"

"当兵去!"

"你怎么说?"

"我?"小崔的脸红了。"你看,祁先生,我刚刚找到了个事,怎能走呢?"

"什么事?"

"你们二爷教我给他拉包月去!既是熟人儿,又可以少受点累,我不愿意走!"

"你可是还恨日本人?"

"当然喽!我告诉了钱先生,我刚刚有了事,不能走,等把事情搁下了再说?"

"他怎么说?"

"他说?等你把命丢了,可就晚了!"

"他生了气?"

"没有!他教我再想一想!"像唯恐瑞宣再往下钉他似的,他赶紧的接着说:"他还给了我一张神符!"他从衣袋中掏出来一张黄纸红字的五雷神符。"我不知道给我这个干吗?五月节贴神符,不是到晌午就揭下来吗?现在天已经快黑了!"瑞宣把神符接过来,打开,看了看正面,而后又翻过来,看看背面,除了红色印的五雷诀与张天师的印,他看不到别的。"崔爷,把它给我吧?"

"拿着吧,祁先生!我走啦!车钱已经给了。"说完,他开开门,走出去，好像有点怕瑞宣再问他什么的样子。

掌灯后，他拿起那张神符细细的看，在背面，他看见了一些字。那些字也是红的，写在神符透过来的红色上；不留神看，那只是一些红的点子与道子，比透过来的红色重一些。

就近了灯光，他细细的看，他发现了一首新诗："用滴着血的喉舌，我向你们恳求：

离开那没有国旗的家门吧，别再恋恋不舍！

国家在呼唤你们，

像慈母呼唤她的儿女！

去吧，脱去你们的长衫，长衫会使你们跌倒——跌入了坟墓！

在今天，你们的礼服应当是军装，你们的国土不是已经变成战场？

离开这已经死去的北平，你们才会凯旋；

留在这里是陪伴着棺木！

抵抗与流血是你们的，最光荣的徽章，

为了生存，你们须把它挂在胸上！

要不然，你们一样的会死亡，死亡在耻辱与饥寒上！

走吧，我向你们央告！

多走一个便少一个奴隶，多走一个便多添一个战士！

走吧，国家在呼唤你，国——家——在——呼——唤——你！"

看完，瑞宣的手心上出了汗。真的，这不是一首好的诗，可是其中的每一个字都像个极锋利的针，刺着他的心！他就是不肯脱去长衫，而甘心陪伴着棺木的，无耻的，人！那不是一首好诗，可是他没法把它放下。不大一会儿，他已把它念熟。念熟又怎样呢？他的脸上发了热。"小顺儿，叫爸爸吃饭！"韵梅的声音。

"爸！吃饭！"小顺儿尖锐的叫。

瑞宣浑身颤了一下，把神符塞在衣袋里。

四十

瑞宣一夜没有睡好。天相当的热,一点风没有,像憋着暴雨似的。躺在床上,他闭不上眼。在黑暗中,他还看见钱老人的新诗,像一群小的金星在空中跳动。他决定第二天到小崔所说的茶馆去,去等候钱诗人,那放弃了大褂与旧诗的钱诗人。他一向钦佩钱先生,现在,他看钱先生简直的像钉在十字架上的耶稣。真的,耶稣并没有怎么特别的关心国事与民族的解放,而只关切着人们的灵魂。可是,在敢负起十字架的勇敢上说,钱先生却的确值得崇拜。不错,钱先生也许只看到了眼前,而没看到"永生",可是没有今天的牺牲与流血,又怎能谈到民族的永生呢?

他知道钱先生必定会再被捕,再受刑。但是他也想象得到钱先生必会是很快乐——甘心被捕,甘心受刑,只要有一口气,就和敌人争斗!这是个使人心中快活的决定,钱先生找到了这个决定,眼前只有一条道儿,不必瞻前顾后的,徘徊歧路;钱先生有了"信心",也就必定快活!

他自己呢?没有决定,没有信心,没有可以一直走下去的道路!他或者永远不会被捕,不会受刑,可是也永远没有快乐!他的"心"受着苦刑!他切盼看到钱先生,畅谈一回。自从钱先生离开小羊圈,瑞宣就以为他必定离开了北平。他没想到钱先生会还在敌人的鼻子底下作反抗的工作。是的,他想得到钱先生的腿不甚便利,不能远行。可是,假若老先生没有把血流在北平的决心,就是腿掉了一条也还会逃出去的。老人是故意要在北平活动,和流尽他的血。这样想清楚,他就更愿意看到老人。见到老人,他以为,他应当先给他磕三个头!老人所表现的不只是一点点报私仇的决心,而是替一部文化史作正面的证据。钱先生是地道的中国人,而地道的中国人，带着他的诗歌，礼义，图画，道德，是会为一个信念而杀身成仁的。蓝东阳，瑞丰，与冠晓荷，没有钱先生的那样的学识与修养，而只知道中国饭好吃，所以他们只看见了饭，而忘了别的一切。文化是应当用筛子筛一下的，筛了以后，就可以看见下面的是土与渣滓，而剩下的是几块真金。钱诗人是金子，蓝东阳们是土。

想到这里，瑞宣的心中清楚了一点，也轻松了一点。他看到了真正中国的文化的真实力量，因为他看见一块金子。不，不，他决定不想复古。他只是从钱老人身上看到了不必再怀疑中国文化的证据。有了这个证据，中国人才能自信。有了自信，才能再进一步去改善——一棵松树修直了才能成为栋梁，一株臭椿，修直了又有什么用呢？他一向自居为新中国人，而且常常和富善先生辩论中国人应走的道路——他主张必定铲除了旧的，树立新的。今天他才看清楚，旧的，像钱先生所有的那一套旧的，正是一种可以革新的基础。反之，若把瑞丰改变一下，他至多也不过改穿上洋服，像条洋狗而已。有根基的可以改造，一片荒沙改来改去还是一片荒沙！

他愿把这一点道理说给钱先生听。他切盼明天可以见到钱先生。

可是，当他次日刚刚要出去的时候，他被堵在了院中。丁约翰提着两瓶啤酒，必恭必敬的挡住了瑞宣的去路。约翰的虔敬与谦卑大概足以感动了上帝。"祁先生，"他鞠了个短，硬，而十分恭敬的躬，"我特意的请了半天的假，来给先生道喜！"

瑞宣从心里讨厌约翰，他以为约翰是百年来国耻史的活证据——被外国人打怕，而以媚外为荣！他楞在了那里，不晓得怎样应付约翰才好。他不愿把客人让进屋里去，他的屋子与茶水是招待李四爷，小崔，与孙七爷的；而不愿教一位活的国耻玷污了他的椅凳与茶杯。

丁约翰低着头，上眼皮挑起，偷偷的看瑞宣。他看出瑞宣的冷淡，而一点没觉得奇怪，他以为瑞宣既能和富善先生平起平坐，那就差不多等于和上帝呼兄唤弟;他是不敢和上帝的朋友闹气的。"祁先生,您要是忙,我就不进屋里去了!我给您拿来两瓶啤酒,小意思,小意思!"

"不!"瑞宣好容易才找到了声音。"不!我向来不收礼物!"丁约翰吞着声说:"祁先生!以后诸事还都得求您照应呢!我理当孝敬您一点小——小意思!"

"我告诉你吧,"瑞宣的轻易不红的脸红起来,"我要是能找到别的事,我决不吃这口洋饭,这没有什么可喜的,我倒真的应当哭一场,你明白我的意思?"

丁约翰没明白瑞宣的意思,他没法儿明白。他只能想到瑞宣是个最古怪的人,有了洋事而要哭!"您看!您看!"他找不到话说了。

"谢谢你!你拿走吧!"瑞宣心中很难受,他对人没有这样不客气过。

约翰无可如何的打了转身。瑞宣也往外走。"不送!那不敢当!不敢当!"约翰横拦着瑞宣。瑞宣也不好意思说:"不是送你,我是要出门。"瑞宣只好停住了脚,立在院里。

立了有两分钟,瑞宣又往外走。迎头碰到了刘师傅。刘师傅的脸板得很紧,眉皱着一点。"祁先生,你要出去?我有两句要紧的话跟你讲!"他的口气表示出来,不论瑞宣有什么要紧的事,也得先听他说话。

瑞宣把他让进屋里来。

刚坐下,刘师傅就开了口,他的话好像是早已挤在嘴边上的。"祁先生,我有件为难的事!昨天我不是上北海去了吗?虽然我没给他们耍玩艺,我心里可是很不好过!你知道,我们外场人都最讲脸面;昨天我姓刘的可丢了人!程长顺——我知道他是小孩子,说话不懂得轻重——昨天那一问,我恨不能当时找个地缝钻了进去!昨天我连晚饭都没吃好,难过!晚饭后,我出去散散闷气,我碰见了钱先生!""在哪儿?"瑞宣的眼亮起来。

"就在那边的空场里！"刘师傅说得很快，仿佛很不满意瑞宣的打岔。"他好像刚从牛宅出来。"

"从牛宅？"

刘师傅没管瑞宣的发问，一直说了下去："一看见我他就问我干什么呢。没等我回答，他就说，你为什么不走呢？又没等我开口，他说：北平已经是块绝地，城里边只有鬼，出了城才有人！我不十分明白他的话，可是大概的猜出一点意思来。我告诉了他我自己的难处，我家里有个老婆。他笑了笑，教我看看他，他说：我不单有老婆，还有儿子呢！现在，老婆和儿子哪儿去了呢？怕死的必死，不怕死的也许能活，他说。末了，他告诉我，你去看看祁先生，看他能帮助你不能。说完，他就往西廊下走了去。走出两步，他回过头来说：问祁家的人好！祁先生，我溜溜的想了一夜，想起这么主意：我决定走！可是家里必定得一月有六块钱！按现在的米面行市说，她有六块钱就足够给房钱和吃窝窝头的。以后东西也许都涨价钱，谁知道！祁先生，你要是能够每月接济她六块钱，我马上就走！还有，等到东西都贵了的时候，你可以教她过来帮祁太太的忙，只给她两顿饭吃就行了！这可都是我想出来的，你愿意不愿意，可千万别客气！"刘师傅喘了口气。"我愿意走，在这里，我早晚得憋闷死！出城进城，我老得给日本兵鞠躬，没事儿还要找我去耍狮子，我受不了！"瑞宣想了一会儿，笑了笑："刘师傅，我愿意那么办！我刚刚找到了个事情，一月六块钱也许还不至于太教我为难！不过，将来怎样，我可不能说准了！"

刘师傅立起来，吐了一大口气。"以后的事，以后再说吧！只要现在我准知道你肯帮忙，我走着就放心了！祁先生，我不会说什么，你是我的恩人！"他作了个扯天扯地的大揖。"就这么办啦！只要薪水下来，我就教小顺儿的妈把钱送过去！"

"我们再见了！祁先生！万一我死在外边，你可还得照应着她呀！"

"我尽我的力！我的问题要像你的这么简单，我就跟你一块儿走！"

刘师傅没顾得再说什么，匆匆的走出去，硬脸上发着点光。

瑞宣的心跳得很快。镇定了一下，他不由的笑了笑。自从七七抗战起，他觉得只作了这么一件对得起人的事。他愿意马上把这件事告诉给钱先生。他又往外走。刚走到街门，迎面来了冠晓荷，大赤包，蓝东阳，胖菊子，和丁约翰。他知道丁约翰必定把啤酒供献给了冠家，而且向冠家报告了他的事情。胖菊子打了个极大的哈欠，嘴张得像一个红的勺。蓝东阳的眼角上堆着两堆屎，嘴唇上裂开不少被烟卷烧焦的皮。他看出来，他们大概又"打"了个通夜。

大赤包首先开了口，她的脸上有不少皱纹，而临时抹了几把香粉，一开口，白粉直往下落。她把剩余的力气都拿了出来，声音雄壮的说："你可真行！祁大爷！你的嘴比蛤蜊还关得紧！找到那么好的事，一声儿都不出，你沉得住气！佩服你！说吧，是你请客，还是我们请你？"

晓荷在一旁连连的点头，似乎是欣赏太太的词令，又似乎向瑞宣表示钦佩。等太太把话说完，他恭敬而灵巧的向前赶了一步，拱起手来，笑了好几下，才说："道喜！道喜！哼，别看咱们的胡同小啊，背乡出好酒！内人作了日本官，你先生作了英国官，咱们的小胡同简直是国际联盟！"

瑞宣恨不能一拳一个都把他们打倒，好好的踢他们几脚。可是，他不会那么撒野。他的礼貌永远捆着他的手脚。他说不上什么来，只决定了不往家中让他们。

可是，胖菊子往前挪了两步。"大嫂呢？我去看看她，给她道喜！"说完，她挤了过来。

瑞宣没法不准自家人进来，虽然她的忽然想起大嫂使他真想狠狠的捶她几捶。

她挤进来，其余的人也就鱼贯而入。丁约翰也又跟进来，仿佛是老没把瑞宣看够似的。

蓝东阳始终没开口。他恨瑞丰，现在也恨瑞宣。谁有事情作，他恨谁。可是,恨尽管恨,他可是在发泄恨怨之前要忍气讨好。他跟着大家走进来,像给一个不大有交情的人送殡似的。

祁老太爷和天佑太太忽然的涨了价钱。大赤包与冠晓荷直像闹洞房似的,走进老人们的屋子,一口一个老爷子与老太太。小顺儿与妞子也成了小宝贝。蓝东阳在冠家夫妇身后,一劲儿打哈欠,招得大赤包直瞪他。丁约翰照常的十分规矩,而脸上有一种无可形容的喜悦,几乎使他显出天真与纯洁。胖菊子特意的跑到厨房去慰问韵梅,一声声的大嫂都稍微有点音乐化了——她的嗓音向来是怪难听的。

祁老人讨厌冠家人的程度是不减于瑞宣的。可是,今天冠氏夫妇来道喜,他却真的觉到欢喜。他最发愁的是家人四散,把他亲手建筑起来的四世同堂的堡垒拆毁,今天,瑞宣有了妥当的事作,虽然老二与小三儿搬了出去,可是到底四世同堂还是四世同堂。只要瑞宣老不离家,四世同堂便没有拆毁之虞。为了这个,他没法不表示出心中的高兴。

天佑太太明白大儿子的心理,所以倒不愿表示出使瑞宣不高兴的喜悦来。她只轻描淡写的和客人们敷衍了几句,便又躺在炕上。

韵梅很为难。她晓得丈夫讨厌冠家的人与胖妇子,她可是又不便板起脸来得罪人。得罪人,在这年月,是会招来祸患的。即使不提祸患,她也不愿欺骗大家,说这是不值得庆贺的。她是主妇,她晓得丈夫有固定的收入是如何重要。她真想和胖妇子掰开揉碎的谈一谈家长里短,说说猪肉怎样不好买,和青菜怎样天天涨价儿。尽管胖妇子不是好妯娌,可是能说一说油盐酱醋的问题,也许就有点作妯娌的样儿了。可是,她不敢说,怕丈夫说她肤浅,爱说闲话。她只好把她最好听的北平话收在喉中,而用她的大眼睛观察大家的神色,好教自己的笑容与眼神都不出毛病。

瑞宣的脸越来越白了。他不肯和这一伙人多敷衍,而又没有把他们赶出门去的决心与勇气。他差不多要恨自己的软弱无能了。

大赤包把院中的人都慰问完了,又出了主意:"祁大爷!你要是不便好事请客,我倒有个主意。这年月,我们都不该多铺张,真的!但是,有喜事不热闹一下,又太委屈。好不好咱们来它两桌牌?大家热闹一天?这不是我的新发明,不过现在更应该提倡就是啦。两桌牌抽的头儿,管保够大家吃饭喝酒的。你不必出钱,我们也免得送礼,可是还能有吃有喝的玩一天,不是怪好的办法吗?"

"是呀!"晓荷赶紧把太太的理论送到实际上来:"我们夫妇,东阳,瑞丰夫妇,已经是五位了,再凑上三位就行了。好啦,瑞宣,你想约谁?"

"老太爷不准打牌,这是我们的家教!"瑞宣极冷静的说。

大赤包的脸上,好像落下一张幕来,忽然发了暗。她的美意是向来不准别人拒绝的。

晓荷急忙的开了口:"这里不方便,在我们那儿!瑞宣,你要是在我们那里玩一天,实在是我们冠家的光荣!"瑞宣还没回出话来,瑞丰小跑着跑进来。瑞丰的嘴张着,脑门上有点汗,小干脸上通红。跑进来,他没顾得招呼别人,一直奔了大哥去。"大哥!"这一声"大哥"叫得是那么动人,大家立刻都沉静下来,胖菊子几乎落了泪。

"大哥!"老二又叫了声,仿佛别的话都被感情给堵塞住了似的。喘了两口气,他才相当顺利的说出话来:"幸而我今天到铺子看看父亲,要不然我还闷在罐儿里呢?好家伙,英国大使馆!你真行,大哥!"显然的,他还有许多话要说,可是感情太丰富了,他的心里因热烈而混乱,把话都忘了。瑞宣楞起来。楞了一会儿,他忽然的笑了。对这群人,他没别的任何办法,除了冷笑。他本想抓住老二,给老二两句极难听的话,自然,他希望,别人也就"知难而退"了。可是,他把话收住了——他知道甘心作奴隶的人是不会因为一两句不悦耳的话而释放了他的,何苦多白费唇舌呢。韵梅看出丈夫的为难与难堪。她试着步儿说:"你不是还得到东城去吗?"

大赤包首先领略到这个暗示，似恼非恼的说："得啦，咱们别耽误了祁先生的正事，走吧！"

"走？"瑞丰像受了一惊似的，"大哥，你真的就不去弄点酒来，大家喝两口儿？"

瑞宣又没出声。他觉得不出声不单效果大，而且能保持住自己的尊严。

"老二，"祁大嫂笑着扯谎："他真有事！改天我给你烙馅儿饼吃！"

大赤包没等瑞丰再开口，就往外走。大家都怪不得劲的跟随着她。瑞宣像陪着犯人到行刑场去似的往外送。小崔头一天给瑞丰拉包月。他可是没把车停在祁家门外，他怕遇到冠家的人。把车停在西边的那株大槐树下面，他脸朝北坐着。大家由祁家出来，他装作没看见。等他们都进了冠家，他箭头似的奔过瑞宣来。

"祁先生！这倒巧！"他很高兴的说："我刚刚拉上包月，听说你也找到好事啦！道个喜吧！"他作了个揖。

瑞宣惨笑了一下。他想告诉小崔几句真话。小崔，在他看，是比冠家那一群强的多，顺眼的多了。"崔爷，别喜欢吧！你知道，咱们还是在日本人的手心儿里哪！"

小崔想了想，又说："可是，祁先生，要不是因为闹小日本儿，咱们不是还许得不到好事哪吗？"

"崔爷！你可别怪我说直话！你的想法差不多跟他们一样了！"瑞宣指了指冠家。

"我，我，"小崔噎了一口气，"我跟他们一样？""你慢慢的想一想吧！"瑞宣又惨笑了一下，走进门去。小崔又坐在车上，伸着头向绿槐叶发楞。

冠家的客厅中今天没有客人，连高亦陀与李空山都没有来。节前，三个招待室都挤满了人,晓荷立了一本收礼与送礼的账本,到现在还没完全登记完毕。今天,已经过了节,客人们仿佛愿意教"所长"休息一天。

大赤包一进门便坐在她的宝座上,吐了一口长气。"瑞丰!他简直不像是你的同胞弟兄!怎那么别扭呢?我没看见过这样的人!"

"倒也别说,"晓荷一闭眼,从心中挖出一小块智慧来。"一龙生九种,种种不同!"

"说真的,"瑞丰感叹着说:"我们老大太那个!我很担心哪。他的这个好事又混不了好久!他空有那么好的学问,英文说的和英国人一个味儿,可是社会上的事儿一点都不知道,这可怎么好!凭他,闹着玩似的就能拿个教育局局长,他可是老板着脸,见日本人他就不肯鞠躬!没办法!没办法!"大家都叹了口气。蓝东阳已咧着嘴昏昏的睡去。

丁约翰轻嗽了一下。大家知道这不仅是轻嗽,于是把眼睛都转向他来。他微带歉意的笑了笑,而后说:"不过,祁先生的办法也有来历!英国人都是那么死板板!他是英国派儿,所以才能进了英国府!我不知道,我说的对不对!"晓荷转了好几下眼珠,又点了点头:"这话对!这话对!

唱花脸的要暴,唱花旦的要媚,手法各有不同!""嗯!"大赤包把舌头咂了一下,咂摸出点味道:"要这么说,我们可就别怪他了!他有他的路子!"

"这,我倒没想到!"瑞丰坦白的说。"随他去吧!我反正管不了他!"

"他也管不了你!"胖菊子又打了个哈欠。

"说的好!好!"晓荷用手指尖"鼓掌"。"你们祁家弟兄是各有千秋!"

四十一

在太平年月,北平的夏天是很可爱的。从十三陵的樱桃下市到枣子稍微挂了红色,这是一段果子的历史——看吧,青杏子连核儿还没长硬,便用拳头大的小蒲篓儿装起,和"糖稀"一同卖给小姐与儿童们。慢慢的,杏子的核儿已变硬,而皮还是绿的,小贩们又接二连三的喊:"一大碟,好大的杏儿喽!"这个呼声,每每教小儿女们口中馋出酸水,而老人们只好摸一摸已经活动了的牙齿,惨笑一下。不久,挂着红色的半青半红的"土"杏儿下了市。而吆喝的声音开始音乐化,好像果皮的红美给了小贩们以灵感似的。而后,各种的杏子都到市上来竞赛:有的大而深黄,有的小而红艳,有的皮儿粗而味厚,有的核子小而爽口——连核仁也是甜的。最后,那驰名的"白杏"用绵纸遮护着下了市,好像大器晚成似的结束了杏的季节。当杏子还没断绝,小桃子已经歪着红嘴想取而代之。杏子已不见了。各样的桃子,圆的,扁的,血红的,全绿的,浅绿而带一条红脊椎的,硬的,软的,大而多水的,和小而脆的,都来到北平给人们的眼,鼻,口,以享受。红李,玉李,花红和虎拉车,相继而来。人们可以在一个担子上看到青的红的,带霜的发光的,好几种果品,而小贩得以充分的施展他的喉音,一口气吆喝出一大串儿来——"买李子耶,冰糖味儿的水果来耶;喝了水儿的,大蜜桃呀耶;脆又甜的大沙果子来耶……"

每一种果子到了熟透的时候,才有由山上下来的乡下人,背着长筐,把果子遮护得很严密,用拙笨的,简单的呼声,隔半天才喊一声:大苹果,或大蜜桃。他们卖的是真正的"自家园"的山货。他们人的样子与货品的地道,都使北平人想象到西边与北边的青山上的果园,而感到一点诗意。

梨，枣和葡萄都下来的较晚，可是它们的种类之多与品质之美，并不使它们因迟到而受北平人的冷淡。北平人是以他们的大白枣，小白梨与牛乳葡萄傲人的。看到梨枣，人们便有"一叶知秋"之感，而开始要晒一晒夹衣与拆洗棉袍了。

在最热的时节，也是北平人口福最深的时节。果子以外还有瓜呀！西瓜有多种，香瓜也有多种。西瓜虽美，可是论香味便不能不输给香瓜一步。况且，香瓜的分类好似有意的"争取民众"——那银白的，又酥又甜的"羊角蜜"假若适于文雅的仕女吃取，那硬而厚的，绿皮金黄瓤子的"三白"与"哈蟆酥"就适于少壮的人们试一试嘴劲，而"老头儿乐"，顾名思义，是使没牙的老人们也不至向隅的。

在端阳节，有钱的人便可以尝到汤山的嫩藕了。赶到迟一点鲜藕也下市，就是不十分有钱的，也可以尝到"冰碗"了——一大碗冰，上面覆着张嫩荷叶，叶上托着鲜菱角，鲜核桃，鲜杏仁，鲜藕，与香瓜组成的香，鲜，清，冷的，酒菜儿。就是那吃不起冰碗的人们，不是还可以买些菱角与鸡头米，尝一尝"鲜"吗？

假若仙人们只吃一点鲜果，而不动火食，仙人在地上的洞府应当是北平啊！

天气是热的，可是一早一晚相当的凉爽，还可以作事。会享受的人，屋里放上冰箱，院内搭起凉棚，他就会不受到暑气的侵袭。假若不愿在家，他可以到北海的莲塘里去划船，或在太庙与中山公园的老柏树下品茗或摆棋。"通俗"一点的，什刹海畔借着柳树支起的凉棚内，也可以爽适的吃半天茶，啣几块酸梅糕，或呷一碗八宝荷叶粥。愿意洒脱一点的，可以拿上钓竿，到积水滩或高亮桥的西边，在河边的古柳下，作半日的垂钓。好热闹的，听戏是好时候，天越热，戏越好，名角儿们都唱双出。夜戏散台差不多已是深夜，凉风儿，从那槐花与荷塘吹过来的凉风儿，会使人精神振起，而感到在戏园受四五点钟的闷气并不冤枉，于是便哼着《四郎探母》什么的高高兴兴的走回家去。天气是热的，而人们可以躲开它！在家里，在公园里，在城外，都可以躲开它。假若愿远走几步，还可以到西山卧佛寺，碧云寺，与静宜园去住几天啊。就是在这小山上，人们碰运气还可以在野茶馆或小饭铺里遇上一位御厨，给作两样皇上喜欢吃的菜或点心。

就是在祁家，虽然没有天棚与冰箱，没有冰碗儿与八宝荷叶粥，大家可也能感到夏天的可爱。祁老人每天早晨一推开屋门，便可以看见他的蓝的，白的，红的，与抓破脸的牵牛花，带着露水，向上仰着有蕊的喇叭口儿，好像要唱一首荣耀创造者的歌似的。他的倭瓜花上也许落着个红的蜻蜓。他没有上公园与北海的习惯，但是睡过午觉，他可以慢慢的走到护国寺。那里的天王殿上，在没有庙会的日子，有评讲《施公案》或《三侠五义》的；老人可以泡一壶茶，听几回书。那里的殿宇很高很深，老有溜溜的小风，可以教老人避暑。等到太阳偏西了，他慢慢的走回来，给小顺儿和妞子带回一两块豌豆黄或两三个香瓜。小顺儿和妞子总是在大槐树下，一面拣槐花，一面等候太爷爷和太爷爷手里的吃食。老人进了门，西墙下已有了荫凉，便搬个小凳坐在枣树下，吸着小顺儿的妈给作好的绿豆汤。晚饭就在西墙儿的荫凉里吃。菜也许只是香椿拌豆腐，或小葱儿腌王瓜，可是老人永远不挑剔。他是苦里出身，觉得豆腐与王瓜是正合他的身份的。饭后，老人休息一会儿，就拿起瓦罐和喷壶，去浇他的花草。作完这项工作，天还没有黑，他便坐在屋檐下和小顺子们看飞得很低的蝙蝠，或讲一两个并没有什么趣味，而且是讲过不知多少遍数的故事。这样，便结束了老人的一天。

天佑太太在夏天，气喘得总好一些，能够磨磨蹭蹭的作些不大费力的事。当吃饺子的时候，她端坐在炕头上，帮着包；她包的很细致严密，饺子的边缘上必定捏上花儿。她也帮着晒菠菜，茄子皮，晒干藏起去，备作年下作饺子馅儿用。吃倭瓜与西瓜的时候,她必把瓜子儿晒在窗台上,等到雨天买不到糖儿豆儿的,好给孩子们炒一些,占住他们的嘴。这些小的操作使她暂时忘了死亡的威胁。有时候亲友来到,看到她正在作事,就必定过分的称赞她几句,而她也就懒懒的回答:"唉,我又活啦!可是,谁知道冬天怎样呢!"

就是小顺儿的妈,虽然在炎热的三伏天,也还得给大家作饭,洗衣服,可也能抽出一点点工夫,享受一点只有夏天才能得到的闲情逸致。她可以在门口买两朵晚香玉,插在头上,给她自己放着香味;或找一点指甲草,用白矾捣烂,拉着妞子的小手,给她染红指甲。

瑞宣没有嗜好,不喜欢热闹,一个暑假他可充分的享受"清"福,他可以借一本书,消消停停的在北平图书馆消磨多半天,而后到北海打个穿堂,出北海后门,顺便到什刹海看一眼。他不肯坐下喝茶,而只在极渴的时候,享受一碗冰镇的酸梅汤。有时候,他高了兴,也许到西直门外的河边上,赁一领席,在柳荫下读读雪莱或莎士比亚。设若他是带着小顺子,小顺子就必捞回几条金丝荷叶与灯笼水草,回到家中好要求太爷爷给他买两条小金鱼儿。

小顺子与妞子的福气,在夏天,几乎比任何人的都大。第一,他们可以光着脚不穿袜,而身上只穿一件工人裤就够了。第二,实在没有别的好耍了,他们还有门外的两株大槐树。拣来槐花,他们可以要求祖母给编两个小花篮。把槐虫玩腻了,还可以在树根和墙角搜索槐虫变的"金刚";金刚的头会转,一问它哪是东,或哪是西,它就不声不响的转一转头!第三,夏天的饭食也许因天热而简单一些,可是厨房里的王瓜是可以在不得已的时候偷取一根的呀。况且,瓜果梨桃是不断的有人给买来,小顺儿声明过不止一次:"一天吃三百个桃子,不吃饭,我也干!"就是下了大雨,不是门外还有吆喝:"牛筋来豌豆,豆儿来干又香"的吗?那是多么兴奋的事呀,小顺儿头上盖着破油布,光着脚,踩着水,到门口去买用花椒大料煮的豌豆。卖豌豆的小儿，戴着斗笠，裤角卷到腿根儿上，捧着笸箩。豌豆是用小酒盅儿量的，一个钱一小酒盅儿。买回来，坐在床上，和妞子分食；妞子的那份儿一定没有他的那么香美，因为妞子没去冒险到门外去买呀！等到雨晴了，看，成群的蜻蜓在院中飞，天上还有七色的虹啊！

可是，可是，今年这一夏天只有暑热，而没有任何其他的好处。祁老人失去他的花草，失去他的平静，失去到天王殿听书的兴致。小顺儿的妈劝他多少次喝会儿茶解解闷去，他的回答老是"这年月，还有心听闲书去？"

天佑太太虽然身体好了一点，可是无事可作。晒菠菜吗？连每天吃的菠菜还买不到呢，还买大批的晒起来？城门三天一关，两天一闭，青菜不能天天入城。赶到一防疫，在城门上，连茄子倭瓜都被洒上石灰水，一会儿就烂完。于是，关一次城，防一回疫，菜蔬涨一次价钱，弄得青菜比肉还贵！她觉得过这样的日子大可不必再往远处想了，过年的时候要吃干菜馅的饺子？到过年的时候再说吧！谁知道到了新年物价涨到哪里去，世界变成什么样子！她懒得起床了。小顺儿连门外也不敢独自去耍了。那里还有那两株老槐，"金刚"也还在墙角等着他，可是他不敢再出去。一号搬来了两家日本人，一共有两个男人，两个青年妇人，一个老太婆，和两个八九岁的男孩子。自从他们一搬来，首先感到压迫的是白巡长。冠晓荷俨然自居为太上巡长，他命令白巡长扫扫胡同，通知邻居们不要教小孩子们在槐树下拉屎撒尿，告诉他槐树上须安一盏路灯，嘱咐他转告倒水的"三哥"，无论天怎么旱，井里怎么没水，也得供给够了一号用的——"告诉你，巡长，日本人是要天天洗澡的，用的水多！别家的水可以不倒，可不能缺了一号的！"

胡同中别的人，虽然没有受这样多的直接压迫，可是精神上也都感到很大的威胁。北平人，因为北平作过几百年的国都，是不会排外的。小羊圈的人决不会歧视一家英国人或土耳其人。可是，对这两家日本人，他们感到心中不安；他们知道这两家人是先灭了北平而后搬来的。他们必须承认他们的邻居也就是他们的征服者！他们多少听说过日本人怎样灭了朝鲜，怎样夺去台湾，和怎样虐待奴使高丽与台湾人。现在，那虐待奴使高丽与台湾的人到了他们的面前！况且，小羊圈是个很不起眼的小胡同；这里都来了日本人，北平大概的确是要全属于日本人的了！他们直觉的感到，这两家子不仅是邻居，而也必是侦探！看一眼一号，他们仿佛是看见了一颗大的延时性的爆炸弹！

一号的两个男人都是三十多岁的小商人。他们每天一清早必定带着两个孩子——都只穿着一件极小的裤衩儿——在槐树下练早操。早操的号令是广播出来的，大概全城的日本人都要在这时候操练身体。

七点钟左右，那两个孩子，背着书包，像箭头似的往街上跑去，由人们的腿中拼命往电车上挤。他们不像是上车，而像两个木橛硬往车里钉。无论车上与车下有多少人，他们必须挤上去。他俩下学以后，便占据住了小羊圈的"葫芦胸"：他们赛跑，他们爬树，他们在地上滚，他们相打——打得有时候头破血出。他们想怎么玩耍便怎么玩耍，好像他们生下来就是这一块槐荫的主人。他们愿意爬哪一家的墙，或是用小刀宰哪一家的狗，他们便马上去作，一点也不迟疑。他们家中的妇人永远向他们微笑，仿佛他们两个是一对小的上帝。就是在他们俩打得头破血出的时候，她们也只极客气的出来给他们抚摸伤痛，而不敢斥责他们。他们俩是日本的男孩子，而日本的男孩子必是将来的杀人不眨眼的"英雄"。

那两个男人每天都在早晨八点钟左右出去，下午五点多钟回来。他们老是一同出入，一边走一边低声的说话。哪怕是遇见一条狗，他们也必定马上停止说话，而用眼角撩那么一下。他们都想挺着胸，目空一切的，走着德国式的齐整而响亮的步子；可是一遇到人，他们便本能的低下头去，有点自惭形秽似的。他们不招呼邻居，邻居也不招呼他们，他们仿佛感到孤寂，又仿佛享受着一种什么他们特有的乐趣。全胡同中，只有冠晓荷和他们来往。晓荷三天两头的要拿着几个香瓜，或一束鲜花，或二斤黄花鱼，去到一号"拜访"。他们可是没有给他送过礼。晓荷唯一的报酬是当由他们的门中出来的时候，他们必全家都送出他来，给他鞠极深的躬。他的躬鞠得比他们的更深。他的鞠躬差不多是一种享受。鞠躬已毕，他要极慢的往家中走，为是教邻居们看看他是刚由一号出来的，尽管是由一号出来，他还能沉得住气！即使不到一号去送礼，他也要约摸着在他们快要回来的时候，在槐树下徘徊，好等着给他们鞠躬。假若在槐树下遇上那两个没人喜爱的孩子，他也必定向他们表示敬意，和他们玩耍。两个孩子不客气的，有时候由老远跑来，用足了力量，向他的腹部撞去，撞得他不住的咧嘴；有时候他们故意用很脏的手抓弄他的雪白的衣裤，他也都不着急，而仍旧笑着拍拍他们的头。若有邻居们走过来，他必定搭讪着说："两个娃娃太有趣了！太有趣！"

邻居们完全不能同意冠先生的"太有趣"。他们讨厌那两个孩子，至少也和讨厌冠先生的程度一个样。那两个孩子不仅用头猛撞冠先生，也同样的撞别人。他们最得意的是撞四大妈，和小孩子们。他们把四大妈撞倒已不止一次，而且把胡同中所有的孩子都作过他们的头力试验器。他们把小顺儿撞倒，而后骑在他的身上，抓住他的头发当作缰绳。小顺儿，一个中国孩子，遇到危险只会喊妈！

小顺儿的妈跑了出去。她的眼，一看到小顺儿变成了马，登时冒了火。在平日，她不是护犊子的妇人；当小顺儿与别家孩子开火的时候，她多半是把顺儿扯回家来，绝不把错过安在别人家孩子的头上。今天，她可不能再那样办。小顺儿是被日本孩子骑着呢。假若没有日本人的攻陷北平，她也许还不这么生气，而会大大方方的说：孩子总是孩子，日本孩子当然也会淘气的。现在，她却想到了另一条路儿上去，她以为日本人灭了北平，所以日本孩子才敢这么欺侮人。她不甘心老老实实的把小孩儿扯回来。她跑了过去,伸手把"骑士"的脖领抓住,一抡,抡出去;骑士跌在了地上。又一伸手,她把小顺儿抓起来。拉着小顺儿的手,她等着,看两个小仇敌敢再反攻不敢。两个日本孩子看了看她,一声没出的开始往家中走。她以为他们必是去告诉大人,出来讲理。她等着他们。他们并没出来。她松了点劲儿,开始骂小顺儿:"你没长着手吗?不会打他们吗?你个脓包!"小顺儿又哭了,哭得很伤心。"哭!哭!你就会哭!"她气哼哼的把他扯进家来。

祁老人不甚满意韵梅这样树敌,她更挂了火。对老人们,她永远不肯顶撞;今天,她好像有一股无可控制的怒气,使她忘了平日的规矩。是的,她的声音并不高,可是谁也能听得出她的顽强与盛怒:"我不管!他们要不是日本孩子,我还许笑一笑就拉倒了呢!他们既是日本孩子,我倒要斗斗他们!"

老人见孙媳妇真动了气,没敢再说什么,而把小顺儿拉到自己屋中,告诉他:"在院里玩还不行吗?干吗出去惹事呢?他们厉害呀,你别吃眼前亏呀,我的乖乖!"

晚间,瑞宣刚一进门,祁老人便轻声的告诉他:"小顺儿的妈惹了祸喽!"瑞宣吓了一跳。他晓得韵梅不是随便惹祸的人,而不肯惹事的人若一旦惹出事来,才不好办。"怎么啦?"他急切的问。

老人把槐树下的一场战争详细的说了一遍。

瑞宣笑了笑:"放心吧,爷爷,没事,没事!教小顺儿练练打架也好!"

祁老人不大明白孙子的心意,也不十分高兴孙子这种轻描淡写的态度。在他看,他应当领着重孙子到一号去道歉。当八国联军攻入北平的时候,他正是个青年人,他看惯了连王公大臣,甚至于西太后与皇帝,都是不敢招惹外国人的。现在,日本人又攻入了北平,他以为今天的情形理当和四十年前一个样!可是,他没再说什么,他不便因自己的小心而和孙子拌几句嘴。

韵梅也报告了一遍,她的话与神气都比祖父的更有声有色。她的怒气还没完全消散,她的眼很亮,颧骨上红着两小块。瑞宣听罢,也笑一笑。他不愿把这件小事放在心里。

可是,他不能不觉到一点高兴。他没想到韵梅会那么激愤,那么勇敢。他不止满意她的举动,而且觉得应当佩服她。由她这个小小的表现,他看出来:无论怎么老实的人,被逼得无可奈何的时候,也会反抗。他觉得韵梅的举动,在本质上说,几乎可与钱先生,钱仲石,刘师傅的反抗归到一类去了。不错,他看见了冠晓荷与瑞丰,可是也看见了钱先生与瑞全。在黑暗中,才更切迫的需要光明。正因为中国被侵略了,中国人才会睁开眼,点起自己心上的灯!

一个夏天,他的心老浸渍在愁苦中,大的小的事都使他难堪与不安。他几乎忘了怎样发笑。使馆中的暑假没有学校中的那么长,他失去了往年夏天到图书馆去读书的机会,虽然他也晓得,即使能有那个机会,他是否能安心的读书,还是个问题。当他早晨和下午出入家门的时候,十回倒有八回,他要碰到那两个日本男人。不错,自从南京陷落,北平就增加了许多日本人,在什么地方都可以遇见他们;可是,在自己的胡同里遇见他们,仿佛就另有一种难堪。遇上他们,他不知怎样才好。他不屑于向他们点头或鞠躬,可是也不便怒目相视。他只好在要出门或要进胡同口的时候,先四下里观观风。假若他们在前面,他便放慢了脚步;他们在后面,他便快走几步。这虽是小事,可是他觉到别扭;还不是别扭,而是失去了出入的自由。他还知道,日子一多,他的故意躲避他们,会引起他们的注意,而日本人,不管是干什么的,都也必是侦探!

在星期天,他就特别难过。小顺儿和妞子一个劲儿吵嚷:"爸!玩玩去!多少日子没上公园看猴子去啦!上万牲园也好哇,坐电车,出城,看大象!"他没法拒绝小儿女们的要求,可是也知道:公园,北海,天坛,万牲园，在星期日，完全是日本人的世界。日本女的，那些永远含笑的小磁娃娃，都打扮得顶漂亮，抱着或背着小孩，提着酒瓶与食盒；日本男人，那些永远用眼角撩人的家伙，也打扮起来，或故意不打扮起来，空着手，带着他们永远作奴隶的女人，和跳跳钻钻的男孩子，成群打伙的去到各处公园，占据着风景或花木最好的地方，表现他们的侵略力量。他们都带着酒，酒使小人物觉得伟大。酒后，他们到处发疯，东倒西晃的把酒瓶掷在马路当中或花池里。

同时，那些无聊的男女，象大赤包与瑞丰，也打扮得花花绿绿的，在公园里挤来挤去。他们穿得讲究，笑得无聊，会吃会喝，还会在日本男女占据住的地方去表演九十度的鞠躬。他们仿佛很高兴表示出他们的文化，亡国的文化，好教日本人放胆侵略。最触目伤心的是那些在亡城以前就是公子哥儿，在亡城以后，还无动于衷的青年，还携带着爱人，划着船，或搂着腰，口中唱着情歌。他们的钱教他们只知道购买快乐，而忘了还有个快亡了的国。

瑞宣不忍看见这些现象。他只好闷在家里，一语不发的熬过去星期日。他觉得很对不起小顺儿与妞子，但是没有好的办法。

好容易熬过星期日，星期一去办公又是一个难关。他无法躲避富善先生。富善先生在暑假里也不肯离开北平。他以为北平本身就是消暑的最好的地方。青岛，莫干山，北戴河？"噗！"他先喷一口气。"那些地方根本不像中国！假若我愿意看洋房子和洋事，我不会回英国吗？"他不走。他觉得中海北海的莲花，中山公园的芍药，和他自己的小园中的丁香，石榴，夹竹桃，和杂花，就够他享受的了。"北平本身就是一朵大花，"他说："紫禁城和三海是花心，其余的地方是花瓣和花萼，北海的白塔是挺入天空的雄蕊！它本身就是一朵花，况且它到处还有树与花草呢！"

他不肯去消暑，所以即使没有公事可办，他也要到使馆来看一看。他一来，就总给瑞宣的"心病"上再戳几个小伤口儿。

"噢喉！安庆也丢了！"富善先生劈面就这么告诉瑞宣。

富善先生，真的，并没有意思教瑞宣难堪。他是真关心中国，而不由的就把当日的新闻提供出来。他绝不是幸灾乐祸，愿意听和愿意说中国失败的消息。可是，在瑞宣呢，即使他十分了解富善先生，他也觉得富善先生的话里是有个很硬的刺儿。况且，"噢喉！马当要塞也完了！""噢喉，九江巷战了！""噢喉！六安又丢了！"接二连三的，隔不了几天就有一个坏消息，真使瑞宣没法抬起头来。他得低着头，承认那是事实，不敢再大大方方的正眼看富善先生。

他有许多话去解释中日的战争绝不是短期间能结束的，那么，只要打下去，中国就会有极大的希望。每一次听到富善先生的报告，他就想拿出他的在心中转过几百几千回的话，说给富善先生。可是，他又准知老先生好辩论，而且在辩论的时候，老先生是会把同情中国的心暂时收藏起去，而毒狠的批评中国的一切。老先生是有为辩论而辩论的毛病的。老先生会把他的——瑞宣的——理论与看法叫作"近乎迷信的成见"！

因此，他严闭起口来，拦住他心中的话往外泛溢。这使他憋得慌，可是到底还比和富善先生针锋相对的舌战强一些。他知道，一个英国人，即使是一个喜爱东方的英国人，像富善先生，必定是重实际的。像火一样的革命理论，与革命行为，可以出自俄国，法国，与爱尔兰，而绝不会产生在英国。英国人永远不作梦想。这样，瑞宣心中的话，若是说出来，只能得到富善先生的冷笑与摇头，因为他的话是一个老大的国家想用反抗的精神，一下子返老还童，也就必定被富善先生视为梦想。他不愿多费唇舌，而落个说梦话。

这样把话藏起来，他就更觉得它们的珍贵。他以为《正气歌》与岳武穆的《满江红》大概就是这么作出来的——把压在心里的愤怒与不便对别人说的信仰压成了每一颗都有个花的许多块钻石。可是，他也知道，在它们成为钻石之前，他是要感到孤寂与苦闷的。

和平的谣言很多。北平的报纸一致的鼓吹和平，各国的外交界的人们也几乎都相信只要日本人攻到武汉，国民政府是不会再迁都的。连富善先生也以为和平就在不远。他不喜欢日本人，可是他以为他所喜爱的中国人能少流点血，也不错。他把这个意思暗示给瑞宣好几次，瑞宣都没有出声。在瑞宣看，这次若是和了，不久日本就会发动第二次的侵略；而日本的再侵略不但要杀更多的中国人，而且必定把英美人也赶出中国去。瑞宣心里说："到那时候，连富善先生也得收拾行李了！"

虽然这么想，他心中可是极不安。万一要真和了呢？这时候讲和便是华北的死亡。就是不提国事，他自己怎么办呢？难道他就真的在日本人鼻子底下苟且偷生一辈子吗？因此，他喜欢听，哪怕是极小的呢，抵抗与苦战的事。就是小如韵梅与两个日本孩子打架的事，他也喜欢听。这不是疯狂，他以为，而是一种不愿作奴隶的人应有的正当态度。没有流血与抵抗是不会见出正义与真理的。因此，他也就想到，他应当告诉程长顺逃走，应当再劝小崔别以为拉上了包车便万事亨通。他也想告诉丁约翰不要拿"英国府"当作铁杆庄稼；假若英国不帮中国的忙，有朝一日连"英国府"也会被日本炸平的。

七七一周年，他听到委员长的告全国军民的广播。他的对国事的推测与希望，看起来，并不是他个人的成见，而也是全中国的希望与要求。他不再感觉孤寂；他的心是与四万万同胞在同一的律动上跳动着的。他知道富善先生也必定听到这广播，可是还故意的告诉给他。富善先生，出乎瑞宣意料之外，并没和他辩论什么，而只严肃的和他握了握手。他不明白富善先生的心中正在想什么，而只好把他预备好了的一片话存在心中。他是要说："日本人说三个月可以灭了中国，而我们已打了一年。我们还继续的抵抗，而继续抵抗便增多了我们胜利的希望。打仗是两方面的事，只要被打的敢还手，战局便必定会有变化。变化便带来希望，而希望产生信心！"

这段话虽然没说出来，可是他暗自揣想，或者富善先生也和那位窦神父一样，尽管表面上是一团和气，可是挖出根儿来看，他们到底是西洋人，而西洋人中，一百个倒有九十九个是崇拜——也许崇拜的程度有多有少——武力的。他甚至于想再去看看窦神父，看看窦神父是不是也因中国抗战了一年，而且要继续抵抗，便也严肃的和他握手呢？他没找窦神父去，也不知道究竟富善先生是什么心意。他只觉得心里有点痛快，甚至可以说是骄傲。他敢抬着头，正眼儿看富善先生了。由他自己的这点骄傲，他仿佛也看出富善先生的为中国人而骄傲。是的，中国的独力抵抗并不是奇迹，而是用真的血肉去和枪炮对拼的。中国人爱和平，而且敢为和平而流血，难道这不是件该骄傲的事么？他不再怕富善先生的"噢喉"了。

他请了半天的假，日本人也纪念七七。他不忍看中国人和中国学生到天安门前向侵略者的阵亡将士鞠躬致敬。他必须躲在家里。他恨不能把委员长的广播马上印刷出来，分散给每一个北平人。可是，他既没有印刷的方便，又不敢冒那么大的险。他叹了口气，对自己说："国是不会亡的了，可是瑞宣你自己尽了什么力气呢？"

四十二

星期天也是瑞宣的难关。他不肯出去游玩，因为无论是在路上，还是在游玩的地方，都无可避免的遇上许多日本人。日本人的在虚伪的礼貌下藏着的战胜者的傲慢与得意，使他感到难堪。整个的北平好像已变成他们的胜利品。

他只好藏在家里，可是在家里也还不得心静。瑞丰和胖菊子在星期天必然的来讨厌一番。他们夫妇老是匆匆忙忙的跑进来，不大一会儿又匆匆忙忙的跑出去，表示出在万忙之中，他们还没忘了来看哥哥。在匆忙之中，瑞丰——老叼着那枝假象牙的烟嘴儿——要屈指计算着，报告给大哥："今儿个又有四个饭局！都不能不去！不能不去！我告诉你，大哥，我爱吃口儿好的，喝两杯儿好的，可是应酬太多，敢情就吃不动了！近来，我常常闹肚子！酒量，我可长多了！不信，多嗜有工夫，咱们哥儿俩喝一回，你考验考验我！拳也大有进步！上星期天晚饭，在会贤堂，我连赢了张局长七个，七个劈面！"用食指轻轻弹了弹假象牙的烟嘴儿，他继续着说："朋友太多了！专凭能多认识这么多朋友，我这个科长就算没有白当。我看得很明白，一个人在社会上，就得到处拉关系，关系越多，吃饭的道儿才越宽，饭碗才不至于起恐慌。我——"他放低了点声："近来，连特务人员，不论是日本的，还是中国的都应酬，都常来常往。我身在教育局，而往各处，像金银藤和牵牛花似的，分散我的蔓儿！这样，我相信，我才能到处吃得开！你说是不是，大哥？"瑞宣回不出话来，口中直冒酸水。

同时，胖菊子拉着大嫂的手，教大嫂摸她的既没领子又没袖子的褂子:"大嫂,你摸摸,这有多么薄,多么软!才两块七毛钱一尺!"教大嫂摸完了裙子,她又展览她的手提包,小绸子伞,丝袜子,和露着脚指头的白漆皮鞋,并且一一的报出价钱来。

两个人把该报告的说到一段落,便彼此招呼一声:"该走了吧?王宅不是还等着咱们打牌哪吗?"而后,就亲密的并肩的匆匆走出去。

他俩走后,瑞宣必定头疼半点钟。他的头疼有时候延长到一点钟,或更长一些,假若冠晓荷也随着瑞丰夫妇来访问他。晓荷的讨厌几乎到了教瑞宣都要表示钦佩的程度,于是也就教瑞宣没法不头疼。假若瑞丰夫妇只作"自我宣传",晓荷就永不提他自己,也不帮助瑞丰夫妇乱吹,而是口口声声的赞扬英国府,与在英国府作事的人。他管自己的来看瑞宣叫作"英日同盟"!

每逢晓荷走后,瑞宣就恨自己为什么不在晓荷的脸上啐几口唾沫。可是,赶到晓荷又来到,他依然没有那个决心,而哼儿哈儿的还敷衍客人。他看出自己的无用。时代是钢铁的,而他自己是块豆腐!

为躲避他们,他偶尔的出去一整天。到处找钱先生。可是,始终没有遇见过钱先生一次。看到一个小茶馆,他便进去看一看,甚至于按照小崔的形容探问一声。"不错,看见过那么个人,可是不时常来。"几乎是唯一的回答。走得筋疲力尽,他只好垂头丧气的走回家来。假若他能见到钱先生,他想,他必能把一夏天所有的恶气都一下子吐净。那该是多么高兴的事!可是,钱先生像沉在大海里的一块石头。

比较使他高兴,而并不完全没有难堪的,是程长顺的来访。程长顺还是那么热烈的求知与爱国,每次来几乎都要问瑞宣:"我应当不应当走呢?"

瑞宣喜欢这样的青年。他觉得即使长顺并不真心想离开北平,就凭这样一问也够好听的了。可是,及至想到长顺的外婆,他又感到了为难,而把喜悦变成难堪。

有一天，长顺来到，恰好瑞宣正因为晓荷刚来访看过而患头疼。他没能完全控制住自己，而告诉了长顺："是有志气的都该走！"

长顺的眼亮了起来："我该走？"

瑞宣点了头。

"好！我走！"

瑞宣没法再收回自己的话。他觉到一点痛快，也感到不少的苦痛——他是不是应当这样鼓动一个青年去冒险呢？这是不是对得起那位与长顺相依为命的老太婆呢？他的头更疼了。长顺很快的就跑出去，好像大有立刻回家收拾收拾就出走的样子。瑞宣的心中更不好过了。从良心上讲，他劝一个青年逃出监牢是可以不受任何谴责的，可是，他不是那种惯于煽惑别人的人，他的想象先给长顺想出许多困难与危险，而觉得假若不幸长顺白白的丧掉性命，他自己便应负全责。他不知怎样才好。

连着两三天的工夫，他天天教韵梅到四号去看一眼，看长顺是否已经走了。

长顺并没有走。他心中很纳闷。三天过了，他在槐荫下遇见了长顺。长顺仿佛是怪羞愧的只向他点了点头就躲开了。他更纳闷了。是不是长顺被外婆给说服了呢？还是年轻胆子小，又后悔了呢？无论怎样，他都不愿责备长顺。可是他也不能因长顺的屈服或后悔而高兴。

第五天晚上，天有点要落雨的样子。云虽不厚，可是风很凉，所以大家都很早的进了屋子；否则吃过晚饭，大家必定坐在院中乘凉的。长顺，仍然满脸羞愧的，走进来。瑞宣有心眼，不敢开门见山的问长顺什么，怕长顺难堪。长顺可是仿佛来说心腹话，没等瑞宣发问，就"招"了出来："祁先生！"他的脸红起来，眼睛看着自己的鼻子，语声更呜囔得厉害了。"我走不了！"

瑞宣不敢笑，也不敢出声，而只同情的严肃的点了点头。"外婆有一点钱，"长顺低声的，呜囔着鼻子说："都是法币。她老人家不肯放账吃利，也不肯放在邮政局去。她自己拿着。只有钱在她自己手里，她才放心！"

"老人们都是那样。"瑞宣说。

长顺看瑞宣明白老人们的心理，话来得更顺利了一些："我不知道她老人家有多少钱，她永远没告诉过我。""对！老人家们的钱，没有第二个人知道藏在哪里，和有多少。"

"这可就坏了事！"长顺用袖口抹了一下鼻子。"前几个月，日本人不是贴告示，教咱们把法币都换成新票子吗？我看见告示，就告诉了外婆。外婆好像没有听见。"

"老人们当然不信任鬼子票儿！"

"对！我也那么想，所以就没再催她换。我还想，大概外婆手里有钱也不会很多，换不换的也许没多大关系。后来，换钱的风声越来越紧了，我才又催问了一声。外婆告诉我：昨天她在门外买了一个乡下人的五斤小米，那个人低声的说，他要法币。外婆的法币就更不肯出手啦。前两天，白巡长来巡逻，站在门口，和外婆瞎扯，外婆才知道换票子的日期已经过了，再花法币就圈禁一年。外婆哭了一夜。她一共有一千元啊，都是一元的单张，新的，交通银行的！她有一千！可是她一元也没有了！丢了钱，她敢骂日本鬼子了，她口口声声要去和小鬼子拼命！外婆这么一来，我可就走不了啦。那点钱是外婆的全份儿财产，也是她的棺材本儿。丢了那点钱，我们娘儿俩的三顿饭马上成问题！你看怎么办呢？我不能再说走，我要一走，外婆非上吊不可！我得设法养活外婆，她把我拉扯这么大，这该是我报恩的时候了！祁先生？"长顺的眼角有两颗很亮的泪珠，鼻子上出着汗，搓着手等瑞宣回答。瑞宣立了起来，在屋中慢慢的走。在长顺的一片话里，他看见了自己。家和孝道把他，和长顺，拴在了小羊圈。国家在呼唤他们，可是他们只能装聋。他准知道，年轻人不走，并救不活老人，或者还得与老人们同归于尽。可是，他没有跺脚一走的狠心，也不能劝长顺狠心的出走,而教他的外婆上吊。他长叹了一声,而后对长顺说:"把那一千元交给熟识的山东人或山西人,他们带走,带到没有沦陷的地方,一元还是一元。当然,他们不能一元当一元的换给你,可是吃点亏,总比都白扔了好。""对!对!"长顺已不再低着头,而把眼盯住瑞宣的脸,好像瑞宣的每一句话都是福音似的。"我认识天福斋的杨掌柜,他是山东人!行!他一定能帮这点忙!祁先生,我去干什么好呢?"

瑞宣想不起什么是长顺的合适的营业。"想一想再说吧,长顺!"

"对!你替我想一想,我自己也想着!"长顺把鼻子上的汗都擦去,立了起来。立了一会儿,他的声音又放低:"祁先生,你不耻笑我不敢走吧?"

瑞宣惨笑了一下。"咱们都是一路货!"

"什么?"长顺不明白瑞宣的意思。

"没关系!"瑞宣不愿去解释。"咱们明天见!劝外婆别着急!"

长顺走后,外边落起小雨来。听着雨声,瑞宣一夜没有睡熟。

长顺的事还没能在瑞宣心里消逝,陈野求忽然的来看他。

野求的身上穿得相当的整齐,可是脸色比瑞宣所记得的更绿了。到屋里坐下,他就定上了眼珠,薄嘴唇并得紧紧的。几次他要说话,几次都把嘴唇刚张开就又闭紧。瑞宣注意到,当野求伸手拿茶碗的时候,他的手是微颤着的。

"近来还好吧?"瑞宣想慢慢的往外引野求的话。野求的眼开始转动,微笑了一下:"这年月,不死就算平安!"说完,他又不出声了。他仿佛是很愿用他的聪明,说几句漂亮的话,可是心中的惭愧与不安又不允许他随便的说。他只好楞起来。楞了半天,他好像费了很大的力量似的,把使他心中羞愧与不安的话提出来:"瑞宣兄!你近来看见默吟没有?"按道理说,他比瑞宣长一辈,可是他向来谦逊,所以客气的叫"瑞宣兄"。"有好几位朋友看见了他,我自己可没有遇见过;我到处去找他,找不到！"

舔了舔嘴唇，野求准备往外倾泻他的话："是的！是的！我也是那样！有两位画画儿的朋友都对我说，他们看见了他。""在哪儿？"

"在图画展览会。他们展览作品，默吟去参观。瑞宣兄，你晓得我的姐丈自己也会画？"

瑞宣点了点头。

"可是，他并不是去看画！他们告诉我，默吟慢条斯理的在展览室绕了一圈，而后很客气的把他们叫出来。他问他们：你们画这些翎毛、花卉，和烟云山水，为了什么呢？你们画这些，是为消遣吗？当你们的真的山水都满涂了血的时候，连你们的禽鸟和花草都被炮火打碎了的时候，你们还有心消遣？你们是为画给日本人看吗？噢！日本人打碎了你们的青山，打红了你们的河水，你们还有脸来画春花秋月，好教日本人看着舒服，教他们觉得即使把你们的城市田园都轰平，你们也还会用各种颜色粉饰太平！收起你们那些污辱艺术，轻蔑自己的东西吧！要画，你们应当画战场上的血，和反抗侵略的英雄！说完，他深深的给他们鞠了一躬，嘱咐他们想一想他的话，而后头也没回的走去。我的朋友不认识他，可是他们跟我一形容，我知道那必是默吟！"

"你的两位朋友对他有什么批评呢？陈先生！"瑞宣很郑重的问。

"他们说他是半疯子！"

"半疯子？难道他的话就没有一点道理？"

"他们！"野求赶紧笑了一下，好像代朋友们道歉似的。"他们当然没说他的话是疯话，不过，他们只会画一笔画，开个画展好卖几个钱，换点米面吃，这不能算太大的过错。同时，他们以为他要是老这么到处乱说，迟早必教日本人捉去杀了！所以，所以……"

"你想找到他，劝告他一下？"

"我劝告他？"野求的眼珠又不动了，像死鱼似的。他咬上了嘴唇，又楞起来。好大一会儿之后,他叹了口极长的气,绿脸上隐隐的有些细汗珠。"瑞宣兄!你还不知道,他和我绝了交吧?"

"绝交?"

野求慢慢的点了好几下头。"我的心就是一间行刑的密室,那里有一切的刑具,与施刑的方法。"他说出了他与默吟先生绝交的经过。"那可都是我的过错!我没脸再见他,因为我没能遵照他的话而脱去用日本钱买的衣服,不给儿女们用日本钱买米面吃。同时,我又知道给日本人作一天的事,作一件事,我的姓名就永远和汉奸们列在一处!我没脸去见他,可是又昼夜的想见他,他是我的至亲,又是良师益友!见了他,哪怕他抽我几个嘴巴呢,我也乐意接受!他的掌会打下去一点我的心病,内疚!我找不到他!我关心他的安全与健康,我愿意跪着请求他接受我的一点钱,一件衣服。可是,我也知道,他决不会接受我这两只脏手所献给的东西,任何东西!那么,见了面又怎样呢?还不是更增加我的苦痛?"他极快的喝了一口茶,紧跟着说:"只有痛苦!只有痛苦!痛苦好像就是我的心!孩子们不挨饿了,也穿上了衣裳。他们跳,他们唱,他们的小脸上长了肉。但是,他们的跳与唱是毒针,刺着我的心!我怎么办?没有别的办法,除了设法使我自己麻木,麻木,不断的麻木,我才能因避免痛苦而更痛苦,等到心中全是痛苦而忘记了痛苦!"

"陈先生!你吸上了烟?"瑞宣的鼻子上也出了汗。野求把脸用双手遮住,半天没动弹。

"野求先生!"瑞宣极诚恳的说:"不能这么毁坏自己呀!"野求慢慢的把手放下去,仍旧低着头,说:"我知道!我知道!可是我管不住自己!姐丈告诉过我:去卖花生瓜子,也比给日本人作事强。可是,咱们这穿惯了大褂的人,是宁可把国耻教大褂遮住,也不肯脱了大褂作小买卖去的!因此,我须麻醉自己。吸烟得多花钱,我就去兼事;事情越多,我的精神就越不够,也就更多吸几口烟。我现在是一天忙到晚,好像专为给自己找大烟钱。只有吸完一顿烟,我才能迷迷胡胡的忘了痛苦。忘了自己,忘了国耻,忘了一切!瑞宣兄,我完了!完了!"他慢慢的立起来。"走啦!万一见到默吟,告诉他我痛苦,我吸烟,我完了!"他往外走。

瑞宣傻子似的跟着他往外走。他有许多话要说,而一句也说不出来。

二人极慢的,无语的,往外走。快走到街门,野求忽然站住了,回过头来:"瑞宣兄!差点忘了,我还欠你五块钱呢!"他的右手向大褂里伸。

"野求先生!咱们还过不着那五块钱吗?"瑞宣惨笑了一下。

野求把手退回来:"咱们——好,我就依实啦!谢谢吧!"到了门口,野求向一号打了一眼:"现在有人住没有?""有!日本人!"

"噢!"野求咽了一大口气,而后向瑞宣一点头,端着肩走去。

瑞宣呆呆的看着他的后影,直到野求拐了弯。回到屋中,他老觉得野求还没走,即使闭上眼,他也还看见野求的瘦脸;野求的形象好像贴在了他的心上!慢慢的,每一看到那张绿脸,他也就看到自己。除了自己还没抽上大烟,他觉得自己并不比野求好到哪里去——凡是留在北平的,都是自取灭亡!

他坐下,无聊的拿起笔来,在纸上乱写。写完,他才看清"我们都是自取灭亡!"盯着这几个字,他想把纸条放在信封里,给野求寄了去。可是,刚想到这里,他也想起默吟先生;随手儿他把纸条儿揉成一个小团,扔在地上。默吟先生就不是自取灭亡的人。是的,钱诗人早晚是会再被捕,被杀掉。可是,在这死的时代,只有钱先生那样的死才有作用。有良心而无胆气的,像他和野求,不过只会自杀而已!

四十三

广州陷落。我军自武汉后撤。

北平的日本人又疯了。胜利！胜利！胜利以后便是和平，而和平便是中国投降，割让华北！北平的报纸上登出和平的条件：日本并不要广州与武汉，而只要华北。

汉奸们也都高了兴，华北将永远是日本人的，也就永远是他们的了！

可是，武汉的撤退，只是撤退；中国没有投降！

狂醉的日本人清醒过来以后，并没找到和平。他们都感到头疼。他们发动战争，他们也愿极快的结束战争，好及早的享受两天由胜利得来的幸福。可是，他们只发动了战争，而中国却发动了不许他们享受胜利！他们失去了主动。他们只好加紧的利用汉奸，控制华北，用华北的资源，粮草，继续作战。

瑞宣对武汉的撤退并没有像在南京失守时那么难过。在破箱子底上，他找出来一张不知谁藏的，和什么时候藏的，大清一统地图来。把这张老古董贴在墙上，他看到了重庆。在地图上，正如在他心里，重庆离他好像并不很远。在从前，重庆不过是他记忆中的一个名词，跟他永远不会发生什么关系。今天，重庆离他很近，而且有一种极亲密的关系。他觉得只要重庆说"打"，北平就会颤动；只要重庆不断的发出抗战的呼声，华北敌人的一切阴谋诡计就终必像水牌上浮记着的账目似的，有朝一日必被抹去，抹得一干二净。看着地图，他的牙咬得很紧。他必须在北平立稳，他的一思一念都须是重庆的回响！他须在北平替重庆抬着头走路，替全中国人表示出：中国人是不会投降的民族！

在瑞宣这样沉思的时候，冠家为庆祝武汉的撤退，夜以继日的欢呼笑闹。第一件使他们高兴的是蓝东阳又升了官。

华北，在日本人看，是一把拿定了。所以，他们应一方面加紧的肃清反动分子，一方面把新民会的组织扩大，以便安抚民众。日本人是左手持剑，右手拿着昭和糖，威胁与利诱，双管齐下的。

新民会改组。它将是宣传部，社会部，党部，与青年团合起来的一个总机关。它将设立几处，每处有一个处长。它要作宣传工作，要把工商界的各行都组织起来，要设立少年团与幼年团，要以作顺民为宗旨发动仿佛像一个政党似的工作。

在这改组的时节，原来在会的职员都被日本人传去，当面试验，以便选拔出几个处长和其他的重要职员。蓝东阳的相貌首先引起试官的注意，他长得三分像人，七分倒像鬼。日本人觉得他的相貌是一种资格与保证——这样的人，是地道的汉奸胎子，永远忠于他的主人，而且最会欺压良善。

东阳的脸已足引起注意，恰好他的举止与态度又是那么卑贱得出众，他得了宣传处处长。当试官传见他的时候，他的脸绿得和泡乏了的茶叶似的，他的往上吊着的眼珠吊上去，一直没有回来，他的手与嘴唇都颤动着，他的喉中堵住一点痰。他还没看见试官，便已鞠了三次最深的躬，因为角度太大，他几乎失去身体的平衡，而栽了下去。当他走近了试官身前的时候，他感激得落了泪。试官受了感动，东阳得到了处长。

头一处给他预备酒席庆贺升官的当然是冠家。他接到了请帖，可是故意的迟到了一个半钟头。及来到冠家，他的架子是那么大，连晓荷的善于词令都没能使他露一露黄牙。进门来，他便半坐半卧的倒在沙发上，一语不发。他的绿脸上好像搽上了一层油，绿得发光。人家张罗他的茶水，点心，他就那么懒而骄傲的坐着，把头窝在沙发的角儿上，连理也不理。人家让他就位吃酒，他懒得往起立。让了三四次，他才不得已的，像一条毛虫似的，把自己拧咕到首座。屁股刚碰到椅子，他把双肘都放在桌子上，好像要先打个盹儿的样子。他的心里差不多完全是空的，而只有"处长，处长"随着心的跳动，轻轻的响。他不肯喝酒，不肯吃菜，表示出处长是见过世面的，不贪口腹。赶到酒菜的香味把他的馋涎招出来，他才猛孤丁的夹一大箸子菜，放在口里，旁若无人的大嚼大咽。

大赤包与冠晓荷交换了眼神，他们俩决定不住口的叫处长，像叫一个失了魂的孩子似的。他们认为作了处长，理当摆出架子；假若东阳不肯摆架子，他们还倒要失望呢。他们把处长从最低音叫到最高音，有时候二人同时叫，而一高一低，像二部合唱似的。

任凭他们夫妇怎样的叫，东阳始终不哼一声。他是处长，他必须沉得住气；大人物是不能随便乱说话的。甜菜上来，东阳忽然的立起来，往外走，只说了声："还有事！"

他走后，晓荷赞不绝口的夸奖他的相貌："我由一认识他，就看出来蓝处长的相貌不凡。你们注意没有？他的脸虽然有点发绿，可是你们细看，就能看出下面却有一层极润的紫色儿，那叫朱砂脸，必定掌权！"

大赤包更实际一些："管他是什么脸呢，处长才是十成十的真货，我看哪，哼！"她看了高第一眼。等到只剩了她与晓荷在屋里的时候，她告诉他："我想还是把高第给东阳吧。处长总比科长大多了！"

"是的！是的！所长所见甚是！你跟高第说去！这孩子，总是别别扭扭的，不听话！"

"我有主意！你甭管！"

其实，大赤包并没有什么高明的主意。她心里也知道高第确是有点不听话。

高第的不听话已不止一天。她始终不肯听从着妈妈去"拴"住李空山。李空山每次来到，除了和大赤包算账，（大赤包由包庇暗娼来的钱，是要和李空山三七分账的，）便一直到高第屋里去，不管高第穿着长衣没穿,还是正在床上睡觉。他俨然以高第的丈夫自居。进到屋中,他便一歪身倒在床上。高兴呢,他便闲扯几句;不高兴,他便一语不发,而直着两眼盯着她。他逛惯了窑子,娶惯了妓女;他以为一切妇女都和窑姐儿差不多。

高第不能忍受这个。她向妈妈抗议。大赤包理直气壮的教训女儿:"你简直的是胡涂!你想想看,是不是由他的帮忙,我才得到了所长?自然喽,我有作所长的本事与资格;可是,咱们也不能忘恩负义,硬说不欠他一点儿情!由你自己说,你既长得并不像天仙似的,他又作着科长,我看不出这件婚事有什么不配合的地方。你要睁开眼看看事情,别闭着眼作梦!再说,他和我三七分账,我受了累,他白拿钱,我是哑巴吃黄连有苦说不出!你要是明理,就该牢笼住他;你要是嫁给他,难道他还好意思跟老丈母娘三七分账吗?你要知道,我一个人挣钱,可是给你们大家花;我的钱并没都穿在我自己的肋条骨上!"

抗议没有用,高第自然的更和桐芳亲近了。可是,这适足以引起妈妈对桐芳增多恶感,而想马上把桐芳赶到妓院里去。为帮忙桐芳,高第不敢多和桐芳在一块。她只好在李空山躺到她的床上的时候,气呼呼的拿起小伞与小皮包走出去,一走就是一天。她会到北海的山石上,或公园的古柏下,呆呆的坐着;到太寂寞了的时节,她会到晓荷常常去的通善社或崇善社去和那些有钱的,有闲的,想用最小的投资而获得永生的善男善女们鬼混半天。

高第这样躲开,大赤包只好派招弟去敷衍李空山。她不肯轻易放手招弟,可是事实逼迫着她非这样作不可。她绝对不敢得罪李空山。惹恼了李空山,便是砸了她的饭锅。

招弟,自从妈妈作了所长,天天和妓女们在一块儿说说笑笑,已经失去了她的天真与少女之美。她的本质本来不坏。在从前,她的最浪漫的梦也不过和小女学生们的一样——小说与电影是她的梦的资料。她喜欢打扮，愿意有男朋友，可是这都不过是一些小小的，哀而不伤的，青春的游戏。她还没想到过男女的问题和男女间彼此的关系与需要。她只觉得按照小说与电影里的办法去调动自己颇好玩——只是好玩，没有别的。现在，她天天看见妓女。她忽然的长成了人。她从妓女们身上看到了肉体，那无须去想象，而一眼便看清楚的肉体。她不再作浪漫的梦，而要去试一试那大胆的一下子跳进泥塘的行动——像肥猪那样似的享受泥塘的污浊。

真的，她的服装与头发脸面的修饰都还是摩登的，没有受娼妓们的影响。可是，在面部的表情上，与言语上，她却有了很大的变动。她会老气横秋的，学着妓女们的口调，说出足以一下子就跳入泥淖的脏字，而嬉皮笑脸的满意自己的大胆，咂摸着脏字里所藏蕴着的意味。她所受的那一点学校教育不够教她分辨是非善恶的，她只有一点直觉，而不会思想。这一点少女的直觉，一般的说，是以娇羞与小心为保险箱的。及至保险箱打开了，不再锁上，她便只顾了去探索一种什么更直接的，更痛快的，更原始的，愉快，而把害羞与小心一齐扔出去，像摔出一个臭鸡蛋那么痛快。她不再运用那点直觉，而故意的睁着眼往泥里走。她的青春好像忽然被一阵狂风刮走，风过去，剩下一个可以与妓女为伍的小妇人。她接受了妈妈的命令，去敷衍李空山。

李空山看女人是一眼便看到她们的最私秘的地方去的。在这一点上，他很象日本人。见招弟来招待他，他马上拉住她的手，紧跟着就吻了她，摸她的身上。这一套，他本来久想施之于高第的，可是高第"不听话"。现在，他对比高第更美更年轻的招弟用上了这一套，他马上兴奋起来，急忙到绸缎庄给她买了三身衣料。

大赤包看到衣料，心里颤了一下。招弟是她的宝贝，不能随便就被李空山挖了去。可是，绸缎到底是绸缎，绸缎会替李空山说好话。她不能教招弟谢绝。同时，她相信招弟是聪明绝顶的，一定不会轻易的吃了亏。所以，她不便表示什么。

招弟并不喜欢空山。她也根本没有想到什么婚姻问题。她只是要冒险，尝一尝那种最有刺激性的滋味，别人没敢，李空山敢，对她动手，那么也就无所不可。她看见不止一次，晓荷偷偷的吻那些妓女。现在，她自己大胆一点，大概也没有什么了不起的过错与恶果。

武汉陷落，日本人要加紧的肃清北平的反动分子，实行清查户口，大批的捉人。李空山忙起来。他不大有工夫再来到高第的床上躺一躺。他并不忠心于日本主子，而是为他自己弄钱。他随便的捕人，捕得极多，而后再依次的商议价钱，肯拿钱的便可以被释放；没钱的，不管有罪无罪，便丧掉生命。在杀戮无辜的人的时候，他的胆子几乎与动手摸女人是一边儿大的。

大赤包见李空山好几天没来，很不放心。是不是女儿们得罪了他呢？她派招弟去找他："告诉你，招弟，乖乖！去看看他！你就说：武汉完了事，大家都在这里吃酒；没有他，大家都怪不高兴的！请他千万抓工夫来一趟，大家热闹一天！穿上他送给你的衣裳！听见没有？"

把招弟打发走，她把高第叫过来。她皱上点眉头，像是很疲乏了的，低声的说："高第，妈妈跟你说两句话。我看出来，你不大喜欢李空山，我也不再勉强你！"她看着女儿，看了好大一会儿，仿佛是视察女儿领会了妈妈的大仁大义没有。"现在蓝东阳作了处长，我想总该合了你的意吧？他不大好干净，可是那都因为他没有结婚，他若是有个太太招呼着他，他必定不能再那么邋遢了。说真的，他要是好好的打扮打扮，还不能不算怪漂亮的呢！况且，他又年轻，又有本事；现在已经是处长，焉知道不作到督办什么的呢！好孩子，你听妈妈的话！妈妈还能安心害了你吗？你的岁数已经不小了，别老教妈妈悬着心哪！妈妈一个人打里打外，还不够我操心的？好孩子，你跟他交交朋友！你的婚事要是成了功，不是咱们一家子都跟着受用吗？"说完这一套，她轻轻的用拳头捶着胸口。

高第没有表示什么。她讨厌东阳不亚于讨厌李空山。就是必不得已而接受东阳,她也得先和桐芳商议商议;遇到大事,她自己老拿不定主意。

乘着大赤包没在家,高第和桐芳在西直门外的河边上,一边慢慢的走,一边谈心。河仅仅离城门有一里来地,可是河岸上极清静,连个走路的人也没有。岸上的老柳树已把叶子落净。在秋阳中微摆着长长的柳枝。河南边的莲塘只剩了些干枯到能发出轻响的荷叶,塘中心静静的立着一只白鹭。鱼塘里水还不少,河身可是已经很浅,只有一股清水慢慢的在河心流动,冲动着一穗穗的长而深绿的水藻。河坡还是湿润的,这里那里偶尔有个半露在泥外的田螺,也没有小孩们来挖它们。秋给北平的城郊带来萧瑟,使它变成触目都是秋色,一点也不像一个大都市的外围了。

走了一会儿。她们俩选了一棵最大的老柳,坐在它的露在地面上的根儿上。回头,她们可以看到高亮桥,桥上老不断的有车马来往,因此,她们不敢多回头;她们愿意暂时忘了她们是被圈在大笼子——北平——的人,而在这里自由的吸点带着地土与溪流的香味的空气。

"我又不想走了!"桐芳皱着眉,吸着一根香烟;说完这一句,她看着慢慢消散的烟。

"你不想走啦?"高第好像松了一口气似的问。"那好极啦!你要走了,剩下我一个人,我简直一点办法也没有!"

桐芳眯着眼看由鼻孔出来的烟,脸上微微有点笑意,仿佛是享受着高第的对她的信任。

"可是,"高第的短鼻子上纵起一些小褶子,"妈妈真赶出你去呢?教你到……"

桐芳把半截烟摔在地上,用鞋跟儿碾碎,撇了撇小嘴:"我等着她的!我已经想好了办法,我不怕她!你看,我早就想逃走,可是你不肯陪着我。我一想,斗大的字我才认识不到一石,我干什么去呢?不错,我会唱点玩艺儿;可是,逃出去再唱玩艺儿,我算怎么一回事呢?你要是同我一道走,那就不同了;你起码能写点算点,大小能找个事作;你作事,我愿意刷家伙洗碗的作你的老妈子;我敢保,咱们俩必定过得很不错!可是,你不肯走;我一个人出去没办法!""我舍不得北平,也舍不得家!"高第很老实的说了实话。桐芳笑了笑。"北平教日本人占着,家里教你嫁给刽子手,你还都舍不得!你忘了,忘了摔死一车日本兵的仲石,忘了说你是个好姑娘的钱先生!"

高第把双手搂在磕膝上,楞起来。楞了半天,她低声的说:"你不是也不想走啦?"

桐芳一扬头,把一缕头发摔到后边去:"不用管我,我有我的办法!"

"什么办法?"

"不能告诉你!"

"那,我也有我的办法!反正我不能嫁给李空山,也不能嫁给蓝东阳!我愿意要谁,才嫁给谁!"高第把脸扬起来,表示出她的坚决。是的,她确是说了实话。假使她不明白任何其他的事,她可是知道婚姻自由。自由结婚成了她的一种信仰。她并说不出为什么婚姻应当自由,她只是看见了别人那么作,所以她也须那么作。她在生命上,没有任何足以自傲的地方,而时代强迫着她作个摩登小姐。怎样才算摩登?自由结婚!只要她结了婚,她好像就把生命在世界上拴牢,这,她与老年间的妇女并没有什么差别。可是,她必须要和老妇女们有个差别。怎样显出差别?她要结婚,可是上面必须加上"自由"!结婚后怎样?她没有过问。凭她的学识与本事,结婚后她也许挨饿,也许生了娃娃而弄得稀屎糊在娃娃的脑门上。这些,她都没有想过。她只需要一段浪漫的生活,由恋爱而结婚。有了这么一段经历,她便成了摩登小姐,而后堕入地狱里去也没关系!她是新时代的人,她须有新时代的迷信,而且管迷信叫作信仰。她没有立足于新时代的条件,而坐享其成的要吃新时代的果实。历史给了她自由的机会,可是她的迷信教历史落了空。

桐芳半天没有出声。

高第又重了一句:"我愿意要谁才嫁给谁!"

"可是,你斗得过家里的人吗?你吃着家里,喝着家里,你就得听他们的话!"桐芳的声音很低,而说得很恳切。"你知道,高第,我以后帮不了你的忙了,我有我的事!我要是你,我就跺脚一走!在我们东北,多少女人都帮着男人打日本鬼子。你为什么不去那么办?你走,你才能自由!你信不信?"

"你到底要干什么呢?怎么不帮忙我了呢?"

桐芳轻轻的摇了摇头,闭紧了嘴。

待了半天,桐芳摘下一个小戒指来,递到高第的手里,而后用双手握住高第的手:"高第!从今以后,在家里咱们彼此不必再说话。他们都知道咱俩是好朋友,咱们老在一块儿招他们的疑心。以后,我不再理你,他们也许因为咱俩不相好了,能多留我几天。这个戒指你留着作个纪念吧!"高第害了怕。"你,你是不是想自杀呢?"

桐芳惨笑了一下:"我才不自杀!"

"那你到底……"

"日后你就明白了,先不告诉你!"桐芳立起来,伸了伸腰;就手儿揪住一根柳条。高第也立了起来:"那么,我还是没有办法呀!"

"话已经说过了,你有胆子就有出头之日;什么都舍不得,就什么也作不成!"

回到家中,太阳已经快落下去。

招弟还没有回来。

大赤包很想不动声色,可是没能成功。她本来极相信自己与招弟的聪明,总以为什么人都会吃亏,而她与她的女儿是绝对不会的。可是,天已经快黑了,而女儿还没有回来,又是个无能否认的事实。再说,她并不是不晓得李空山的厉害。她咬上了牙。这时候,她几乎真像个"母亲"了,几乎要责备自己不该把女儿送到虎口里去。可是，责备自己便是失去自信，而她向来是一步一个脚印儿的女光棍；光棍是绝对不能下"罪己诏"的！不，她自己没有过错，招弟也没有过错；只是李空山那小子可恶！她须设法惩治李空山！

她开始在院中慢慢的走遛儿，一边儿走一边儿思索对付李空山的方法。她一时想不出什么方法来，因为她明知道空山不是好惹的。假若，她想，方法想得不好，而自己"赔了夫人又折兵"那才丢透了脸！这样一想，她马上发了怒。她干嗽了一两声，一股热气由腹部往上冲，一直冲到胸口，使她的胸中发辣。这股热气虽然一劲儿向上冲，可是她的皮肤上反倒觉得有点冷，她轻颤起来。一层小鸡皮疙瘩盖住了她满脸的雀斑。她不能再想什么了。只有一个观念像虫儿似的钻动她的心——她丢了人！

作了一辈子女光棍，现在她丢了人！她不能忍受！算了，什么也无须想了，她去和李空山拼命吧！她握紧了拳，抹着蔻丹的指甲把手心都抠得有点疼。是的，什么也不用再说，拼命去是唯一的好办法。晓荷死了有什么关系呢？高第，她永远没喜爱过高第；假若高第随便的吃了大亏，也没多大关系呀。桐芳，哼，桐芳理应下窑子；桐芳越丢人才越好！一家人中，她只爱招弟。招弟是她的心上的肉，眼前的一朵鲜花。而且，这朵鲜花绝不是为李空山预备着的！假若招弟而是和一位高贵的人发生了什么关系，也就没有什么说不通的地方；不幸，单单是李空山抢去招弟，她没法咽下这口气！李空山不过是个科长啊！

她喊人给她拿一件马甲来。披上了马甲，她想马上出去找李空山，和他讲理，和他厮打，和他拼命！但是，她的脚却没往院外走。她晓得李空山是不拿妇女当作妇女对待的人；她若打他，他必还手，而且他会喝令许多巡警来帮助他。她去"声讨"，就必吃更大的亏，丢更多的脸。她是女光棍，而他恰好是无赖子。

晓荷早已看出太太的不安，可是始终没敢哼一声。他知道太太是善于迁怒的人，他一开口，也许就把一堆狗屎弄到自己的头上来。

再说，他似乎还有点幸灾乐祸。大赤包，李空山都作了官，而他自己还没有事作，他乐得的看看两个官儿像两条凶狗似的恶战一场。他几乎没有关切女儿的现在与将来。在他看，女儿若真落在李空山手里呢，也好。反之，经过大赤包的一番争斗而把招弟救了出来呢，也好。他非常的冷静。丢失了女儿和丢失了国家，他都能冷静的去承认事实，而不便动什么感情。

天上已布满了秋星，天河很低很亮。大赤包依然没能决定是否出去找空山和招弟。这激起她的怒气。她向来是急性子，要干什么便马上去干。现在，她的心与脚不能一致，她没法不发气。她找到晓荷作发气的目标。进到屋中，她像一大堆放过血的，没有力量的，牛肉似的，把自己扔在沙发上。她的眼盯住晓荷。

晓荷知道风暴快来到，赶紧板起脸来，皱起点眉头，装出他也很关切招弟的样子。他的心里可是正在想：有朝一日，我须登台彩唱一回，比如说唱一出《九更天》或《王佐断臂》；我很会作戏！

他刚刚想好自己挂上髯口，穿上行头，应该是多么漂亮，大赤包的雷已经响了。

"我说你就会装傻充楞呀！招弟不是我由娘家带来的，她是你们冠家的姑娘，你难道就不着一点急？"

"我很着急！"晓荷哭丧着脸说。"不过，招弟不是常常独自出去，回来的很晚吗？"

"今天跟往常不一样！她是去看……"她不敢往下说了，而啐了一大口唾沫。

"我并没教她去！"晓荷反攻了一句。即使招弟真丢了人，在他想，也都是大赤包的过错，而过错有了归处，那丢人的事仿佛就可以变成无关紧要了。

大赤包顺手抄起一个茶杯,极快的出了手。哗啦!连杯子带窗户上的一块玻璃全碎了。她没预计到茶杯会碰到玻璃上,可是及至玻璃被击碎,她反倒有点高兴,因为玻璃的声音是那么大,颇足以助她的声势。随着这响声,她放开了嗓子:"你是什么东西!我一天到晚打内打外的操心,你坐在家里横草不动,竖草不拿!你长着心肺没有?"

高亦陀在屋中抽了几口烟,忍了一个盹儿。玻璃的声音把他惊醒。醒了,他可是不会马上立起来。烟毒使他变成懒骨头。他懒懒的打了个哈欠。揉了揉眼睛,然后对着小磁壶的嘴呷了两口茶,这才慢慢的坐起来。坐了一小会儿,他才轻挑软帘扭了出来。

三言两语,把事情听明白,他自告奋勇找招弟小姐去。

晓荷也愿意去,他是想去看看光景,假若招弟真的落在罗网里,他应当马上教李空山拜见老泰山,而且就手儿便提出条件,教李空山给他个拿干薪不作事的官儿作。他以为自己若能借此机会得到一官半职,招弟的荒唐便实在可以变为增光耀祖的事了,反之,他若错过了这个机会,他觉得就有点对不起自己,而且似乎还有点对不起日本人——日本人占据住北平,他不是理当去效力么?

可是,大赤包不准他去。她还要把他留在家里,好痛痛快快的骂他一顿。再说,高亦陀,在她看,是她的心腹,必定比晓荷更能把事情处理得妥当一些。她的脾气与成见使她忘了详加考虑,而只觉得能挟制丈夫才见本领。

高亦院对晓荷软不唧的笑了笑,像说相声的下场时那么轻快的走出去。

大赤包骂了晓荷一百分钟!

亦陀曾经背着大赤包给李空山"约"过好几次女人,他晓得李空山会见女人的地方。

那是在西单牌楼附近的一家公寓里。以前,这是一家专招待学生的,非常规矩的，公寓。公寓的主人是一对五十多岁的老夫妇，男的管账，女的操厨，另用着一个四十多岁的女仆给收拾屋子，一个十四五岁的小男孩给沏茶灌水和跑跑腿儿。这里，没有熟人的介绍，绝对租不到房间；而用功的学生是以在这里得到一个铺位为荣的。老夫妇对待住客们几乎像自己的儿女，他们不只到月头收学生们的食宿费，而也关心着大家的健康与品行。学生们一致的称呼他们老先生和老太太。学生们有了困难，交不上房租，只要说明了理由，老先生会叹着气给他们垫钱，而且借给他们一些零花。因此，学生们在毕业之后，找到了事作，还和老夫妇是朋友，逢节过年往往送来一些礼物，酬谢他们从前的厚道。这是北平的一家公寓，住过这里的学生们，无论来自山南海北，都因为这个公寓而更多爱北平一点。他们从这里，正如同在瑞蚨祥绸缎庄买东西，和在小饭馆里吃饭，学到了一点人情与规矩。北平的本身仿佛就是个大的学校，它的训育主任便是每个北平人所有的人情与礼貌。

七七抗战以后，永远客满的这一家公寓竟自空起来。大学都没有开学，中学生很少住公寓的。老夫妇没了办法。他们不肯把公寓改成旅馆，因为开旅馆是"江湖"上的生意，而他们俩不过是老老实实的北平人。他们也关不了门，日本人不许任何生意报歇业。就正在这个当儿，李空山来到北平谋事。他第一喜爱这所公寓的地点——西单牌楼的交通方便，又是热闹的地方。第二，他喜欢这所公寓既干净，又便宜。他决定要三间房。为了生计，老夫妇点了头。

刚一搬进来，李空山便带着一个女人，和两三个男人。他们打了一夜的牌。老夫妇过来劝阻，李空山瞪了眼。老夫妇说怕巡警来抄赌，李空山命令带来的女人把大门开开，教老夫妇看看巡警敢进来不敢。半恼半笑的，李空山告诉老夫妇："你们知道不知道现在是另一朝代了？日本人喜欢咱们吸烟打牌！"说完，他命令"老先生"去找烟灯。老先生拒绝了，李空山把椅子砸碎了两张。他是"老"军人，懂得怎样欺侮老百姓。

第二天，他又换了个女人。老夫妇由央告而挂了怒，无论如何，请他搬出去。李空山一语不发，坚决的不搬。老先生准备拼命："老命不要了，我不能教你在这儿撒野！"李空山还是不动，仿佛在这里生了根。

最后，连那个女人也看不过去了，她说了话："李大爷，你有的是钱，哪里找不到房住，何苦跟这个老头子为难呢？"李空山卖了个面子，对女人说："你说的对，小宝贝！"然后，他提出了条件，教老夫妇赔偿五十元的搬家费。老夫妇承认了条件，给了钱，在李空山走后，给他烧了一股高香。李空山把五十元全塞给了那个女人："得啦，白住了两天房，白玩了女人，这个买卖作得不错！"他笑了半天，觉得自己非常的漂亮，幽默。

在李空山作了特高科的科长以后，他的第一件"德政"便是强占那所公寓的三间房。他自己没有去，而派了四名腰里带着枪的"干员"去告诉公寓的主人："李科长——就是曾经被你撵出去的那位先生，要他原来住过的那三间房！"他再三再四的嘱咐"干员"们，务必把这句话照原样说清楚，因为他觉得这句话里含有报复的意思。他只会记着小仇小怨，对小仇小怨，他永远想着报复。为了报复小仇小怨，他不惜认敌作父。借着敌人的威风，去欺侮一对无辜的老夫妇，是使他高兴与得意的事。

公寓的老夫妇看到四只手枪，只好含着泪点了头。他们是北平人，遇到凌辱与委屈，他们会责备自己"得罪了人"，或是叹息自己的运气不佳。他们既忍受日本人的欺压，也怕日本人的爪牙的手枪。

李空山并不住在这里，而只在高兴玩玩女人，或玩玩牌的时候，才想起这个"别墅"来。每来一次，他必定命令老夫妇给三间屋里添置一点东西与器具；在发令之前，他老教他们看看手枪。因此，这三间屋子收拾得越来越体面，在他高兴的时候，他会告诉"老先生"："你看，我住你的房间好不好？器具越来越多，这不是'进步'么？"赶到"老先生"问他添置东西的费用的时候，他也许瞪眼，也许拍着腰间的手枪说："我是给日本人作事的,要钱,跟日本人去要!我想,你也许没有那么大的胆子吧?""老先生"不敢再问,而悟出来一点道理,偷偷的告诉了太太:"认命吧,谁教咱们打不出日本人去呢?"

高亦陀的心里没有一天忘记了怎样利用机会打倒大赤包,然后取而代之。因此,他对李空山特别的讨好。他晓得李空山好色,所以他心中把李空山与女人拴了一个结。大赤包派他去"制造"暗娼,他便一方面去工作,一方面向李空山献媚:"李科长,又有个新计划,不知尊意如何?每逢有新下海的暗门子,我先把她带到这里来,由科长给施行洗礼,怎样?"

李空山不明白什么叫"洗礼",可是高亦陀轻轻挽了挽袖口,又挤了挤眼睛,李空山便恍然大悟了,他笑得闭不上了嘴。好容易停住笑,他问:"你给我尽心,拿什么报答你呢?是不是我得供给你点烟土?"

高亦陀轻快的躲开,一劲儿摆手:"什么报酬不报酬呢?凭你的地位,别人巴结也巴结不上啊,我顺手儿能办的事,敢提报酬?科长你要这么客气,我可就不敢再来了!"

这一套恭维使李空山几乎忘了自己的姓氏,拍着高亦陀的肩头直喊"老弟!"于是,高亦陀开始往"别墅"运送女人。

高亦陀算计得很正确:假若招弟真的落了圈套,她必定是在公寓里。

他猜对了。在他来到公寓以前,李空山已经和招弟在那里玩耍了三个钟头。

招弟,穿着空山给她的夹袍和最高的高跟鞋,好像身量忽然的长高了许多。挺着她的小白脖子,挺着她那还没有长得十分成熟的胸口,她仿佛要把自己在几点钟里变成个熟透了的小妇人。她的黑眼珠放着些浮动的光儿,东瞭一下西瞭一下的好似要表示出自己的大胆,而又有点不安。她的唇抹得特别的红,特别的大,见棱见角的,像是要用它帮助自己的勇敢。她的头发烫成长长的卷儿,一部分垂在项上,每一摆动,那些长卷儿便微微刺弄她的小脖子,有点发痒。额上的那些发鬈梳得很高,她时时翻眼珠向上看,希望能看到它们;发高,鞋跟高,又加上挺着项与胸,她觉得自己是长成了人,应当有胆子作成人们所敢作的事。

她忘了自己是多么娇小秀气。她忘了以前所有的一点生活的理想。她忘了从前的男朋友们。她忘了国耻。假若在北平沦陷之后,她能常常和祁瑞全在一处,凭她的聪明与热气,她一定会因反抗父母而表示出一点爱国的真心来。可是,瑞全走了。她只看到了妓女与父母所作的卑贱无聊的事。她的心被享受与淫荡包围住。慢慢的,她忘了一切,而只觉得把握住眼前的快乐是最实际最直截了当的。冲动代替了理想,她愿意一下子把自己变成比她妈妈更漂亮,更摩登,也更会享受的女人。假若能作到这个,她想,她便是个最勇敢的女郎,即使天塌下来也不会砸住她,更不用提什么亡国不亡国了。

她并不喜爱李空山,也不想嫁给他。她只觉得空山怪好玩。她忘了以前的一切,对将来也没作任何打算。她的家教是荒淫,所以她也只能想到今天有酒今天醉。在她心的深处,还有一点点光亮,那光亮给她照出,象电影场打"玻片"似的,一些警戒的字句。可是,整个的北平都在乌七八糟中,她所知道的"能人"们,都闭着眼瞎混——他们与她们都只顾了嘴与其他的肉体上的享受,她何必独自往相反的方向走呢。她看见了那些警戒的语言,而只一撇嘴。她甚至于告诉自己:在日本人手下找生活,只有鬼混。这样劝告了自己,她觉得一切都平安无事了,而在日本人手下活着也颇有点好处与方便。

没有反抗精神的自然会堕落。

见了李空山,李空山没等她说什么便"打道"公寓。她知道自己是往井里落呢,她的高跟鞋的后跟好像踩着一片薄冰。她有点害怕。可是,她不便示弱而逃走。她反倒把胸口挺得更高了一些。她的眼已看不清楚一切。而只那么东一转西一转的动。她的嗓子里发干,时时的轻嗽一下。嗽完了,她感到无聊,于是就不着边际的笑一笑。她的心跳动得很快,随着心的跳动,她感到自己的身体直往上升,仿佛是要飘到空中去。她怕,可也更兴奋。她的跳动得很快的心像要裂成两半儿。她一会儿想往前闯去,一会儿想往后撤退,可是始终没有任何动作。她不能动了,像一个青蛙被蛇吸住那样。

到了公寓,她清醒了一点。她想一溜烟似的跑出去。可是,她也有点疲乏,所以一步也没动。再看看李空山,她觉得他非常的粗俗讨厌。他身上的气味很难闻。两个便衣已经在院中放了哨。她假装镇定的用小镜子照一照自己的脸,顺口哼一句半句有声电影的名曲。她以为这样拿出摩登姑娘的大方自然,也许足以阻住李空山的袭击。她又极珍贵自己了。

可是,她终于得到她所要的。事后,她非常的后悔,她落了泪。李空山向来不管女人落泪不落泪。女人,落在他手里,便应当像一团棉花,他要把它揉成什么样,便揉成什么样。他没有温柔,而且很自负自己的粗暴无情,他的得意的经验之语是:"对女人别留情!砸折了她的腿,她才越发爱你!"高亦陀来到。

四十四

见高亦陀来到，招弟开始往脸上拍粉，重新抹口红，作出毫不在乎的样子。在家中，她看惯了父母每逢丢了脸就故意装出这种模样。这样一作戏，她心中反倒平定下来。她觉得既然已经冒了险，以后的事就随它的便吧，用不着发愁，也用不着考虑什么。她自自然然的对亦陀打了招呼，仿佛是告诉他："你知道也好，不知道也好，反正我一切都不在乎！"

高亦陀的眼睛恰好足够判断这种事情的，一眼他便看明白事情的底蕴。他开始夸赞招弟的美貌与勇敢。他一字不提事情的正面，而只诚恳的扯闲话儿，在闲话之中，他可是教招弟知道：他是她的朋友，他会尽力帮她忙，假若她需要帮忙的话。他很爱说话，但是他留着神，不让他的话说走了板眼。

听亦陀闲扯了半天，招弟更高兴起来，也开始有说有笑，仿佛她从此就永远和空山住在一处也无所不可了。真的，她还没想出来她的第二步应当往哪里走，可是表示出她的第一步并没有走错。不管李空山是什么东西，反正今天她已被他占有，那么她要是马上就想和他断绝关系，岂不反倒有点太怕事与太无情么？好吧，歹吧，她须不动声色的应付一切。假若事情真不大顺利，她也还有最后的一招，她须像她妈妈似的作个女光棍。她又用小镜子照了照自己，她的脸，眼，鼻子，嘴，是那么美好，她觉得就凭这点美丽，她是绝对不会遇到什么灾难和不幸的。

看和招弟闲谈的时间已经够了，亦陀使了个眼神，把李空山领到另一间屋里去。一进门，他便扯天扯地的作了三个大揖，给空山道喜。

空山并没觉得有什么可喜，因为女人都是女人，都差不多；他在招弟身上并没找到什么特殊的地方来。他只说了声:"麻烦得很!"

"麻烦?怎么?"高亦陀很诚恳的问。

"她不是混事的,多少有点麻烦!"空山把自己扔在一个大椅子上,显着疲乏厌倦,而需要一点安慰似的。"科长!"高亦陀的瘦脸上显出严肃的神气:"你不是是很想娶个摩登太太吗?那是对的!就凭科长你的地位身份,掌着生杀之权,是该有一位正式的太太的!招弟姑娘呢,又是那么漂亮年轻,多少人费了九牛二虎的力量都弄不到手,而今居然肥猪拱门落在你手里,还不该请朋友们痛痛快快的吃回喜酒?"

亦陀这一番话招出空山不少的笑容来,可是他还一劲儿的说:"麻烦!麻烦!"他几乎已经不知道"麻烦"是指着什么说的,而只是说顺了嘴儿,没法改动字眼。同时,老重复这两个字也显着自己很坚决,像个军人的样子,虽然他不晓得为什么要坚决。

亦陀见科长有了笑容,赶紧凑过去,把嘴放在空山的耳朵上,问:"是真正的处女吧?"

空山的大身子像巨蛇似的扭了扭,用肘打了亦陀的肋部一下:"你!你!"而后,抿着嘴笑了一下,又说了声:"你!""就凭这一招,科长,还值不得请客吗?"高亦陀又挽了挽袖口,脸上笑得直往下落烟灰。

"麻烦!"李空山的脑子里仍然没出现新的字样。"不麻烦!"亦陀忽然郑重起来。"一点都不麻烦!你通知冠家,不论大赤包怎么霸道,她也不敢惹你!"

"当然!"空山懒不唧的,又相当得意的,点了点头。"然后,由你们两家出帖请客,一切都交给晓荷去办,咱们坐享其成。好在晓荷专爱办这种事,也会办这种事。咱们先向冠家要陪嫁。我告诉你,科长,大赤包由你的提拔,已经赚了不少的钞票,也该教她吐出一点儿来了!把嫁妆交涉好,然后到了吉期,我去管账。结账的时候,我把什么喜联喜幛的全交给冠家,把现金全给你拿来。大赤包敢说平分的话,咱们亮手枪教她看看就是了。我想，这是一笔相当可观的收入，而且科长你也应当这么作一次了。请原谅我的直言无隐，要是别人当了这么多日子的科长，早就不知道打过多少次秋风啦。科长你太老实，老有点不好意思。你可就吃了亏。这回呢，你是千真万确的娶太太，难道还不给大家一个机会，教大家孝敬你老一点现款吗？"

听完这一片良言，李空山心里痒了一阵，可是依然只说出："麻烦！麻烦！"

"一点不麻烦！"亦陀的话越来越有力，可是声音也越低。声音低而有力，才足以表示亲密，而且有点魔力。"你把事情都交给我，先派我作大媒好了。这里只有个大赤包不好斗，不过，咱们说句闲话，她能办的，我，不才，也能办。她要是敢闹刺儿，你把她的所长干掉就是了。咱们只是闲扯，比方说，科长你要是愿意抬举我，我一定不会跟你三七成分账，我是能孝敬你多少，就拿出多少，我决不能像大赤包那么忘恩负义！这可都是闲篇儿，科长你可别以为我要顶大赤包；她是我的上司，我对她也不能忘恩负义！话往回说，你把事情全交给我好了，我一定会办得使你满意！"

"麻烦！"李空山很喜欢亦陀的话，可是为表示自己有思想，所以不便立刻完全同意别人的策略——愚人之所以为愚人，就是因为他以为自己很有思想。

"还有什么麻烦呀？我一个人的爷爷！"高亦陀半急半笑的说。

"有了家，"李空山很严肃的提出理由来，"就不自由了！"高亦陀低声的笑了一阵。"我的科长，家就能拴住咱们了吗？别的我不知道，我到过日本。"

空山插了话："到过日本，你？"

"去过几天！"亦陀谦恭而又自傲的说："我知道日本人的办法。日本男人把野娘们带到家来过夜，他的太太得给铺床叠被的伺候着。这个办法对!她,"亦陀的鼻子向旁边的屋子一指,"她是摩登小姐,也许爱吃醋;可是,你只须教训她两回,她就得乖乖的听话。砸她,拧她,咬她,都是好的教训。教训完了,给她买件衣料什么的,她就破涕为笑了!这样,她既不妨碍你的自由,你又可以在大宴会或招待日本人的时候,有个漂亮太太一同出席,够多么好!没有麻烦!没有一点麻烦!况且,说句丑话,在真把她玩腻了的时候,你满可以把她送给日本朋友啊!告诉你,科长,有日本人占住北平,咱们实在有一切的便利!"

空山笑了。他同意亦陀的最后一项办法——把招弟送给日本人,假如她太不听话。

"就这么办啦,科长!"亦陀跳动着粉碎的小步往外走。隔着窗子,他告诉招弟:"二小姐,我到府上送个话儿,就说今天你不回去了!"没等招弟开口,他已经走出去。

他雇车回到冠家。一路上,他一直是微笑着。他回忆刚才在公寓里的经过,像想一出《蒋干盗书》那类的戏似的那么有趣。最得意的地方是李空山已经注意到他到过日本,和他对日本人怎样对待女子的知识。他感到他的知识已发生了作用,毫无疑义的,他将凭借着那点知识而腾达起来——他将直接的去伺候日本人,而把大赤包连李空山——连李空山——全一脚踢开!他觉得北平已不是"原根"的花木,而是已接上了日本的种儿。在这变种的时候,他自己是比任何人都更有把握的得风气之先,先变得最像日本人,也就得到最多的金钱与势力。以前,他在天桥儿卖过草药;将来,他必须在日本人面前去卖草药,成为一个最伟大的草药贩子。他的草药将是他的唇舌,机智,与拉拢的手段。他将是今日的苏秦张仪,在浑水里摸到最大的一条鱼。

一直到进了冠家的大门,他才停止了微笑,换上了一脸的严肃。院中很静。桐芳与高第已经都关门就寝,只有北屋还有灯光。

大赤包还在客厅中坐着呢,脸上的粉已褪落,露出黄暗的皱纹与大颗的黑雀斑，鼻子上冒出一些有光的油。晓荷在屋中来回的走，他的骂已挨够，脸上露出点风暴过去将要有晴天的微笑。他的眼时常瞭着大赤包，以便随时收起微笑，而拿出一点忧郁来。在平日，他很怕大赤包。今天，看她真动了气，他反倒有点高兴；不管她怎样的骂他，反正她是遇到了李空山那样的一个敌手，这很值得高兴。他并没为招弟思索什么，而只想招弟若真和李空山结婚，他将得到个机会施展自己的本事。他将要极精细的，耐心的，去给她选择嫁妆，既要省钱，又要漂亮。他将要去定多少桌喜酒，怎样把菜码略微一调动便可以省一元钱，而教一般的客人看不出其中的奥妙。把这些都想过，他想到自己：在吉期那天，他将穿什么衣服，好把自己扮成既像老太爷，又能显出"老来俏"。他将怎样露出既有点疲倦，而仍对客人们极其周到。他将喝五成酒，好教脸上红扑扑的，而不至于说话颠三倒四。他将在大家的面前，表演一回尽美尽善的老泰山！

假若日本人的疯狂是昂首挺胸的，冠晓荷和类似他的北平人的疯狂是沉溺在烟酒马褂与千层底缎鞋之间的。日本人的疯狂是老要试试自己的力气，冠晓荷的是老要表现自己的无聊。这两种疯狂——凡是只知道自己，只关切自己，而不睁眼看看世界的，都可以叫作疯狂——遇到一处，就正好一个可以拼命的打人，一个死不要脸的低着头看自己的缎子鞋。按说，晓荷对招弟应当多少关点心，她是他的亲女儿。在一个中国人的心里，父亲是不能把女儿当作一根草棍儿似的随便扔出去的。可是，晓荷的疯狂使他心中很平静。对女儿，正像对他生身之地北平一样，被别人糟塌了，他一点也不动心。他的确是北平的文化里的一个虫儿，可是他并没有钻到文化的深处去，他的文化只有一张纸那么薄。他只能注意酒食男女，只能分别香片与龙井的吃法，而把是非善恶全付之一笑，一种软性疯狂的微笑。

见高亦陀进来，晓荷作出极镇定而又极恳切的样子，问了声"怎样？"

亦陀没理会晓荷，而看了看大赤包。她抬了抬眼皮。亦陀晓得女光棍是真着了急,而故意的要"拿捏"她一下;亦陀也是个软性的疯子。他故意作出疲乏的样子,有声无力的说:"我得先抽一口!"他一直走进内间去。

大赤包追了进去。晓荷仍旧在客厅里慢慢的走。他不屑于紧追亦陀,他有他的身份!

等亦陀吸了一大口烟之后,大赤包才问:"怎样?找到他们,啊,她,没有?"

一边慢慢的挑烟,亦陀一边轻声缓调的说:"找到了。二小姐说,今天不回来了。"

大赤包觉得有多少只手在打她的嘴巴!不错,女儿迟早是要出嫁的,但是她的女儿就须按照她的心意去嫁人。招弟这样不明不白的被李空山抢去,她吃不消。她想不起一点自己的教养女儿的错误,而招弟竟敢这么大胆妄为,她不能不伤心。不过,招弟只是个年轻的女孩子,还有可原谅。李空山是祸首,没有任何可原谅的地方;假若没有李空山的诱惑,招弟一定不会那样大胆。她把过错全归到李空山的身上,而咬上了牙。哼,李空山是故意向她挑战,假若她低了头,她就不用再在北平叫字号充光棍了。这一点,比招弟的失足还更要紧。她知道,即使现在把招弟抢救回来,招弟也不能再恢复"完整"。可是,她必须去抢救,不是为招弟的名誉与前途,而是为斗一斗李空山。她和李空山,从现在起,已是势不两立!

"晓荷!"雷似的她吼了一声。"叫车去!"

雷声把亦陀震了起来。"干吗?"

一手插腰,一手指着烟灯,大赤包咬着牙说:"我斗一斗姓李的那小子!我找他去!"

亦陀立了起来。"所长!是二小姐倾心愿意呀!""你胡说!我养的孩子,我明白!"大赤包的脸上挂上了一层白霜;手还指着烟灯,直颤。"晓荷!叫车去!"晓荷向屋门里探了探头。

大赤包把指向烟灯的手收回来,面对着晓荷,"你个松头日脑的东西!女儿,女儿,都叫人家给霸占了,你还王八大缩头呢!你是人不是?是人不是?说!"

"不用管我是什么东西吧,"晓荷很镇定的说:"咱们应当先讨论讨论怎样解决这件事,光发脾气有什么用呢?"在他的心里,他是相当满意招弟的举动的,所以他愿意从速把事情解决了。他以为能有李空山那么个女婿,他就必能以老泰山的资格得到一点事作。他和东阳,瑞丰,拜过盟兄弟,可是并没得到任何好处。盟兄弟的关系远不如岳父与女婿的那么亲密,他只须一张嘴,李空山就不能不给他尽心。至于招弟的丢人,只须把喜事办得体面一些,就能遮掩过去,正如同北平陷落而挂起五色旗那样使人并不觉得太难堪。势力与排场,是最会遮羞的。

大赤包楞了一楞。

高亦陀赶紧插嘴,唯恐教晓荷独自得到劝慰住了她的功劳。"所长!不必这么动气,自己的身体要紧,真要气出点病来,那还了得!"说着,他给所长搬过一张椅子来,扶她坐下。

大赤包哼哼了两声,觉得自己确是不应动真气;气病了自己实在是一切人的损失。

亦陀接着说:"我有小小的一点意见,说出来备所长的参考。第一,这年月是讲自由的年月,招弟小姐并没有什么很大的过错。第二,凭所长你的名誉身份,即使招弟小姐有点不检点,谁也不敢信口胡说,你只管放心。第三,李空山虽然在这件事上对不起所长,可是他到底是特高科的科长,掌着生杀之权。那么,这件婚事实在是门当户对,而双方的势力与地位,都足以教大家并上嘴的。第四,我大胆说句蠢话,咱们的北平已经不是往日的北平了,咱们就根本无须再顾虑往日的规矩与道理。打个比方说,北平在咱们自己手里的时候,我就不敢公开的抽两口儿烟。今天,我可就放胆去吸,不但不怕巡警宪兵,而且还得到日本人的喜欢。以小比大,招弟小姐的这点困难,也并没有什么难解决的地方,或者反倒因为有这么一点困难,以后才更能出风头呢。所长请想我的话对不对?"

大赤包沉着脸,眼睛看着鞋上的绣花,没哼一声。她知道高亦陀的话都对,但是不能把心中的恶气全消净。她有些怕李空山,因为怕他,所以心里才难过。假若她真去找他吵架,她未必干得过他。反之,就这么把女儿给了他,焉知他日后不更嚣张,更霸道了呢。她没法办。

晓荷,在亦陀发表意见的时候,始终立在屋门口听着,现在他说了话:"我看哪,所长,把招弟给他就算了!""你少说话!"大赤包怕李空山,对晓荷可是完全能控制得住。

"所长!"亦陀用凉茶漱了漱口,啐在痰盂里,而后这么叫,"所长,毛遂自荐,我当大媒好了!事情是越快办越好,睡长梦多!"

大赤包深深的吸了一口气,用手轻轻的揉着胸口,她的心中憋得慌。

亦陀很快的又呼噜了一口烟,向所长告辞:"咱们明天再详谈!就是别生气,所长!"

第二天,大赤包起来的很迟。自从天一亮,她就醒了,思前想后的再也闭不上眼。她可是不愿意起床,一劲儿盼望招弟在她起床之前回来,她好作为不知道招弟什么时候回来的样子而减少一点难堪。可是,一直等到快晌午了,招弟还没回来。大赤包又发了怒。她可是没敢发作。昨天,她已经把晓荷骂了个狗血喷头,今天若再拿他出气,似乎就太单调了一些。今天,她理当从高第与桐芳之中选择出一个作为"骂挡子"。但是,她不能骂高第,她一向偏疼招弟,而把高第当作个赔钱货,现在,给她丢人的反倒是她的心上的肉,而不是高第。她不能再激怒了高第,使高第也去胡闹八光。她只好骂桐芳。但是,桐芳也骂不得。她想象得到:假若她敢挑战,桐芳必定会立在门外的大槐树下去向全胡同广播招弟的丑事。她的怒气只能憋在心里。她巴结上了李空山,得到了所长的职位与她所希冀的金钱与势力,可是今天她受了苦刑,有气不敢发泄,有话不敢骂出来!她并没有一点悔意,也决不想责备自己,可是她感到心中像有块掏不出来的什么病。快晌午了,她不能再不起来。假若她还躺在床上,她想那就必定首先引起桐芳的注意,而桐芳会极高兴的咒诅她就这么一声不响气死在床上的。她必须起来,必须装出若无其事的样子,以无耻争取脸面。

起来,她没顾得梳洗,就先到桐芳的小屋里去看一眼。桐芳没在屋里。

高第,脸上还没搽粉,从屋里出来,叫了一声"妈!"

大赤包看了女儿一眼。高第,因为脸上没有粉,唇上没有口红,比往日更难看了些。她马上就想道:招弟倒真好看呢,可是白白的丢掉了。想到这里,她以为高第是故意的讽刺她呢!她可是还不敢发脾气。她问了声:"她呢?""谁?桐芳啊?她和爸爸一清早就出去了,也许是看招弟去了吧?我听见爸爸说:去看新亲!"

大赤包的头低下去,两手紧紧的握成拳头,半天没说出话来。

高第往前凑了两步,有点害怕,又很勇敢的说:"妈!先前你教我敷衍李空山,你看他是好人吗?"

大赤包抬起头来,很冷静的问:"又怎样呢?"高第怕妈妈发怒,赶紧假笑了一下。"妈!自从日本人一进北平,我看你和爸爸的心意和办法就都不对!你看,全胡同的人有谁看得起咱们?谁不说咱们吃日本饭?据我瞧,李空山并不厉害,他是狗仗人势,借着日本人的势力才敢欺侮咱们。咱们吃了亏,也是因为咱们想从日本人手里得点好处。跟老虎讨交情的,早晚是喂了老虎!"

大赤包冷笑起来。声音并不高,而十分有劲儿的说:"呕!你想教训我,是不是?你先等一等!我的心对得起老天爷!我的操心受累全是为了你们这一群没有用的吃货!教训我?真透着奇怪!没有我,你们连狗屎也吃不上!"

高第的短鼻子上出了汗,两只手交插在一块来回的绞。"妈,你看祁瑞宣,他也养活着一大家子人,可是一点也不……"她舐了舐厚嘴唇,没敢把坏字眼说出来,怕妈妈更生气。"看人家李四爷,孙七,小崔,不是都还没饿死吗?咱们何必单那么着急,非巴结……不可呢?"

大赤包又笑了一声:"得啦,你别招我生气,行不行?行不行!你懂得什么?"

正在这个时节,晓荷,满脸的笑容,用小碎步儿跑进来。像蜂儿嗅准了一朵花似的,他一直奔了大赤包去。离她有两步远,他立住,先把笑意和殷勤放射到她的眼里,而后甜美的说:"所长!二姑娘回来了!"

晓荷刚说完,招弟就轻巧的,脸上似乎不知怎样表情才好,而又没有一点显然的惭愧或惧怕的神气,走进来。她的顶美的眼睛由高第看到妈妈,而后看了看房脊。她的眼很亮,可是并不完全镇定,浮动着一些随时可以变动的光儿。先轻快的咽了一点唾沫,她才勇敢的,微笑着,叫了一声"妈!"大赤包没出声。

桐芳也走进来,只看了高第一眼,便到自己的小屋里去。"姐!"招弟假装很活泼的过去拉住高第的手,而后咯咯的笑起来,连她自己也不知道笑的什么。

晓荷看看女儿,看看太太,脸上满布着慈祥与愉快,嘴中低声念道:"一切不成问题!都有办法!都有办法!""那个畜生呢?"大赤包问晓荷。

"畜生?"晓荷想了一下才明白过来:"一切都不成问题!所长,先洗洗脸去吧!"

招弟放开姐姐的手,仰着脸,三步并成两步的,跑进自己屋中去。

大赤包还没走到屋门口,高亦陀就也来到。有事没事的,他总是在十二点与下午六点左右,假若不能再早一点的话,来看朋友,好吃人家的饭。赶了两步,他搀着大赤包上台阶,倒好像她是七八十岁的人似的。

大赤包刚刚漱口,祁瑞丰也来到。刚一进屋门,他便向大家道喜。

道完喜,他发表了他的说与不说都没关系的意见:"这太好了!太好了!事情应当这样!应当这样!冠家李家的联姻,简直是划时代的一个,一个,"他想不出来到底应当说一个什么才对,而把话转到更实际一些的问题上去:"冠大哥!我们什么时候吃喜酒呢?这回你可非露一手儿不行呀!酒是酒,菜是菜,一点也不能含糊。我去邀大家,单说鲜花花篮,起码得弄四十对来!还有,咱们得教李科长约些个日本人来助威,因为这是划时代的一个,一个……"他还是想不出一个什么来,而觉得自己很文雅,会找字眼,虽然没有找到。

晓荷得到了灵感,板着脸,眼睛一眨一眨的,像是在想一句诗似的。"是的!是的!一定要请日本朋友们,这是表示中日亲善的好机会!我看哪,"他的眼忽然一亮,像猫子忽然看到老鼠那样,"干脆请日本人给证婚,岂不更漂亮?"瑞丰连连的点头:"难得大哥你想的出,那简直是空前之举!"

晓荷笑了:"的确是空前!我冠某办事,当然得有两手惊人的!"

"嫁妆呢?"瑞丰靠近了晓荷,极亲密的说:"是不是教菊子来住在这儿,好多帮点忙?"

"到时候,我一定去请她来,咱们这样的交情,我决不闹客气!先谢谢你呀!"晓荷说完,轻巧的一转身,正看见蓝东阳进来。他赶紧迎过去:"怎么!消息会传得这么快呢?"东阳自从升了官,架子一天比一天大。他的架子,不过,可不是趾高气扬的那一种,而是把骨骼放松,仿佛随时都可以被风吹散。他懒得走,懒得动,屁股老像在找凳子;及至坐下,他就像瘫在了那里,不愿再起来。偶尔的要走几步路,他的身子就很像刚学迈步的小儿,东倒一下,西倒一下的乱摆。他的脸上可不这么松懈,眼睛老是左右开弓的扯动,牙老咬着,表示自己虽然升了官,而仍然有无限的恨意——恨自己没有一步跳到最高处去,恨天下有那么多的官儿,而不能由他全兼任过来。越恨,他就越觉得自己重要,所以他的嘴能不漱就不漱，能不张开就不张开，表示出不屑于与凡人交谈，而口中的臭气仿佛也很珍贵，不轻于吐出一口来。

他没回答晓荷的质问，而一直扑奔了沙发去，把自己扔在上面。对瑞丰，他根本没理会。他恨瑞丰，因为瑞丰没有给他运动上中学校长。

在沙发上，扯动了半天他的眼睛，他忽然开了口："是真的？"

"什么是真的？"晓荷笑着问。晓荷是一向注意彼此间的礼貌的，可是他并不因此而讨厌东阳的没规矩。凡是能作官的，在他看，就都可钦佩；所以，即使东阳是条驴，他也得笑脸相迎。

"招弟！"东阳从黄牙板中挤出这两个字。

"那还能是假的吗，我的老弟台！"晓荷哈哈的笑起来。

东阳不再出声，用力的啃手指甲。他恨李空山能得到美丽的招弟，而他自己落了空。他想起一共给招弟买过多少回花生米，哼，那些爱的投资会居然打了"水漂儿"！他的大指的指甲上出了血，他的脸紧缩得像个小干核桃。恨，给了他灵感，他脑中很快的构成了一首诗："死去吧，你！

白吃了我的花生米，

狗养的！"

诗作成，他默念了两三遍，以便记牢，好写下来寄到报社去。

有了诗，也就是多少有了点稿费，他心中痛快了一点。他忽然的立起来，一声没出的走出去。

"吃了饭再走啊！"晓荷追着喊。

东阳连头也没回。

"这家伙是怎回事？"瑞丰有点怕东阳，直等东阳走出去才开口。

"他？"晓荷微笑着，好像是了解一切人的性格似的说："要人都得有点怪脾气！"

好事不出门，坏事行千里。不大的工夫，冠家的丑事就传遍了全胡同。对这事，祁老人首先向韵梅发表了意见："小顺儿的妈，你看怎样，应了我的话没有？小三儿，原先，时常跟她套交情，要不是我横拦着，哼，把她弄到家来，那比二媳妇还要更糟！什么话呢，不听老人言，祸事在眼前，一点也不错！"老人非常自傲这点先见之明，说完了，一劲儿的梳弄胡子，好像是表示胡子便代表智慧与远见。小顺儿的妈却另有见解："其实，老爷子你倒不必操那个心。不管老三当初怎么往前伸腿，他也不会把她弄到手。她们一家子都是势利眼！"

老人听出韵梅的话中有些真理，可是为了维持自己的尊严，不便完全同意，于是只轻描淡写的叹了口气。

小顺儿的妈把自己的意见又向丈夫提出，瑞宣只微微的一皱眉，不愿意说什么。假若他愿开口的话，他必告诉她："这并不只是冠家的羞耻，而是我们大家出了丑，因为冠家的人是活在我们中间的——我们中间为什么会有这样的人呢？假若你要只承认冠家的存在是一种事实，你便也承认了日本人的侵略我们是不可避免的，因为臭肉才会招来苍蝇！反之，你若能看清冠家的存在是我们的一个污点，你才会晓得我们要反抗日本，也要扫除我们内部的污浊。公民们有合理的生活，才会有健康的文化，才会打退侵略者。"他可是没有开口，一来因为怕太太不了解，二来他觉得自己的生活恐怕也不尽合理，要不然他为什么不去参加抗战的工作，而只苟延残喘的在日本旗子下活着呢？

胡同中最热心给冠家作宣传的是小崔，孙七，与长顺。小崔和大赤包有点私仇，所以他不肯轻易放掉这个以宣传为报复的机会。他不像瑞宣那样会思索，而只从事情的表面上取得他的意见："好吧，你往家里招窑姐儿，你教人家作暗门子，你的女儿也就会偷人！老天爷有眼睛！"

孙七虽然同意小崔的意见，可是他另有注重之点："告诉你，小崔，这是活报应！你苟着日本人，得了官儿，弄了钱，哼，你的女儿走桃花运！你看着，小崔，凡是给日本人作事，狐假虎威的人，早晚都得遭报！"

长顺对男女的关系还弄不十分清楚，因此他才更注意这件事。他很想把故事中的细节目都打听明白，以便作为反对冠家的资料，一方面也增长些知识。他刨根问底的向小崔与孙七探问，他们都不能满足他。他甚至于问李四大妈，李四大妈似乎还不知道这件事，而郑重的嘱咐他："年轻轻的，可别给人家造谣言哪！那么俊秀的姑娘，能作出么不体面的事？不会！就是真有这么回事，咱们的嘴上也得留点德哟！"

李四大妈嘱咐完了，还不放心，偷偷的把事情告诉了长顺的外婆。两位老太婆对于冠家几乎没有任何的批判，而只觉得长顺这个小人儿太"精"了。外婆给了长顺警告。长顺儿表面上不敢反抗外婆，而暗中更加紧的去探问，并且有枝添叶的作宣传。

李四爷听到了这件事，而不肯发表任何意见。他的一对老眼睛看过的事情，好的歹的，善的恶的，太多了；他不便为一件特殊的事显出大惊小怪。在他的经验中，他看见过许多次人世上的动乱，在这些动乱里，好人坏人都一样的被一个无形的大剪子剪掉，或碰巧躲开剪刀，而留下一条命。因此，他知道性命的脆弱，与善恶的不十分分明。在这种情形下，他只求凭着自己的劳力去挣钱吃饭，使心中平安。同时，在可能的范围中，他要作些与别人有益的事，以便死后心中还是平安的。他不为好人遭了恶报而灰心，也不为歹人得了好处而改节。他的老眼睛老盯着一点很远很远的光，那点光会教他死后心里平安。他是地道的中国人，仿佛已经活了几千年或几万年，而还要再活几千年或几万年。他永远吃苦，有时候也作奴隶。忍耐是他最高的智慧，和平是他最有用的武器。他很少批评什么，选择什么，而又无时不在默默的批评，默默的选择。他可以丧掉生命，而永远不放手那点远处的光。

他知道他会永生，绝不为一点什么波动而大惊小怪。有人问李四爷："冠家是怎回事？"他只笑一笑，不说什么。他好像知道冠家，汉奸们，和日本人，都会灭亡，而他自己永远活着。

只有丁约翰不喜欢听大家的意见。说真的，他并不以为招弟的举动完全合理，可是为表示他是属于英国府的，他不能随便的人云亦云的乱说。他仍旧到冠家去，而且送去点礼物。他觉得只有上帝才能裁判他，别人是不应干涉他，批评他的。

"舆论"开始由孙七给带到附近的各铺户去，由小崔带到各条街上去。每逢大赤包或招弟出来，人们的眼睛都射出一点好像看见一对外国男女在街上接吻那样的既稀奇又怪不好过的光来。在她们的背后，有许多手指轻轻的戳点。

大赤包和招弟感觉到了那些眼光与手指，而更加多了出来的次数。大赤包打扮得更红艳，把头扬得高高的，向"舆论"挑战。招弟也打扮得更漂亮，小脸儿上增加了光彩与勇敢，有说有笑的随着妈妈游行。

晓荷呢，天天总要上街。出去的时候，他走得相当的快，仿佛要去办一件要事。回来，他手中总拿着一点东西，走得很慢；遇到熟人，他先轻叹一声，像是很疲倦的样子，而后报告给人们："唉！为父母的对儿女，可真不容易！只好'尽心焉而已'吧！"

四十五

陈野求找不到姐丈钱默吟,所以他就特别的注意钱先生的孙子——钱少奶奶真的生了个男娃娃。自从钱少奶奶将要生产,野求就给买了催生的东西,亲自送到金家去。他晓得金三爷看不起他,所以要转一转面子。在他的姐姐与外甥死去的时候,他的生活正极其困苦,拿不出一个钱来。现在,他是生活已大见改善,他决定教金三爷看看,他并不是不通人情的人。再说,钱少奶奶住在娘家,若没有钱家这面的亲戚来看看她,她必定感到难过,所以他愿以舅公的资格给她点安慰与温暖。小孩的三天十二天与满月,他都抓着工夫跑来,带着礼物与他的热情。他永远不能忘记钱姐丈,无论姐丈怎样的骂过他,甚至和他绝交。可是,他随时随地的留神,也找不着姐丈,他只好把他的心在这个小遗腹子身上表现出来。他知道姐丈若是看见孙子,应当怎样的快乐;钱家已经差不多是同归于尽,而现在又有了接续香烟的男娃娃。那么,钱姐丈既然没看到孙子,他——野求——就该代表姐丈来表示快乐。

还有,自从他给伪政府作事,他已经没有了朋友。在从前,他的朋友多数是学术界的人。现在,那些人有的已经逃出北平,有的虽然仍在北平,可是隐姓埋名的闭户读书,不肯附逆。有的和他一样,为了家庭的累赘,无法出来挣钱吃饭。对于那不肯附逆的,他没脸再去访见,就是在街上偶然的遇到,他也低下头去,不敢打招呼。对那与他一样软弱的老友,大家也断绝了往来,因为见了面彼此难堪。自然,他有了新的同事。可是同事未必能成为朋友。再说,新的同事们里面,最好的也不过是像他自己的这路人——虽然心中晓得是非善恶,而以小不忍乱了大谋,自动的涂上了三花脸。其余的那些人，有的是浑水摸鱼，乘机会弄个资格；他们没有品行，没有学识，在国家太平的时候，永远没有希望得到什么优越的地位；现在，他们专凭钻营与无耻，从日本人或大汉奸的手里得到了意外的腾达。有的是已经作了一二十年的小官儿，现在拼命的挣扎，以期保持住原来的地位，假若不能高升一步的话；除了作小官儿，他们什么也不会，"官"便是他们的生命，从谁手中得官，他们便无暇考虑，也不便考虑。这些人们一天到晚谈的是"路线"，关系，与酬应。野求看不起他们，没法子和他们成为朋友。他非常的寂寞。同时，他又想到乌鸦都是黑的，他既与乌鸦同群，还有什么资格看不起他们呢？他又非常的惭愧。

好吧，即使老友都断绝了关系，新朋友又交不来，他到底还有个既是亲又是友的钱默吟啊。可是，默吟和他绝了交！北平城是多么大，有多少人啊，他却只剩下了个病包儿似的太太，与八个孩子，而没有一个朋友！寂寞也是一种监狱！

他常常想起小羊圈一号来。院子里有那么多的花，屋中是那么安静宽阔，没有什么精心的布置，而显出雅洁。那里的人是默吟与孟石，他们有的是茶，酒，书，画，虽然也许没有隔宿的粮米。在那里谈半天话是多么快活的事，差不多等于给心灵洗了个热水浴，使灵魂多出一点痛快的汗珠呀。可是，北平亡了，小羊圈一号已住上了日本人。日本人享受着那满院的花草，而消灭了孟石，仲石，与他的胞姐。凭这一点，他也不该去从日本人手中讨饭吃吧？

他吃上了鸦片，用麻醉剂抵消寂寞与羞惭。

为了吃烟，他须有更多的收入。好吧，兼事，兼事！他有真本事，那些只会浑水摸鱼的人，摸到了鱼而不晓得怎样作一件像样的公文，他们需要一半个象野求这样的人。他们找他来，他愿意多帮忙。在这种时节，他居然有一点得意，而对自己说："什么安贫乐道啊，我也得过且过的瞎混吧！"为了一小会儿的高兴，人会忘了他的灵魂。

可是，不久他便低下头去，高兴变成了愧悔。在星期天，他既无事可作，又无朋友可访，他便想起他的正气与灵魂。假若孩子们吵得厉害，他便扔给他们一把零钱，大声的嚷着："都滚！滚！死在外边也好！"孩子出去以后，他便躺在床上，向烟灯发楞。不久，他便后悔了那样对待孩子们，自己嘀咕着："还不是为了他们，我才……唉！失了节是八面不讨好的！"于是，他就那么躺一整天。他吸烟，他打盹儿，他作梦，他对自己叨唠，他发楞。但是，无论怎着，他救不了自己的灵魂！他的床，他的卧室，他的办公室，他的北平，都是他的地狱！

钱少奶奶生了娃娃，野求开始觉得心里镇定了一些。他自己已经有八个孩子，他并不怎么稀罕娃娃。但是，钱家这个娃娃仿佛与众不同——他是默吟的孙子。假若"默吟"两个字永远用红笔写在他的心上，这个娃娃也应如此。假若他丢掉了默吟，他却得到了一个小朋友——默吟的孙子。假若默吟是诗人，画家，与义士，这个小娃娃便一定不凡，值得敬爱，就像人们尊敬孔圣人的后裔似的。钱少奶奶本不过是个平庸的女人，可是自从生了这个娃娃，野求每一见到她，便想起圣母像来。

附带使他高兴的，是金三爷给外孙办了三天与满月，办得很像样子。在野求者，金三爷这样肯为外孙子花钱，一定也是心中在思念钱默吟。那么，金三爷既也是默吟的崇拜者，野求就必须和他成为朋友。友情的结合往往是基于一件偶然的事情与遭遇的。况且，在他到金家去过一二次之后，他发现了金三爷并没有看不起他的表示。这也许是因为金三爷健忘，已经不记得孟石死去时的事了，或者也许是因为野求现在身上已穿得整整齐齐，而且带来礼物？不管怎样吧，野求的心中安稳了。他决定与金三爷成为朋友。

金三爷是爱面子的。不错，他很喜欢这个外孙子。但是，假若这个外孙的祖父不是钱默吟，他或者不会花许多钱给外孙办三天与满月的。有这一点曲折在里面，他就渴望在办事的时候，钱亲家公能够自天而降，看看他是怎样的义气与慷慨。他可以拉住亲家公的手说:"你看,你把媳妇和孙子托给了我,我可没委屈了他们!你我是真朋友,你的孙子也就是我的孙子!"可是,钱亲家公没能自天而降的忽然来到。他的话没有说出的机会。于是,求其次者,他想能有一个知道默吟所遭受的苦难的人,来看一看,也好替他证明他是怎样的没有忘记了朋友的嘱托。野求来得正好,野求知道钱家的一切。金三爷,于是,忘了野求从前的没出息,而把腹中藏着的话说给了野求。野求本来能说会道,乘机会夸赞了金三爷几句,金三爷的红脸上发了光。乘着点酒意,他坦白的告诉了野求:"我从前看不起你,现在我看你并不坏!"这样,他们成了朋友。

假若金三爷能这样容易的原谅了野求,那就很不难想到,他也会很容易原谅了日本人的。他,除了对于房产的买与卖,没有什么富裕的知识。对于处世作人,他不大知道其中的绝对的是与非,而只凭感情去瞎碰。谁是他的朋友,谁就"是";谁不是他朋友,谁就"非"。一旦他为朋友动了感情,他敢去和任何人交战。他帮助钱亲家去打大赤包与冠晓荷,便是个好例子。同样的,钱亲家是被日本人毒打过,所以他也恨日本人,假若钱默吟能老和他在一块儿,他大概就会永远恨日本人,说不定他也许会杀一两个日本人,而成为一个义士。不幸,钱先生离开了他。他的心又跳得平稳了。不错,他还时常的想念钱亲家,但是不便因想念亲家而也必须想起冠晓荷与日本人。他没有那个义务。到时候,他经女儿的提醒,他给亲家母与女婿烧化纸钱,或因往东城外去而顺脚儿看看女婿的坟。这些,他觉得已经够对得起钱家的了,不能再画蛇添足的作些什么特别的事。况且,近来他的生意很好啊。

假若一个最美的女郎往往遭遇到最大的不幸,一个最有名的城也每每受到最大的污辱。自从日本人攻陷了南京,北平的地位就更往下落了许多。明眼的人已经看出:日本本土假若是天字第一号,朝鲜便是第二号,满洲第三,蒙古第四,南京第五——可怜的北平,落到了第六!尽管汉奸们拼命的抓住北平，想教北平至少和南京有同样的分量，可是南京却好歹的有个"政府"，而北平则始终是华北日军司令的附属物。北平的"政府"非但不能向"全国"发号施令，就是它权限应达到的地方，象河北，河南，山东，山西，也都跟它貌合心离，因为济南，太原，开封，都各有一个日军司令。每一个司令是一个军阀。华北恢复了北伐以前的情形，所不同者，昔日是张宗昌们割据称王，现在代以日本军人。华北没有"政治"，只有军事占领。北平的"政府"是个小玩艺儿。因此，日本人在别处打了胜仗，北平本身与北平的四围，便更遭殃。日本在前线的军队既又建了功，北平的驻遣军司令必然的也要在"后方"发发威。反之，日本人若在别处打了败仗，北平与它的四围也还要遭殃，因为驻遣军司令要向已拴住了的狗再砍几刀，好遮遮前线失利的丑。总之，日本军阀若不教他自己的兵多死几个，若不教已投降的顺民时时尝到枪弹，他便活不下去。杀人是他的"天职"。

因此，北平的房不够用的了。一方面，日本人像蜂儿搬家似的，一群群的向北平来"采蜜"。另一方面，日本军队在北平四围的屠杀，教乡民们无法不放弃了家与田园，到北平城里来避难。到了北平城里是否就能活命，他们不知道。可是，他们准知道他们的家乡有多少多少小村小镇是被敌人烧平屠光了的。

这，可就忙了金三爷。北平的任何生意都没有起色，而只兴旺了金三爷这一行，与沿街打小鼓收买旧货的。在从前的北平，"住"是不成问题的。北平的人多，房子也多。特别是在北伐成功，政府迁到南京以后，北平几乎房多于人了。多少多少机关都搬到南京去，随着机关走的不止是官吏与工友，而且有他们的家眷。象度量衡局，印铸局等等的机关，在官吏而外，还要带走许多的技师与工人。同时，象前三门外的各省会馆向来是住满了人——上"京"候差，或找事的闲人。政府南迁，北平成了文化区，这些闲人若仍在会馆里傻等着，便是没有常识。他们都上了南京，去等候着差事与面包。同时，那些昔日的军阀，官僚，政客们，能往南去的，当然去到上海或苏州，以便接近南京，便于活动；就是那些不便南下的，也要到天津去住；在他们看，只有个市政府与许多男女学生的北平等于空城。这样，有人若肯一月出三四十元，便能租到一所带花园的深宅大院，而在大杂院里，三四十个铜板就是一间屋子的租金，连三等巡警与洋车夫们都不愁没有地方去住。

现在，房子忽然成了每一个人都须注意的问题。租房住的人忽然得到通知——请另找房吧！那所房也许是全部的租给了日本人，也许是因为日本人要来租赁而房主决定把它出卖。假若与日本人无关，那就必定是房主的亲戚或朋友由乡下逃来，非找个住处不可。这样一来，租房住的不免人人自危，而有房子的也并不安定——只要院中有间房，那怕是一两间呢，亲戚朋友仿佛就都注意到，不管你有没有出租的意思。亲友而外，还有金三爷这批人呢。他们的眼仿佛会隔着院墙看清楚院子里有无空闲的屋子。一经他们看到空着的屋子，他们的本事几乎和新闻记者差不多，无论你把大门关得怎样严紧，他们也会闯进来的。同时，有些积蓄的人，既不信任伪币，又无处去投资，于是就赶紧抓住了这个机会——买房！房，房，房！到处人们都谈房，找房，买房，或卖房。房成了问题，成了唯一有价值的财产，成了日本人给北平带来的不幸！

显然的，日本人的小脑子里并没有考虑过这个问题，而只知道他们是战胜者，理当像一群开了屏的孔雀似的昂步走进北平来。假若他们晓得北平人是怎样看不起东洋孔雀，而躲开北平，北平人就会假装作为不知道似的，而忘掉了日本的侵略。可是，日本人只晓得胜利，而且要将胜利像徽章似的挂在胸前。他们成群的来到北平，而后分开，散住在各胡同里。只要一条胡同里有了一两家日本人，中日的仇恨，在这条胡同里便要多延长几十年。北平人准知道这些分散在各胡同里的日本人是侦探，不管他们表面上是商人还是教师。北平人的恨恶日本人像猫与狗的那样的相仇，不出于一时一事的抵触与冲突,而几乎是本能的不能相容。即使那些日本邻居并不作侦探,而是天字第一号的好人,北平人也还是讨厌他们。一个日本人无论是在哪个场合,都会使五百个北平人头疼。北平人所有的一切客气,规矩,从容,大方,风雅,一见到日本人便立刻一干二净。北平人不喜欢笨狗与哈巴狗串秧儿的"板凳狗"——一种既不像笨狗那么壮实,又不像哈巴狗那么灵巧的,撅嘴,罗圈腿,姥姥不疼舅舅不爱的矮狗。他们看日本人就像这种板凳狗。他们也感到每个日本人都像个"孤哀子"。板凳狗与孤哀子的联结,实在使北平人不能消化!北平人向来不排外,但是他们没法接纳板凳狗与孤哀子。这是日本人自己的过错,因为他们讨厌而不自觉。他们以为自己是"最"字的民族,这就是说:他们的来历最大,聪明最高,模样最美,生活最合理……他们的一切都有个"最"字,所以他们最应霸占北平,中国,亚洲,与全世界!假若他们屠杀北平人,北平人也许感到一点痛快。不,他们没有洗城,而要来与北平人作邻居;这使北平人头疼,恶心,烦闷,以至于盼望有朝一日把孤哀子都赶尽杀绝。

日本人不拦阻城外的人往城内迁移,或者是因为他们想借此可以增多城内繁荣的气象。日本人的作风永远是一面敲诈,一面要法律;一面烧杀,一面要繁荣。可是,虚伪永远使他们自己显露了原形。他们要繁荣北平,而北平人却因城外人的迁入得到一些各处被烧杀的真消息。每一个逃难的永远是独立的一张小新闻纸,给人们带来最正确的报道。大家在忙着租房,找房,匀房,卖房之际,附带着也听到了日本人的横行霸道,而也就更恨日本人。

金三爷的心里可没理会这些拐弯抹角儿。他是一个心孔的人,看到了生意,他就作生意,顾不得想别的。及至生意越来越多,他不但忘了什么国家大事,而且甚至于忘了他自己。他仿佛忽然落在了生意网里,左顾右盼全是生意。他的红脸亮得好像安上了电灯。他算计,他跑路,他交涉,他假装着急,而狠心的不放价码。他的心像上紧了的钟弦,非走足了一天不能松散。有时候，摸一摸，他的荷包中已没了叶子烟，也顾不得去买。有时候，太阳已偏到西边去，他还没吃午饭。他忘了自己。生意是生意，少吃一顿饭算什么呢，他的身体壮，能够受得住。到晚间，回到家中，他才觉出点疲乏，赶紧划搂三大碗饭，而后含笑的吸一袋烟，烟袋还没离嘴，他已打上了盹；倒在床上，登时鼾声像拉风箱似的，震动得屋檐中的家雀都患了失眠。

偶然有半天闲暇，他才想起日本人来，而日本人的模样，在他心中，已经改变了许多。他的脑子里只有几个黑点，把两点或三点接成一条线，便是他的思想。这样简单的画了两三次线条，他告诉自己："日本人总算还不错，他们给我不少的生意！日本人自己不是也得租房买房么？他们也找过我呀！朋友！大家都是朋友，你占住北平，我还作生意，各不相扰，就不坏！"

拧上一锅子烟，他又细想了一遍，刚才的话一点破绽也没有。于是他想到了将来："照这么下去，我也可以买房了。已经快六十了，买下它那么两三所小房，吃房租，房租越来越高呀！那就很够咱一天吃两顿白面的了。白面有了办法，谁还干这种营生？也该拉着外孙子，溜溜街呀，坐坐茶馆吧！"

一个人有了老年的办法才算真有了办法。金三爷看准了自己的面前有了两三所可以出白面的房子，他的老年有了办法！他没法不钦佩自己。

且不要说将来吧，现在他的身份已经抬高了许多呀。以前，他给人家介绍房子，他看得出无论是买方还是卖方，都拿他当作一根火柴似的，用完了便丢在地上。他们看他不过比伸手白要钱的乞丐略高一点。现在可不同了，因为房屋的难找，他已变成相当重要的人。他扭头一走，人们便得赶紧拉回他来，向他说一大片好话。他得到"佣钱"，而且也得到了尊严。这又得归功于日本人。日本人若是不占据着北平，哪会有这种事呢？好啦，他决定不再恨日本人，大丈夫应当恩怨分明。

小孩儿长得很好，不十分胖而处处都结实。金三爷说小孩子的鼻眼像妈妈，而妈妈一定以为不但鼻眼，连头发与耳朵都像孟石。自从一生下来到如今，（小孩已经半岁了）这个争执还没能解决。

　　另一不能解决的事是小孩的名字。钱少奶奶坚决的主张，等着祖父来给起名字，而金三爷以为马上应当有个乳名，等钱先生来再起学名。乳名应当叫什么呢？父女的意见又不能一致。金三爷一高兴便叫"小狗子"或"小牛儿"，钱少奶奶不喜欢这些动物。她自己逗弄孩子的时候，一会儿叫"大胖胖"，一会儿叫"臭东西"，又遭受金三爷的反对："他并不胖，也不臭！"意见既不一致，定名就非常的困难，久而久之，金三爷就直截了当的喊"孙子"，而钱少奶奶叫"儿子"。于是，小孩子一听到"孙子"，或"儿子"，便都张着小嘴傻笑。这可就为难了别人，别人不便也喊这个小人儿孙子或儿子。

　　为了这点不算很大，而相当困难的问题，金家父女都切盼钱先生能够赶快回来，好给小孩一个固定不移的名字。可是，钱先生始终不来。

　　野求非常喜欢这个无名的孩子——既是默吟的孙子，又是他与金三爷成为朋友的媒介。只要有工夫，他总要来看一眼。他准知道娃娃还不会吃东西，拿玩具，但是他不肯空着手来。每来一次，他必须带来一些水果或花红柳绿的小车儿小鼓儿什么的。

　　"野求！"金三爷看不过去了："他不会吃，不会耍，干吗糟塌钱呢？下次别这么着了！"

　　"小意思！小意思！"野求仿佛道歉似的说："钱家只有这么一条根！"在他心里，他是在想："我丢失了他的祖父，（我的最好的朋友！）不能再丢失了这个小朋友。小朋友长大，他会，我希望，亲热的叫舅爷爷，而不叫我别的难听的名字！"

　　这一天，天已经黑了好久，野求拿着一大包点心到蒋养房来。从很远，他就伸着细脖子往金家院子看，看还有灯光没有；他知道金三爷和钱少奶奶都睡得相当的早。他希望他们还没有睡，好把那包点心交出去。他不愿带回家去给自己的孩子吃，因为他看不起自己的孩子——爸爸没出息，还有什么好儿女呢！再说，若不是八个孩子死扯着他，他想他一定不会这样的没出息。没有家庭之累，他一定会逃出北平，作些有人味的事。虽然孩子们并没有罪过，他可是因为自己的难过与惭愧，不能不轻看他们。反之，他看默吟的孙子不仅是个孩子，而是一个什么的象征。这孩子的祖父是默吟，他的祖母，父亲，叔父已都殉了国，他是英雄们的后裔，他代表着将来的光明——祖辈与父辈的牺牲，能教子孙昂头立在地球上，作个有幸福有自由的国民！他自己是完了，他的儿女也许因为他自己的没出息而也不成材料；只有这里，金三爷的屋子里，有一颗民族的明珠！

再走近几步，他的心凉了，金家已没有了灯光！他立住，跟自己说："来迟了，吃鸦片的人没有时间观念，该死！"

他又往前走了两步，他不肯轻易打回头。他可又没有去敲门的决心，为看看孩子而惊动金家的人，他觉得有点不大好意思。

离金家的街门只有五六步了，他看见一个人原在门垛子旁边立着，忽然的走开，向和他相反的方向走，走得很慢。

野求并没看清那是谁，但是像猫"感到"附近有老鼠似的，他浑身的感觉都帮助他，促迫他，相信那一定是钱默吟。他赶上前去。前面的黑影也走得快了，可是一拐一拐的，不能由走改为跑。野求开始跑。只跑了几步，他赶上了前面的人。他的泪与声音一齐放出来："默吟！"

钱先生低下头去，腿虽不方便，而仍用力加快的走。野求像喝醉了似的，不管别人怎样，而只顾自己要落泪，要说话，要行动。一下子，他把那包点心扔在地上，顺手就扯住了姐丈。满脸是泪的，他抽搭着叫："默吟！默吟！什么地方都找到，现在我才看见了你！"

钱先生收住脚步，慢慢的走；快走给他苦痛。他依旧低着头，一声不出。

野求又加上了一只手，扯住姐丈的胳膊。"默吟，你就这么狠心吗？我知道，我承认，我是软弱无能的混蛋！我只求你跟我说一句话，是，哪怕只是一句话呢！对！默吟，跟我说一句！不要这样低着头，你瞪我一眼也是好的呀！"钱先生依然低着头，一语不发。

这时候，他们走近一盏街灯。野求低下身去，一面央求，一面希望看到姐丈的脸。他看见了：姐丈的脸很黑很瘦，胡子乱七八糟的遮住嘴，鼻子的两旁也有两行泪道子。"默吟！你再不说话，我可就跪在当街了！"野求苦苦的央告。

钱先生叹了一口气。

"姐丈！你是不是也来看那个娃娃的？"

默吟走得更慢了，低着头，用手背抹去脸上的泪。"嗯！"

听到姐丈这一声嗯，野求像个小儿似的，带着泪笑了。"姐丈！那是个好孩子，长得又俊又结实！"

"我还没看见过他！"默吟低声的说。"我只听到了他的声音。天天，我约摸着金三爷就寝了，才敢在门外站一会儿。听到娃娃的哭声，我就满意了。等他哭完，睡去，我抬头看看房上的星；我祷告那些星保佑着我的孙子！在危难中，人容易迷信！"

野求像受了催眠似的，抬头看了看天上的星。他不知道再说什么好。默吟也不再出声。

默默的，他们已快走到蒋养房的西口。野求还紧紧的拉着姐丈的臂。默吟忽然站住了，夺出胳臂来。两个人打了对脸。野求看见了默吟的眼，两只和秋星一样亮的眼。他颤抖了一下。在他的记忆里，姐丈的眼永远是慈祥与温暖的泉源。现在，姐丈的眼发着钢铁的光，极亮，极冷，怪可怕。默吟只看了舅爷那么一眼，然后把头转开："你该往东去吧？"

"我——"野求舐了舐嘴唇。"你住在哪儿呢？""有块不碍事的地我就可以睡觉！"

"咱们就这么分了手吗?"

"嗯——等国土都收复了,咱们天天可以在一块儿!""姐丈!你原谅了我?"

默吟微微的摇了摇头:"不能!你和日本人,永远得不到我的原谅!"

野求的贫血的脸忽然发了热:"你诅咒我好了!只要你肯当面诅咒我,就是我的幸福!"

默吟没回答什么,而慢慢的往前迈步。

野求又扯住了姐丈。"默吟!我还有多少多少话要跟你谈呢!"

"我现在不喜欢闲谈!"

野求的眼珠定住。他的心中像煮沸的一锅水那么乱。随便的他提出个意见:"为什么咱们不去看看那个娃娃呢?也好教金三爷喜欢喜欢哪!"

"他,他和你一样的使我失望!我不愿意看到他。教他干他的吧,教他给我看着那个娃娃吧!假若我有办法,我连看娃娃的责任都不托给他!我极愿意看看我的孙子,但是我应当先给孙子打扫干净了一块土地,好教他自由的活着!祖父死了,孙子或者才能活!反之,祖父与孙子都是亡国奴,那,那,"默吟先生笑了一下。他笑得很美。"家去吧,咱们有缘就再见吧!"

野求木在了那里。不错眼珠的,他看着姐丈往前走。那个一拐一拐的黑影确是他的姐丈,又不大像他的姐丈;那是一个永远不说一句粗话的诗人,又是一个自动的上十字架的战士。黑影儿出了胡同口,野求想追上去,可是他的腿酸得要命。低下头,他长叹了一声。

野求没有得到姐丈的原谅,心中非常的难过。他佩服默吟。因为佩服默吟,他才觉得默吟有裁判他的权威。得不到姐丈的原谅,在他看,就等于脸上刺了字——他是汉奸!他用手摸了摸自己的瘦脸,只摸到一点湿冷的泪。

他开始打回头,往东走。又走到金家门口,他不期然而然的停住了脚步。小孩子哭呢。他想象着姐丈大概就是这样的立在门外,听着小孩儿啼哭。他赶紧又走开,那是多么惨哪!祖父不敢进去看自己的孙子,而只立在门外听一听哭声!他的眼中又湿了。

走了几步,他改了念头。他到底看见了姐丈。不管姐丈原谅他与否,到底这是件可喜的事。这回姐丈虽没有宽恕他,可是已经跟他说了话;那么,假若再遇上姐丈,他想,他也许就可以得到谅够了,姐丈原本是最慈善和蔼的人哪!想到这里,他马上决定去看看瑞宣。他必须把看到了默吟这个好消息告诉给瑞宣,好教瑞宣也喜欢喜欢。他的腿不酸了,他加快了脚步。

瑞宣已经躺下了,可是还没入睡。听见敲门的声音,他吓了一跳。这几天,因为武汉的陷落,日本人到处捉人。前线的胜利使住在北方的敌人想紧紧抓住华北,永远不放手。华北,虽然到处有汉奸,可是汉奸并没能替他们的主子得到民心。连北平城里还有像钱先生那样的人;城外呢,离城三四十里就还有用简单的武器,与最大的决心的,与敌人死拼的武装战士。日本人必须肃清这些不肯屈膝的人们,而美其名叫作"强化治安"。即使他们拿不到真正的"匪徒",他们也要捉一些无辜的人,去尽受刑与被杀的义务。他们捕人的时间已改在夜里。像猫头鹰捕麻雀那样,东洋的英雄们是喜欢偷偷摸摸的干事的。瑞宣吓了一跳。他晓得自己有罪——给英国人作事便是罪过。急忙穿上衣服,他轻轻的走出来。他算计好,即使真是敌人来捕他,他也不便藏躲。去给英国人作事并不足以使他有恃无恐,他也不愿那么狗仗人势的有恃无恐。该他入狱,他不便躲避。对祖父,与一家子人,他已尽到了委屈求全的忍耐与心计,等到该他受刑了,他不便皱上眉。他早已盘算好,他既不能正面的赴汤蹈火的去救国,至少他也不该太怕敌人的刀斧与皮鞭。

院里很黑。走到影壁那溜儿,他问了声:"谁?""我!野求!"

瑞宣开开了门。三号的门灯立刻把光儿射进来。三号院里还有笑声。是的,他心里很快的想到:三号的人们的无耻大概是这时代最好的护照吧？还没等他想清楚，野求已迈进门坎来。

"哟！你已经睡了吧？真！吸烟的人没有时间观念！对不起，我惊动了你！"野求擦了擦脸上的凉汗。

"没关系！"瑞宣淡淡的一笑，随手又系上个纽扣。"进来吧！"

野求犹豫了一下。"太晚了吧？"可是，他已开始往院里走。他喜欢和朋友闲谈，一得到闲谈的机会，他便把别的都忘了。

瑞宣开开堂屋的锁。

野求开门见山的说出来："我看见了默吟！"

瑞宣的心里忽然一亮，亮光射出来，从眼睛里慢慢的分散在脸上。"看见他了？"他笑着问。

野求一气把遇到姐丈的经过说完。他只是述说，没有加上一点自己的意见。他仿佛是故意的这样办，好教瑞宣自己去判断；他以为瑞宣的聪明足够看清楚：野求虽然没出息，得不到姐丈的原谅，可是他还真心真意的佩服默吟，关切默吟，而且半夜里把消息带给瑞宣。

瑞宣并没表示什么。这时候，他顾不得替野求想什么，而只一心一意的想看到钱先生。

"明天，"他马上打定了主意，"明天晚上八点半钟，咱们在金家门口见！"

"明天？"野求转了转眼珠："恐怕他未必……"

以瑞宣的聪明，当然也会想到钱先生既不喜欢见金三爷与野求，明天——或者永远——他多半不会再到那里去。可是，他是那么急切的愿意看看诗人，他似乎改了常态："不管！不管！反正我必去！"

第二天，他与野求在金家门外等了一晚上，钱先生没有来。

"瑞宣！"野求哭丧着脸说："我就是不幸的化身！我又把默吟来听孙子的哭声这点权利给剥夺了！人别走错一步！一步错，步步错！"

瑞宣没说什么，只看了看天上的星。

四十六

瑞宣想错了,日本人捕人并不敲门,而是在天快亮的时候,由墙外跳进来。在大处,日本人没有独创的哲学,文艺,音乐,图画,与科学,所以也就没有远见与高深的思想。在小事情上,他们却心细如发,捉老鼠也用捉大象的力量与心计。小事情与小算盘作得周到详密,使他们像猴子拿虱子似的,拿到一个便满心欢喜。因此,他们忘了大事,没有理想,而一天到晚苦心焦虑的捉虱子。在瑞宣去看而没有看到钱先生的第三天,他们来捕瑞宣。他们捕人的方法已和捕钱先生的时候大不相同了。

瑞宣没有任何罪过,可是日本人要捉他。捉他,本是最容易的事。他们只须派一名宪兵或巡警来就够了。可是,他们必须小题大作,好表示出他们的聪明与认真。约摸是在早上四点钟左右吧,一辆大卡车停在了小羊圈的口外,车上有十来个人,有的穿制服,有的穿便衣。卡车后面还有一辆小汽车,里面坐着两位官长。为捕一个软弱的书生,他们须用十几个人,与许多汽油。只有这样,日本人才感到得意与严肃。日本人没有幽默感。

车停住,那两位军官先下来视察地形,而后在胡同口上放了哨。他们拿出地图,仔细的阅看。他们互相耳语,然后与卡车上轻轻跳下来的人们耳语。他们倒仿佛是要攻取一座堡垒或军火库,而不是捉拿一个不会抵抗的老实人。这样,商议了半天,嘀咕了半天,一位军官才回到小汽车上,把手交插在胸前,坐下,觉得自己非常的重要。另一位军官率领着六七个人像猫似的轻快的往胡同里走。没有一点声音,他们都穿着胶皮鞋。看到了两株大槐,军官把手一扬两个人分头爬上树去,在树杈上蹲好,把枪口对准了五号。军官再一扬手,其余的人——多数是中国人——爬墙的爬墙,上房的上房。军官自己藏在大槐树与三号的影壁之间。

天还没有十分亮,星星可已稀疏。全胡同里没有一点声音,人们还都睡得正香甜。一点晓风吹动着老槐的枝子。远处传来一两声鸡鸣。一个半大的猫顺着四号的墙根往二号跑,槐树上与槐树下的枪马上都转移了方向。看清楚了是个猫,东洋的武士才又聚精会神的看着五号的门,神气更加严肃。瑞宣听到房上有响动。他直觉的想到了那该是怎回事。他根本没往闹贼上想,因为祁家在这里住过了几十年,几乎没有闹过贼。人缘好,在这条胡同里,是可以避贼的。一声没出,他穿上了衣服。而后,极快的他推醒了韵梅:"房上有人!别大惊小怪!假若我教他们拿去,别着急,去找富善先生!"

韵梅似乎听明白,又似乎没有听明白,可是身上已发了颤。"拿你?剩下我一个人怎么办呢?"她的手紧紧的扯住他的裤子。

"放开!"瑞宣低声的急切的说:"你有胆子!我知道你不会害怕!千万别教祖父知道了!你就说,我陪着富善先生下乡了,过几天就回来!"他一转身,极快的下了地。"你要不回来呢?"韵梅低声的问。

"谁知道!"

屋门上轻轻的敲了两下。瑞宣假装没听见。韵梅哆嗦得牙直响。

门上又响了一声。瑞宣问:"谁?"

"你是祁瑞宣?"门外轻轻的问。

"是!"瑞宣的手颤着,提上了鞋;而后,扯开屋门的闩。

几条黑影围住了他,几个枪口都贴在他身上。一个手电筒忽然照在他的脸上,使他闭了一会儿眼。枪口戳了戳他的肋骨,紧跟着一声:"别出声,走!"

瑞宣横了心,一声没出,慢慢往外走。

祁老人一到天亮便已睡不着。他听见了一些响动。瑞宣刚走在老人的门外，老人先嗽了一声，而后懒懒的问："什么呀！谁呀？有人闹肚子啊？"

瑞宣的脚微微的一停，就接着往前走。他不敢出声。他知道前面等着他的是什么。有钱先生的受刑在前，他不便希望自己能幸而免。他也不便先害怕，害怕毫无用处。他只有点后悔，悔不该为了祖父，父母，妻子，而不肯离开北平。可是，后悔并没使他怨恨老人们；听到祖父的声音，他非常的难过。他也许永远看不见祖父了！他的腿有点发软，可是依旧鼓着勇气往外走。他晓得，假若他和祖父过一句话，他便再也迈不开步。到了枣树旁边，他往南屋看了一眼，心中叫了一声"妈！"

天亮了一些。一出街门，瑞宣看到两株槐树上都跳下一个人来。他的脸上没有了血色，可是他笑了。他很想告诉他们："捕我，还要费这么大的事呀？"他可是没有出声。往左右看了看，他觉得胡同比往日宽阔了许多。他痛快了一点。四号的门响了一声。几条枪像被电气指挥着似的，一齐口儿朝了北。什么也没有，他开始往前走。到了三号门口，影壁后钻出来那位军官。两个人回去了，走进五号，把门关好。听见关门的微响，瑞宣的心中更痛快了些——家关在后面，他可以放胆往前迎接自己的命运了！

韵梅顾不得想这是什么时间，七下子八下子的就穿上了衣服。也顾不得梳头洗脸，她便慌忙的走出来，想马上找富善先生去。她不常出门，不晓得怎样走才能找到富善先生。但是，她不因此而迟疑。她很慌，可也很坚决；不管怎样困难，她须救出她的丈夫来。为营救丈夫，她不惜牺牲了自己。在平日，她很老实；今天，她可下了决心不再怕任何人与任何困难。几次，泪已到了眼中，她都用力的睁她的大眼睛，把泪截了回去。她知道落泪是毫无用处的。在极快的一会儿工夫，她甚至于想到瑞宣也许被杀。不过，就是不幸丈夫真的死了，她也须尽她所有的一点能力养活儿女，侍奉公婆与祖父。她的胆子不大，但是真面对面的遇见了鬼，她也只好闯上前去。

轻轻的关好了屋门,她极快的往外走。看到了街门,她也看到那一高一矮的两个人。两个都是中国人,拿着日本人给的枪。两支枪阻住她的去路:"干什么?不准出去!"韵梅的腿软了,手扶住了影壁。她的大眼睛可是冒了火:"躲开!就要出去!"

"谁也不准出去!"那个身量高的人说:"告诉你,去给我们烧点水,泡点茶;有吃的东西拿出点来!快回去!"

韵梅浑身都颤抖起来。她真想拼命,但是她一个人打不过两个枪手。况且,活了这么大,她永远没想到过和人打架斗殴。她没了办法。但是,她也不甘心就这么退回来。她明知无用而不能不说的问他们:"你们凭什么抓去我的丈夫呢?他是顶老实的人!"这回,那个矮一点的人开了口:"别废话!日本人要拿他,我们不晓得为什么!快去烧开水!"

"难道你们不是中国人?"韵梅瞪着眼问。

矮一点的人发了气:"告诉你,我们对你可是很客气,别不知好歹!回去!"他的枪离韵梅更近了一些。

她往后退了退。她的嘴干不过手枪。退了两步,她忽然的转过身来,小跑着奔了南屋去。她本想不惊动婆母,可是没了别的办法;她既出不去街门,就必须和婆母要个主意了。

把婆母叫醒,她马上后了悔。事情是很简单,可是她不知道怎么开口好了。婆母是个病身子,她不应当大惊小怪的吓噱她。同时,事情是这么紧急,她又不该磨磨蹭蹭的绕弯子。进到婆母的屋中,她呆呆的楞起来。

天已经大亮了,南屋里可是还相当的黑。天佑太太看不清楚韵梅的脸,而直觉的感到事情有点不大对:"怎么啦?小顺儿的妈!"

韵梅的憋了好久的眼泪流了下来。她可是还控制着自己,没哭出声来。

"怎么啦?怎么啦?"天佑太太连问了两声。

"瑞宣，"韵梅顾不得再思索了。"瑞宣教他们抓去了！"像有几滴冰水落在天佑太太的背上，她颤了两下。可是，她控制住自己。她是婆母，不能给儿媳一个坏榜样。再说，五十年的生活都在战争与困苦中渡过，她知道怎样用理智与心计控住感情。她用力扶住一张桌子，问了声："怎么抓去的？"

极快的，韵梅把事情述说了一遍。快，可是很清楚，详细。

天佑太太一眼看到生命的尽头。没了瑞宣，全家都得死！她可是把这个压在了心里，没有说出来。少说两句悲观的话，便能给儿媳一点安慰。她楞住，她须想主意。不管主意好不好，总比哭泣与说废话强。"小顺儿的妈，想法子推开一块墙，告诉六号的人，教他们给使馆送信去！"老太太这个办法不是她的创作，而是跟祁老人学来的。从前，遇到兵变与大的战事，老人便杵开一块墙，以便两个院子的人互通消息，和讨论办法。这个办法不一定能避免灾患，可是在心理上有很大的作用，它能使两个院子的人都感到人多势众，减少了恐慌。

韵梅没加思索，便跑出去。到厨房去找开墙的家伙。她没想她有杵开界墙的能力，和杵开以后有什么用处。她只觉得这是个办法，并且觉得她必定有足够的力气把墙推开；为救丈夫，她自信能开一座山。

正在这个时候，祁老人起来了，拿着扫帚去打扫街门口。这是他每天必作的运动。高兴呢，他便扫干净自己的与六号的门外，一直扫到槐树根儿那溜儿，而后跺一跺脚，直一直腰，再扫院中。不高兴呢，他便只扫一扫大门的台阶，而后扫院内。不管高兴与否，他永远不扫三号的门外，他看不起冠家的人。这点运动使他足以给自己保险——老年人多动一动，身上就不会长疙疸与痛疽。此外，在他扫完了院子的时候，他还要拿着扫帚看一看儿孙，暗示给他们这就叫作勤俭成家！

天佑太太与韵梅都没看见老人出去。

老人一拐过影壁就看到了那两个人，马上他说了话。这是他自己的院子，他有权利干涉闯进来的人。"怎么回事？你们二位？"他的话说得相当的有力，表示出他的权威；同时，又相当的柔和，以免得罪了人——即使那两个是土匪，他也不愿得罪他们。等到他看见了他们的枪，老人决定不发慌，也不便表示强硬。七十多年的乱世经验使他稳重，像橡皮似的，软中带硬。"怎吗？二位是短了钱花吗？我这儿是穷人家哟！"

"回去！告诉里边的人，谁也不准出来！"高个子说。"怎么？"老人还不肯动气，可是眼睛眯起来。"这是我的家！"

"罗嗦！不看你上了岁数，我给你几枪把子！"那个矮子说，显然的他比高个子的脾气更坏一些。

没等老人说话，高个子插嘴："回去吧，别惹不自在！那个叫瑞宣的是你的儿子还是孙子？"

"长孙！"老人有点得意的说。

"他已经教日本人抓了走！我们俩奉命令在这儿把守，不准你们出去！听明白了没有？"

扫帚松了手。老人的血忽然被怒气与恐惧咂净，脸上灰了。"为什么拿他呢？他没有罪！"

"别废话，回去！"矮子的枪逼近了老人。

老人不想抢矮子的枪，但是往前迈了一步。他是贫苦出身，年纪大了还有把子力气；因此，他虽不想打架，可是身上的力气被怒火催动着，他向前冲着枪口迈了步。"这是我的家，我要出去就出去！你敢把我怎样呢？开枪！我决不躲一躲！拿去我的孙子，凭什么？"在老人的心里，他的确要央求那两个人，可是他的怒气已经使他的嘴不再受心的指挥。他的话随便的，无伦次的，跑出来。话这样说了，他把老命置之度外，他喊起来："拿去我的孙子，不行！日本人拿去他，你们是干什么的？拿日本鬼子吓噱我，我见过鬼子！躲开！我找鬼子去！老命不要了！"说着，他扯开了小袄，露出他的瘦而硬的胸膛。"你枪毙了我！来！"怒气使他的手颤抖,可是把胸膛拍得很响。

"你嚷!我真开枪!"矮子咬着牙说。

"开!开!冲着这儿来!"祁老人用颤抖的手指戳着自己的胸口。他的小眼睛眯成了一道缝子,挺直了腰,腮上的白胡子一劲儿的颤动。

天佑太太首先来到。韵梅,还没能杠开一块砖,也跑了过来。两个妇人一边一个扯住老人的双臂,往院子里边扯。老人跳起脚来,高声的咒骂。他忘了礼貌,忘了和平,因为礼貌与和平并没给他平安与幸福。

两个妇人连扯带央告的把老人拉回屋中,老人闭上了口,只剩了哆嗦。

"老爷子!"天佑太太低声的叫,"先别动这么大的气!得想主意往出救瑞宣啊!"

老人咽了几口气,用小眼睛看了看儿媳与孙媳。他的眼很干很亮。脸上由灰白变成了微红。看完两个妇人,他闭上了眼。是的,他已经表现了他的勇敢,现在他须想好主意。他知道她们婆媳是不会有什么高明办法的,他向来以为妇女都是没有心路的。很快的,他想出来办法:"找天佑去!"纯粹出于习惯,韵梅微笑了一下:"咱们不是出不去街门吗?爷爷!"

老人的心疼了一下,低下头去。他自己一向守规矩,不招惹是非;他的儿孙也都老实,不敢为非作歹。可是,一家子人都被手枪给囚禁在院子里。他以为无论日本鬼子怎样厉害,也一定不会找寻到他的头上来。可是,三孙子逃开,长孙被捕,还有两支手枪堵住了大门。这是什么世界呢?他的理想,他的一生的努力要强,全完了!他已是个被圈在自己家里的囚犯!他极快的检讨自己一生的所作所为,他找不到一点应当责备自己的事情。虽然如此,他现在可是必须责备自己,自己一定是有许多错误,要不然怎么会弄得家破人亡呢?在许多错误之中,最大的一个恐怕就是他错看了日本人。他以为只要自己近情近理的,不招灾惹祸的,过日子,日本人就必定会允许他享受一团和气的四世同堂的幸福。他错了。日本人是和任何中国人都势不两立的！想明白了这一点，他觉得他是白活了七十多岁。他不敢再信任自己，他的老命完全被日本人攥在手心里，像被顽皮的孩子握住的一条槐树虫！

他没敢摸他的胡子。胡子已不再代表着经验与智慧，而只是老朽的标记。哼哼了一两声，他躺在了炕上。"你们去吧，我没主意！"

婆媳愣了一会儿，慢慢的走出来。

"我还挖墙去！"韵梅两只大眼离离光光的，不知道看什么好，还是不看什么好。她心里燃着一把火，可是还要把火压住，好教老人们少着一点急。

"你等等！"天佑太太心中的火并不比儿媳的那一把少着火苗。可是她也必须镇定，好教儿媳不太发慌。她已忘了她的病；长子若有个不幸，她就必得死，死比病更厉害。"我去央告央告那两个人，教我出去送个信！"

"不用！他们不听央告！"韵梅搓着手说。

"难道他们不是中国人？就不帮咱们一点儿忙？"韵梅没回答什么，只摇了摇头。

太阳出来了。天上有点薄云，而遮不住太阳的光。阳光射入薄云里，东一块西一块的给天上点缀了一些锦霞。婆媳都往天上看了看。看到那片片的明霞，她们觉得似乎像是作梦。

韵梅无可如何的，又回到厨房的北边，拿起铁通条。她不敢用力，怕出了响声被那两个枪手听见。不用力，她又没法活动开一块砖。她出了汗。她一边挖墙，一边轻轻的叫："文先生！文先生！"这里离小文的屋子最近，她希望小文能听见她的低叫。没有用。她的声音太低。她不再叫，而手上加了劲。半天，她才只活动开一块砖。叹了口气，她愣起来。小妞子叫她呢。她急忙跑到屋中。她必须嘱咐小妞子不要到大门那溜儿去。

小妞子还不大懂事，可是从妈妈的脸色与神气上看出来事情有点不大对。她没敢掰开揉碎的细问，而只用小眼目留着妈妈。等妈妈给她穿好衣服，她紧跟在妈妈后边，不敢离开。她是祁家的孩子，她晓得害怕。

妈妈到厨房去升火，妞子帮着给拿火柴，找劈柴。她要表现出她很乖，不招妈妈生气。这样，她可以减少一点恐惧。

天佑太太独自在院中立着。她的眼直勾勾的对着已落了叶的几盆石榴树，可是并没有看见什么。她的心跳得很快。她极想躺一躺去，可是用力的控制住自己。不，她不能再管自己的病；她必须立刻想出搭救长子的办法来。忽然的，她的眼一亮。眼一亮，她差点要晕倒。她急忙蹲了下去。她想起来一个好主意。想主意是劳心的事，她感到眩晕。蹲了一小会儿，她的兴奋劲儿慢慢退了下去。她极留神的往起立。立起来，她开足了速度往南屋走。在她的赔嫁的箱子里，她有五六十块现洋，都是"人头"的。她轻轻的开开箱子，找到箱底上的一只旧白布袜子。她用双手提起那只旧袜子，好不至于哗啷哗啷的响。手伸到袜子里去，摸到那硬的凉的银块子。她的心又跳快了。这是她的"私钱"。每逢病重，她就必想到这几十块现洋；它们足以使她在想到死亡的时候得到一点安慰，因为它们可以给她换来一口棺材，而少教儿子们着一点急。今天，她下决心改变了它们的用途；不管自己死去有无买棺材的现钱，她必须先去救长子瑞宣。瑞宣若是死在狱里，全家就必同归于尽，她不能太自私的还不肯动用"棺材本儿"！轻轻的，她一块一块的往外拿钱。每一块都是晶亮的，上面有个胖胖的袁世凯。她永远没判断过袁世凯，因为袁世凯在银圆上是那么富泰威武，无论大家怎样说袁世凯不好，她总觉得他必是财神下界。现在她可是没有闲心再想这些，而只觉得有这点钱便可以买回瑞宣的命来。

她只拿出二十块来。她看不起那两个狗仗人势给日本人作事的枪手。二十块，每人十块，就够收买他们的了。把其余的钱又收好，她用手帕包好这二十块，放在衣袋里。而后，她轻轻的走出了屋门。走到枣树下面，她立住了。不对！那两个人既肯帮助日本人为非作歹，就必定不是好人。她若给了他们钱，而反倒招出他们的歹意来呢？他们有枪！他们既肯无故的捉人，怎么知道不肯再见财起意，作明火呢？世界的确变了样儿，连行贿都须特别的留神了！

立了许久，她打不定主意。她贫血，向来不大出汗，现在她的手心上湿了。为救儿子，她须冒险；可是白白冒了险，而再招出更多的麻烦，就不上算。她着急，但是她不肯因着急而像掉了头的苍蝇那样去乱撞。

正在这么左右为难，她听到很响的一声铃——老二瑞丰来了！瑞丰有了包车，他每次来，即使大门开着，也要响一两声车铃。铃声替他广播着身份与声势。天佑太太很快的向前走了两步。只是两步，她没再往前走。她必须教二儿子施展他的本领，而别因她的热心反倒坏了事。她是祁家的妇人，她知道妇人的规矩——男人能办的就交给男人，妇女不要不知分寸的跟着夹缠。

韵梅也听到了铃声，急忙跑过来。看见婆母，她收住了脚步。她的大眼睛亮起来，可是把声音放低，向婆母耳语："老二！"

老太太点了点头，嘴角上露出一点点笑意。

两个妇人都不敢说什么，而心中都温暖了一点。不管老二平日对待她们怎样的不合理，假若今天他能帮助营救瑞宣，她们就必会原谅他。两个妇人的眼都亮起来，她们以为老二必会没有问题的帮忙，因为瑞宣是他的亲哥哥呀。

韵梅轻轻的往前走，婆母扯住了她。她给呼气儿加上一丁点声音："我探头看看，不过去！"说完，她在影壁的边上探出头去，用一只眼往外看。

那两个人都面朝了外。矮子开开门。

瑞丰的小干脸向着阳光，额上与鼻子上都非常的亮。他的眼也很亮，两腮上摆出点笑纹,像刚吃了一顿最满意的早饭似的那么得意。帽子在右手里拿着,他穿着一身刚刚作好的藏青哔叽中山装。胸前戴着教育局的证章,刚要迈门坎,他先用左手摸了摸它。一摸证章,他的胸忽然挺得更直一些。他得意,他是教育局的科长。今天他特别得意,因为他是以教育局的科长的资格,去见日本天皇派来的两位特使。

武汉陷落以后,华北的地位更重要了。日本人可以放弃武汉,甚至于放弃了南京,而决不撒手华北。可是,华北的"政府",像我们从前说过的,并没有多少实权,而且在表面上还不如南京那么体面与重要。因此,日本天皇派来两位特使,给北平的汉奸们打打气,同时也看看华北是否像军人与政客所报告的那样太平。今天,这两位特使在怀仁堂接见各机关科长以上的官吏,向大家宣布天皇的德意。

接见的时间是在早九点。瑞丰后半夜就没能睡好,五点多钟便起了床。他加细的梳头洗脸,而后穿上修改过五次,一点缺陷也没有的新中山装。临出门的时候,他推醒了胖菊子:"你再看一眼,是不是完全合适?我看袖子还是长了一点,长着一分!"菊子没有理他,掉头又睡着了。他对自己笑了笑:"哼!我是在友军入城后,第一个敢穿出中山装去的!有点胆子!今天,居然能穿中山装去见天皇的特使了!瑞丰有两下子!真有两下子!"

天还早,离见特使的时候还早着两个多钟头。他要到家中显露显露自己的中山装,同时也教一家老少知道他是去见特使——这就等于皇上召见啊,诸位!

临上车,他教小崔把车再重新擦抹一遍。上了车以后,他把背靠在车箱上,而挺着脖子,口中含着那只假象牙的烟嘴儿。晓风凉凉的拂着脸,刚出来的太阳照亮他的新衣与徽章。他左顾右盼的,感到得意。他几次要笑出声来,而又控制住自己,只许笑意轻轻的发散在鼻洼嘴角之间。看见一个熟人,他的脖子探出多长,去勾引人家的注意。而后,嘴撅起一点,整个的脸上都拧起笑纹,像被敲裂了的一个核桃。同时,双手抱拳,放在左脸之旁,左肩之上。车走出好远,他还那样抱拳,表示出身份高而有礼貌。手刚放下,他的脚赶快去按车铃,不管有无必要。他得意,仿佛偌大的北平都属于他似的。

家门开了,他看见了那个矮子。他楞了一楞。笑意与亮光马上由他的脸上消逝,他嗅到了危险。他的胆子很小。"进来!"矮子命令着。

瑞丰没敢动。

高个子凑过来。瑞丰因为,近来交结了不少特务,认识高个子。像小儿看到个熟面孔,便把恐惧都忘掉那样,他又有了笑容:"哟,老孟呀!"老孟只点了点头。矮子一把将瑞丰扯进来。瑞丰的脸依然对着老孟:"怎么回事?老孟!"

"抓人!"老孟板着脸说。

"抓谁?"瑞丰的脸白了一些。

"大概是你的哥哥吧!"

瑞丰动了心。哥哥总是哥哥。可是,再一想,哥哥到底不是自己。他往外退了一步,舐了舐嘴唇,勉强的笑着说:"呕!我们哥儿俩分居另过,谁也不管谁的事!我是来看看老祖父!"

"进去!"矮子向院子里指。

瑞丰转了转眼珠。"我想,我不进去了吧!"

矮子抓住瑞丰的腕子:"进来的都不准再出去,有命令!"是的,老孟与矮子的责任便是把守着大门,进来一个捉一个。"不是这么说,不是这么说,老孟!"瑞丰故意的躲着矮子。"我是教育局的科长!"他用下颏指了指胸前的证章,因为一手拿着帽子,一手被矮子攥住,都匀不出来。"不管是谁!我们只知道命令!"矮子的手加了劲,瑞丰的腕子有点疼。

"我是个例外!"瑞丰强硬了一些。"我去见天皇派来的特使!你要不放我,请你们去给我请假!"紧跟着,他又软了些:"老孟,何苦呢,咱们都是朋友!"

老孟干嗽了两小声:"祁科长,这可教我们俩为难!你有公事,我们这里也是公事!我们奉命令,进来一个抓一个,现在抓人都用这个办法。我们放了你,就砸了我们的饭锅!"

瑞丰把帽子扣在头上,伸手往口袋里摸。惭愧,他只摸到两块钱。他的钱都须交给胖菊子,然后再向她索要每天的零花儿。手摸索着那两张票子,他不敢往外拿。他假笑着说:"老孟!我非到怀仁堂去不可!这么办,我改天请你们二位吃酒!咱们都是一家人!"转脸向矮子:"这位老哥贵姓?""郭!没关系!"

韵梅一劲儿的哆嗦,天佑太太早凑过来,拉住儿媳的手,她也听到了门内的那些使儿媳哆嗦的对话。忽然的,她放开儿媳的手,转过了影壁去。

"妈!"瑞丰只叫出来半声,唯恐因为证实了他与瑞宣是同胞兄弟而走不脱。

老太太看了看儿子,又看了看那两个人,而后咽了一口唾沫。慢慢的,她掏出包着二十块现洋的手帕来。轻轻的,她打开手帕,露出白花花的现洋。六只眼都像看变戏法似的瞪住了那雪白发亮的,久已没看见过的银块子。矮子老郭的下巴垂了下来;他厉害,所以见了钱也特别的贪婪。"拿去吧,放了他!"老太太一手拿着十块钱,放在他们的脚旁。她不屑于把钱交在他们手里。

矮子放开瑞丰,极快的拾起钱来。老孟吸了口气,向老太太笑了一下,也去拣钱。矮子挑选了一块,对它吹了口气,然后放在耳边听了听。他也笑了一下:"多年不见了,好东西!"瑞丰张了张嘴,极快的跑了出去。

老太太拿着空手帕,往回走。拐过了影壁,她和儿媳打了对脸。韵梅的眼中含着泪,泪可是没能掩盖住怒火。到祁家这么多年了,她没和婆母闹过气。今天,她不能再忍。她的伶俐的嘴已不会说话,而只怒视着老太太。

老太太扶住了墙,低声的说:"老二不是东西,可也是我的儿子!"

韵梅一下子坐在地上,双手捧着脸低声的哭起来。

瑞丰跑出来,想赶紧上车逃走。越想越怕,他开始哆嗦开了。小崔的车,和往日一样,还是放在西边的那棵槐树下。瑞丰走到三号门外,停住了脚。他极愿找个熟人说出他的受惊与冒险。他把大哥瑞宣完全忘掉,而只觉得自己受的惊险值得陈述,甚至于值得写一部小说!他觉得只要进了冠家,说上三句哈哈,两句笑话的,他便必定得到安慰与镇定。不管瑞宣是不是下了地狱,他反正必须上天堂——冠家就是他的天堂。

在平日,冠家的人起不了这么早。今天,大赤包也到怀仁堂去,所以大家都起了床。大赤包的心里充满高兴与得意。可是心中越喜欢,脸上就越不便表示出来。她花了一个钟头的工夫去描眉搽粉抹口红,而仍不满意;一边修饰,她一边抱怨香粉不好,口红不地道。头部的装修告一段落,选择衣服又是个恼人的问题。什么话呢,今天她是去见特使,她必须打扮得极精彩,连一个纽扣也不能稍微马虎一点。箱子全打开了,衣服堆满了床与沙发。她穿了又脱,换了又换,而始终不能满意。"要是特使下个命令,教我穿什么衣服,倒省了事!"她一边照镜子,一边这么唠叨。

"你站定,我从远处看一看!"晓荷走到屋子的尽头,左偏一偏头,右定一定眼,仔细的端详。"我看就行了!你走两步看!"

"走你妈的屁!"大赤包半恼半笑的说。

"唉!唉!出口伤人,不对!"晓荷笑着说:"今天咱可不敢招惹你,好家伙,特使都召见你呀!好的很!好的很!"晓荷从心里喜欢。"说真的,这简直是空前,空前之举!要是也有我的份儿呀,哼,我早就哆嗦上了!所长你行,真沉得住气!别再换了,连我的眼都有点看花了!"

这时候,瑞丰走进来。他的脸还很白,可是一听到冠家人们的声音,他已经安静了一些。

"看新中山装哟!"晓荷一看见瑞丰,马上这么喊起来。"还是男人容易打扮!看,只是这么一套中山装,就教瑞丰年轻了十岁!"在他心里,他实在有点隐痛:太太和瑞丰都去见特使,他自己可是没有份儿。虽然如此,他对于太太的修饰打扮与瑞丰的穿新衣裳还是感到兴趣。他,和瑞丰一样,永远不看事情本身的好坏,而只看事情的热闹不热闹。只要热闹,他便高兴。

"了不得啦!"瑞丰故作惊人之笔的说,说完,他一下子坐在了沙发上。他需要安慰。因此,他忘了他的祖父,母亲,与大嫂也正需要安慰。

"怎么啦?"大赤包端详着他的中山装问。

"了不得啦!我就知道早晚必有这么一场吗!瑞宣,瑞宣,"他故意的要求效果。

"瑞宣怎样?"晓荷恳切的问。

"掉下去了!"

"什么?"

"掉——被抓去了!"

"真的?"晓荷倒吸了一口气。

"怎么抓去的?"大赤包问。

"糟透了!"瑞丰不愿正面的回答问题,而只顾表现自己:"连我也差点儿教他们抓了走!好家伙,要不是我这身中山装,这块徽章,和我告诉他们我是去见特使,我准得也掉下去!真!我跟老大说过不止一次,他老不信,看,糟了没有?我告诉他,别跟日本人犯别扭,他偏要牛脖子;这可好,他抓去了,门口还有两个新门神爷!"瑞丰说出这些,心中痛快多了,脸上慢慢的有了血色。

"这话对，对！"晓荷点头咂嘴的说。"不用说，瑞宣必是以为仗着英国府的势力，不会出岔子。他可是不知道，北平是日本人的，老英老美都差点劲儿！"这样批评了瑞宣，他向大赤包点了点头，暗示出只有她的作法才是最聪明的。大赤包没再说什么。她不同情瑞宣，也有点看不起瑞丰。她看瑞丰这么大惊小怪的，有点缺乏男儿气。她把这件事推在了一旁，问瑞丰："你是坐你的车走啊？那你就该活动着了！"

瑞丰立起来。"对，我先走啦。所长是雇汽车去？"大赤包点了点头："包一上午汽车！"

瑞丰走了出去。坐上车，他觉得有点不是劲儿。大赤包刚才对他很冷淡啊。她没安慰他一句，而只催他走；冷淡！呕，对了！他刚由家中逃出来，就到三号去，大赤包一定是因为怕受连累而以为他太荒唐。对，准是这么回事！瑞宣太胡闹了，哼！你教人家抓去不要紧，连累得我老二也丢了人缘！这么一盘算，他有点恨瑞宣了。

小崔忽然说了话，吓了瑞丰一跳。小崔问："先生，刚才你怎么到了家，可不进去？"

瑞丰不想把事情告诉小崔。老孟老郭必定不愿意他走漏消息。可是，他存不住话。像一般的爱说话的人一样，他先嘱咐小崔："你可别对别人再说呀！听见没有？瑞宣掉下去了！"

"什么？"小崔收住了脚步，由跑改为大步的走。

"千万别再告诉别人！瑞宣教他们抓下去了！"

"那么，咱们是上南海，还是……不是得想法赶紧救他吗？"

"救他？连我还差点吃了挂误官司！"瑞丰理直气壮的说。

小崔的脸本来就发红，变成了深紫的。又走了几步，他放下了车。极不客气的，他说："下来！"

瑞丰当然不肯下车。"怎回事？"

"下来！"小崔非常的强硬。"我不伺候你这样的人！那是你的亲哥哥,喝,好,你就大撒巴掌不管?你还是人不是?"

瑞丰也挂了火。不管他怎样懦弱,他也不能听车夫的教训。可是,他把火压下去。今天他必须坐着包车到南海去。好吗,多少多少人都有汽车,他若坐着雇来的车去,就太丢人了!他宁可吃小崔几句闲话,也不能教自己在南海外边去丢人!包车也是一种徽章!他假装笑了:"算了,小崔!等我见完了特使,再给瑞宣想办法,一定!"

小崔犹豫了一会儿。他很想马上回去,给祁家跑跑腿。他佩服瑞宣,他应当去帮忙。可是,他也想道:他自己未必有多大的能力,倒不如督催着瑞丰去到处奔走。况且瑞宣到底是瑞丰的亲哥哥,难道瑞丰就真能站在一旁看热闹?再说呢,等到瑞丰真不肯管这件事的时候,他会把他拉到个僻静的地方,饱打一顿。什么科长不科长的,揍!这样想清楚,他又慢慢的抄起车把来。他本想再钉问一句,可是既有"揍"打底儿,他不便再费话了。

一路上,瑞丰没再出一声。小崔给了他个难题作。他决定不管瑞宣的事,可是小崔这小子要是死不放松,就有点麻烦。他不敢辞掉小崔,他知小崔敢动拳头。他想不出办法,而只更恨瑞宣。有瑞宣这样的一个人,他以为,就足以使天下都不能安生!

快到南海了,他把心事都忘掉。看哪,军警早已在路两旁站好,里外三层。左右两行站在马路边上,枪上都上了刺刀,面朝着马路中间。两行站在人行道上,面也朝着马路。在这中间又有两行,端着枪,面朝着铺户。铺户都挂出五色旗与日本旗,而都上着板子。路中间除了赴会的汽车,马车,与包月的人力车,没有别的车,也没有行人;连电车也停了。瑞丰看看路中心,再看看左右的六行军警,心中有些发颤。同时,他又感到一点骄傲,交通已经断绝,而他居然还能在马路中间走,身份!幸而他处置的得当,没教小崔在半途中跑了;好家伙,要是坐着破车来,军警准得挡住他的去路。他想蹬一下车铃,可是急忙收住了脚。大街是那么宽，那么静，假若忽然车铃一响，也许招出一排枪来！他的背离了车厢，直挺挺的坐着，心揪成了一小团。连小崔也有点发慌了，他跑得飞快，而时时回头看看瑞丰，瑞丰心中骂："该死！别看我！招人家疑心，不开枪才怪！"

府右街口一个顶高身量的巡警伸出一只手。小崔拐了弯。人力车都须停在南海的西墙外。这里有二三十名军警，手里提着手枪，维持秩序。

下了车，瑞丰遇见两个面熟的人，心中安静了一点。他只向熟人点了点头，凑过去和他们一块走，而不敢说话。这整个的阵式已把他的嘴封严。那两个人低声的交谈，他感到威胁，而又不便拦阻他们。及至听到一个人说："下午还有戏，全城的名角都得到！"他的话冲破了恐惧，他喜欢热闹，爱听戏。"还有戏？咱们也可以听？"

"那可就不得而知了，科长阶级有资格听戏没有，还……"那个人想必也是什么科长，所以惨笑了一下。

瑞丰赶紧运用他的脑子，他必须设法听上戏，不管资格够不够。

在南海的大门前，他们被军警包围着，登记，检查证章证件，并搜检身上。瑞丰并没感到侮辱，他觉得这是必须有的手续，而且只有科长以上的人才能"享受"这点"优遇"。别的都是假的，科长才是真调货！

进了大门，一拐弯，他的眼前空旷了。但是他没心思看那湖山宫宇之美，而只盼望赶快走到怀仁堂，那里也许有很好的茶点——先啃它一顿儿再说！他笑了。

一眼，他看见了大赤包，在他前面大约有三箭远。他要向前赶。两旁的军警是那么多，他不敢快走。再说，他也有点嫉妒，大赤包是坐了汽车来的，所以迟起身而反赶到他前面。到底汽车是汽车！有朝一日，他须由包车阶级升为汽车阶级！大丈夫必须有志气！

正在这么思索，大门门楼上的军乐响了。他的心跳起来，特使到了！军警喝住他，教他立在路旁，他极规矩的服从了命令。立了半天，军乐停了，四外一点声音也没有。他怕静寂，手心上出了汗。

忽然的，两声枪响，很近，仿佛就在大门外。跟着，又响了几枪。他慌了，不知不觉的要跑。两把刺刀夹住了他，"别动！"

外面还不住的放枪，他的心跳到嗓子里来。

他没看见怀仁堂，而被军警把他，和许多别的人，大赤包也在内，都圈在大门以内的一排南房里。大家都穿着最好的衣服，佩着徽章，可是忽然被囚在又冷又湿的屋子里，没有茶水，没有足够用的椅凳，而只有军警与枪刺。他们不晓得门外发生了什么事，而只能猜测或者有人向特使行刺。瑞丰没替特使担忧，而只觉得扫兴；不单看不上了戏，连茶点也没了希望呀！人不为面包而生，瑞丰也不是为面包而活着的，假若面包上没有一点黄油的话。还算好，他是第一批被驱逐进来的，所以得到了一个椅子。后进来的有许多人只好站着。他稳稳的坐定，纹丝不动，生怕丢失了他的椅子。

大赤包毕竟有些气派。她硬把一个人扒拉开，占据了他的座位。坐在那里，她还是大声的谈话，甚至于质问军警们："这是什么事呢？我是来开会，不是来受罪！"

瑞丰的肚子报告着时间，一定是已经过午了，他的肚子里饿得唧哩咕噜的乱响。他害怕起来，假若军警老这么围着，不准出去吃东西，那可要命！他最怕饿！一饿，他就很容易想起"牺牲"，"就义"，与"死亡"等等字眼。

约摸着是下午两点了，才来了十几个日本宪兵。每个宪兵的脸上都像刚死了父亲那么难看。他们指挥军警细细搜检屋里的人，不论男女都须连内衣也脱下来。瑞丰对此一举有些反感，他以为闹事的既在大门外，何苦这么麻烦门内的人呢。可是，及至看到大赤包也打了赤背，露出两个黑而大的乳房，他心平气和了一些。

搜检了一个多钟头，没有任何发现，他们才看见一个宪兵官长扬了扬手。他们由军警押着向中海走。走出中海的后门,他们吸到了自由的空气。瑞丰没有招呼别人,三步并作两步的跑到西四牌楼,吃了几个烧饼,喝了一大碗馄饨。肚子撑圆,他把刚才那一幕丑剧完全忘掉,只当那是一个不甚得体的梦。走到教育局,他才听到:两位特使全死在南海大门外。城门又关上,到现在还没开。街上已不知捕去多少人。听到这点情报,他对着胸前的徽章发开了楞:险哪!幸亏他是科长,有中山装与徽章。好家伙,就是当嫌疑犯拿去也不得了呀!他想,他应当去喝两杯酒,庆祝自己的好运。科长给他的性命保了险!

下了班,他在局子门外找小崔。没找到。他发了气:"他妈的!天生来的不是玩艺儿,得偷懒就偷懒!"他步行回了家。一进门就问:"小崔没回来呀?"没有,谁也没看到小崔。瑞丰心中打开了鼓:"莫非这小子真辞活儿不干了?嘿,真他妈的邪门!我还没为瑞宣着急,你着哪门子急呢?他又不是你的哥哥!"他冒了火,准备明天早上小崔若来到,他必厉厉害害的骂小崔一顿。

第二天,小崔还是没露面。城内还到处捉人。"唉?"瑞丰对自己说:"莫非这小子教人家抓去啦?也别说,那小子长得贼眉鼠眼的,看着就像奸细!"

为给特使报仇,城内已捉去两千多人,小崔也在内。各色各样的人被捕,不管有无嫌疑,不分男女老少,一概受了各色各样的毒刑。

真正的凶手可是没有拿着。

日本宪兵司令不能再等,他必须先枪毙两个,好证明自己的精明强干。好吗,捉不着行刺特使的人,不单交不了差事,对不起天皇,也被全世界的人耻笑啊!他从两千多皮开肉绽的人里选择出两个来:一个是四十多岁的姓冯的汽车夫,一个是小崔。

第三天早八点,姓冯的汽车夫与小崔,被绑出来,游街示众。他们俩都赤着背,只穿着一条裤子,头后插着大白招子。他们俩是要被砍头,而后将人头号令在前门外五牌楼上。冯汽车夫由狱里一出来,便已搭拉了脑袋,由两个巡警搀着他。他已失了魂。小崔挺着胸自己走。他的眼比脸还红。他没骂街,也不怕死,而心中非常的后悔,后悔他没听钱先生与祁瑞宣的劝告。他的年岁,身体,和心地,都够与日本兵在战场上拼个死活的,他有资格去殉国。可是,他就这么不明不白的被拉出去砍头。走几步,他仰头看看天,再低头看看地。天,多么美的北平的青天啊。地,每一寸都是他跑熟了的黑土地。他舍不得这块天地,而这块天地,就是他的坟墓。

两面铜鼓,四只军号,在前面吹打。前后多少排军警,都扛着上了刺刀的枪,中间走着冯汽车夫与小崔。最后面,两个日本军官骑着大马,得意的监视着杀戮与暴行。

瑞丰在西单商场那溜儿,听见了鼓号的声音,那死亡的音乐。他飞跑赶上去,他喜欢看热闹,军鼓军号对他有特别的吸引力。杀人也是"热闹",他必须去看,而且要看个详细。"哟!"他不由的出了声。他看见了小崔。他的脸马上成了一张白纸,急忙退回来。他没为小崔思想什么,而先摸了摸自己的脖子——小崔是他的车夫呀,他是不是也有点危险呢?

他极快的想到,他必须找个可靠的人商议一下。万一日本人来盘查他,他应当怎样回话呢?他小跑着往北疾走,想找瑞宣大哥去谈一谈。大哥必定有好主意。走了有十几丈远,他才想起来,瑞宣不是也被捕了么?他收住了脚,立定。恐惧变成了愤怒,他嘟囔着:"真倒霉!光是咱自己有心路也不行呀,看这群亲友,全是不知死的鬼!早晚我是得吃了他们的亏!"

四十七

程长顺微微有点肚子疼，想出去方便方便。刚把街门开开一道缝，他就看见了五号门前的一群黑影。他赶紧用手托着门，把它关严。然后，他扒着破门板的一个不小的洞，用一只眼往外看着。他的心似乎要跳了出来，忘了肚子疼。捕人并没费多少工夫，可是长顺等得发急。好容易，他又看见了那些黑影，其中有一个是瑞宣——看不清面貌，他可是认识瑞宣的身量与体态。他猜到了那是怎回事。他的一只眼，因为用力往外看，已有点发酸。他的手颤起来。一直等到那些黑影全走净，他还立在那里。他的呼吸很紧促，心中很乱。他只有一个念头，去救祁瑞宣。怎么去救呢？他想不出。他记得钱家的事。假若不从速搭救出瑞宣来，他以为，祁家就必定也像钱家那样的毁灭！他着急，有两颗急出来的泪在眼中盘旋。他想去告诉孙七，但是他知道孙七只会吹大话，未必有用。把手放在头上，他继续思索。把全胡同的人都想到了，他心中忽然一亮，想起李四爷来。他立刻去开门。可是急忙的收回手来。他须小心，他知道日本人的诡计多端。他转了身，进到院中。把一条破板凳放在西墙边，他上了墙头。双手一叫劲，他的身子落在二号的地上。他没想到自己会能这么灵巧轻快。脚落了地，他仿佛才明白自己干的是什么。"四爷爷！四爷爷！"他立在窗前，声音低切的叫。口中的热气吹到窗纸上，纸微微的作响。

李四爷早已醒了，可是还闭着眼多享受一会儿被窝中的温暖。"谁呀？"老人睁开眼问。

"我！长顺！"长顺呜囔着鼻子低声的说。"快起来！祁先生教他们抓去了！"

"什么?"李老人极快的坐起来,用手摸衣服。掩着怀,他就走出来:"怎回事?怎回事?"

长顺搓着手心上的凉汗,越着急嘴越不灵便的,把事情说了一遍。

听完,老人的眼睛成了一道缝,看着墙外的槐树枝。他心中极难过。他看明白:在胡同中的老邻居里,钱家和祁家是最好的人,可是好人都保不住了命。他自信自己也是好人,照着好人都要受难的例子推测,他的老命恐怕也难保住。他看着那些被晓风吹动着的树枝,说不出来话。

"四爷爷!怎么办哪?"长顺扯了扯四爷的衣服。"呕!"老人颤了一下。"有办法!有!赶紧给英国使馆去送信?"

"我愿意去!"长顺眼亮起来。

"你知道找谁吗?"老人低下头,亲热的问。

"我——"长顺想了一会儿,"我会找丁约翰!""对!好小子,你有出息!你去好,我脱不开身,我得偷偷的去告诉街坊们,别到祁家去!"

"怎么?"

"他们拿人,老留两个人在大门里等着,好进去一个捉一个!他们还以为咱们不知道,其实,其实,"老人轻蔑的一笑,"他们那么作过一次,咱们还能不晓得?"

"那么,我就走吧?"

"走!由墙上翻过去!还早,这么早出门,会招那两个埋伏起疑!等太阳出来再开门!你认识路?"

长顺点了点头,看了看界墙。

"来,我托你一把儿!"老人有力气。双手一托,长顺够到了墙头。

"慢着!留神扭了腿!"

长顺没出声,跳了下去。

太阳不知道为什么出来的那么慢。长顺穿好了大褂,在院中向东看着天。外婆还没有起来。他唯恐她起来盘问他。假若对她说了实话,她一定会拦阻他——"小孩子！多管什么事！"

天红起来，长顺的心跳得更快了。红光透过薄云，变成明霞，他跑到街门前。立定，用一只眼往外看。胡同里没有一点动静，只有槐树枝上添了一点亮的光儿。他的鼻子好像已不够用，他张开了嘴，紧促的，有声的，呼吸气。他不敢开门。他想象着，门一响就会招来枪弹！他须勇敢，也必须小心。他年轻，而必须老成。作一年的奴隶，会使人增长十岁。

太阳出来了！他极慢极慢的开开门，只开了够他挤出去的一个缝子。像鱼往水里钻似的，他溜出去。怕被五号的埋伏看见，他擦着墙往东走。走到"葫芦肚"里，阳光已把护国寺大殿上的残破的琉璃瓦照亮，一闪一闪的发着光，他脚上加了劲。在护国寺街西口，他上了电车。电车只开到西单牌楼，西长安街今天断绝交通。下了车，他买了两块滚热的切糕，一边走一边往口中塞。铺户的伙计们都正悬挂五色旗。他不晓得这是为了什么，也不去打听。挂旗的日子太多了，他已不感兴趣；反正挂旗是日本人的主意，管它干什么呢。进不了西长安街，他取道顺城街往东走。

没有留声机在背上压着，他走得很快。他的走路的样子可不大好看，大脑袋往前探着，两只手，因失去了那个大喇叭筒与留声机片，简直不知放在什么地方好。脚步一快，他的手更乱了，有时候抡得很高，有时候忘了抡动，使他自己走着走着都莫名其妙了。

一看见东交民巷，他的脚步放慢，手也有了一定的律动。他有点害怕。他是由外婆养大的，外婆最怕外国人，也常常用躲避着洋人教训外孙。因此，假若长顺得到一支枪，他并不怕去和任何外国人交战，可是，在初一和敌人见面，他必先楞一楞，而后才敢杀上前去。外婆平日的教训使他必然的楞那么一楞。

他跺了跺脚上的土，用手擦了擦鼻子上的汗，而后慢慢的往东交民巷里边走，他下了决心，必须闯进使馆去，可是无意中的先跺了脚，擦去汗。看见了英国使馆，当然也看见了门外站得像一根棍儿那么直的卫兵。

他不由的站住了。几十年来人们惧外的心理使他不敢直入公堂的走过去。

不,他不能老立在那里。在多少年的恐惧中,他到底有一颗青年的心。一颗日本人所不认识的心。他的血涌上了脸,面对着卫兵走了过去。没等卫兵开口,他用高嗓音,为是免去呜呜囔囔,说:"我找丁约翰!"

卫兵没说什么,只用手往里面一指。他奔了门房去。门房里的一位当差的很客气,教他等一等。他的涌到脸上的血退了下去。他没觉得自己怎么勇敢,也不再害怕,心中十分的平静。他开始看院中的花木——一个中国人仿佛心中刚一平静就能注意花木庭园之美。

丁约翰走出来。穿着浆洗得有棱有角的白衫,他低着头,鞋底不出一点声音的,快而极稳的走来,他的动作既表示出英国府的尊严,又露出他能在这里作事的骄傲。见了长顺,他的头稍微扬起些来,声音很低的说:"哟,你!""是我!"长顺笑了一下。

"我家里出了什么事?"

"没有!祁先生教日本人抓去了!"

丁约翰楞住了。他绝对没想到日本人敢逮捕英国府的人!他并不是不怕日本人。不过,拿英国人与日本人比较一下,他就没法不把英国加上个"大"字,日本加上个"小"字。这大小之间,就大有分寸了。他承认日本人的厉害,而永远没想象到过他们的厉害足以使英国府的人也下狱。他皱上了眉,发了怒——不是为中国人发怒,而是替英国府抱不平。"这不行!我告诉你,这不行!你等等,我告诉富善先生去!非教他们马上放了祁先生不可!"仿佛怕长顺跑了似的,他又补了句:"你等着!"

不大一会儿,丁约翰又走回来。这回,他走得更快,可也更没有声音。他的眼中发了光,稳重而又兴奋的向长顺勾了一勾手指。他替长顺高兴,因为富善先生要亲自问长顺的话。

长顺傻子似的随着约翰进到一间不很大的办公室,富善先生正在屋中来回的走,脖子一伸一伸的像噎住了似的。富善先生的心中显然的是很不安定。见长顺进来,他立住,拱了拱手。他不大喜欢握手,而以为拱手更恭敬,也更卫生一些。对长顺,他本来没有拱手的必要,长顺不过是个孩子。可是,他喜欢纯粹的中国人。假若穿西装的中国人永远得不到他的尊敬,那么穿大褂的,不论年纪大小,总被他重视。"你来送信,祁先生被捕了?"他用中国话问,他的灰蓝色的眼珠更蓝了一些,他是真心的关切瑞宣。"怎么拿去的?"

长顺结结巴巴的把事情述说了一遍。他永远没和外国人说过话,他不知道怎样说才最合适,所以说得特别的不顺利。

富善先生极注意的听着。听完,他伸了伸脖子,脸上红起好几块来。"嗯!嗯!嗯!"他连连的点头。"你是他的邻居,唉?"看长顺点了头,他又"嗯"了一声。"好!你是好孩子!我有办法!"他挺了挺胸。"赶紧回去,设法告诉祁老先生,不要着急!我有办法!我亲自去把他保出来!"沉默了一会儿,他好像是对自己说:"这不是捕瑞宣,而是打老英国的嘴巴!杀鸡给猴子看,哼!"

长顺立在那里,要再说话,没的可说,要告辞又不好意思。他的心里可是很痛快,他今天是作了一件"非常"的事情,足以把孙七的嘴堵住不再吹牛的事情!

"约翰!"富善先生叫。"领他出去,给他点车钱!"而后对长顺:"好孩子。回去吧!别对别人说咱们的事!"

丁约翰与长顺都极得意的走出来。长顺拦阻丁约翰给他车钱:"给祁先生办点事,还能……"他找不着适当的言语表现他的热心,而只傻笑了一下。

丁约翰塞到长顺的衣袋里一块钱。他奉命这样作,就非作不可。

出了东交民巷,长顺真的雇了车。他必须坐车,因为那一元钱是富善先生给他雇车用的。坐在车上,他心中开了锅。他要去对外婆,孙七,李四爷,和一切的人讲说他怎样闯进英国府。紧跟着,他就警告自己:"一声都不要出,把嘴闭严像个蛤蜊!"同时,他又须设计怎样去报告给祁老人,教老人放心,一会儿,他又想象着祁瑞宣怎样被救出来,和怎样感激他。想着想着,凉风儿吹低了他的头。一大早上的恐惧,兴奋,与疲乏,使他闭上了眼。

忽然的他醒了,车已经停住。他打了个极大的哈欠,像要把一条大街都吞吃了似的。

回到家中,他编制了一大套谎言敷衍外婆,而后低着头思索怎样通知祁老人的妙计。

这时候,全胡同的人们已都由李四爷那里得到了祁家的不幸消息。李四爷并没敢挨家去通知,而只在大家都围着一个青菜挑子买菜的时候,低声的告诉了大家。得到了消息,大家都把街门打开,表示镇定。他们的心可是跳得都很快。只是这么一条小胡同里,他们已看到钱家与祁家两家的不幸。他们都想尽点力,帮忙祁家,可是谁也没有办法与能力。他们只能偷偷的用眼角瞭着五号的门。他们还照常的升火作饭,沏茶灌水,可是心里都有一种说不出来的悲哀与不平。到了晌午,大家的心跳得更快了,这可是另一种的跳法。他们几乎忘了瑞宣的事,因为听到了两个特使被刺身亡的消息。孙七连活都顾不得作了,他须回家喝两口酒。多少日子了,他没听到一件痛快的事;今天,他的心张开了:"好!解恨!谁说咱们北平没有英雄好汉呢!"他一边往家走,一边跟自己说。他忘了自己的近视眼,而把头碰在了电线杆子上。摸着头上的大包,他还是满心欢喜:"是这样!要杀就拣大个的杀!是!"

小文夫妇是被传到南海唱戏的,听到这个消息,小文发表了他的艺术家的意见:"改朝换代都得死人,有钱的,没钱的,有地位的,没地位的,作主人的,作奴隶的,都得死!好戏里面必须有法场,行刺,砍头,才热闹,才叫好!"说完,他拿起胡琴来,拉了一个过门。虽然他要无动于衷,可是琴音里也不怎么显着轻快激壮。

文若霞没说什么,只低头哼唧了几句审头刺汤。

李四爷不想说什么，搬了个小板凳，坐在门外，面对着五号的门。秋阳晒在他的头上，他觉得舒服。他心中的天平恰好两边一样高了——你们拿去我们的瑞宣，我们结果了你们的特使。一号的小孩子本是去向特使行参见礼的，像两个落在水里的老鼠似的跑回家来。他俩没敢在门外胡闹，而是一直的跑进家门，把门关严。李四爷的眼角上露出一点笑纹来。老人一向不喜欢杀生，现在他几乎要改变了心思——"杀"是有用处的，只要杀得对！

冠晓荷憋着一肚子话，想找个人说一说。他的眉头皱着点，仿佛颇有所忧虑。他并没忧虑大赤包的安全，而是发愁恐怕日本人要屠城。他觉得特使被刺，理当屠城。自然，屠城也许没有他的事，因为冠家是日本人的朋友。不过，日本人真要杀红了眼，杀疯了心，谁准知道他们不迷迷糊糊的也给他一刀呢？过度害怕的也就是首先屈膝的，可是屈膝之后还时常打哆嗦。

一眼看见了李四爷，他赶了过来："这么闹不好哇！"他的眉头皱得更紧了一些。"你看，这不是太岁头上动土吗？"他以为这件事完全是一种胡闹。

李四爷立起来，拿起小板凳。他最不喜欢得罪人，可是今天他的胸中不知哪儿来的一口壮气，他决定得罪冠晓荷。正在这个时候，一个人像报丧似的奔了祁家去。到门外，他没有敲门，而说了一个什么暗号。门开了，他和里面的人像蚂蚁相遇那么碰一碰须儿，里面的两个人便慌忙走出来。三个人一齐走开。

李四爷看出来：特使被刺，大概特务不够用的了，所以祁家的埋伏也被调了走。他慢慢的走进家去。过了一小会儿，他又出来，看晓荷已不在外面，赶紧的在四号门外叫了声长顺。

长顺一早半天并没闲着，到现在还在思索怎么和祁老人见面。听见李四爷的声音，他急忙跑出来。李四爷只一点手，他便跟在老人的身后，一同到祁家去。

韵梅已放弃了挖墙的工作，因为祁老人不许她继续下去。老人的怒气还没消逝，声音相当大的对她说："干吗呀？不要再挖，谁也帮不了咱们的忙，咱们也别连累别人！这些老法子，全没了用！告诉你，以后不要再用破缸顶街门！哼，人家会由房上跳进来！完了，完了！我白活了七十多岁！我的法子全用不上了！"是的，他的最宝贵的经验都一个钱也不值了。他失去了自信。他像一匹被人弃舍了的老马，任凭苍蝇蚊子们欺侮，而毫无办法。

小顺儿和妞子在南屋里偷偷的玩耍，不敢到院子里来。偷偷的玩耍是儿童的很大的悲哀。韵梅给他们煮了点干豌豆，使他们好占住嘴，不出声。

小顺儿头一个看见李四爷进来。他极兴奋的叫了声"妈！"院子里已经安静了一早半天，这一声呼叫使大家都颤了一下。韵梅红着眼圈跑过来。"小要命鬼！你叫唤什么？"刚说完，她也看见了李四爷，顾不得说什么，她哭起来。

她不是轻于爱落泪的妇人，可是这半天的灾难使她没法不哭了。丈夫的生死不明，而一家人在自己的院子里作了囚犯。假若她有出去的自由，她会跑掉了鞋底子去为丈夫奔走，她有那么点决心与勇气。可是，她出不去。再说，既在家中出不去，她就该给老的小的弄饭吃，不管她心中怎么痛苦，也不管他们吃不吃。可是，她不能到街上或门外去买东西。她和整个的世界断绝了关系，也和作妻的，作母的，作媳妇的责任脱了节。虽然没上锁镣，她却变成囚犯。她着急，生气，发怒，没办法。她没听说过，一人被捕，而全家也坐"狱"的办法。只有日本人会出这种绝户主意。现在，她才真明白了日本人，也才真恨他们。

"四爷！"祁老人惊异的叫。"你怎么进来的？"李四爷勉强的一笑："他们走啦！"

"走啦？"天佑太太拉着小顺儿与妞子赶了过来。"日本的特使教咱们给杀啦,他们没工夫再守在这里!"韵梅止住了啼哭。

"特使?死啦?"祁老人觉得一切好像都是梦。没等李四爷说话,他打定了主意。"小顺儿的妈,拿一股高香来,我给日本人烧香!"

"你老人家算了吧!"李四爷又笑了一下。"烧香?放枪才有用呢!"

"哼!"祁老人的小眼睛里发出仇恨的光来。"我要是有枪,我就早已打死门口的那两个畜生了!中国人帮着日本人来欺侮咱们,混账!"

"算了吧,听听长顺儿说什么。"李四爷把立在他身后的长顺拉到前边来。

长顺早已等得不耐烦了,马上挺了挺胸,把一早上的英勇事迹,像说一段惊险的故事似的,说给大家听。当他初进来的时候,大家都以为他是来看看热闹,所以没大注意他。现在,他成了英雄,连他的呜囔呜囔的声音仿佛都是音乐。等他说完,祁老人叹了口气:"长顺,难为你!好孩子!好孩子!我当是老街旧邻们都揣着手在一旁看祁家的哈哈笑呢,原来……"他不能再说下去。感激邻居的真情使他忘了对日本人的愤怒,他的心软起来,怒火降下去,他的肩不再挺着,而松了下去。摸索着,他慢慢的坐在了台阶上,双手捧住了头。

"爷爷!怎么啦?"韵梅急切的问。

老人没抬头,低声的说:"我的孙子也许死不了啦!天老爷,睁开眼照应着瑞宣吧!"事情刚刚有点希望,他马上又还了原,仍旧是个老实的,和平的,忍受患难与压迫的老人。

天佑太太挣扎了一上午,已经感到疲乏,极想去躺一会儿。可是,她不肯离开李四爷与长顺。她不便宣布二儿瑞丰的丑恶,但是她看出来朋友们确是比瑞丰还更亲近,更可靠。这使她高兴,而又难过。把感情都压抑住,她勉强的笑着说:"四大爷!长顺!你们可受了累!"

韵梅也想道出心中的感激,可是说不出话来。她的心完全在瑞宣身上。她不敢怀疑富善先生的力量,可又不放心丈夫是不是可能的在富善先生去到以前,就已受了刑!她的心中时时的把钱先生与瑞宣合并到一块儿,看见个满身是血的瑞宣。

李四爷看看这个,看看那个,心中十分难过。眼前的男女老少都是心地最干净的人,可是一个个的都无缘无故的受到魔难。他几乎没有法子安慰他们。很勉强的,他张开了口:"我看瑞宣也许受不了多少委屈,都别着急!"他轻嗽了一下,他知道自己的话是多么平凡,没有力量。"别着急!也别乱吵嚷!英国府一定有好法子!长顺,咱们走吧!祁大哥,有事只管找我去!"他慢慢的往外走。走了两步,他回头对韵梅说:"别着急!先给孩子们作点什么吃吧!"

长顺也想交代一两句,而没能想出话来。无聊的,他摸了摸小顺儿的头。小顺儿笑了:"妹妹,我,都乖,听话!不上门口去!"

他们往外走。两个妇人像被吸引着似的,往外送。李四爷伸出胳臂来。"就别送了吧!"

她们楞楞磕磕的站住。

祁老人还捧着头坐在那里,没动一动。

这时候,瑞宣已在狱里过了几个钟头。这里,也就是钱默吟先生来过的地方。这地方的一切设备可是已和默吟先生所知道的大不相同了。当默吟到这里的时节,它的一切还都因陋就简的,把学校变为临时的监狱。现在,它已是一座"完美的"监狱,处处看得出日本人的"苦心经营"。任何一个小地方,日本人都花了心血,改造又改造,使任何人一看都得称赞它为残暴的结晶品。在这里,日本人充分的表现了他们杀人艺术的造诣。是的,杀人是他们的一种艺术,正像他们吃茶与插瓶花那么有讲究。来到这里的不只是犯人,而也是日本人折来的花草;他们必须在断了呼吸以前,经验到最耐心的,最细腻的艺术方法,把血一滴一滴的,缓慢的,巧妙的,最痛苦的,流尽。他们的痛苦正是日本人的欣悦。日本军人所受的教育，使他们不仅要凶狠残暴，而是吃进去毒狠的滋味，教残暴变成像爱花爱鸟那样的一种趣味。这所监狱正是这种趣味与艺术的试验所。

瑞宣的心里相当的平静。在平日，他爱思索；即使是无关宏旨的一点小事，他也要思前想后的考虑，以便得到个最妥善的办法。从七七抗战以来，他的脑子就没有闲着过。今天，他被捕了，反倒觉得事情有了个结束，不必再想什么了。脸上很白，而嘴边上挂着点微笑，他走下车来，进了北京大学——他看得非常的清楚，那是"北大"。

钦先生曾经住过的牢房，现在已完全变了样子。楼下的一列房，已把前脸儿拆去，而安上很密很粗的铁条，极像动物园的兽笼子。牢房改得很小，窄窄的分为若干间，每间里只够容纳一对野猪或狐狸的。可是，瑞宣看清，每一间里都有十个到十二个犯人。他们只能胸靠着背，嘴顶着脑勺儿立着，谁也不能动一动。屋里除了人，没有任何东西，大概犯人大小便也只能立着，就地执行。瑞宣一眼扫过去，这样的兽笼至少有十几间。他哆嗦了一下。笼外，只站着两个日兵，六支眼——兵的四只，枪的两只——可以毫不费力的控制一切。瑞宣低下头去。他不晓得自己是否也将被放进那集体的"站笼"去。假若进去，他猜测着，只须站两天他就会断了气的。

可是，他被领到最靠西的一间牢房里去，屋子也很小，可是空着的。他心里说："这也许是优待室呢！"小铁门开了锁。他大弯腰才挤了进去。三合土的地上，没有任何东西，除了一片片的，比土色深的，发着腥气，血迹。他赶紧转过身来，面对着铁栅，他看见了阳光，也看见了一个兵。那个兵的枪刺使阳光减少了热力。抬头，他看见天花板上悬着一根铁条。铁条上缠着一团铁丝，铁丝中缠着一只手，已经腐烂了的手。他收回来眼光，无意中的看到东墙，墙上舒舒展展的钉着一张完整的人皮。他想马上走出去，可是立刻看到了铁栅。既无法出去，他爽性看个周到，他的眼不敢迟疑的转到西墙上去。墙上，正好和他的头一边儿高，有一张裱好的横幅，上边贴着七个女人的阴户。每一个下面都用红笔记着号码，旁边还有一朵画得很细致的小图案花。

瑞宣不敢再看。低下头,他把嘴闭紧。待了一会儿,他的牙咬出响声来。他不顾得去想自己的危险,一股怒火燃烧着他的心。他的鼻翅撑起来,带着响的出气。

他决定不再想家里的事。他看出来,他的命运已被日本人决定。那悬着的手,钉着的人皮,是特意教他看的,而他的手与皮大概也会作展览品。好吧,命运既被决定,他就笑着迎上前去吧。他冷笑了一声。祖父,父母,妻子……都离他很远了,他似乎已想不清楚他们的面貌。就是这样才好,死要死得痛快,没有泪,没有萦绕,没有顾虑。

他呆呆的立在那里,不知有多久;一点斜着来的阳光碰在他的头上,他才如梦方醒的动了一动。他的腿已发僵,可是仍不肯坐下,倒仿佛立着更能多表示一点坚强的气概。有一个很小很小的便衣的日本人,像一头老鼠似的,在铁栅外看了他一眼,而后笑着走开。他的笑容留在瑞宣的心里,使瑞宣恶心了一阵。又过了一会儿,小老鼠又回来,向瑞宣恶意的鞠了一躬。小老鼠张开嘴,用相当好的中国话说:"你的不肯坐下,客气,我请一位朋友来陪你!"说完,他回头一招手。两个兵抬过一个半死的人来,放在铁栅外,而后搬弄那个人,使他立起来。那个人——一个脸上全肿着,看不清有多大岁数的人——已不会立住。两个兵用一条绳把他捆在铁栅上。"好了!祁先生,这个人的不听话,我们请他老站着。"小老鼠笑着说,说完他指了指那个半死的人的脚。瑞宣这才看清,那个人的两脚十指是钉在木板上的。那个人东晃一下,西晃一下,而不能倒下去,因为有绳子拢着他的胸。他的脚指已经发黑。过了好大半天,那个人哎哟了一声。一个兵极快的跑过来,用枪把子像舂米似的砸他的脚。已经腐烂的脚指被砸断了一个。那个人像饥狼似的长嚎了一声,垂下头去,不再出声。"你的喊!打!"那个兵眼看着瑞宣,骂那个人。然后,他珍惜的拾起那个断了的脚指,细细的玩赏。看了半天,他用臂拢着枪,从袋中掏出张纸来，把脚指包好，记上号码。而后，他向瑞宣笑了笑，回到岗位去。

过了有半个钟头吧，小老鼠又来到。看了看断指的人，看了看瑞宣。断指的人已停止了呼吸。小老鼠惋惜的说："这个人不结实的，穿木鞋不到三天就死的！中国人体育不讲究的！"一边说，他一边摇头，好像很替中国人的健康担忧似的。叹了口气，他又对瑞宣说："英国使馆，没有木鞋的？"瑞宣没出声，而明白了他的罪状。

小老鼠板起脸来："你，看起英国的，看不起大日本的！要悔改的！"说完，他狠狠的踢了死人两脚。话从牙缝中溅出来："中国人，一样的！都不好的！"他的两只发光的鼠眼瞪着瑞宣。瑞宣没瞪眼，而只淡淡的看着小老鼠。老鼠发了怒："你的厉害，你的也会穿木鞋的！"说罢，他扯着极大的步子走开，好像一步就要跨过半个地球似的。

瑞宣呆呆的看着自己的脚。等着脚指上挨钉。他知道自己的身体并不十分强壮，也许钉了钉以后，只能活两天。那两天当然很痛苦，可是过去以后，就什么也不知道了，永远什么也不知道了——无感觉的永生！他盼望事情就会如此的简单，迅速。他承认他有罪，应当这样惨死，因为他因循，苟安，没能去参加抗战。

两个囚犯，默默的把死人抬了走。他两个眼中都含着泪，可是一声也没出。声音是"自由"的语言，没有自由的只能默默的死去。

院中忽然增多了岗位。出来进去的日本人像蚂蚁搬家那么紧张忙碌。瑞宣不晓得南海外的刺杀，而只觉得那些乱跑的矮子们非常的可笑。生为一个人，他以为，已经是很可怜，生为一个日本人，把可怜的生命全花费在乱咬乱闹上，就不但可怜，而且可笑了！

一队一队的囚犯，由外面像羊似的被赶进来，往后边走。瑞宣不晓得外边发生了什么事，而只盼望北平城里或城外发生了什么暴动。暴动，即使失败，也是光荣的。像他这样默默的等着剥皮剁指，只是日本人手中玩弄着的一条小虫，耻辱是他永远的谥号！

四十八

瑞宣赶得机会好。司令部里忙着审刺客，除了小老鼠还来看他一眼，戏弄他几句，没有别人来打扰他。第一天的正午和晚上，他都得到一个比地皮还黑的馒头，与一碗白水。对着人皮，他没法往下咽东西。他只喝了一碗水。第二天，他的"饭"改了：一碗高粱米饭代替了黑馒头。看着高粱米饭，他想到了东北。关内的人并不吃高粱饭。这一定是日本人在东北给惯了囚犯这样的饭食，所以也用它来"优待"关内的犯人。日本人自以为最通晓中国的事，瑞宣想，那么他们就该知道北平人并不吃高粱。也许是日本人在东北作惯了的，就成了定例定法，适用于一切的地方。瑞宣，平日自以为颇明白日本人，不敢再那么自信了。他想不清楚，日本人在什么事情上要一成不变，在哪里又随地变动；和日本人到底明白不明白中国人与中国事。

对他自己被捕的这件事，他也一样的摸不清头脑。日本人为什么要捕他呢？为什么捕了来既不审问，又不上刑呢？难道他们只是为教他来观光？不，不能！日本人不是最阴险，最诡秘，不愿教人家知道他们的暴行的吗？那么，为什么教他来看呢？假若他能幸而逃出去，他所看见的岂不就成了历史，永远是日本人的罪案么？他们也许决不肯放了他，那么，又干吗"优待"他呢？他怎想，怎弄不清楚。他不敢断定，日本人是聪明，还是愚痴；是事事有办法，还是随意的乱搞。

最后，他想了出来：只要想侵略别人，征服别人，伤害别人，就只有乱搞，别无办法。侵略的本身就是胡来，因为侵略者只看见了自己，而且顺着自己的心思假想出被侵略者应当是什么样子。这样，不管侵略者计算的多么精细,他必然的遇到挫折与失算。为补救失算,他只好再顺着自己的成见从事改正,越改也就越错,越乱。小的修正与严密,并无补于大前提的根本错误。日本人,瑞宣以为,在小事情上的确是费了心机;可是,一个极细心捉虱子的小猴,永远是小猴,不能变成猩猩。

这样看清楚,他尝了一两口高粱米饭。他不再忧虑。不管他自己是生还是死,他看清日本人必然失败。小事聪明,大事胡涂,是日本人必然失败的原因。

假若瑞宣正在这么思索大的问题,富善先生可是正想一些最实际的,小小的而有实效的办法。瑞宣的被捕,使老先生愤怒。把瑞宣约到使馆来作事,他的确以为可以救了瑞宣自己和祁家全家人的性命。可是,瑞宣被捕。这,伤了老人的自尊心。他准知道瑞宣是最规矩正派的人,不会招灾惹祸。那么,日本人捉捕瑞宣,必是向英国人挑战。的确,富善先生是中国化了的英国人。可是,在他的心的深处,他到底隐藏着一些并未中国化了的东西。他同情中国人,而不便因同情中国人也就不佩服日本人的武力。因此,看到日本人在中国的杀戮横行,他只能抱着一种无可奈何之感。他不是个哲人,他没有特别超越的胆识,去斥责日本人。这样,他一方面,深盼英国政府替中国主持正义,另一方面,却又以为只要日本不攻击英国,便无须多管闲事。他深信英国是海上之王,日本人决不敢来以卵投石。对自己的国力与国威的信仰,使他既有点同情中国,又必不可免的感到自己的优越。他决不幸灾乐祸,可也不便见义勇为,为别人打不平。瑞宣的被捕,他看,是日本人已经要和英国碰一碰了。他动了心。他的同情心使他决定救出瑞宣来,他的自尊心更加强了这个决定。

他开始想办法。他是英国人,一想他便想到办公事向日本人交涉。可是,他也是东方化了的英国人,他晓得在公事递达之前,瑞宣也许已经受了毒刑,而在公事递达之后,日本人也许先结果了瑞宣的性命,再回覆一件"查无此人"的,客气的公文。况且,一动公文,就是英日两国间的直接抵触，他必须请示大使。那麻烦，而且也许惹起上司的不悦。为迅速，为省事，他应用了东方的办法。

他找到了一位"大哥"，给了钱（他自己的钱），托"大哥"去买出瑞宣来。"大哥"是爱面子而不关心是非的。他必须卖给英国人一个面子，而且给日本人找到一笔现款。钱递进去，瑞宣看见了高粱米饭。

第三天，也就是小崔被砍头的那一天，约摸在晚八点左右，小老鼠把前天由瑞宣身上搜去的东西都拿回来，笑得像个开了花的馒头似的，低声的说："日本人大大的好的！客气的！亲善的！公道的！你可以开路的！"把东西递给瑞宣，他的脸板起来："你起誓的！这里的事，一点，一点，不准说出去的！说出去，你会再拿回来的，穿木鞋的！"

瑞宣看着小老鼠出神。日本人简直是个谜。即使他是全能的上帝，也没法子判断小老鼠到底是什么玩艺儿！他起了誓。他这才明白为什么钱先生始终不肯对他说狱中的情形。

剩了一个皮夹，小老鼠不忍释手。瑞宣记得，里面有三张一元的钞票，几张名片，和两张当票。瑞宣没伸手要，也无意赠给小老鼠。小老鼠，最后，绷不住劲儿了，笑着问："心交心交？"瑞宣点了点头。他得到小老鼠的夸赞："你的大大的好！你的请！"瑞宣慢慢的走出来。小老鼠把他领到后门。

瑞宣不晓得是不是富善先生营救他出来的，可是很愿马上去看他；即使富善先生没有出力，他也愿意先教老先生知道他已经出来，好放心。心里这样想，他可是一劲儿往西走。"家"吸引着他的脚步。他雇了一辆车。在狱里，虽然挨了三天的饿，他并没感到疲乏；怒气持撑着他的精神与体力。现在，出了狱门，他的怒气降落下去，腿马上软起来。坐在车上，他感到一阵眩晕，恶心。他用力的抓住车垫子，镇定自己。昏迷了一下，出了满身的凉汗，他清醒过来。待了半天，他才去擦擦脸上的汗。三天没盥洗，脸上有一层浮泥。闭着眼，凉风撩着他的耳与腮，他舒服了一点。睁开眼,最先进入他的眼中的是那些灯光,明亮的,美丽的,灯光。他不由的笑了一下。他又得到自由,又看到了人世的灯光。马上,他可是也想起那些站在囚牢里的同胞。那些人也许和他一样,没有犯任何的罪,而被圈在那里,站着;站一天,两天,三天,多么强壮的人也会站死,不用上别的刑。"亡国就是最大的罪!"他想起这么一句,反复的念叨着。他忘了灯光,忘了眼前的一切。那些灯,那些人,那些铺户,都是假的,都是幻影。只要狱里还站着那么多人,一切就都不存在!北平,带着它的湖山宫殿,也并不存在。存在的只有罪恶!

车夫,一位四十多岁,腿脚已不甚轻快的人,为掩饰自己的迟慢,说了话:"我说先生,你知道今儿个砍头的拉车的姓什么吗?"

瑞宣不知道。

"姓崔呀!西城的人!"

瑞宣马上想到了小崔。可是,很快的他便放弃了这个想头。他知道小崔是给瑞丰拉包车,一定不会忽然的,无缘无故的被砍头。再一想,即使真是小崔,也不足为怪;他自己不是无缘无故的被抓进去的么?"他为什么……""还不知道吗,先生?"车夫看着左右无人,放低了声音说:"不是什么特使教咱们给杀了吗?姓崔的,还有一两千人都抓了进去;姓崔的掉了头!是他行的刺不是,谁可也说不上来。反正咱们的脑袋不值钱,随便砍吧!我日他奶奶的!"

瑞宣明白了为什么这两天,狱中赶进来那么多人,也明白了他为什么没被审讯和上刑。他赶上个好机会,白拣来一条命。假若他可以"幸而免",焉知道小崔不可以误投罗网呢?国土被人家拿去,人的性命也就交给人家掌管,谁活谁死都由人家安排。他和小崔都想偷偷的活着,而偷生恰好是惨死的原因。他又闭上了眼,忘了自己与小崔,而想象着在自由中国的阵地里,多少多少自由的人,自由的选择好死的地方与死的目的。那些面向着枪弹走的才是真的人,才是把生命放在自己的决心与胆量中的。

他们活,活得自由;死,死得光荣。他与小崔,哼,不算数儿!

车子忽然停在家门口,他楞磕磕的睁开眼。他忘了身上没有一个钱。摸了摸衣袋,他向车夫说:"等一等,给你拿钱。""是了,先生,不忙!"车夫很客气的说。

他拍门,很冷静的拍门。由死亡里逃出,把手按在自己的家门上,应当是动心的事。可是他很冷静。他看见了亡国的真景象,领悟到亡国奴的生与死相距有多么近。他的心硬了,不预备在逃出死亡而继续去偷生摇动他的感情。再说,家的本身就是囚狱,假若大家只顾了油盐酱醋,而忘了灵魂上的生活。

他听到韵梅的脚步声。她立住了,低声的问"谁?"他只淡淡的答了声"我!"她跑上来,极快的开了门。夫妻打了对脸。假若她是个西欧的女人,她必会急忙上去,紧紧的抱住丈夫。她是中国人,虽然她的心要跳出来,跳到丈夫的身里去,她可是收住脚步,倒好像夫妻之间有一条什么无形的墙壁阻隔着似的。她的大眼睛亮起来,不知怎样才好的问了声:"你回来啦?"

"给车钱!"瑞宣低声的说。说完,他走进院中去。他没感到夫妻相见的兴奋与欣喜,而只觉得自己的偷偷被捉走,与偷偷的回来,是一种莫大的耻辱。假若他身上受了伤,或脸上刺了字,他必会骄傲的迈进门坎,笑着接受家人的慰问与关切。可是,他还是他,除了心灵上受了损伤,身上并没一点血痕——倒好像连日本人都不屑于打他似的。当爱国的人们正用战争换取和平的时候,血痕是光荣的徽章。他没有这个徽章,他不过只挨了两三天的饿,像一条饿狗垂着尾巴跑回家来。

天佑太太在屋门口立着呢。她的声音有点颤:"老大!"

瑞宣的头不敢抬起来,轻轻的叫了声:"妈!"小顺儿与妞子这两天都睡得迟了些,为是等着爸爸回来,他们俩笑着,飞快的跑过来:"爸!你回来啦?"一边一个,他们拉住了爸的手。

两支温暖的小手,把瑞宣的心扯软。天真纯挚的爱把他的耻辱驱去了许多。

"老大!瑞宣!"祁老人也还没睡,等着孙子回来,在屋中叫。紧跟着,他开开屋门:"老大,是你呀?"瑞宣拉着孩子走过来:"是我,爷爷!"

老人哆嗦着下了台阶,心急而身体慢的跪下去:"历代的祖宗有德呀!老祖宗们,我这儿磕头了!"他向西磕了三个头。

撒开小顺儿与妞子,瑞宣赶紧去搀老祖父。老人浑身仿佛都软了,半天才立起来。老少四辈儿都进了老人的屋中。天佑太太乘这个时节,在院中嘱告儿媳:"他回来了,真是祖上的阴功,就别跟他讲究老二了!是不是?"韵梅眨了两下眼,"我不说!"

在屋中,老人的眼盯住了长孙,好像多年没见了似的。瑞宣的脸瘦了一圈儿。三天没刮脸,短的,东一束西一根的胡子,给他添了些病容。

天佑太太与韵梅也走进来,她们都有一肚子话,而找不到话头儿,所以都极关心的又极愚傻的,看着瑞宣。"小顺儿的妈!"老人的眼还看着孙子,而向孙媳说:"你倒是先给他打点水,泡点茶呀!"

韵梅早就想作点什么,可是直到现在才想起来泡茶和打水。她笑了一下:"我简直的迷了头啦,爷爷!"说完,她很快的跑出去。

"给他作点什么吃呀!"老人向儿媳说。他愿也把儿媳支出去,好独自占有孙子,说出自己的勇敢与伤心来。天佑太太也下了厨房。

老人的话太多了,所以随便的就提出一句来——话太多了的时候,是在哪里都可以起头的。

"我怕他们吗?"老人的小眼眯成了一道缝,把三天前的斗争场面从新摆在眼前:"我?哼!露出胸膛教他们放枪!他们没——敢——打!哈哈!"老人冷笑了一声。

小顺儿拉了爸一把,爷儿俩都坐在炕沿上。小妞子立在爸的腿中间。

他们都静静的听着老人指手划脚的说。瑞宣摸不清祖父说的是什么,而只觉得祖父已经变了样子。在他的记忆中,祖父的教训永远是和平,忍气,吃亏,而没有勇敢,大胆,与冒险。现在,老人说露出胸膛教他们放枪了!压迫与暴行大概会使一只绵羊也要向前碰头吧?

天佑太太先提着茶壶回来。在公公面前,她不敢坐下。可是,尽管必须立着,她也甘心。她必须多看长子几眼,还有一肚子话要对儿子说。

两口热茶喝下去,瑞宣的精神振作了一些。虽然如此,他还是一心的想去躺下,睡一觉。可是,他必须听祖父说完,这是他的责任。他的责任很多,听祖父说话儿,被日本人捕去,忍受小老鼠的戏弄……都是他的责任。他是尽责任的亡国奴。

好容易等老人把话说完,他知道妈妈必还有一大片话要说。可怜的妈妈!她的脸色黄得像一张旧纸,没有一点光彩;她的眼陷进好深,眼皮是青的;她早就该去休息,可是还挣扎着不肯走开。

韵梅端来一盆水。瑞宣不顾得洗脸,只草草的擦了一把;坐狱使人记住大事,而把洗脸刷牙可以忽略过去。"你吃点什么呢?"韵梅一边给老人与婆母倒茶,一边问丈夫。她不敢只单纯的招呼丈夫,而忽略了老人们。她是妻,也是媳妇;媳妇的责任似乎比妻更重要。

"随便!"瑞宣的肚中确是空虚,可是并不怎么热心张罗吃东西,他更需要安睡。

"揪点面片儿吧,薄薄的!"天佑太太出了主意。等儿媳走出去,她才问瑞宣:"你没受委屈啊?"

"还好!"瑞宣勉强的笑了一下。

老太太还有好多话要说,但是她晓得怎么控制自己。她的话像满满的一杯水,虽然很满,可是不会撒出来。她看出儿子的疲倦,需要休息。她最不放心的是儿子有没有受委屈。儿子既说了"还好",她不再多盘问。

"小顺儿,咱们睡觉去!"小顺儿舍不得离开。

"小顺儿,乖!"瑞宣懒懒的说。

"爸!明天你不再走了吧?"小顺儿似乎很不放心爸爸的安全。

"嗯!"瑞宣说不出什么来。他知道,只要日本人高兴,明天他还会下狱的。

等妈妈和小顺儿走出去,瑞宣也立起来。"爷爷,你该休息了吧?"

老人似乎有点不满意孙子:"你还没告诉我,你都受了什么委屈呢!"老人非常的兴奋,毫无倦意。他要听听孙子下狱的情形,好与自己的勇敢的行动合到一处成为一段有头有尾的历史。

瑞宣没精神,也不敢,述说狱中的情形。他知道中国人不会保守秘密,而日本人又耳目灵通;假若他随便乱说,他就必会因此而再下狱。于是,他只说了句"里边还好!"就拉着妞子走出来。

到了自己屋中,他一下子把自己扔在床上。他觉得自己的床比什么都更可爱,它软软的托着他的全身,使身上一切的地方都有了着落,而身上有了靠头,心里也就得到了安稳与舒适。惩治人的最简单,也最厉害的方法,便是夺去他的床!这样想着,他的眼已闭上,像被风吹动着的烛光似的,半灭未灭的,他带着未思索完的一点意思沉入梦乡。

韵梅端着碗进来,不知怎么办好了。叫醒他呢,怕他不高兴;不叫他呢,又怕面片儿凉了。

小妞子眨巴着小眼,出了主意:"妞妞吃点?"

在平日,妞子的建议必遭拒绝;韵梅不许孩子在睡觉以前吃东西。今天,韵梅觉得一切都可以将就一点,不必一定都守规矩。她没法表示出她心中的欢喜,好吧,就用给小女儿一点面片吃来表示吧。她抓在小妞子的耳边说:"给你一小碗吃,吃完乖乖的睡觉!爸回来好不好?"

"好!"妞子也低声的说。

韵梅坐在椅子上看一眼妞子,看一眼丈夫。她决定不睡觉,等丈夫醒了再去另作一碗面片。即使他睡一夜,她也可以等一夜。丈夫回来了,她的后半生就都有了依靠，牺牲一夜的睡眠算得了什么呢。她轻轻的起来，轻轻的给丈夫盖上了一床被子。

快到天亮，瑞宣才醒过来。睁开眼，他忘了是在哪里，很快的，不安的，他坐起来。小妞子的小床前放着油灯，只有一点点光儿。韵梅在小床前一把椅子上打盹呢。

瑞宣的头还有点疼，心中寡寡劳劳的像是饿，又不想吃，他想继续睡觉。可是韵梅的彻夜不睡感动了他。他低声的叫："小顺儿的妈！梅！你怎么不睡呢？"

韵梅揉了揉眼，把灯头捻大了点。"我等着给你作面呢！什么时候了？"

邻家的鸡声回答了她的问题。

"哟！"她立起来，伸了伸腰，"快天亮了！你饿不饿？"瑞宣摇了摇头。看着韵梅，他忽然的想说出心中的话，告诉她狱中的情形，和日本人的残暴。他觉得她是他的唯一的真朋友，应当分担他的患难，知道他一切的事情。可是，继而一想，他有什么值得告诉她的呢？他的软弱与耻辱是连对妻子也拿不出来的呀！

"你躺下睡吧，别受了凉！"他只拿出这么两句敷衍的话来。是的，他只能敷衍。他没有生命的真火与热血，他只能敷衍生命，把生命的价值贬降到马马虎虎的活着，只要活着便是尽了责任。

他又躺下去，可是不能再安睡。他想，即使不都说，似乎也应告诉韵梅几句，好表示对她的亲热与感激。可是，韵梅吹灭了灯，躺下便睡着了。她好像简单得和小妞子一样，只要他平安的回来，她便放宽了心；他说什么与不说什么都没关系。她不要求感激，也不多心冷淡，她的爱丈夫的诚心像一颗灯光，只管放亮，而不索要报酬与夸赞。

早晨起来，他的身上发僵，好像受了寒似的。他可是决定去办公，去看富善先生，他不肯轻易请假。

见到富善先生,他找不到适当的话表示感激。富善先生,到底是英国人,只问了一句"受委屈没有"就不再说别的了。他不愿意教瑞宣多说感激的话。英国人沉得住气。他也没说怎样把瑞宣救出来的。至于用他个人的钱去行贿,他更一字不提,而且决定永远不提。

"瑞宣!"老人伸了伸脖子,恳切的说:"你应当休息两天,气色不好!"

瑞宣不肯休息。

"随你!下了班,我请你吃酒!"老先生笑了笑,离开瑞宣。

这点经过,使瑞宣满意。他没告诉老人什么,老人也没告诉他什么,而彼此心中都明白:人既然平安的出来,就无须再去罗嗦了。瑞宣看得出老先生是真心的欢喜,老人也看得出瑞宣是诚心的感激,再多说什么便是废话。这是英国人的办法,也是中国人的交友之道。

到了晌午,两个人都喝过了一杯酒之后,老人才说出心中的顾虑来:

"瑞宣!从你的这点事,我看出一点,一点——噢,也许是过虑,我也希望这是过虑!我看哪,有朝一日,日本人会突击英国的!"

"能吗?"瑞宣不敢下断语。他现在已经知道日本人是无可捉摸的。替日本人揣测什么,等于预言老鼠在夜里将作些什么。

"能吗?怎么不能!我打听明白了,你的被捕纯粹因为你在使馆里作事!"

"可是英国有强大的海军?"

"谁知道!希望我这是过虑!"老人呆呆的看着酒杯,不再说什么。

喝完了酒,老人告诉瑞宣:"你回家吧,我替你请半天假。下午四五点钟,我来看你,给老人们压惊!要是不麻烦的话,你给我预备点饺子好不好?"

瑞宣点了头。

冠晓荷特别注意祁家的事。瑞宣平日对他那样冷淡,使他没法不幸灾乐祸。同时，他以为小崔既被砍头，大概瑞宣也许会死。他知道，瑞宣若死去，祁家就非垮台不可。祁家若垮了台，便减少了他一些精神上的威胁——全胡同中，只有祁家体面，可是祁家不肯和他表示亲善。再说，祁家垮了，他就应当买过五号的房来，再租给日本人。他的左右要是都与日本人为邻，他就感到安全，倒好像是住在日本国似的了。

可是，瑞宣出来了。晓荷赶紧矫正自己。要是被日本人捉去而不敢杀，他想，瑞宣的来历一定大得很！不，他还得去巴结瑞宣。他不能因为精神上的一点压迫而得罪大有来历的人。

他时时的到门外来立着，看看祁家的动静。在五点钟左右，他看到了富善先生在五号门外叩门，他的舌头伸出来，半天收不回去。象暑天求偶的狗似的，他吐着舌头飞跑进去："所长！所长！英国人来了！"

"什么？"大赤包惊异的问。

"英国人！上五号去了！"

"真的？"大赤包一边问，一边开始想具体的办法。"我们是不是应当过去压惊呢？"

"当然去！马上就去，咱们也和那个老英国人套套交情！"晓荷急忙就要换衣服。

"请原谅我多嘴，所长！"高亦陀又来等晚饭，恭恭敬敬的对大赤包说。"那合适吗？这年月似乎应当抱住一头儿，不便脚踩两只船吧？到祁家去，倘若被暗探看见，报告上去，总……所长你说是不是？"

晓荷不加思索的点了头。"亦陀你想的对！你真有思想！"大赤包想了想："你的话也有理。不过，作大事的人都得八面玲珑。方面越多，关系越多，才能在任何地方，任何时候，都吃得开！我近来总算能接近些个大人物了，你看，他们说中央政府不好吗？不！他们说南京政府不好吗？不！他们说英美或德意不好吗？不！要不怎么成为大人物呢，人家对谁都留着活口儿，对谁都不即不离的。因此，无论谁上台，都有他们的饭吃，他们永远是大人物！亦陀，你还有点所见者小！"

"就是！就是！"晓荷赶快的说："我也这么想！闹义和拳的时候，你顶好去练拳；等到有了巡警，你就该去当巡警。这就叫作义和拳当巡警，随机应变！好啦，咱们还是过去看看吧？"

大赤包点了点头。

富善先生和祁老人很谈得来。祁老人的一切，在富善先生眼中，都带着地道的中国味儿，足以和他心中的中国人严密的合到一块儿。祁老人的必定让客人坐上座，祁老人的一会儿一让茶，祁老人的谦恭与繁琐，都使富善先生满意。

天佑太太与韵梅也给了富善先生以很好的印象。她们虽没有裹小脚，可是也没烫头发与抹口红。她们对客人非常的有礼貌，而繁琐的礼貌老使富善先生心中高兴。小顺儿与妞子看见富善先生，既觉得新奇，又有点害怕，既要上前摸摸老头儿的洋衣服，而只有点忸怩。这也使富善先生欢喜，而一定要抱一抱小妞子——"来吧，看看我的高鼻子和蓝眼睛！"

由表面上的礼貌与举止，和大家的言谈，富善先生似乎一眼看到了一部历史，一部激变中的中国近代史。祁老人是代表着清朝人的，也就是富善先生所最愿看到的中国人。天佑太太是代表着清朝与民国之间的人的，她还保留着一些老的规矩，可是也拦不住新的事情的兴起。瑞宣纯粹的是个民国的人，他与祖父在年纪上虽只差四十年，而在思想上却相隔有一两世纪。小顺儿与妞子是将来的人。将来的中国人须是什么样子呢？富善先生想不出。他极喜欢祁老人，可是他拦不住天佑太太与瑞宣的改变，更拦不住小顺子与妞子的继续改变。他愿意看见个一成不变的，特异而有趣的中国文化，可是中国像被狂风吹着的一只船似的，顺流而下。看到祁家的四辈人，他觉得他们是最奇异的一家子。虽然他们还都是中国人，可是又那么复杂，那么变化多端。最奇怪的是这些各有不同的人还居然住在一个院子里，还都很和睦，倒仿佛是每个人都要变，而又有个什么大的力量使他们在变化中还不至于分裂涣散。在这奇怪的一家子里，似乎每个人都忠于他的时代，同时又不激烈的拒绝别人的时代，他们把不同的时代揉到了一块，像用许多味药揉成的一个药丸似的。他们都顺从着历史，同时又似乎抗拒着历史。他们各有各的文化，而又彼此宽容，彼此体谅。他们都往前走又像都往后退。

这样的一家人，是否有光明的前途呢？富善先生想不清楚了。更迫切的，这样的一家人是否受得住日本人的暴力的扫荡，而屹然不动呢？他看着小妞子与小顺儿，心中有一种说不出的难过。他自居为中国通，可是不敢再随便的下断语了！他看见这一家子，像一只船似的，已裹在飓风里。他替他们着急，而又不便太着急；谁知道他们到底是一只船还是一座山呢？为山着急是多么傻气呢！

大赤包与晓荷穿着顶漂亮的衣服走进来。为是给英国人一个好印象，大赤包穿了一件薄呢子的洋衣，露着半截胖胳臂，没有领子。她的唇抹得极大极红，头发卷成大小二三十个鸡蛋卷，像个漂亮的妖精。

他们一进来，瑞宣就楞住了。可是，极快的他打定了主意。他是下过监牢，看过死亡与地狱的人了，不必再为这种妖精与人怪动气动怒。假若他并没在死亡之前给日本人屈膝，那何必一定不招呼两个日本人的走狗呢？他决定不生气，不拒绝他们。他想，他应当不费心思的逗弄着他们玩，把他们当作小猫小狗似的随意耍弄。

富善先生吓了一跳。他正在想，中国人都在变化，可是万没想到中国人会变成妖精。他有点手足失措。瑞宣给他们介绍："富善先生。冠先生，冠太太，日本人的至友和亲信！"

大赤包听出瑞宣的讽刺，而处之泰然。她尖声的咯咯的笑了。"哪里哟！日本人还大得过去英国人？老先生，不要听瑞宣乱说！"

晓荷根本没听出来讽刺，而只一心一意的要和富善先生握手。他以为握手是世界上最文明的，最进步的礼节，而与一位西洋人握手差不多便等于留了十秒钟或半分钟的洋。

可是，富善先生不高兴握手，而把手拱起来。晓荷赶紧也拱手："老先生，了不得的，会拱手的！"他拿出对日本人讲话的腔调来，他以为把中国话说得半通不通的就差不多是说洋话了。

他们夫妇把给祁瑞宣压惊这回事，完全忘掉，而把眼，话，注意，都放在富善先生身上。大赤包的话像暴雨似的往富善先生身上浇。富善先生每回答一句就立刻得到晓荷的称赞——"看！老先生还会说'岂敢'！""看，老先生还知道炸酱面！好的很！"

富善先生开始后悔自己的东方化。假若他还是个不折不扣的英国人，那就好办了，他会板起面孔给妖精一个冷肩膀吃。可是，他是中国化的英国人，学会了过度的客气与努力的敷衍。他不愿拒人于千里之外。这样，大赤包和冠晓荷可就得了意，像淘气无知的孩子似的，得到个好脸色便加倍的讨厌了。

最后，晓荷又拱起手来："老先生，英国府方面还用人不用！我倒愿意，是，愿意……你晓得？哈哈！拜托，拜托！"

以一个英国人说，富善先生不应当扯谎，以一个中国人说，他又不该当面使人难堪。他为了难。他决定牺牲了饺子，而赶快逃走。他立起来，结结巴巴的说："瑞宣，我刚刚想，啊，想起来，我还有点，有点事！改天，改天再来，一定，再来……"

还没等瑞宣说出话来，冠家夫妇急忙上前挡住老先生。大赤包十二分诚恳的说："老先生，我们不能放你走，不管你有什么事！我们已经预备了一点酒菜，你一定要赏我们个面子！""是的，老先生，你要是不赏脸，我的太太必定哭一大场！"晓荷在一旁帮腔。

富善先生没了办法——一个英国人没办法是"真的"没有了办法。

"冠先生，"瑞宣没着急，也没生气，很和平而坚决的说："富善先生不会去！我们就要吃饭，也不留你们二位！"富善先生咽了一口气。

"好啦！好啦！"大赤包感叹着说。"咱们巴结不上，就别再在这儿讨厌啦！这么办，老先生，我不勉强你上我们那儿去，我给你送过来酒和菜好啦！一面生，两面熟，以后咱们就可以成为朋友了，是不是？"

"我的事，请你老人家还多分心！"晓荷高高的拱手。"好啦！瑞宣！再见！我喜欢你这么干脆嘹亮，西洋派儿！"大赤包说完，一转眼珠，作为向大家告辞。晓荷跟在后面，一边走一边回身拱手。

瑞宣只在屋门内向他们微微一点头。

等他们走出去，富善先生伸了好几下脖子才说出话来："这，这也是中国人？"

"不幸得很！"瑞宣笑了笑。"我们应当杀日本人，也该消灭这种中国人！日本人是狼，这些人是狐狸！"

四十九

忽然的山崩地裂,把小崔太太活埋在黑暗中。小崔没给过她任何的享受,但是他使她没至于饿死,而且的确相当的爱她。不管小崔怎样好,怎样歹吧,他是她的丈夫,教她即使在挨着饿的时候也还有盼望,有依靠。可是,小崔被砍了头。即使说小崔不是有出息的人吧,他可也没犯过任何的罪,他不偷不摸,不劫不抢。只有在发酒疯的时候,他才敢骂人打老婆,而撒酒疯并没有杀头的罪过。况且,就是在喝醉胡闹的时节,他还是爱听几句好话,只要有人给他几句好听的,他便乖乖的去睡觉啊。

她连怎么哭都不会了。她傻了。她忽然的走到绝境,而一点不知道为了什么。冤屈,愤怒,伤心,使她背过气去。马老太太,长顺,孙七和李四妈把她救活。醒过来,她只会直着眼长嚎,嚎了一阵,她的嗓子就哑了。

她楞着。楞了好久,她忽然的立起来,往外跑。她的时常被饥饿困迫的瘦身子忽然来了一股邪力气,几乎把李四妈撞倒。

"孙七,拦住她!"四大妈喊。

孙七和长顺费尽了力量,把她扯了回来。她的散开的头发一部分被泪粘在脸上,破鞋只剩了一只,咬着牙,哑着嗓子,她说:"放开我!放开!我找日本人去,一头跟他们碰死!"

孙七的近视眼早已哭红,这时候已不再流泪,而只和长顺用力揪着她的两臂。孙七动了真情。平日,他爱和小崔拌嘴瞎吵,可是在心里他的确喜爱小崔,小崔是他的朋友。

长顺的鼻子一劲儿抽纵,大的泪珠一串串的往下流。他不十分敬重小崔，但是小崔的屈死与小崔太太的可怜，使他再也阻截不住自己的泪。

李四大妈，已经哭了好几场，又重新哭起来。小崔不止是她的邻居，而也好像是她自己的儿子。在平日，小崔对她并没有孝敬过一个桃子，两个枣儿，而她永远帮助他，就是有时候她骂他，也是出于真心的爱他。她的扩大的母性之爱，对她所爱的人不索要任何酬报。她只有一个心眼，在那个心眼里她愿意看年轻的人都蹦蹦跳跳的真像个年轻的人。她万想不到一个像欢龙似的孩子会忽然死去，而把年轻轻的女人剩下作寡妇。她不晓得，也就不关心，国事；她只知道人，特别是年轻的人，应当平平安安的活着。死的本身就该诅咒，何况死的是小崔，而小崔又是被砍了头的呀！她重新哭起来。

马老太太自己就是年轻守了寡的。看到小崔太太，她想当年的自己。真的，她不像李四妈那么热烈，平日对小崔夫妇不过当作偶然住在一个院子里的邻居，说不上友谊与亲爱。可是，寡妇与寡妇，即使是偶然的相遇，也有一种不足为外人道的同情。她不肯大声的哭，而老泪不住的往外流。

不过，比较的，马老太太到底比别人都更清醒，冷静一些。她的嘴还能说话："想法子办事呀，光哭有什么用呢！人已经死啦！"她说出实话——人已经死啦！人死是哭不活的，她知道。她的丈夫就是年轻轻的离开了她的。她知道一个寡妇应当怎样用狠心代替爱心。她若不狠心的接受命运，她早已就入了墓。

她的劝告没有任何的效果。小崔太太仿佛是发了疯，两眼直勾勾的向前看着，好像看着没有头的小崔。她依旧挣扎，要夺出臂来："他死得屈！屈！屈！放开我！"她哑着嗓子喊，嘴唇咬出血来。

"别放开她，长顺！"马老太太着急的说。"不能再惹乱子！

连祁大爷，那么老实的人，不是也教他们抓了去吗！"这一提醒，使大家——除了小崔太太——都冷静了些。李四妈止住了哭声。孙七也不敢再高声的叫骂。长顺虽然因闯入英国府而觉得自己有点英雄气概,可是也知道他没法子去救活小崔,而且看出大家的人头都不保险,说不定什么时候就掉下去。

大家都不哭不喊的,呆呆的看着小崔太太,谁也想不出办法来。小崔太太还是挣扎一会儿,歇一会儿,而后再挣扎。她越挣扎,大家的心越乱。日本人虽只杀了小崔,而把无形的刀刺在他们每个人的心上。最后,小崔太太已经筋疲力尽,一翻白眼,又闭过气去。大家又忙成了一团。

李四爷走进来。

"哎哟!"四大妈用手拍着腿,说:"你个老东西哟,上哪儿去喽,不早点来!她都死过两回去喽!"

孙七,马老太太,和长顺,马上觉得有了主心骨——李四爷来到,什么事就都好办了。

小崔太太又睁开了眼。她已没有立起来的力量。坐在地上,看到李四爷,她双手捧着脸哭起来。

"你看着她!"李四爷命令着四大妈。老人的眼里没有一点泪,他好像下了决心不替别人难过而只给他们办事。他的善心不允许他哭,而哭只是没有办法的表示。"马老太太,孙七,长顺,都上这儿来!"他把他们领到了马老太太的屋中。"都坐下!"四爷看大家都坐下,自己才落座。"大家先别乱吵吵,得想主意办事!头一件,好歹的,咱们得给她弄一件孝衣。第二件,怎么去收尸,怎么抬埋——这都得用钱!钱由哪儿来呢?"

孙七揉了揉眼。马老太太和长顺彼此对看着,不出一声。李四爷,补充上:"收尸,抬埋,我一个人就能办,可是得有钱!我自己没钱,也没地方去弄钱!"

孙七没钱,马老太太没钱,长顺没钱。大家只好呆呆的发楞。

"我不想活下去了!"孙七哭丧着脸说,"日本人平白无故的杀了人，咱们只会在这儿商量怎么去收尸！真体面！收尸又没有钱，咱们这群人才算有出息！真他妈的！活着，活着干吗呢？"

"你不能那么说！"长顺抗辩。

"长顺！"马老太太阻止住外孙的发言。

李四爷不愿和孙七辩论什么。他的不久就会停止跳动的心里没有伤感与不必要的闲话，他只求就事论事，把事情办妥。他问大家："给她募化怎样呢？"

"哼！全胡同里就属冠家阔，我可是不能去手背朝下跟他们化缘，就是我的亲爹死了，没有棺材，我也不能求冠家去！什么话呢，我不能上窑子里化缘去！"

"我上冠家去！"长顺自告奋勇。

马老太太不愿教长顺到冠家去，可是又不便拦阻，她知道小崔的尸首不应当老扔在地上，说不定会被野狗咬烂。"不要想有钱的人就肯出钱！"李四爷冷静的说。"这么办好不好？孙七，你到街上的铺户里伸伸手，不勉强，能得几个是几个。我和长顺在咱们的胡同里走一圈儿。然后，长顺去找一趟祁瑞丰，小崔不是给他拉包月吗？他大概不至于不肯出几个钱。我呢，去找找祁天佑，看能不能要块粗白布来，好给小崔太太做件孝袍子。马老太太，我要来布，你分心给缝一缝。"

"那好办，我的眼睛还看得见！"马老太太很愿意帮这点忙。

孙七不大高兴去化缘。他真愿帮忙，假若他自己有钱，他会毫不吝啬的都拿出来；去化缘，他有点头疼。但是，他没敢拒绝；揉着眼，他走出去。

"咱们也走吧，"李四爷向长顺说。"马老太太，帮着四妈看着她，"他向小崔屋里指了指，"别教她跑出去！"出了门，四爷告诉长顺："你从三号起，一号用不着去。我从胡同那一头儿起，两头儿一包，快当点儿！不准动气，人家给多少是多少，不要争竞。人家不给，也别抱怨。"说完,一老一少分了手。

长顺还没叫门,高亦陀就从院里出来了。好像偶然相遇似的,亦陀说:"哟!你来干什么?"

长顺装出成年人的样子,沉着气,很客气的说:"小崔不是死了吗,家中很窘,我来跟老邻居们告个帮!"他的呜嚷的声音虽然不能完全去掉,可是言语的恰当与态度的和蔼使他自己感到满意。他觉得自从到过英国府,他忽然的长了好几岁。他已不是孩子了,他以为自己满有结婚的资格;假若真结了婚,他至少会和丁约翰一样体面的。

高亦陀郑重其事的听着,脸上逐渐增多严肃与同情。听完,他居然用手帕擦擦眼,拭去一两点想象的泪。然后,他慢慢的从衣袋里摸出十块钱来。拿着钱,他低声的,恳切的说:"冠家不喜欢小崔,你不用去碰钉子。我这儿有点特别费,你拿去好啦。这笔特别费是专为救济贫苦人用的,一次十块,可以领五六次。这,你可别对旁人说,因为款子不多,一说出去,大家都来要,我可就不好办了。我准知道小崔太太苦得很,所以愿意给她一份儿。你不用告诉她这笔钱是怎样来的,以后你就替她来领好啦;这笔款都是慈善家捐给的,人家不愿露出姓名来。你拿去吧!"他把钱票递给了长顺。

长顺的脸红起来。他兴奋。头一个他便碰到了财神爷!"噢,还有点小手续!"亦陀仿佛忽然的想起来。"人家托我办事,我总得有个交代!"他掏出一个小本,和一支钢笔来。"你来签个字吧!一点手续,没多大关系!"

长顺看了看小本,上面只有些姓名,钱数,和签字。他看不出什么不对的地方来。为急于再到别家去,他用钢笔签上字。字写得不很端正,他想改一改。

"行啦!根本没多大关系!小手续!"亦陀微笑着把小本子与笔收回去。"好啦,替我告诉小崔太太,别太伤心!朋友们都愿帮她的忙!"

说完,他向胡同外走了去。长顺很高兴的向五号走。在门外立了会儿,他改了主意。他手中既已有了十块钱,而祁家又遭了事,他不想去跟他们要钱。他进了六号。他知道刘师傅和丁约翰都不在家,所以一直去看小文;他不愿多和太太们罗嗦。小文正在练习横笛,大概是准备给若霞托昆腔。见长顺进来,他放下笛子,把笛胆像条小蛇似的塞进去。"来,我拉,你唱段黑头吧?"他笑着问。

"今天没工夫!"长顺对唱戏是有瘾的,可是他控制住了自己;他已自居为成人了。他很简单的说明来意。小文向里间问:"若霞!咱们还有多少钱?"他是永远不晓得家中有多少钱和有没有钱的。

"还有三块多钱。"

"都拿来。"

若霞把三块四毛钱托在手掌上,由屋里走出来。"小崔是真……"她问长顺。

"不要问那个!"小文皱上点眉。"人都得死!谁准知道自己的脑袋什么时候掉下去呢!"他慢慢的把钱取下来,放在长顺的手中。"对不起,只有这么一点点!"

长顺受了感动。"你不是一共就有……我要是都拿走,你们……"

"那还不是常有的事!"小文笑了一下。"好在我的头还连着脖子,没钱就想法子弄去呀!小崔……"他的喉中噎了一下,不往下说了。

"小崔太太怎么办呢?"若霞很关切的问。

长顺回答不出来。把钱慢慢的收在衣袋里,他看了若霞一眼,心里说:"小文要是被日本人杀了,你怎么办呢?"心中这样嘀咕着,他开始往外走。他并无意诅咒小文夫妇,而是觉得死亡太容易了,谁敢说小文一定不挨刀呢。小文没往外相送。

长顺快走到大门,又听到了小文的笛音。那不是笛声,而是一种什么最辛酸的悲啼。他加快了脚步,那笛声要引出他的泪来。

他到了七号的门外，正遇上李四爷由里边出来。他问了声："怎么样，四爷爷？"

"牛宅给了十块，这儿——"李四爷指了指七号，而后数手中的钱，"这儿大家都怪热心的，可是手里都不富裕，一毛，四毛……统共才凑了两块一毛钱。我一共弄了十二块一，你呢？"

"比四爷爷多一点，十三块四！"

"好！把钱给我，你找祁瑞丰去吧？"

"这还不够？"

"要单是买一口狗碰头，雇四个人抬抬，这点就够了。可是这是收尸的事呀，不递给地面上三头两块的，谁准咱们挪动尸首呀？再说，小崔没有坟地，不也得……"

长顺一边听一边点头。虽然他觉得忽然的长了几岁，可是他到底是个孩子，他的知识和经验，比起李四爷来，还差得很远很远。他看出来，岁数是岁数，光"觉得"怎样是不中用的。"好啦，四爷爷，我找祁二爷去！"他以为自己最拿手的还是跑跑路，用脑子的事只好让给李四爷了。

教育局的客厅里坐满了人。长顺找了个不碍事的角落坐下。看看那些出来进去的人，再看看自己鞋上的灰土，与身上的破大褂，他怪不得劲儿。这几天来他所表现的勇敢，心路，热诚，与他所得到的岁数，经验，与自尊，好像一下子都离开了他，而只不折不扣的剩下个破鞋烂褂子的，平凡的，程长顺。他不敢挺直了脖子，而半低着头，用眼偷偷的瞭着那些人。那些人不是科长科员便是校长教员，哪一个都比他文雅，都有些派头。只有他怯头怯脑的像个乡下佬儿。他是个十八九岁的孩子，他的感情也正好像十八九岁的孩子那样容易受刺激，而变化万端。他，现在，摸不清自己到底是干什么的了。他有聪明，有热情，有青春，假若他能按部就班的读些书，他也会变成个体面的，甚至或者是很有学问的人。可是，他没好好的读过书。假若他没有外婆的牵累，而逃出北平，他也许成为个英勇的抗战青年，无名或有名的英雄。可是，他没能逃出去。一切的"可能"都在他的心力上，身体上，他可是呆呆的坐在教育局的客厅里，像个傻瓜。他觉到羞惭，又觉得自己应当骄傲；他看不起绸缎的衣服，与文雅的态度，可又有点自惭形秽。他只盼瑞丰快快出来，而瑞丰使他等了半个多钟头。

屋里的人多数走开了，瑞丰才叼着假象牙的烟嘴儿，高扬着脸走进来。他先向别人点头打招呼，而后才轻描淡写的，顺手儿的，看见了长顺。

长顺心中非常的不快，可是身不由己的立了起来。"坐下吧！"瑞丰从假象牙烟嘴的旁边放出这三个字来。长顺傻子似的又坐下。

"有事吗？"瑞丰板着面孔问。"呕，先告诉你，不要没事儿往这里跑，这是衙门！"

长顺想给瑞丰一个极有力的嘴巴。可是，他受人之托，不能因愤怒而忘了责任。他的脸红起来，低声忍气的呜囔："小崔不是……"

"哪个小崔？我跟小崔有什么关系？小孩子，怎么乱拉关系呢？把砍了头的死鬼，安在我身上，好看，体面？简直是胡来吗！真！快走吧！我不知道什么小崔小孙，也不管他们的事！请吧，我忙得很！"说罢，他把烟嘴儿取下来，弹了两下，扬着脸走出去。

长顺气得发抖，脸变成个紫茄子。平日，他和别的邻居一样，虽然有点看不起瑞丰，可是看他究竟是祁家的人，所以不好意思严格的批评，就仿佛十条王瓜中有一条苦的也就可以马虎过去了。他万没想到瑞丰今天会这样无情无义。是的，瑞丰是无情无义！若仅是教长顺儿丢脸下不来台，长顺倒也不十分计较；人家是科长，长顺自己不过是背着留声机，沿街卖唱的呀。长顺恼的是瑞丰不该拒绝帮小崔的忙，小崔是长顺的，也是瑞丰的，邻居，而且给瑞丰拉过车，而且是被砍了头，而且……长顺越想越气。慢慢的他从客厅走出来。走到大门外，他不肯再走，想在门外等着瑞丰。等瑞丰出来,他要当着大家的面,扭住瑞丰的脖领,辱骂他一场。他想好了几句话:"祁科长,怨不得你作汉奸呢!你敢情只管日本人叫爸爸,而忘了亲戚朋友!你是他妈的什么玩艺儿!"说过这几句,长顺想象着,紧跟着就是几个又脆又响的大嘴巴,把瑞丰的假象牙的烟嘴打飞。他也想象到怎样顺手儿教训教训那些人模狗样的科长科员们:"别看我的衣裳破,一肚子窝窝头,我不给日本人磕头请安!他妈的,你们一个个的皮鞋呢帽啷当的,孙子,你们是孙子!听明白没有?你们是孙子,孙泥!"

这样想好,他的头抬起来,眼中发出亮光。他不自惭形秽了。他才是真正有骨头,有血性的人。那些科长科员们还不配给他掸掸破鞋上的灰土的呢!

可是,没有多大一会儿,他的心气又平静了。他到底是外婆养大的,知道怎样忍气。他须赶紧跑回家去,好教外婆放心。惨笑了一下,他嘟嘟囔囔的往回走。他气愤,又不得不忍气;他自傲,又不能不咽下去耻辱;他既是孩子,又是大人;既是英雄,又是亡国奴。

回到家中,他一直奔了小崔屋中去。孙七和四大妈都在那里。小崔太太在炕上躺着呢。听长顺进来,她猛孤丁的坐起来,直着眼看他。她似乎认识他,又似乎拿他作一切人的代表似的:"他死得冤!死得冤!死得冤!"四大妈像对付一个小娃娃似的,把她放倒:"乖啊!先好好的睡会儿啊!乖!"她又躺下去,像死去了似的一动也不动。

长顺的鼻子又不通了,用手揉了揉。

孙七的眼还红肿着,没话找话的问:"怎样?瑞丰拿了多少?"

长顺的怒火重新燃起。"那小子一个铜板没拿!甭忙。放着他的,搁着我的,多喒走单了,我会给他个厉害!我要不用沙子迷瞎他的眼,才怪!"

"该打的不止他一个人哟!"孙七慨叹着说:"我走了十几家铺子,才弄来五块钱!不信,要是日本人教他们上捐,要十个他们绝不敢拿九个半！为小崔啊，他们的钱仿佛都穿在肋条骨上了！真他妈的！"

"就别骂街了吧，你们俩！"马老太太轻轻的走进来。"人家给呢是人情，不给是本分！"

孙七和长顺都不同意马老太太的话，可是都不愿意和她辩论。

李四爷夹着块粗白布走进来。"马老太太，给缝缝吧！人家祁天佑掌柜的真够朋友，看见没有，这么一大块白布，还另外给了两块钱！人家想的开：三个儿子，一个走出去，毫无音信，一个无缘无故的下了狱；钱算什么呢！""真奇怪，瑞丰那小子怎么不跟他爸爸和哥哥学一学！"孙七说，然后把瑞丰不肯帮忙的情形，替长顺学说了一遍。

马老太太抱着白布走出去，她不喜欢听孙七与长顺的乱批评人。在她想，瑞丰和祁掌柜是一家人，祁掌柜既给了布和钱，瑞丰虽然什么都没给，也就可以说得过去了；十个脚趾头哪能一边儿长呢。她的这种地道中国式的"辩证法"使她永远能格外的原谅人，也能使她自己受了委屈还不动怒。她开始细心的给小崔太太剪裁孝袍子。

李四爷也没给瑞丰下什么断语，而开始忧虑收尸的麻烦。小崔太太是哭主，当然得去认尸。看她的半死半活的样子，他想起钱默吟太太来。假若小崔太太看到没有脑袋的丈夫，而万一也寻了短见，可怎么办呢？还有，小崔的人头是在五牌楼上号令着的，怎么往下取呢？谁知道日本人要号令三天，还是永远挂在那里，一直到把皮肉烂净了呢？若是不管人头而只把腔子收在棺材里，又像什么话呢？在老人的一生里，投河觅井的，上吊抹脖子的，他都看见过，也都抬埋过。他不怕死亡的丑陋，而总设法把丑恶装入了棺材，埋在黄土里，好使地面上显着干净好看。他没遇见过这么难办的事，小崔是按照着日本人的办法被砍头的，谁知道日本人的办法是怎一回事呢？他不单为了难，而且觉得失去了自信——连替人世收拾流净了血的尸身也不大好办了，日本人真他妈的混账！孙七只会发脾气，而不会想主意。他告诉四爷："不用问我，我的脑袋里边直嗡嗡的响！"

长顺很愿告奋勇，同四爷爷一道去收尸。可是他又真有点害怕，万一小崔冤魂不敢找日本人去，而跟了他来呢？那还了得！他的心中积存着不少外婆给他说的鬼故事。四大妈的心中很简单："你这个老东西，你坐在这儿发愁，就办得了事啦？你走啊，看看尸首，定了棺材，不就行了吗？"

　　李四爷无可如何的立起来。他的老伴儿的话里没有一点学问与聪明，可是颇有点智慧——是呀，坐着发愁有什么用呢。人世间的事都是"作"出来的，不是"愁"出来的。"四大爷！"孙七也立起来。"我跟你去！我抱着小崔的尸身哭一场去！"

　　"等你们回来，我再陪着小崔太太去收殓！有我，你们放心，她出不了岔子！"四大妈挤咕着大近视眼说。

　　前门外五牌楼的正中悬着两个人头，一个朝南，一个朝北。孙七的眼睛虽然有点近视，可是一出前门他就留着心，要看看朋友的人头。到了大桥桥头，他扯了李四爷一把："四大爷，那两个黑球就是吧？"

　　李四爷没言语。

　　孙七加快了脚步，跑到牌楼底下，用力眯着眼，他看清了，朝北的那个是小崔。小崔的扁倭瓜脸上没有任何表情，闭着双目，张着点嘴，两腮深陷，像是作着梦似的，在半空中悬着；脖子下，只有缩紧了的一些黑皮。再往下看，孙七只看到了自己的影子，与朱红的牌楼柱子。他抱住了牌楼最外边的那根柱子，已经立不住了。

　　李四爷赶了过来，"走！孙七！"

　　孙七已不能动。他的脸上煞白，一对大的泪珠堵在眼角上，眼珠定住。

　　"走！"李四爷一把抓住孙七的肩膀。

　　孙七像醉鬼似的，两脚拌着蒜，跟着李四爷走。李四爷抓着他的一条胳臂。走了一会儿，孙七打了个长嗝儿，眼角上的一对泪珠落下来。"四大爷,你一个人去吧!我走不动了!"他坐在了一家铺户的门外。

李四爷只楞了一小会儿,没说什么,就独自向南走去。

走到天桥,四爷和茶馆里打听了一下,才知道小崔的尸身已被拉到西边去。他到西边去找,在先农坛的"墙"外,一个破砖堆上,找到了小崔的没有头的身腔。小崔赤着背,光着脚,两三个脚趾已被野狗咬了去。四爷的泪流了下来。离小崔有两三丈远,立着个巡警。四爷勉强的收住泪,走了过去。

"我打听打听,"老人很客气的对巡警说,"这个尸首能收殓不能?"

巡警也很客气。"来收尸?可以!再不收,就怕教野狗吃了!那一位汽车夫的,已经抬走了!"

"不用到派出所里说一声?"

"当然得去!"

"人头呢?"

"那,我可就说不上来了!尸身由天桥拖到这儿来,上边并没命令教我们看着。我们的巡官可是派我们在这儿站岗,怕尸首教野狗叼了走。咱们都是中国人哪!好吗,人教他们给砍了,再不留个尸身,成什么话呢?说到人头,就另是一回事了。头在五牌楼上挂着,谁敢去动呢?日本人的心意大概是只要咱们的头,而不要身子。我看哪,老大爷,你先收了尸身吧;人头……真他妈的,这是什么世界!"

老人谢了谢警察,又走回砖堆那里去。看一眼小崔,看一眼先农坛,他茫然不知怎样才好了。他记得在他年轻的时候,这里是一片荒凉,除了红墙绿柏,没有什么人烟。赶到民国成立,有了国会,这里成了最繁华的地带。城南游艺园就在坛园里,新世界正对着游艺园,每天都像过新年似的,锣鼓,车马,昼夜不绝。这里有最华丽的饭馆与绸缎庄,有最妖艳的妇女,有五彩的电灯。后来,新世界与游艺园全都关了门,那些议员与妓女们也都离开北平,这最繁闹的地带忽然的连车马都没有了。坛园的大墙拆去,砖瓦与土地卖给了民间。天桥的旧货摊子开始扩展到这里来,用喧哗叫闹与乱七八糟代替了昔日的华丽庄严。小崔占据的那堆破砖,便是拆毁了的坛园的大墙所遗弃下的。变动,老人的一生中看见了多少变动啊!可是,什么变动有这个再大呢——小崔躺在这里,没有头!坛里的青松依然是那么绿,而小崔的血染红了两块破砖。这不是个噩梦么?变动,谁能拦得住变动呢?可是,变动依然是存在;尊严的坛园可以变为稀脏乌乱的小市;而市场,不管怎么污浊纷乱,总是生命的集合所在呀!今天,小崔却躺在这里,没了命。北平不单是变了,而也要不复存在,因为日本人已经把小崔的和许多别人的脑袋杀掉。

越看,老人的心里越乱。这是小崔吗?假若他不准知道小崔被杀了头,他一定不认识这个尸身。看到尸身,他不由的还以为小崔是有头的,小崔的头由老人心中跳到那丑恶黑紫的脖腔上去。及至仔细一看,那里确是没有头,老人又忽然的不认识了小崔。小崔的头忽有忽无,忽然有眉有眼,忽然是一圈白光,忽然有说有笑,忽然什么也没有。那位岗警慢慢的凑过来。"老大爷,你……"

老人吓了一跳似的揉了揉眼。小崔的尸首更显明了一些,一点不错这是小崔,掉了头的小崔。老人叹了口气,低声的叫:"小崔!我先埋了你的身子吧!"说完,他到派出所去见巡长,办了收尸的手续。而后在附近的一家寿材铺定了一口比狗碰头稍好一点的柳木棺材,托咐铺中的人给马上去找杠夫与五个和尚,并且在坛西的乱死岗子给打一个坑。把这些都很快的办妥,他在天桥上了电车。电车开了以后,老人被摇动的有点发晕,他闭上眼养神。偶一睁眼,他看见车中人都没有头;坐着的立着的都是一些腔子,像躺在破砖堆上的小崔。他急忙的眨一眨眼,大家都又有了头。他嘟囔着:"有日本人在这里,谁的脑袋也保不住!"

到了家,他和马老太太与孙七商议,决定了:孙七还得同他回到天桥，去装殓和抬埋小崔。孙七不愿再去，可是老人以为两个人一同去，才能心明眼亮，一切都有个对证。孙七无可如何的答应了。他们也决定了，不教小崔太太去，因为连孙七等见了人头就瘫软在街上，小崔太太若见到丈夫的尸身，恐怕会一下子哭死的。至于人头的问题，只好暂时不谈。他们既不能等待人头摘下来再入殓，也不敢去责问日本人为什么使小崔身首分家，而且不准在死后合到一处。

把这些都很快的商量好，他们想到给小崔找两件装殓的衣服，小崔不能既没有头，又光着脊背入棺材。马老太太拿出长顺的一件白小褂，孙七找了一双袜子和一条蓝布裤子。拿着这点东西，李四爷和孙七又打回头，坐电车到天桥去。

到了天桥，太阳已经平西了。李四爷一下电车便告诉孙七，"时候可不早了，咱们得麻利着点！"可是，孙七的腿又软了。李老人发了急："你是怎回子事？"

"我？"孙七挤咕着近视眼。"我并不怕看死尸！我有点胆子！可是，小崔，小崔是咱们的朋友哇，我动心！""谁又不动心呢？光动心，腿软，可办不了事呀！"李老人一边走一边说。"硬正点，我知道你是有骨头的人！"

经老人这么一鼓励，孙七加快了脚步，赶了上来。

老人在一个小铺里，买了点纸钱，烧纸，和香烛。

到了先农坛外，棺材，杠夫，和尚，已都来到。棺材铺的掌柜和李四爷有交情，也跟了来。

老人教孙七点上香烛，焚化烧纸，他自己给小崔穿上衣裤。孙七找了些破砖头挤住了香烛，而后把烧纸燃着。他始终没敢抬头看小崔。小崔入了棺材，他想把纸钱撒在空中，可是他的手已抬不起来。蹲在地上，他哭得放了声。李老人指挥着钉好棺材盖，和尚们响起法器，棺材被抬起来，和尚们在前面潦草的，敷衍了事的，击打着法器，小跑着往前走。棺材很轻,四个杠夫迈齐了脚步,也走得很快。李老人把孙七拉起来,赶上去。

"坑打好啦?"李四爷含着泪问那位掌柜的。

"打好了!杠夫们认识地方!"

"那么,掌柜的请回吧!咱们铺子里见,归了包堆该给你多少钱,回头咱们清账!"

"就是了,四大爷!我沏好了茶等着你!"掌柜的转身回去。

太阳已快落山。带着微红的金光,射在那简单的,没有油漆的,像个大匣子似的,白棺材上。棺材走得很快,前边是那五个面黄肌瘦的和尚,后边是李四爷与孙七。没有执事,没有孝子,没有一个穿孝衣的,而只有那么一口白木匣子装着没有头的小崔,对着只有一些阳光的,荒冷的,野地走去。几个归鸦,背上带着点阳光,倦怠的,缓缓的,向东飞。看见了棺材,它们懒懒的悲叫了几声。

法器停住,和尚们不再往前送。李四爷向他们道了辛苦。棺材走得更快了。

一边荒地,到处是破砖烂瓦与枯草,在瓦砾之间,有许多许多小的坟头。在四五个小坟头之中,有个浅浅的土坑,在等待着小崔。很快的,棺材入了坑。李四爷抓了把黄土,撒在棺材上:"小崔,好好的睡吧!"

太阳落下去。一片静寂。只有孙七还大声的哭。

五十

天气骤寒。

瑞宣,在出狱的第四天,遇见了钱默吟先生。他看出来,钱先生是有意的在他每日下电车的地方等着他呢。他猜的不错,因为钱先生的第一句话就是:"你有资格和我谈一谈了,瑞宣!"

瑞宣惨笑了一下。他晓得老先生所谓的"资格",必定是指入过狱而言。

钱先生的脸很黑很瘦,可是也很硬。从这个脸上,已经找不到以前的胖忽忽的,温和敦厚的,书生气。他完全变了,变成个瘪太阳,嘬腮梆,而棱角分明的脸。一些杂乱无章的胡子遮住了嘴。一对眼极亮,亮得有力;它们已不像从前那样淡淡的看人,而是像有些光亮的尖针,要钉住所看的东西。这已经不像个诗人的脸,而颇像练过武功的人的面孔,瘦而硬棒。

老先生的上身穿着件短蓝布袄,下身可只是件很旧很薄的夹裤。脚上穿着一对旧布鞋,袜子是一样一只,一只的确是黑的,另一只似乎是蓝的,又似乎是紫的,没有一定的颜色。

瑞宣失去了平素的镇定,简直不知道怎样才好了。钱先生是他的老邻居与良师益友,又是爱国的志士。他一眼便看到好几个不同的钱先生:邻居,诗人,朋友,囚犯,和敢反抗敌人的英雄。从这许多方面,他都可以开口慰问,道出他心中的关切,想念,钦佩,与欣喜。可是,他一句话也说不出。钱先生的眼把他瞪呆了,就好像一条蛇会把青蛙吸住,不敢再动一动,那样。

钱先生的胡子下面发出一点笑意，笑得大方，美好，而且真诚。在这点笑意里，没有一点虚伪或骄傲，而很像一个健康的婴儿在梦中发笑那么天真。这点笑充分的表示出他的无忧无虑，和他的健康与勇敢。它像老树开花那么美丽，充实。瑞宣也笑了笑，可是他自己也觉出笑得很勉强，无力，而且带着怯懦与羞愧。

"走吧，谈谈去！"钱先生低声的说。

瑞宣从好久好久就渴盼和老人谈一谈。在他的世界里，他只有三个可以谈得来的人：瑞全，富善先生，和钱诗人。三个人之中，瑞全有时候很幼稚，富善先生有时候太强词夺理，只有钱先生的态度与言语使人永远感到舒服。

他们进了个小茶馆。钱先生要了碗白开水。

"喝碗茶吧？"瑞宣很恭敬的问，抢先付了茶资。"士大夫的习气须一律除去，我久已不喝茶了！"钱先生吸了一小口滚烫的开水。"把那些习气剥净，咱们才能还原儿，成为老百姓。你看，爬在战壕里打仗的全是不吃茶的百姓，而不是穿大衫，喝香片的士大夫。咱们是经过琢磨的玉，百姓们是璞。一个小玉戒指只是个装饰，而一块带着石根子的璞，会把人的头打碎！"

瑞宣看了看自己的长袍。

"老三没信？"老人很关切的问。

"没有。"

"刘师傅呢？"

"也没信。"

"好！逃出去的有两条路，不是死就是活。不肯逃出去的只有一条路——死！我劝过小崔，我也看见了他的头！"老人的声音始终是很低，而用眼光帮助他的声音，在凡是该加重语气的地方，他的眼就更亮一些。

瑞宣用手鼓逗着盖碗的盖儿。

"你没受委屈？在——"老人的眼极快的往四外一扫。瑞宣已明白了问题，"没有！我的肉大概值不得一打！""打了也好，没打也好！反正进去过的人必然的会记住，永远记住，谁是仇人，和仇人的真面目！所以我刚才说：你有了和我谈一谈的资格。我时时刻刻想念你，可是我故意的躲着你，我怕你劝慰我，教我放弃了我的小小的工作。你入过狱了，见过了死亡，即使你不能帮助我，可也不会劝阻我了！劝阻使我发怒。我不敢见你，正如同我不敢去见金三爷和儿媳妇！"

"我和野求找过你，在金……"

老人把话抢过去："别提野求！他有脑子，而没有一根骨头！他已经给自己挖了坟坑！是的，我知道他的困难，可是不能原谅他！给日本人作过一天事的，都永远得不到我的原谅！我的话不是法律，但是被我诅咒的人大概不会得到上帝的赦免！"

这钢铁一般硬的几句话使瑞宣微颤了一下。他赶快的发问：

"钱伯伯，你怎么活着呢？"

老人微笑了一下。"我？很简单！我按照着我自己的方法活着，而一点也不再管士大夫那一套生活的方式，所以很简单！得到什么，我就吃什么；得到什么，我就穿什么；走到哪里，我便睡在哪里。整个的北平城全是我的家！简单，使人快乐。我现在才明白了佛为什么要出家，耶稣为什么打赤脚。文化就是衣冠文物。有时候，衣冠文物可变成了人的累赘。现在，我摆脱开那些累赘，我感到了畅快与自由。剥去了衣裳，我才能多看见点自己！"

"你都干些什么呢？"瑞宣问。

老人喝了一大口水。"那，说起来可很长。"他又向前后左右扫了一眼。这正是吃晚饭的时节，小茶馆里已经很清静，只在隔着三张桌子的地方还有两个洋车夫高声的谈论着他们自己的事。"最初，"老人把声音更放低一些，"我想借着已有的组织，从新组织起来，作成个抗敌的团体。战斗，你知道，不是一个人能搞成功的。我不是关公，不想唱《单刀会》；况且，关公若生在今天，也准保不敢单刀赴会。你知道，我是被一个在帮的人救出狱来的？好，我一想，就想到了他们。他们有组织，有历史，而且讲义气。我开始调查，访问。结果，我发现了两个最有势力的，黑门和白门。白门是白莲教的支流，黑门的祖师是黑虎玄坛。我见着了他们的重要人物，说明了来意。他们，他们，"老人扯了扯脖领，好像呼吸不甚舒畅似的。

"他们怎样？"

"他们跟我讲'道'！"

"道？"

"道！"

"什么道呢？"

"就是吗，什么道呢？白莲教和黑虎玄坛都是道！你信了他们的道，你就得到他们的承认，你入了门。入了门的就'享受'义气。这就是说，你在道之外，还得到一种便利与保障。所谓便利，就是别人买不到粮食，你能买得到，和诸如此类的事。所谓保障，就是在有危难的时节，有人替你设法使你安全。我问他们抗日不呢？他们摇头！他们说日本人很讲义气，没有侵犯他们，所以他们也得讲义气，不去招惹日本人，他们的义气是最实际的一种君子协定，在这个协定之外，他们无所关心——连国家民族都算在内。他们把日本人的侵略看成一种危难，只要日本人的刀不放在他们的脖子上，他们便认为日本人很讲义气，而且觉得自己果然得到了保障。日本人也很精明，看清楚了这个，所以暂时不单不拿他们开刀，而且给他们种种便利，这样，他们的道与义气恰好成了抗日的阻碍！我问他们是否可以联合起来，黑门与白门联合起来，即使暂时不公开的抗日，也还可以集中了力量作些有关社会福利的事情。他们绝对不能联合，因为他们各自有各自的道。道不同便是仇敌。不过，这黑白两门虽然互相敌视，可是也自然的互相尊敬,因为人总是一方面忌恨敌手,一方面又敬畏敌手的。反之他们对于没有门户的人,根本就不当作人待。当我初一跟他们来往的时候,以我的样子和谈吐,他们以为我也必定是门内的人。及至他们发现了,我只是赤裸裸的一个人,他们极不客气的把我赶了出来。我可是并不因此而停止了活动,我还找他们去,我去跟他们谈道,我告诉他们,我晓得一些孔孟庄老和佛与耶稣的道,我喜欢跟他们谈一谈。他们拒绝了我。他们的道才是道,世界上并没有孔孟庄老与佛耶,仿佛是。他们又把我赶出来,而且警告我,假若我再去罗嗦,他们会结果我的性命!他们的道遮住了他们眼,不单不愿看见真理,而且也拒绝了接受知识。对于我个人,他们没有丝毫的敬意。我的年纪,我的学识,与我的爱国的热诚,都没有一点的用处,我不算人,因为我不信他们的道!"

老人不再说话,瑞宣也楞住。沉默了半天,老人又笑了一下。"不过,你放心,我可是并不因此而灰心。凡是有志救国的都不会灰心,因为他根本不考虑个人的生死得失,这个借用固有的组织的计划既行不通,我就想结合一些朋友,来个新的组织。但是,我一共有几个朋友呢?很少。我从前的半隐士的生活使我隔绝了社会,我的朋友是酒,诗,图画,与花草。再说,空组织起来,而没有金钱与武器,又有什么用呢?我很伤心的放弃了这个计划。我不再想组织什么,而赤手空拳的独自去干。这几乎近于愚蠢,现代的事情没有孤家寡人可以成功的。可是,以我过去的生活,以北平人的好苟安偷生,以日本特务网的严密,我只好独自去干。我知道这样干永远不会成功,我可也知道干总比不干强。我抱定干一点是一点的心,尽管我的事业失败,我自己可不会失败:我决定为救国而死!尽管我的工作是沙漠上的一滴雨,可是一滴雨到底是一滴雨;一滴雨的勇敢就是它敢落在沙漠上!好啦,我开始作泥鳅。在鱼市上,每一大盆鳝鱼里不是总有一条泥鳅吗?它好动,鳝鱼们也就随着动,于是不至于大家都静静的压在一处,把自己压死,北平城是个大盆,北平人是鳝鱼,我是泥鳅。"

老人的眼瞪着瑞宣，用手背擦了擦嘴角上的白沫子。而后接着说："当我手里还有足够买两个饼子，一碗开水的钱的时候，我就不管明天，而先去作今天一天的事。我走到哪儿，哪儿便是我的办公室。走到图画展览会，我便把话说给画家们听。他们也许以为我是疯子，但是我的话到底教他们发一下楞。发楞就好，他们再拿起彩笔的时候，也许就要想一想我的话，而感到羞愧。遇到青年男女在公园里讲爱情，我便极讨厌的过去问他们，是不是当了亡国奴，恋爱也照样是神圣的呢？我不怕讨厌，我是泥鳅！有时候，我也挨打；可是，我一说：'打吧！替日本人多打死一个人吧！'他们永远就收回手去。在小茶馆里，我不只去喝水，而也抓住谁就劝谁，我劝过小崔，劝过刘师傅，劝过多少多少年轻力壮的人。这，很有效。刘师傅不是逃出去了么？虽然不能在北平城里组织什么，我可是能教有血性的人逃出去，加入我们全国的抗日的大组织里去！大概的说：苦人比有钱的人，下等人比穿长衫的人，更能多受感动，因为他们简单真纯。穿长衫的人都自己以为有知识，不肯听别人的指导。他们的顾虑又很多，假若他们的脚上有个鸡眼，他们便有充分的理由拒绝逃出北平！当我实在找不到买饼子的钱了，我才去作生意。我存了几张纸，和一些画具。没了钱，我便画一两张颜色最鲜明的画去骗几个钱。有时候，懒得作画，我就用一件衣服押几个钱，然后买一些薄荷糖之类的东西，到学校门口去卖。一边卖糖，我一边给学生们讲历史上忠义的故事，并且劝学生们到后方去上学。年轻的学生们当然不容易自己作主逃出去，但是他们至少会爱听我的故事，而且受感动。我的嘴是我的机关枪，话是子弹。"

老人一口把水喝净，叫茶房给他再倒满了杯。"我还不只劝人们逃走，也劝大家去杀敌。见着拉车的，我会说：把车一歪，就摔他个半死；遇上喝醉了的日本人，把他摔下来，掐死他！遇见学生，我，我也狠心的教导：作手工的刀子照准了咽喉刺去，也能把日本教员弄死。你知道，以前我是个不肯伤害一个蚂蚁的人；今天，我却主张杀人，鼓励杀人了。杀戮并不是我的嗜好与理想,不过是一种手段。只有杀,杀败了敌人,我们才能得到和平。和日本人讲理,等于对一条狗讲唐诗;只有把刀子刺进他们的心窝,他们或者才明白别人并不都是狗与奴才。我也知道,杀一个日本人,须至少有三五个人去抵偿。但是,我不能只算计人命的多少,而使鳝鱼们都腐烂在盆子里。越多杀,仇恨才越分明;会恨,会报仇的人才不作亡国奴。北平没有抵抗的丢失了,我们须用血把它夺回来。恐怖必须造成。这恐怖可不是只等着日本人屠杀我们,而是我们也杀他们。我们有一个敢举起刀来的,日本人就得眨一眨眼,而且也教咱们的老实北平人知道日本人并不是铁打的。多嗜恐怖由我们造成,我们就看见了光明;刀枪的亮光是解放与自由闪电。前几天,我们刺杀了两个特使,你等着看吧,日本人将必定有更厉害的方法来对付我们;同时,日本人也必定在表面上作出更多中日亲善的把戏;日本人永远是一边杀人,一边给死鬼唪经的。只有杀,只有多杀,你杀我,我杀你,彼此在血水里乱滚,我们的鳝鱼才能明白日本人的亲善是假的,才能不再上他们的当。为那两个特使,小崔和那个汽车夫白白的丧了命,几千人无缘无故的入了狱,受了毒刑。这就正是我们所希望的。从一个意义来讲,小崔并没白死,他的头到今天还给日本人的'亲善'与'和平'作反宣传呢!我们今天唯一的标语应该是七杀碑,杀!杀!杀!……"

老人闭上眼,休息了一会儿。睁开眼,他的眼光不那么厉害了。很温柔的,几乎是像从前那么温柔的,他说:"将来,假若我能再见太平,我必会忏悔!人与人是根本不应当互相残杀的!现在,我可决不后悔。现在,我们必须放弃了那小小的人道主义,去消灭敌人,以便争取那比妇人之仁更大的人道主义。我们须暂时都变成猎人,敢冒险,敢放枪,因为面对面的我们遇见了野兽。诗人与猎户合并在一处,我们才会产生一种新的文化,它既爱好和平,而在必要的时候又会英勇刚毅,肯为和平与真理去牺牲。我们必须像一座山,既满生着芳草香花,又有极坚硬的石头。你看怎样？瑞宣！"瑞宣点了点头，没有说什么。他看钱伯伯就像一座山。在从前，这座山只表现了它的幽美，而今天它却拿出它的宝藏来。他若泛泛的去夸赞两句，便似乎是污辱了这座山。他说不出什么来。

过了半天，他才问了声："你的行动，钱伯伯，难道不招特务们的注意吗？"

"当然！他们当然注意我！"老人很骄傲的一笑。"不过，我有我的办法。我常常的和他们在一道！你知道，他们也是中国人。特务是最时髦的组织，也是最靠不住的组织。同时，他们知道我身上并没有武器，不会给他们闯祸。他们大概拿我当个半疯子，我也就假装疯魔的和他们乱扯。我告诉他们，我入过狱，挺过刑，好教他们知道我并不怕监狱与苦刑。他们也知道我的确没有钱，在我身上他们挤不出油水来。在必要的时候，我还吓唬他们，说我是中央派来的。他们没有多少国家观念，可是也不真心信服日本人，他们渺渺茫茫的觉得日本人将来必失败——他们说不上理由来，大概只因为日本人太讨厌，所以连他们也盼望日本人失败。（这是日本人最大的悲哀！）既然盼望日本人失败，他们当然不肯真刀真枪的和中央派来的人蛮干，他们必须给自己留个退步。告诉你，瑞宣，死也并不容易，假若你一旦忘记了死的可怕。我不怕死，所以我在死亡的门前找到了许多的小活路儿。我一时没有危险。不过，谁知道呢，将来我也许会在最想不到的地方与时间，忽然的死掉。管它呢，反正今天我还活着，今天我就放胆的工作！"

这时候，天已经黑了。小茶馆里点起一些菜油灯。"钱伯伯，"瑞宣低声的叫。"家去，吃点什么，好不好？"老人毫不迟疑的拒绝了："不去！见着你的祖父和小顺子，我就想起我自己从前的生活来，那使我不好过。我今天正像人由爬行而改为立起来，用两条腿走路的时候；我一松气，就会爬下去，又成为四条腿的动物！人是脆弱的，须用全力支持自己！"

"那么，我们在外边吃一点东西？"

"也不！理由同上！"老人慢慢的往起立。刚立稳，他又坐下了。"还有两句话。你认识你们胡同里的牛教授？""不认识。干吗？"

"不认识就算了。你总该认识尤桐芳喽？"

瑞宣点点头。

"她是有心胸的，你应该照应她一点！我也教给了她那个字——杀！"

"杀谁？"

"该杀的人很多！能消灭几个日本人固然好，去杀掉几个什么冠晓荷，李空山，大赤包之类的东西也好。这次的抗战应当是中华民族的大扫除，一方面须赶走敌人，一方面也该扫除清了自己的垃圾。我们的传统的升官发财的观念，封建的思想——就是一方面想作高官，一方面又甘心作奴隶——家庭制度，教育方法，和苟且偷安的习惯，都是民族的遗传病。这些病，在国家太平的时候，会使历史无声无色的，平凡的，像一条老牛似的往前慢慢的蹭；我们的历史上没有多少照耀全世界的发明与贡献。及至国家遇到危难，这些病就像三期梅毒似的，一下子溃烂到底。大赤包们不是人，而是民族的脏疮恶疾，应当用刀消割了去！不要以为他们只是些不知好歹，无足介意的小虫子，而置之不理。他们是蛆，蛆会变成苍蝇，传播恶病。在今天，他们的罪过和日本人一样的多，一样的大。所以，他们也该杀！"

"我怎么照应她呢？"瑞宣相当难堪的问。

"给她打气，鼓励她！一个妇人往往能有决心，而在执行的时候下不去手！"老人又慢慢的往起立。

瑞宣还不肯动。他要把想了半天的一句话——"对于我，你有什么教训呢？"——说出来。可是，他又不敢说。他知道自己的怯懦与无能。假若钱伯伯教他狠心的离开家庭，他敢不敢呢？他把那句话咽了下去，也慢慢的立起来。

两个人出了茶馆，瑞宣舍不得和钱老人分手，他随着老人走。走了几步，老人立住，说："瑞宣，送君千里终须别，你回家吧！"

瑞宣握住了老人的手。"伯父，我们是不是能常见面呢？你知道……"

"不便常见！我知道你想念我，我又何尝不想念你们！不过，我们多见一面，便多耗费一些工夫；耗费在闲谈上！这不上算。再说呢，中国人不懂得守秘密，话说多了，有损无益。我相信你是会守秘密的人，所以今天我毫无保留的把心中的话都倾倒出来。可是，就是你我也以少谈心为是。甘心作奴隶的应当张开口，时时的喊主人。不甘心作奴隶的应当闭上嘴，只在最有用的时候张开——喷出仇恨与怒火。看机会吧，当我认为可以找你来的时候，我必找你来。你不要找我！你看，你和野求已经把我窃听孙子的啼哭的一点享受也剥夺了！再见吧！问老人们好！"

瑞宣无可如何的松开手。手中像有一股热气流出去，他茫然的立在那里，看着钱先生在灯影中慢慢的走去。一直到看不见老人了，他才打了转身。

他一向渴盼见到钱先生。今天，他看到了老人，可是他一共没有说了几句话。羞愧截回去他的言语。论年岁，他比老人小着很多。论知识，他的新知识比钱诗人的丰富。论爱国心，他是新时代的人，理当至少也和钱伯伯有一样多。可是，他眼看着钱伯伯由隐士变为战士，而他还是他，他没有丝毫的长进。他只好听着老人侃侃而谈，他自己张不开口。没有行动，多开口便是无聊。这个时代本应当属于他，可是竟自被钱老人抢了去。他没法不觉得惭愧。

到了家，大家已吃过了晚饭。韵梅重新给他热菜热饭。她问他为什么回来晚了，他没有回答。随便的扒搂了一碗饭，他便躺在床上胡思乱想。"到底钱伯伯怎样看我呢？"他翻来覆去的想这个问题。一会儿，他觉得钱老人必定还很看得起他；要不然，老人为什么还找他来，和他谈心呢？一会儿，他又以为这纯粹是自慰，他干了什么足以教老人看得起他的事呢？没有，他没作过任何有益于抗敌救国的事！那么，老人为什么还看得起他呢？不，不！老人不是因为看得起他，而只是因为想念他，才找他来谈一谈。

他想不清楚，他感到疲倦。很早的，他便睡了觉。

随着第二天的朝阳，他可是看见了新的光明。他把自己放下，而专去想钱先生。他觉得钱先生虽然受尽苦处，可是还很健康，或者也很快活。为什么？因为老人有了信仰，有了决心；信仰使他绝对相信日本人是可以打倒的，决心使他无顾虑的，毫不迟疑的去作打倒日本人的工作。信仰与决心使一个老诗人得到重生与永生。

看清楚这一点，瑞宣以为不管他的行动是否恰好配备着抗战，他也应当在意志的坚定上学一学钱老人。他虽然没拼着命去杀敌，可是他也决定不向敌人屈膝。这，在以前，他总以为是消极的，是不抵抗，是逃避，是可耻的事。因为可耻，所以他总是一天到晚的低着头，不敢正眼看别人，也不敢对镜子看自己。现在，他决定要学钱先生，尽管在行动上与钱先生不同，可是他也要像钱先生那样的坚定，快乐。他的不肯向敌人屈膝不只是逃避，而是一种操守。坚持着这操守，他便得到一点儿钱先生的刚毅之气。为操守而受苦，受刑，以至于被杀，都顶好任凭于它。他须为操守与苦难而打起精神活着，不应当再像个避宿的蜗牛似的，老把头藏起去。是的，他须活着；为自己，为家庭，为操守，他须活着，而且是堂堂正正的，有说有笑的，活着。他应当放宽了心。不是像老二瑞丰那样的没皮没脸的宽心，而是用信仰与坚决充实了自己，使自己像一座不可摇动的小山。他不应当再躲避，而反倒应该去看，去接触，一切。他应当到冠家去，看他们到底腐烂到了什么程度。他应当去看小崔怎样被砍头。他应当去看日本人的一切暴行与把戏。看过了，他才能更清楚，更坚定，说不定也许不期而然的狠一下心,去参加了抗战的工作。人是历史的,而不是梦的,材料。他无须为钱先生忧虑什么,而应当效法钱先生的坚强与无忧无虑。

早饭依然是昨晚剩下的饭熬的粥,和烤窝窝头与老腌萝卜。可是,他吃得很香,很多。他不再因窝窝头而替老人们与孩子们难过,而以为男女老幼都理应受苦;只有受苦才能使大家更恨敌人,更爱国家。这是惩罚,也是鞭策。

吃过饭,他忙着去上班。一出门,他遇上了一号的两个日本人。他没低下头去,而昂首看着他们。他们,今天在他的眼中,已经不是胜利者,而是炮灰。他知道他们早晚会被征调了去,死在中国的。

他挤上电车去。平日,挤电车是一种苦刑;今天他却以为这是一种锻炼。想起狱中那群永远站立的囚犯,和钱先生的瘸着腿奔走,他觉得他再不应为挤车而苦恼;为小事苦恼,会使人过度的悲观。

这是星期六。下午两点他就可以离开公事房。他决定去看看下午三时在太庙大殿里举行的华北文艺作家协会的大会。他要看,他不再躲避。

太庙自从辟为公园,始终没有像中山公园那么热闹过。它只有原来的古柏大殿,而缺乏着别的花木亭榭。北平人多数是喜欢热闹的,而这里太幽静。现在,已是冬天,这里的游人就更少了。瑞宣来到,大门外虽然已经挂起五色旗与日本旗,并且贴了许多标语,可是里外都清锅冷灶的,几乎看不到一个人。他慢慢的往园内走,把帽子拉到眉边,省得教熟人认出他来。

他看见了老柏上的有名的灰鹤。两只,都在树顶上立着呢。他立定,呆呆的看着它们。从前,他记得,他曾带着小顺儿,特意来看它们,可是没有看到。今天,无意中的看到,他仿佛是被它们吸住了,不能再动。据说,这里的灰鹤是皇帝饲养着的,在这里已有许多年代。瑞宣不晓得一只鹤能活多少年,是否这两只曾经见过皇帝。他只觉得它们,在日本人占领了北平之后,还在这里活着,有些不大对。它们的羽毛是那么光洁,姿态是那么俊逸,再配上那红的墙,绿的柏,与金瓦的宫殿,真是仙境中的仙鸟。可是,这仙境中的主人已换上了杀人不眨眼的倭寇;那仙姿逸态又有什么用呢?说不定,日本人会用笼子把它们装起,运到岛国当作战利品去展览呢!

不过,鸟儿到底是无知的。人呢?他自己为什么只呆呆的看着一对灰鹤,而不去赶走那些杀人的魔鬼呢?他不想去看文艺界的大会了。灰鹤与他都是高傲的,爱惜羽毛的,而他与它们的高傲只是一种姿态而已,没有用,没有任何的用!他想低着头走回家去。

可是,极快的,他矫正了自己。不,他不该又这样容易伤感,而把头又低下去。伤感不是真正的,健康的,感情。由伤感而落的泪是露水,没有甘霖的功用。他走向会场去。他要听听日本人说什么,要看看给日本人作装饰的文艺家的面目。他不是来看灰鹤。

会场里坐着立着已有不少的人,可是还没有开会。他在签到簿上画了个假名字。守着签到簿的,和殿里的各处,他看清,都有特务。自从被捕后,他已会由服装神气上认出他们来。他心中暗笑了一下。特务是最时髦的组织,可也是最靠不住的组织,他想起钱先生的话来。以特务支持政权,等于把房子建筑在沙滩上。日本人很会建筑房子,可惜没看地基是不是沙子。

他在后边找了个人少的地方坐下。慢慢的,他认出好几个人来:那个戴瓜皮小帽,头像一块宝塔糖的,是东安市场专偷印淫书的艺光斋的老板;那个一脸浮油,像火车一样吐气的胖子,是琉璃厂卖墨盒子的周四宝;那个圆眼胖脸的年轻人是后门外德文斋纸店跑外的小山东儿;那个满脸烟灰,腮上有一撮毛的是说相声的黑毛儿方六。除了黑毛儿方六(住在小羊圈七号)一定认识他,那三位可是也许认识他,也许不认识,因为他平日爱逛书铺与琉璃厂,而且常在德文斋买东西,所以慢慢的知道了他们，而他们不见得注意过他。此外，他还看到一位六十多岁而满脸搽着香粉的老妖精；想了半天，他才想起来，那是常常写戏评的票友刘禹清；他在戏剧杂志上看见过他的相片。在老妖精的四围，立着的，坐着的，有好几个脸上满是笑容的人，看着都眼熟，他可是想不起他们都是谁。由他们的神气与衣服，他猜想他们不是给小报报屁股写文章的，便是小报的记者。由这个大致不错的猜测，他想到小报上新出现的一些笔名——二傻子，大白薯，清风道士，反迅斋主，热伤风……把这些笔名放在面前那些发笑的人们身上，他觉得非常的合适，合适得使他要作呕。

大赤包，招弟，冠晓荷，走了进来。大赤包穿着一件紫大缎的长袍，上面罩着件大红绣花的斗篷，头上戴着一顶大红的呢洋帽，帽沿很窄，上面斜插二尺多长的一根野鸡毛。她走得极稳极慢，一进殿门，她双手握紧了斗篷，头上的野鸡毛从左至右画了个半圆，眼睛随着野鸡毛的转动，检阅了全殿的人。这样亮完了像儿，她的两手松开，肩膀儿一拱，斗篷离了身，轻而快的落在晓荷的手中。而后，她扶着招弟，极稳的往前面走，身上纹丝不动，只有野鸡毛微颤。全殿里的人都停止了说笑，眼睛全被微颤的野鸡毛吸住。走到最前排，她随便的用手一推，象驱逐一个虫子似的把中间坐着的人推开，她自己坐在那里——正对着讲台桌上的那瓶鲜花。招弟坐在妈妈旁边。

晓荷把太太的斗篷搭在左臂上，一边往前走，一边向所有的人点头打招呼。他的眼眯着，嘴半张着，嘴唇微动，而并没说什么；他不费力的使大家猜想他必是和他们说话呢。这样走了几步，觉得已经对大家招呼够了，他闭上了嘴，用小碎步似跳非跳的赶上太太，像个小哈巴狗似的同太太坐在一处。

瑞宣看到冠家夫妇的这一场，实在坐不住了；他又想回家。可是，这时候，门外响了铃。冠晓荷半立着，双手伸在头上鼓掌。别人也跟着鼓掌。瑞宣只好再坐稳。

在掌声中，第一个走进来的是蓝东阳。今天，他穿着西服。没人看得见他的领带，因为他的头与背都维持着鞠躬的姿式。他横着走，双手紧紧的贴在身旁，头与背越来越低，像在地上找东西似的。他的后面是，瑞宣认得，曾经一度以宣传反战得名的日本作家井田。十年前，瑞宣曾听过井田的讲演。井田是个小个子，而肚子很大，看起来很像会走的一个泡菜坛子。他的肚子，今天，特别往外凸出；高扬着脸。他的头发已有许多白的。东阳横着走，为是一方面尽引路之责，一方面又表示出不敢抢先的谦逊。他的头老在井田先生的肚子旁边，招得井田有点不高兴，所以走了几步以后，井田把肚子旁边的头推开，昂然走上了讲台。他没等别人上台，便坐在正中间。他的眼没有往台下看，而高傲的看着彩画的天花板。第二，第三，第四，也都是日本人。他们的身量都不高，可是每个人都觉得自己是一座宝塔似的。日本人后面是两个高丽人，高丽人后面是两个东北青年。蓝东阳被井田那么一推，爽性不动了，就那么屁股顶着墙，静候代表们全走过去。都走完了，他依然保持着鞠躬的姿态，往台上走。走到台上，他直了直腰，重新向井田鞠躬。然后，他转身，和台下的人打了对脸。他的眼珠猛的往上一吊，脸上的肌肉用力的一扯，五官全挪了地方，好像要把台下的人都吃了似的。这样示威过了，他挺着身子坐下。可是，屁股刚一挨椅子，他又立起来，又向井田鞠躬。井田还欣赏着天花板。这时候，冠晓荷也立起来，向殿门一招手。一个漂亮整齐的男仆提进来一对鲜花篮。晓荷把花篮接过来，恭敬的交给太太与女儿一人一只。大赤包与招弟都立起来，先转脸向后看了看，为是教大家好看清了她们，而后慢慢的走上台去。大赤包的花篮献给东阳，招弟的献给井田。井田把眼从天花板上收回，看着招弟；坐着，他和招弟握了握手。然后，母女立在一处，又教台下看她们一下。台下的掌声如雷。她们下来，晓荷慢慢的走上了台，向每个人都深深的鞠了躬，口中轻轻的介绍自己："冠晓荷！冠晓荷！"台下也给他鼓了掌。蓝东阳宣布开会：

"井田先生！"一鞠躬。"菊池先生！"一鞠躬。他把台上的人都叫到，给每个人都鞠了躬，这才向台下一扯他的绿脸，很傲慢的叫了声："诸位文艺作家！"没有鞠躬。叫完这一声，他楞起来，仿佛因为得意而忘了他的开会词。他的眼珠一劲儿往上吊。台下的人以为他是表演什么功夫呢，一齐鼓掌。他的手颤着往衣袋里摸，半天，才摸出一张小纸条来。他半身向左转，脸斜对着井田，开始宣读："我们今天开会，因为必须开会！"他把"必须"念得很响，而且把一只手向上用力的一伸。台下又鼓了掌。他张着嘴等候掌声慢慢的停止。而后再念：

"我们是文艺家，天然的和大日本的文豪们是一家！"台下的掌声，这次，响了两分钟。在这两分钟里，东阳的嘴不住的动，念叨着："好诗！好诗！"掌声停了，他把纸条收起去。"我的话完了，因为诗是语言的结晶，无须多说。现在，请大文豪井田先生训话！井田先生！"又是极深的一躬。

井田挺着身，立在桌子的旁边，肚子支出老远。看一眼天花板，看一眼招弟，他不耐烦的一摆手，阻住了台下的鼓掌，而启用中国话说："日本的是先进国，它的科学，文艺，都是大东亚的领导，模范。我的是反战的，大日本的人民都是反战的，爱和平的。日本和高丽的，满洲国的，中国的，都是同文同种同文化的。你们，都应当随着大日本的领导，以大日本的为模范，共同建设起大东亚的和平的新秩序的！今天的，就是这一企图的开始，大家的努力的！"他又看了招弟一眼，转身坐下了。

东阳鞠躬请菊池致词。瑞宣在大家正鼓掌中间，溜了出来。

出来，他几乎不认识了东西南北。找了棵古柏，他倚着树身坐下去。他连想象也没想象到过，世界上会能有这样的无耻，欺骗，无聊，与戏弄。最使他难过的倒还不是蓝东阳与大赤包，而是井田。他不单听过井田从前的讲演，而且读过井田的文章。井田，在十几年前，的确是值得钦敬的一位作家。他万没想到，井田居然也会作了日本军阀的走狗，来戏弄中国人，戏弄文艺，并且戏弄真理。由井田身上，他看到日本的整部的文化；那文化只是毒药丸子上面的一层糖衣。他们的艺术，科学，与衣冠文物，都是假的，骗人的；他们的本质是毒药。他从前信任过井田，佩服过井田，也就无可避免的认为日本自有它的特殊的文化。今天，看清井田不过是个低贱的小魔术家，他也便看见日本的一切都是自欺欺人的小把戏。

想到这里，他没法不恨自己，假若他有胆子，一个手榴弹便可以在大殿里消灭了台上那一群无耻的东西，而消灭那群东西还不只是为报仇雪恨，也是为扫除真理的戏弄者。日本军阀只杀了中国人，井田却勒死了真理与正义。这是全人类的损失。井田口中的反战，和平，文艺，与科学，不止是欺骗黑毛儿方六与周四宝，而也是要教全世界承认黑是白，鹿是马。井田若成了功——也就是全体日本人成了功——世界上就须管地狱叫作天堂，把魔鬼叫作上帝，而井田是天使！

他恨自己。是的，他并没给井田与东阳鼓掌。可是，他也没伸出手去，打那些无耻的骗子。他不但不敢为同胞们报仇，他也不敢为真理与正义挺一挺身。他没有血性，也没有灵魂！

殿外放了一挂极长的爆竹。他无可如何的立起来，往园外走。两只灰鹤被爆竹惊起，向天上飞去。瑞宣又低下头去。

五十一

在日本人想：用武力劫夺了土地，而后用汉奸们施行文治，便可以稳稳的拿住土地与人民了。他们以为汉奸们的确是中国人的代表，所以汉奸一登台，人民必定乐意服从，而大事定矣。同时，他们也以为中国的多少次革命都是几个野心的政客们要的把戏，而人民一点也没受到影响。因此，利用不革命的，和反革命的，汉奸们，他们计算好，必定得到不革命的，和反革命的人民的拥护与爱戴，而上下打成一片。他们心目中的中国人还是五十年前的中国人。

以北平而言，他们万没想到他们所逮捕的成千论万的人，不管是在党的，还是与政党毫无关系的，几乎一致的恨恶日本人，一致的承认孙中山先生是国父。他们不能明白这是怎么一回事，因为他们只以自己的狂傲推测中国人必定和五十年前一模一样，而忽略了五十年来的真正的历史。狂傲使他们变成色盲。

赶到两个特使死在了北平，日本人开始有了点"觉悟"。他们看出来，汉奸们的号召力并不像他们所想象的那么大。他们应当改弦更张，去掉几个老汉奸，而起用几个新汉奸。新汉奸最好是在党的，以便使尊孙中山先生为国父的人们心平气和，乐意与日本人合作。假若找不到在党的，他们就须去找一两位亲日的学者或教授，替他们收服民心。同时，他们也须使新民会加紧的工作，把思想统制起来，用中日满一体与大东亚共荣，代替国民革命。同时，他们也必不能放弃他们最拿手的好戏——杀戮。他们必须恩威兼用，以杀戮配备"王道"。同时，战争已拖了一年多，而一点看不出速战速决的希望，所以他们必须尽力的搜括，把华北所有的东西都拿了去,以便以战养战。这与"王道"有根本的冲突,可是日本人的心里只会把事情分开,分成甲乙丙丁若干项目,每一项都须费尽心机去计划,去实行,而不会高视远瞩的通盘计算一下。他们是一出戏的演员,每个演员都极卖力气的表演,而忘了整部戏剧的主题与效果。他们有很好的小动作,可是他们的戏失败了。

已是深冬。祁老人与天佑太太又受上了罪。今年的煤炭比去冬还更缺乏。去年,各煤厂还有点存货。今年,存货既已卖完,而各矿的新煤被日本人运走,只给北平留下十分之一二。祁老人夜间睡不暖,早晨也懒得起来。日本人破坏了他的鸡鸣即起的家风。他不便老早的起来,教瑞宣夫妇为难。在往年,只要他一在屋中咳嗽,韵梅便赶快起床去升火,而他每日的第一件事便是看到一个火苗儿很旺的小白炉子放在床前。火光使老人的心里得到安慰与喜悦。现在,他明知道家中没有多少煤,他必须蜷卧在炕上,给家中省下一炉儿火。

天佑太太一向体贴儿媳,也自然的不敢喊冷。可是,她止不住咳嗽,而且也晓得她的咳嗽会教儿子儿媳心中难过。她只好用被子堵住口,减轻了咳嗽的声音。

瑞宣自从看过文艺界协会开会以后,心中就没得过片刻的安静。他本想要学钱先生的坚定与快活,可是他既没作出钱先生所作的事,他怎么能坚定与快乐呢。行动是信仰的肢体。没有肢体,信仰只是个游魂!同时,他又不能视而不见,听而不闻的,放弃行动,而仍自居清高。那是犬儒。

假若他甘心作犬儒,他不但可以对战争与国家大事都嗤之以鼻,他还可以把祖父,妈妈的屋中有火没有也假装看不见。可是,他不能不关心国事,也不能任凭老人们挨冷受冻而不动心。他没法不惶惑,苦闷,甚至于有时候想自杀。

刮了一夜的狂风。那几乎不是风,而是要一下子便把地面的一切扫净了的灾患。天在日落的时候已变成很厚很低很黄,一阵阵深黄色的"沙云"在上面流动，发出使人颤抖的冷气。日落了，昏黄的天空变成黑的，很黑，黑得可怕。高处的路灯像矮了好些，灯光在颤抖。上面的沙云由流动变为飞驰，天空发出了响声，像一群疾行的鬼打着胡哨。树枝儿开始摆动。远处的车声与叫卖声忽然的来到，又忽然的走开。星露出一两个来，又忽然的藏起去。一切静寂。忽然的，门，窗，树木，一齐响起来，风由上面，由侧面，由下面，带着将被杀的猪的狂叫，带着黄沙黑土与鸡毛破纸，扫袭着空中与地上。灯灭了，窗户打开，墙在颤，一切都混乱，动摇，天要落下来，地要翻上去。人的心都缩紧，盆水立刻浮了一层冰。北平仿佛失去了坚厚的城墙，而与荒沙大漠打成了一片。世界上只有飞沙与寒气的狂舞，人失去控制自然的力量，连猛犬也不敢叫一声。

一阵刮过去，一切都安静下来。灯明了，树枝由疯狂的鞠躬改为缓和的摆动。天上露出几颗白亮的星来。可是，人们刚要喘一口气，天地又被风连接起，像一座没有水的，没有边沿的，风海。

电车很早的停开，洋车夫饿着肚子空着手收了车，铺户上了板子，路上没了行人。北平像风海里的一个黑暗无声的孤岛。

祁老人早早的便躺下了。他已不像是躺在屋里，而像飘在空中。每一阵狂风都使他感到渺茫，忘了方向，忘了自己是在哪里，而只觉得有千万个细小的针尖刺着他的全身。他辨不清是睡着，还是醒着，是作梦，还是真实。他刚要想起一件事来，一阵风便把他的心思刮走；风小了一下，他又找到自己，好像由天边上刚落下来那样。风把他的身与心都吹出去好远，好远，而他始终又老躺在冰凉的炕上，身子蜷成了一团。

好容易，风杀住了脚步。老人听见了一声鸡叫。鸡声像由天上落下来的一个信号，他知道风已住了，天快明。伸手摸一摸脑门，他好似触到一块冰。他大胆的伸了伸酸疼的两条老腿，赶快又蜷回来；被窝下面是个小的冰窖。屋中更冷了，清冷，他好像睡在河边上或沙漠中的一个薄薄的帐棚里，他与冰霜之间只隔了一层布。慢慢的，窗纸发了青。他忍了一个小盹。再睁开眼，窗纸已白；窗棱的角上一堆堆的细黄沙，使白纸上映出黑的小三角儿来。他老泪横流的打了几个酸懒的哈欠。他不愿再忍下去，而狠心的坐起来。坐了一会儿，他的腿还是僵硬的难过，他开始穿衣服，想到院中活动活动，把血脉活动开。往常，他总是按照老年间的办法，披上破皮袍，不系纽扣，而只用搭包松松的一拢；等扫完了院子，洗过脸，才系好纽扣，等着喝茶吃早点。今天，他可是一下子便把衣服都穿好，不敢再松拢着。

一开屋门，老人觉得仿佛是落在冰洞里了。一点很尖很小很有力的小风像刀刃似的削着他的脸，使他的鼻子流出清水来。他的嘴前老有些很白的白气。往院中一撒眼，他觉得院子仿佛宽大了一些。地上极干净，连一个树叶也没有。地是灰白的，有的地方裂开几条小缝。空中什么也没有，只是那么清凉的一片，像透明的一大片冰。天很高，没有一点云，蓝色很浅，像洗过多少次的蓝布，已经露出白色来。天，地，连空中，都发白，好似雪光，而哪里也没有雪。这雪光有力的联接到一处，发射着冷气，使人的全身都浸在寒冷里，仿佛没有穿着衣服似的。屋子，树木，院墙，都静静的立着，都缩紧了一些，形成一个凝冻了的世界。老人不敢咳嗽；一点声响似乎就能震落下一些冰来。

待了一会儿，天上，那凝冻了的天上，有了红光。老人想去找扫帚，可是懒得由袖口里伸出手来；再看一看地上，已经被狂风扫得非常的干净，无须他去费力，揣着手，他往外走。开开街门，胡同里没有一个人，没有任何动静。老槐落下许多可以当柴用的枯枝。老人忘了冷，伸出手来，去拾那些树枝。抱着一堆干枝，他往家中走。上了台阶，他楞住了，在门神脸底下的两个铜门环没有了。"嗯？"老人出了声。

这是他自己置买的房，他晓得院中每一件东西的变化与历史。当初，他记得，门环是一对铁的，鼓膨膨的像一对小乳房，上面生了锈。后来，为庆祝瑞宣的婚事，才换了一副黄铜的——门上有一对发光的门环就好像妇女戴上了一件新首饰。他喜爱这对门环,永远不许它们生锈。每逢他由外边回来,看到门上的黄亮光儿,他便感到痛快。

今天,门上发光的东西好像被狂风刮走,忽然的不见了,只剩下两个圆圆的印子,与钉子眼儿。门环不会被风刮走,他晓得;可是他低头在阶上找,希望能找到它们。台阶上连一颗沙也没有。把柴棍儿放在门坎里,他到阶下去找,还是找不到。他跑到六号的门外去看,那里的门环也失了踪。他忘了冷。很快的他在胡同里兜了一圈,所有的门环都不见了。"这闹的什么鬼呢?"老人用冻红了的手,摸了摸胡须,摸到了一两个小冰珠。他很快的走回来,叫瑞宣。这是星期天,瑞宣因为天既冷,又不去办公,所以还没起床。老人本不想惊动孙子,可是控制不住自己。全胡同里的门环在一夜的工夫一齐丢掉,毕竟是空前的奇事。

瑞宣一边穿衣服,一边听祖父的话。他似乎没把话都听明白,楞眼巴睁的走出来,又楞眼巴睁的随着老人往院外走。看到了门环的遗迹,他才弄清楚老人说的是什么。他笑了,抬头看了看天。天上的红光已散,白亮亮的天很高很冷。"怎回事呢?"老人问。

"夜里风大,就是把街门搬了走,咱们也不会知道!进来吧,爷爷!这儿冷!"瑞宣替祖父把门内的一堆柴棍儿抱了进来。

"谁干的呢?好大胆子!一对门环能值几个钱呢?"老人一边往院中走,一边叨唠。

"铜铁都顶值钱,现在不是打仗哪吗?"瑞宣搭讪着把柴火送到厨房去。

老人和韵梅开始讨论这件事。瑞宣藏到自己的屋中去。屋中的暖而不大好闻的气儿使他想再躺下睡一会儿,可是他不能再放心的睡觉,那对丢失了的门环教他觉到寒冷,比今天的天气还冷。不便对祖父明说,他可是已从富善先生那里得到可靠的情报,日本军部已委派许多日本的经济学家研究战时的经济——往真切里说,便是研究怎样抢劫华北的资源。日本攻陷了华北许多城市与地方，而并没有赚着钱；现代的战争是谁肯多往外扔掷金钱，谁才能打胜的。不错，日本人可以在攻陷的地带多卖日本货。可是，战事影响到国内的生产，而运到中国来的货物又恰好只能换回去他们自己发行的，一个铜板不值的伪钞。况且，战争还没有结束的希望，越打就越赔钱。所以他们必须马上抢劫。他们须抢粮，抢煤，抢铜铁，以及一切可以伸手就拿到的东西。尽管这样，他们还不见得就能达到以战养战的目的，因为华北没有什么大的工业，也没有够用的技术人员与工人。他们打胜了仗，而赔了本儿。因此，军人们想起来经济学家们，教他们给想点石成金的方法。

乘着一夜的狂风，偷去铜的和铁的门环，瑞宣想，恐怕就是日本经济学家的抢劫计划的第一炮。这个想法若搁在平日，瑞宣必定以为自己是浅薄无聊。今天，他可是郑重其事的在那儿思索，而丝毫不觉得这个结论有什么可笑。他知道，日本的确有不少的经济学家，但是，战争是消灭学术的，炮火的放射是把金钱打入大海里的愚蠢的把戏。谁也不能把钱扔在海里，而同时还保存着它。日本人口口声声的说，日本是"没有"的国家，而中国是"有"的国家。这是最大的错误。不错，中国的确是很大很大；可是它的人也特别多呀。它以农立国，而没有够用的粮食。中国"没有"，日本"有"。不过，日本把它的"有"都玩了炮火，它便变成了"没有"。于是，它只好抢劫"没有"的中国。抢什么呢？门环——门环也是好的，至少它们教日本的经济学者交一交差。再说，学者们既在军阀手下讨饭吃，他们便也须在学术之外，去学一学那夸大喜功的军人们——军人们，那本来渺小而愿装出伟大的样子的军人们，每逢作一件事，无论是多么小的事，都要有点戏剧性，好把屁大的事情弄得有声有色。学者们也学会这招数，所以在一夜狂风里，使北平的人们都失去了门环，而使祁老人惊讶称奇。

这可并不只是可笑的事，瑞宣告诉自己。日本人既因玩弄炮火与战争,把自己由"有"而变为"没有",他们必会用极精密的计划与方法,无微不至的去抢劫。他们的心狠,会刮去华北的一层地皮,会把成千论万的人活活饿死。再加上汉奸们的甘心为虎作伥,日本人要五百万石粮,汉奸们也许要搜括出一千万石,好博得日本人的欢心。这样,华北的人民会在不久就死去一大半!假若这成为事实,他自己怎么办呢?他不肯离开家,就是为养活着一家大小。可是,等到日本人的抢劫计划施展开,他有什么方法教他们都不至于饿死呢?

是的,人到了挨饿的时候就会拼命的。日本人去抢粮食,也许会引起人民的坚决的抵抗。那样,沦陷了的地方便可以因保存粮食而武装起来。这是好事。可是,北平并不产粮,北平人又宁可挨饿也不去拼命。北平只会陪着别人死,而决不挣扎。瑞宣自己便是这样的人!

这时候,孩子们都醒了,大声的催促妈妈给熬粥。天佑太太与祁老人和孩子们有一搭无一搭的说话儿。瑞宣听着老少的声音,就好像是一些毒刺似的刺着他的心。他们现在还都无可如何的活着,不久他们会无可如何的都死去——没有挣扎,没有争斗,甚至于没有怒骂,就那么悄悄的饿死!太阳的光并不强,可是在一夜狂风之后,看着点阳光,大家仿佛都感到暖和。到八九点钟,天上又微微的发黄,树枝又间断的摆动。

"风还没完!"祁老人叹了口气。

老人刚说完,外面砰,砰,响了两声枪。很响,很近,大家都一楞。

"又怎么啦?"老人只轻描淡写的问了这么一句,几乎没有任何的表情。"各扫门前雪,休管他人瓦上霜"是他的处世的哲学,只要枪声不在他的院中,他便犯不上动心。"听着像是后大院里!"韵梅的大眼睁得特别的大,而嘴角上有一点笑——一点含有歉意的笑,她永远怕别人嫌她多嘴,或说错了话。她的"后大院"是指着胡同的胡芦肚儿说的。

瑞宣往外跑。搁在平日,他也会像祖父那样沉着,不管闲事。今天,在他正忧虑大家的死亡的时节,他似乎忘了谨慎,而想出去看看。

"爸！我也去！"小顺儿的脚冻了一块，一瘸一点的追赶爸爸。

"你干吗去？回来！"韵梅像老鹰抓小鸡似的把小顺儿抓住。

瑞宣跑到大门外，三号的门口没有人，一号的门口站着那个日本老婆婆。她向瑞宣鞠躬，瑞宣本来没有招呼过一号里的任何人，可是今天在匆忙之间，他还了一礼。程长顺在四号门外，想动而不敢动的听着外婆的喊叫："回来，你个王大胆！顶着枪子，上哪儿去！"见着瑞宣，长顺急切的问："怎么啦？"

"不知道！"瑞宣往北走。

小文揣着手，嘴唇上搭拉着半根烟卷，若无其事的在六号门口立着。"好像响了两枪？或者也许是爆竹！"他对瑞宣说，并没拿下烟卷来。

瑞宣点了点头，没说什么，还往北走。他既羡慕，又厌恶，小文的不动声色。

七号门外站了许多人，有的说话，有的往北看。白巡长脸煞白的，由北边跑来："都快进去！待一会儿准挨家儿检查！不要慌，也别大意！快进去！"说完，他打了转身。

"怎么回事？"大家几乎是一致的问。

白巡长回过头来："我倒霉，牛宅出了事！"

"什么事？"大家问。

白巡长没再回答，很快的跑去。

瑞宣慢慢的往回走，口中无声的嚼着："牛宅！牛宅！"他猜想不到牛宅出了什么事，可是想起钱先生前两天的话来。钱先生不是问过他，认识不认识牛教授吗？干什么这样问呢？瑞宣想不明白。莫非牛教授要作汉奸？不能！不能！瑞宣虽然与牛教授没有过来往，可是他很佩服教授的学问与为人。假若瑞宣也有点野心的话，便是作牛教授第二——有被国内外学者所推崇的学识，有那么一座院子大，花草多的住宅，有简单而舒适的生活，有许多图书。这样的一位学者，是不会作汉奸的。

回到家中，大家都等着他报告消息，可是他什么也没说。

过了不到一刻钟，小羊圈已被军警包围住。两株老槐树下面，立着七八个宪兵，不准任何人出入。

祁老人把孩子们关在自己屋里，连院中都不许他们去。无聊的，他对孩子们低声的说："当初啊，我喜欢咱们这所房子的地点。它僻静。可是，谁知道呢，现而今连这里也不怎么都变了样儿。今天拿人，明儿个放枪，都是怎么回事呢？"

小妞子回答不出，只用冻红了的胖手指钻着鼻孔。小顺儿，正和这一代的小儿女们一样，脱口而出的回答了出来："都是日本小鬼儿闹的！"

祁老人知道小顺儿的话无可反驳，可是他不便鼓励小孩子们这样仇恨日本人："别胡说！"他低声的说。说完，他的深藏着的小眼藏得更深了一点，好像有点对不起重孙子似的。

正在这个时节，走进来一群人，有巡警，有宪兵，有便衣，还有武装的，小顺儿深恨的，日本人。地是冻硬了的，他们的脚又用力的跺，所以呱哒呱哒的分外的响。小人物喜欢自己的响动大。两个立在院中观风，其余的人散开，到各屋去检查。

他们是刚刚由冠家来的，冠家给了他们香烟，热茶，点心，和白兰地酒，所以他们并没搜检，就被冠晓荷鞠着躬送了出来。祁家没有任何东西供献给他们，他们决定细细的检查。

韵梅在厨房里没动。她的手有点颤，可是还相当的镇定。她决定一声不出，而只用她的大眼睛看着他们。她站在菜案子前面，假若他们敢动她一动，她伸手便可以抓到菜刀。

天佑太太在刚能记事的时候，就遇上八国联军攻陷了北平。在她的差不多像一张白纸的脑子上，侵略与暴力便给她划上了最深的痕记。她知道怎样镇定。一百年的国耻使她知道怎样忍辱，而忍辱会产生报复与雪耻。日本的侵华，发动得晚了一些。她呆呆的坐在炕沿上，看看进来的人。她没有打出去他们的力量，可也不屑于招呼他们。

小妞子一见有人进来，便藏在了太爷爷的身后边。小顺儿看着进来的人，慢慢的把一个手指含在口中。祁老人和蔼了一世，今天可是把已经来到唇边上的客气话截在了口中，他不能再客气。他好像一座古老的，高大的，城楼似的，立在那里；他阻挡不住攻城的人，但是也不怕挨受攻击的炮火。

可是，瑞宣特别的招他们的注意。他的年纪，样子，风度，在日本人眼中，都仿佛必然的是嫌疑犯。他们把他屋中所有的抽屉，箱子，盒子，都打开，极细心的查看里边的东西。他们没找到什么，于是就再翻弄一过儿，甚至于把箱子底朝上，倒出里面的东西。瑞宣立在墙角，静静的看着他们。最后，那个日本人看见了墙上那张大清一统地图。他向瑞宣点了点头：“大清的，大大的好！”瑞宣仍旧立在那里，没有任何表示。日本人顺手拿起韵梅自己也不大记得的一支镀金的，錾花的，短簪，放在袋中，然后又看了大清地图一眼，依依不舍的走出去。

他们走后，大家都忙着收拾东西，谁都有一肚子气，可是谁也没说什么。连小顺儿也知道，这是受了侮辱，但是谁都没法子去雪耻，所以只好把怨气存在肚子里。

一直到下午四点钟，黄风又怒吼起来的时候，小羊圈的人们才得到出入的自由，而牛宅的事也开始在大家口中谈论着。

除了牛教授受了伤，已被抬到医院去这点事实外，大家谁也不准知道那是怎么一回事。牛教授向来与邻居们没有什么来往，所以平日大家对他家中的事就多半出于猜测与想象；今天，猜测与想象便更加活动。大家因为不确知那是什么事，才更要说出一点道理来，据孙七说：日本人要拉牛教授作汉奸，牛教授不肯，所以他们打了他两枪——一枪落了空，一枪打在教授的左肩上，不致有性命的危险。孙七相当的敬重牛教授，因为他曾给教授剃过一次头。牛教授除了教课去，很少出门。他洗澡，剃头，都在家里。有一天，因为下雨，他的仆人因懒得到街上去叫理发匠，所以找了孙七去。孙七的手艺虽不高，可是牛教授只剃光头，所以孙七满可以交差。牛教授是不肯和社会接触，而又并不讲究吃喝与别的享受的人。只要他坐在家中，就是有人来把他的头发都拔了去，似乎也无所不可。在孙七看呢，教授大概就等于高官，所以牛教授才不肯和邻居们来往。可是，他竟自给教授剃过头，而且还和教授谈了几句话。这是一种光荣。当铺户中的爱体面的青年伙计埋怨他的手艺不高明的时候，他会沉住了气回答："我不敢说自己的手艺好，可是牛教授的头也由我剃！"因此，他敬重牛教授。

程长顺的看法和孙七的大不相同。他说：牛教授要作汉奸，被"我们"的人打了两枪。尽管没有打死，可是牛教授大概也不敢再惹祸了。长顺儿的话不知有何根据，但是在他的心理上，他觉得自己的判断是正确的。小羊圈所有的院子，他都进去过，大家都听过他的留声机。只有牛宅从来没照顾过他。他以为牛教授不单不像个邻居，也不大象人。人，据长顺想，必定要和和气气，有说有笑。牛教授不和大家来往，倒好像是庙殿中的一个泥菩萨，永远不出来玩一玩。他想，这样的人可能的作汉奸。

这两种不同的猜想都到了瑞宣的耳中。他没法判断哪个更近于事实。他只觉得很难过。假若孙七猜的对，他便看到自己的危险。真的，他的学识与名望都远不及牛教授。可是，日本人也曾捉过他呀。谁敢保险日本人不也强迫他去下水呢？是的，假若他们用手枪来威胁他，他会为了气节，挺起胸来吃一枪弹。不过，他闭上眼，一家老小怎么办呢？

反过来说，假若程长顺猜对了，那就更难堪。以牛教授的学问名望而甘心附逆，这个民族可就真该灭亡了！风还相当的大，很冷。瑞宣可是在屋中坐不住。揣着手，低着头，皱着眉，他在院中来回的走。细黄沙渐渐的积在他的头发与眉毛上，他懒得去擦。冻红了的鼻子上垂着一滴清水，他任凭它自己落下来，懒得去抹一抹。从失去的门环，他想象到明日生活的困苦,他看见一条绳索套在他的,与一家老幼的,脖子上,越勒越紧。从牛教授的被刺,他想到日本人会一个一个的强奸清白的人;或本来是清白的人,一来二去便失去坚强与廉耻,而自动的去作妓女。

可是,这一切只是空想。除非他马上逃出北平去,他就没法解决问题。但是,他怎么逃呢?随着一阵狂风,他狂吼了一声。没办法!

五十二

牛教授还没有出医院,市政府已发表了他的教育局长。瑞宣听到这个消息,心里反倒安定了一些。他以为凭牛教授的资格与学识,还不至于为了个局长的地位就肯附逆;牛教授的被刺,他想,必是日本人干的。教育局长的地位虽不甚高,可是实际上却掌管着几十所小学,和二十来所中学,日本人必须在小学生与中学生身上严格施行奴化教育,那么,教育局长的责任就并不很小,所以他们要拉出一个有名望的人来负起这个重任。

这样想清楚,他急切的等着牛教授出院的消息。假若,他想,牛教授出了院而不肯就职,日本人便白费了心机,而牛教授的清白也就可以大昭于世。反之,牛教授若是肯就职,那就即使是出于不得已,也会被世人笑骂。为了牛教授自己,为了民族的气节,瑞宣日夜的祷告牛教授不要轻于迈错了脚步!

可是,牛教授还没有出院,报纸上已发表了他的谈话:"为了中日的亲善与东亚的和平,他愿意担起北平的教育责任;病好了他一定就职。"在这条新闻旁边,还有一幅相片——他坐在病床上,与来慰看他的日本人握手;他的脸上含着笑。

瑞宣呆呆的看着报纸上的那幅照相。牛教授的脸是圆圆的,不胖不瘦;眉眼都没有什么特点,所以圆脸上是那么平平的,光润的,连那点笑容都没有什么一定的表情。是的,这一点不错,确是牛教授。牛教授的脸颇足以代表他的为人,他的生活也永远是那么平平的,与世无争,也与世无忤。"你怎会也作汉奸呢?"瑞宣半疯子似的问那张相片。无论怎么想,他也想不透牛教授附逆的原因。在平日,尽管四邻们因为牛教授的不随和,而给他造一点小小的谣言,可是瑞宣从来没有听到过牛教授有什么重大的劣迹。在今天,凭牛教授的相貌与为人,又绝对不像个利欲熏心的人。他怎么会肯附逆呢?

事情决不很简单,瑞宣想。同时,他切盼那张照相,正和牛教授被刺一样,都是日本人耍的小把戏,而牛教授一定会在病好了之后,设法逃出北平的。

一方面这样盼望,一方面他到处打听到底牛教授是怎样的一个人。在平日,他本是最不喜欢东打听西问问的人;现在,他改变了态度。这倒并不是因他和牛教授有什么交情,而是因为他看清楚牛教授的附逆必有很大的影响。牛教授的行动将会使日本人在国际上去宣传,因为他有国际上的名望。他也会教那些以作汉奸为业的有诗为证的说:"看怎样,什么清高不清高的,老牛也下海了啊!清高?屁!"他更会教那些青年们把冒险的精神藏起,而"老成"起来:"连牛教授都肯这样,何况我们呢?"牛教授的行动将不止毁坏了他自己的令名,而且会教别人坏了心术。瑞宣是为这个着急。

果然,他看见了冠晓荷夫妇和招弟,拿着果品与极贵的鲜花(这是冬天),去慰问牛教授。

"我们去看看牛教授!"晓荷摸着大衣上的水獭领子,向瑞宣说:"不错呀,咱们的胡同简直是宝地,又出了个局长!我说,瑞宣,老二在局里作科长,你似乎也该去和局长打个招呼吧?"

瑞宣一声没出,心中像挨了一刺刀那么疼了一阵。

慢慢的,他打听明白了:牛教授的确是被"我们"的人打了两枪,可惜没有打死。牛教授,据说,并没有意思作汉奸,可是,当日本人强迫他下水之际,他也没坚决的拒绝。他是个科学家。他向来不关心政治,不关心别人的冷暖饥饱,也不愿和社会接触。他的脑子永远思索着科学上的问题。极冷静的去观察与判断,他不许世间庸俗的事情扰乱了他的心。他只有理智，没有感情。他不吸烟，不吃酒，不听戏，不看电影，而只在脑子疲乏了的时候种些菜，或灌灌花草。种菜浇花只是一种运动，他并不欣赏花草的美丽与芬芳。他有妻，与两个男孩；他可是从来不会为妻儿的福利想过什么。妻就是妻，妻须天天给他三餐与一些开水。妻拿过饭来，他就吃；他不挑剔饭食的好坏，也不感谢妻的操心与劳力。对于孩子们，他仿佛只承认那是结婚的结果，就好像大狗应下小狗，老猫该下小猫那样；他犯不上教训他们，也不便抚爱他们。孩子，对于他，只是生物与生理上的一种事实。对科学，他的确有很大的成就；以一个人说，他只是那么一张平平的脸，与那么一条不很高的身子。他有学问，而没有常识。他有脑子与身体，而没有人格。

北平失陷了，他没有动心。南京陷落了，他还照常工作。他天天必匀出几分钟的工夫看看新闻纸，但是他只承认报纸上的新闻是一些客观的事实，与他丝毫没有关系。当朋友们和他谈论国事的时候，他只仰着那平平的脸听着，好像听着讲古代历史似的。他没有表示过自己的意见。假若他也有一点忧虑的话，那就是：不论谁和谁打仗，他只求没有人来麻烦他，也别来践踏他的花草，弄乱了他的图书与试验室。这一点要求若是能满足，他就可以把头埋在书籍与仪器中，即使谁把谁灭尽杀绝，他也不去过问。

这个态度，假若搁在一个和平世界里，也未为不可。不幸，他却生在个乱世。在乱世里，花草是长不牢固的，假若你不去保护自己的庭园；书籍仪器是不会按秩序摆得四平八稳的，假若你不会拦阻强盗们闯进来。在乱世，你不单要放弃了自己家中的澡盆与沙发，而且应当根本不要求洗澡与安坐。一个学者与一个书记，一位小姐与一个女仆，都须这样。在乱世，每一个国民的头一件任务是牺牲自己，抵抗敌人。

可是，牛教授只看见了自己，与他的图书仪器，他没看见历史，也不想看。他好像是忽然由天上掉下来的一个没有民族，没有社会的独身汉。

他以为只要自己有那点学问,别人就决不会来麻烦他。同时,用他的冷静的,客观的眼光来看,他以为日本人之所以攻打中国,必定因为中国人有该挨打的因由;而他自己却不会挨打,因为他不是平常的中国人;他是世界知名的学者,日本人也知道,所以日本人也必不会来欺侮他。

日本人,为了收买人心,和威胁老汉奸们,想造就一批新汉奸。新汉奸的资格是要在社会上或学术上有相当高的地位,同时还要头脑简单。牛教授恰好有这两种资格。他们三番五次的派了日本的学者来"劝驾",牛教授没有答应,也没有拒绝。他没有作官的野心,也不想发财。但是,日本学者的来访,使他感到自己的重要。因而也就想到,假若一方面能保持住自己的图书仪器,继续作研究的工作,一方面作个清闲的官儿,也就未为不可。他愿意作研究是个事实,日本人需要他出去作官也是个事实。那么,把两个事实能归到一处来解决,便是左右逢源。他丝毫没想到什么羞耻与气节,民族与国家。他的科学的脑子,只管观察事实,与解决问题。他这个无可无不可的态度,使日本人更进一步的以恐吓来催促他点头。他们警告他,假若他不肯"合作",他们会马上抄他的家。他害了怕,他几乎不会想象:丢失了他的图书,仪器,庭院,与花木,他还怎么活下去。对于他,上街去买一双鞋子,或剃一剃头,都是可怕的事,何况把他的"大本营"都毁掉了呢?生活的方式使他忘了后方还有个自由的中国,忘了他自己还有两条腿,忘了别处也还有书籍与仪器。生活方式使他成了生活的囚犯。他宁可失去灵魂,而不肯换个地方去剃头。

许多的朋友都对他劝告,他不驳辩,甚至于一语不发。他感到厌烦。钱默吟以老邻居的资格来看过他,他心中更加腻烦。他觉得只有赶快答应了日本人的要求,造成既成事实,或许能心静一些。

手枪放在他面前,紧跟着枪弹打在他的肩上,他害了怕,因害怕而更需要有人保护他。他不晓得自己为什么挨枪,和闯进来的小伙子为什么要打他。他的逻辑与科学方法都没了用处,而同时他又不晓得什么是感情,与由感情出发的举动。日本人答应了保护他,在医院病房的门口和他的住宅的外面都派了宪兵站岗。他开始感到自己与家宅的安全。他答应了作教育局长。

瑞宣由各方面打听,得到上面所说的一些消息。他不肯相信那些话,而以为那只是大家的猜测。他不能相信一个学者会这样的胡涂。可是,牛教授决定就职的消息天天登在报纸上,使他又无法不信任自己的眼睛。他恨不能闯进医院去,把牛教授用绳子勒死。对那些老汉奸们,他可以用轻蔑与冷笑把他们放逐到地狱里去,他可是不能这么轻易的放过牛教授。牛教授的附逆关系着整个北平教育界的风气与节操。可是,他不能去勒死牛教授。他的困难与顾忌不许他作任何壮烈的事。因此,他一方面恨牛教授,一方面也恨自己。老二瑞丰回来了。自从瑞宣被捕,老二始终没有来过。今天,他忽然的回来,因为他的地位已不稳,必须来求哥哥帮忙。他的小干脸上不像往常那么发亮,也没有那点无聊的笑容。进了门,他绕着圈儿,大声的叫爷爷,妈,哥哥,大嫂,好像很懂得规矩似的。叫完了大家,他轻轻的拍了拍小顺儿与妞子的乌黑的头发,而后把大哥拉到一边去,低声的恳切的说:

"大哥!得帮帮我的忙!要换局长,我的事儿恐怕要吹!你认识,"

瑞宣把话抢过来:"我不认识牛教授!"

老二的眉头儿拧上了一点:"间接的总……"

"我不能兜着圈子去向汉奸托情!"瑞宣没有放高了声音,可是每个字都带着一小团怒火。

老二把假象牙的烟嘴掏出来,没往上安烟卷,而只轻轻的用它敲打着手背。"大哥!那回事,我的确有点不对!可是,我有我的困难!你不会记恨我吧?"

"哪回事?"瑞宣问。

"那回,那回,"老二舐了舐嘴唇,"你遭了事的那回。""我没记恨你，过去的事还有什么说头呢？"

"噢！"老二没有想到哥哥会这么宽宏大量，小小的吃了一惊。同时，他的小干脸上被一股笑意给弄活软了一点。他以为老大既不记仇，那么再多说上几句好话，老大必会消了怒，而帮他的忙的。"大哥，无论如何，你也得帮我这点忙！这个年月，弄个位置不是容易的事！我告诉你，大哥，这两天我愁得连饭都吃不下去！"

"老二，"瑞宣耐着性儿，很温柔的说："听我说！假若你真把事情搁下，未必不是件好事。你只有个老婆，并无儿女，为什么不跑出去，给咱们真正的政府作点事呢？"老二干笑了一下。"我，跑出去？"

"你怎么不可以呢？看老三！"瑞宣把脸板起来。"老三？谁知道老三是活着，还是死了呢？好，这儿有舒舒服服的事不作，偏到外边瞎碰去，我不那么傻！"瑞宣闭上了口。

老二由央求改为恐吓："大哥，我说真话，万一不幸我丢了差事，你可得养活着我！谁教你是大哥呢？"瑞宣微笑了一下，不打算再说什么。

老二又去和妈妈与大嫂嘀咕了一大阵，他照样的告诉她们："大哥不是不认识人，而是故意看我的哈哈笑！好，他不管我的事，我要是掉下来，就死吃他一口！反正弟弟吃哥哥，到哪里也讲得出去！"说完，他理直气壮的，叼着假象牙烟嘴，走了出去。

两位妇人向瑞宣施了压力。瑞宣把事情从头至尾细细的说了一遍，她们把话听明白，都觉得瑞宣应当恨牛教授，和不该去为老二托情。可是，她们到底还不能放心："万一老二真回来死吃一口呢？"

"那，"瑞宣无可如何的一笑，"那就等着看吧，到时候再说！"

他知道，老二若真来死吃他一口，倒还真是个严重的问题。但是，他不便因为也许来也许不来的困难而先泄了气。他既没法子去勒死牛教授，至少他也得撑起气，不去向汉奸求情。即使不幸而老二果然失了业，他还有个消极的办法——把自己的饭分给弟弟一半，而他自己多勒一勒腰带。

这不是最好的办法,但是至少能教他自己不输气。他觉得,在一个亡城中,他至少须作到不输气,假使他作不出争气的事情来。没到一个星期,瑞丰果然回来了。牛教授还在医院里,由新的副局长接收了教育局。瑞丰昼夜的忙了四五天。办清了交代,并且被免了职。

牛教授平日的朋友差不多都是学者,此外他并不认识多少人。学者们既不肯来帮他的忙,而他认识的人又少,所以他只推荐了他的一个学生作副局长,替他操持一切;局里其余的人,他本想都不动。瑞丰,即使不能照旧作科长,也总可以降为科员,不致失业。但是,平日他的人缘太坏了,所以全局里的人都乘着换局长之际,一致的攻击他。新副局长,于是,就拉了自己的一个人来,而开掉了瑞丰。

瑞丰忽然作了科长,忘了天多高,地多厚。官架子也正像谈吐与风度似的,需要长时间的培养。瑞丰没有作过官,而想在一旦之间就十足的摆出官架子来,所以他的架子都不够板眼。对于上司,他过分的巴结,而巴结得不是地方。这,使别人看不起他,也使被恭维的五脊子六兽的难过。可是,当他喝了两杯猫尿之后,他忘了上下高低,他敢和上司们挑战划拳,而毫不客气的把他们战败。对于比他地位低的,他的脸永远是一块硬的砖,他的眼是一对小枪弹,他的眉毛老像要拧出水来。可是,当他们跟他硬顶的时候,他又忽然的软起来,甚至于给一个工友道歉。在无事可干的时候,他会在公事房里叨着假象牙的烟嘴,用手指敲着板,哼唧着京戏;或是自己对自己发笑,仿佛是告诉大家:"你看,我作了科长,真没想到!"

对于买办东西,他永远亲自出马,不给科里任何人以赚俩回扣的机会。大家都恨他。可是,他自己也并不敢公然的拿回扣,而只去敲掌柜们一顿酒饭,或一两张戏票。这样,他时常的被铺户中请去吃酒看戏,而且在事后要对同事们大肆宣传:"昨天的戏好得很!和刘掌柜一块去的,那家伙胖胖的怪有个意思!"或是:"敢情山西馆子作菜也不坏呢!樊老西儿约我，我这是头一回吃山西菜！"他非常得意自己的能白吃白喝，一点也没注意同事们怎样的瞪他。

是的，他老白吃白喝。他永远不请客。他的钱须全数交给胖菊子，而胖菊子每当他暗示须请请客的时候总是说："你和局长的关系，保你稳作一辈子科长，请客干什么？"老二于是就不敢再多说什么，而只好向同事们发空头支票。他对每一个同事都说过："过两天我也请客！"可是，永远没兑过现。"祁科长请客，永没指望！"是同事们给他制造的一句歇后语。

对女同事们，瑞丰特别的要献殷勤。他以为自己的小干脸与刷了大量油的分头，和齐整得使人怪难过的衣服鞋帽必定有很大的诱惑力，只要他稍微表示一点亲密，任何女人都得拿他当个爱人。他时常送给她们一点他由铺户中白拿来的小物件，而且表示他要请她们看电影或去吃饭。他甚至于大胆的和她们定好了时间地点。到时候，她们去了，可找不着他的影儿。第二天见面，他会再三再四的道歉，说他母亲忽然的病了，或是局长派他去办一件要紧的公事，所以失了约。慢慢的，大家都知道了他的母亲与局长必会在他有约会的时候生病和有要事，也就不再搭理他，而他扯着脸对男同事们说："家里有太太，顶好别多看花瓶儿们！弄出事来就够麻烦的！"他觉得自己越来越老成了。

一来二去，全局的人都摸到了他的作风，大家就一致的不客气，说话就跟他瞪眼。尽管他没心没肺，可是钉子碰得太多了，不论怎样也会落一两个疤的。他开始思索对付的方法。他结识了不少的歪毛淘气儿。这些家伙之中有的真是特务，有的自居为特务。有了这班朋友，瑞丰在钉子碰得太疼的时候，便风言风语的示威："别惹急了我哟！我会教你们三不知的去见阎王爷！"

论真的，他并没赚到钱，而且对于公事办得都相当的妥当。可是，他的浮浅，无聊，与摆错了的官架子，结束了他的官运。

胖菊子留在娘家，而把瑞丰赶了出来。她的最后的训令是："你找到了官儿再回来；找不到，别再见我！就是科长太太，不是光杆儿祁瑞丰的老婆！"钱，东西，她全都留下，瑞丰空着手，只拿着那个假象牙烟嘴回到家来。

瑞宣见弟弟回来，决定不说什么。无论如何，弟弟总是弟弟，他不便拦头一杠子把弟弟打个闷弓。他理当劝告弟弟，但是劝告也不争这一半天，日子还长着呢。

祁老人相当的喜欢。要搁在往年，他必会因算计过日子的困难而不大高兴二孙子的失业回来。现在，他老了；所以只计算自己还能活上几年，而忘了油盐酱醋的价钱。在他死去之前，他愿意儿孙们都在他的眼前。

天佑太太也没说什么，她的沉默是和瑞宣的差不多同一性质。

韵梅天然的不会多嘴多舌。她知道增加一口闲人，在这年月，是什么意思。可是，她须把委屈为难藏在自己心里，而不教别人难堪。

小顺儿和妞子特别的欢迎二叔，出来进去的拉着他的手。他们不懂得别的，只知道二叔回来，多有一个人和他们玩耍。

见全家对他这番光景，瑞丰的心安下去。第二天，老早他就起来，拿了把扫帚，东一下子西一下子的扫院子。他永远没作过这种事；今天，为博得家人的称赞，他咬上了牙。他并没能把院子扫得很干净，可是祁老人看见孙子的努力，也就没肯多加批评。

扫完了院子，他轻快的，含笑的，给妈妈打了洗脸水去，而且张罗着给小顺儿穿衣服。

吃过早饭，他到哥哥屋里去拿笔墨纸砚，声明他"要练练字。你看，大哥，我作了一任科长，什么都办得不错，就是字写得难看点！得练练！练好了，给铺户写写招牌，也能吃饭！"然后，他警告孩子们："我写字的时候，可要躲开，不许来胡闹！"

祁老人是自幼失学，所以特别尊敬文字，也帮着嘱咐孩子们："对了,你二叔写字,不准去裹乱!"

这样"戒严"之后,他坐在自己屋里,开始聚精会神的研墨。研了几下子,他想起一件事来:"大嫂!大嫂!上街的时候,别忘了带包烟回来哟!不要太好的,也不要太坏的,中中儿的就行。"

"什么牌子是中中儿的呀?"大嫂不吸烟,不懂得烟的好坏。

"算了,待一会儿,我自己去买。"他继续的研墨,已经不像方才那么起劲了。听到大嫂的脚步声,他又想起一桩事来:"大嫂,你上街吧?带点酒来哟!作了一任科长没落下别的,只落下点酒瘾!好在喝不多,而且有几个花生米就行!"大嫂的话——白吃饭,还得预备烟酒哇?——已到唇边,又咽了下去。她不单给他打来四两酒,还买来一包她以为是"中中儿"的香烟。

一直到大嫂买东西回来,老二一共写了不到十个字。他安不下心去,坐不住。他的心里像有一窝小老鼠,这个出来,那个进去,没有一会儿的安静。最后,他放下了笔,决定不再受罪。他没有忍耐力,而且觉得死心塌地的用死工夫是愚蠢。人生,他以为,就是瞎混,而瞎混必须得出去活动,不能老闷在屋子里写字。只要出去乱碰,他想,就是瞎猫也会碰着死老鼠。他用双手托住后脑勺儿,细细的想:假若他去托一托老张呢,他也许能打入那么一个机关?若是和老李说一说呢,他或者就能得到这么个地位……他想起好多好多人来,而哪一个人仿佛都必定能给他个事情。他觉得自己必定是个有人缘,怪可爱的人,所以朋友们必不至于因为他失业而冷淡了他。他恨不能马上去找他们,坐在屋里是没有一点用处的。可是,他手里没有钱呀!托朋友给找事,他以为,必须得投一点资:先给人家送点礼物啊,或是请吃吃饭啊,而后才好开口。友人呢,接收了礼物,或吃了酒饭,也就必然的肯卖力气;礼物与酒食是比资格履历更重要的。

今天,他刚刚回来,似乎不好意思马上跟大哥要"资本"。是的,今天他不能出去。等一等,等两天,他再把理论和大哥详细的说出,而后求大哥给他一笔钱。他以为大哥必定有钱,要不怎么他赤手空拳的回来,大哥会一声不哼,而大嫂也说一不二的供给他烟酒呢?

他很想念胖菊子。但是,他必须撑着点劲儿,不便马上去看她,教她看不起。只要大哥肯给他一笔钱,为请客之用,他就会很快的找到事作,而后夫妇就会言归于好。胖菊子对他的冷酷无情,本来教他感到一点伤心。可是,经过几番思索之后,他开始觉得她的冷酷正是对他的很好的鼓励。为和她争一口气,他须不惜力的去奔走活动。

把这些都想停妥了之后,他放弃了写字,把笔墨什么的都送了回去。他看见了光明,很满意自己的通晓人情世故。吃午饭的时候,他把四两酒喝干净。酒后,他红着脸,晕晕忽忽的,把他在科长任中的得意的事一一说给大嫂听,好像讲解着一篇最美丽的诗似的。

晚间,瑞宣回来之后,老二再也忍不住,把要钱的话马上说了出来。瑞宣的回答很简单:"我手里并不宽绰。你一定用钱呢,我可以设法去借,可是我须知道你要谋什么事!你要是还找那不三不四的事,我不能给你弄钱去!"

瑞丰不明白哥哥所谓的不三不四的事是什么事,而横打鼻梁的说:"大哥你放心,我起码也得弄个科员!什么话呢,作过了一任科长,我不能随便找个小事,丢了咱们的脸面!""我说的不三不四的事正是科长科员之类的事。在日本人或汉奸手底下作小官还不如摆个香烟摊子好!"

瑞丰简直一点也不能明白大哥的意思。他心中暗暗的着急,莫非大哥已经有了神经病,分不出好歹来么?他可也不愿急扯白脸的和大哥辩论,而伤了弟兄的和睦。他只提出一点,恳求大哥再详加考虑:"大哥,你看我要是光棍儿一个人,摆香烟摊子也无所不可。我可是还有个老婆呢!她不准我摆香烟摊子!除非我弄到个相当体面的差事,她不再见我!"说到这里,老二居然动了感情,眼里湿了一些,很有落下一两颗泪珠的可能。

瑞宣没再说什么。他是地道的中国读书人，永远不肯赶尽杀绝的逼迫人，即使他知道逼迫有时候是必要的，而且是有益无损的。

老二看大哥不再说话，跑去和祖父谈心，为是教老人向老大用一点压力。祁老人明白瑞宣的心意，可是为了四世同堂的发展与繁荣，他又不能不同情二孙子。真要是为了孙子不肯给日本人作事，而把孙媳妇丢了，那才丢人丢得更厉害。是的，他的确不大喜欢胖菊子。可是，她既是祁家的人，死了也得是祁家的鬼，不能半途拆了伙。老人答应了给老二帮忙。

老二一得意，又去找妈妈说这件事。妈妈脸上没有一点笑容，告诉他："老二，你要替你哥哥想一想，别太为难了他！多嗜你要是能明白了他，你就也能跟他一样的有出息了！作妈妈的对儿女都一样的疼爱，也盼望着你们都一样的有出息！你哥哥，无论作什么事，都四面八方的想到了；你呢，你只顾自己！我这样的说你，你别以为我是怪你丢了事，来家白吃饭。说真的，你有事的时候，一家老小谁也没沾过你一个铜板儿的好处！我是说，你现在要找事，就应当听你哥哥的话，别教他又皱上眉头；这一家子都仗着他，你知道！"

老二不大同意妈妈的话，可是也没敢再说什么。他搭讪着走出来，对自己说："妈妈偏向着老大，我有什么办法呢？"第二天，他忘了练字，而偷偷的和大嫂借了一点零钱，要出去看亲戚朋友。"自从一作科长，忙得连亲友都没工夫去看。乘这两天闲着看他们一眼去！"他含着笑说。

一出门，他极自然的奔了三号去。一进三号的门，他的心就像春暖河开时的鱼似的，轻快的浮了起来。冠家的人都在家，可是每个人的脸上都像挂着一层冰。晓荷极平淡的招呼了他一声，大赤包和招弟连看也没看他一眼。他以为冠家又在吵架拌嘴，所以搭讪着坐下了。坐了两三分钟，没有人开腔。他们并没有吵架拌嘴，而是不肯答理他。他的脸发了烧，手心上出了凉汗。他忽然的立起来，一声没出，极快的走出去。他动了真怒。北平的陷落，小崔的被杀，大哥的被捕，他都没动过心。今天，他感到最大的耻辱，比失去北平，屠杀百姓，都更难堪。因为这是伤了他自己的尊严。他自己比中华民国还更重要。出了三号的门，看看四下没人，他咬着牙向街门说："你们等着，二太爷非再弄上个科长教你们看看不可！再作上科长，我会照样回敬你们一杯冰激凌！"他下了决心，非再作科长不可。他挺起胸来，用力的跺着脚踵，怒气冲冲的走去。

他气昏了头，不知往哪里去好，于是就信马由缰的乱碰。走了一二里地，他的气几乎完全消了，马上想到附近的一家亲戚，就奔了那里去。到门口，他轻轻的用手帕掸去鞋上的灰土，定了定神，才慢条斯礼的往里走。他不能教人家由鞋上的灰土而看出他没有坐着车来。见着三姑姑六姨，他首先声明："忙啊，忙得不得了，所以老没能看你们来！今天，请了一天的假，特意来请安！"这样，他把人们骗住，免得再受一次羞辱。大家相信了他的话，于是就让烟让茶的招待他，并且留他吃饭。他也没太客气，有说有笑的，把饭吃了。

这样，他转了三四家。到处他都先声明他是请了假来看他们，也就到处都得到茶水与尊重。他的嘴十分的活跃，到处他总是拉不断扯不断的说笑，以至把小干嘴唇都用得有些麻木。在从前，他的话多数是以家长里短为中心；现在，他却总谈作官与作事的经验与琐事，使大家感到惊异，而佩服他见过世面。只有大家提到中日的问题，他才减少了一点热烈，话来得不十分痛快。在他的那个小心眼里，他实在不愿意日本人离开北平，因为只有北平在日本人手里，他才有再作科长的希望。但是，这点心意又不便明说出来，他知道大家都恨日本人。在这种时节，他总是含糊其词的敷衍两句，而后三转两转不知怎么的又把话引到别处去，而大家也就又随着他转移了方向。他很满意自己这点小本事，而归功于"到底是作了几天官儿，学会了怎样调动言语！"

天已经很黑了，他才回到家来。他感觉得有点疲乏与空虚。打了几个无聊的哈欠以后，他找了大嫂去，向她详细的报告亲友们的状况。为了一家人的吃喝洗作,她很难得匀出点工夫去寻亲问友,所以对老二的报告她感到兴趣。祁老人上了年纪,心中不会想什么新的事情,而总是关切着老亲旧友;只要亲友们还都平安,他的世界便依然是率由旧章,并没有发生激剧的变动。因此,他也来听取瑞丰的报告,使瑞丰忘了疲乏与空虚,而感到自己的重要。

把亲戚都访看得差不多了,大家已然晓得他是失了业而到处花言巧语的骗饭吃,于是就不再客气的招待他。假若大家依旧的招待他,他满可以就这么天天和大嫂要一点零钱,去游访九城。他觉得这倒也怪无拘无束的悠闲自在。可是大家不再尊重他,不再热茶热饭的招待他,他才又想起找事情来。是的,他须马上去找事,好从速的"收复"胖菊子,好替——替谁呢?——作点事情。管他呢,反正给谁作事都是一样,只要自己肯去作事便是有心胸。他觉得自己很伟大。"大嫂!"他很响亮的叫。"大嫂!从明天起,我不再去散逛了,我得去找事!你能不能多给我点钱呢?找事,不同串门子看亲戚;我得多带着几个钱,好应酬应酬哇!"

大嫂为了难。她知道钱是好的,也知道老二是个会拿别人的钱不当作钱的人。假若她随便给他,她就有点对不起丈夫与老人们。看吧,连爷爷还不肯吃一口喝一口好的,而老二天天要烟要酒。这已经有点不大对,何况在烟酒而外,再要交际费呢。再说,她手里实在并不宽裕呀。可是,不给他吧,他一闹气,又会招得全家不安。虽然祁家的人对她都很好,可是他们到底都是亲骨肉,而她是外来的。那么,大家都平平静静的也倒没有什么,赶到闹起气来,他们恐怕就会拿她当作祸首了。

她当然不能把这点难处说出来。她只假装的发笑,好拖延一点时间,想个好主意。她的主意来得相当的快——一个中国大家庭的主妇,尽管不大识字,是世界上最伟大的政治家。"老二,我偷偷的给你当一票当去吧?"去当东西,显然的表示出她手里没钱。从祁老人的治家的规条来看呢,出入典当铺是不体面的事;老二假若也还有人心的话,他必会拦阻大嫂进当铺。假若老二没心没肺的赞同此意呢,她也会只去此一遭,下不为例。

老二向来不替别人想什么,他马上点了头:"也好!"

大嫂的怒气象山洪似的忽然冲下来。但是,她的控制自己的力量比山洪还更厉害。把怒气压回去,她反倒笑了一笑。"不过,现在什么东西也当不出多少钱来!大家伙儿都去当,没多少人往外赎啊!"

"大嫂你多拿点东西!你看,没有应酬,我很难找到事!得,大嫂,我给你行个洋礼吧!"老二没皮没脸的把右手放在眉旁,给大嫂敬礼。

凑了一点东西,她才当回两块二毛钱来。老二心里不甚满意,可是没表示出来。他接过钱去,又磨着大嫂给添了八毛,凑足三块。

拿起钱,他就出去了。他找到了那群歪毛儿淘气儿,鬼混了一整天。晚间回来,他向大嫂报告事情大有希望,为是好再骗她的钱。他留着心,没对大嫂说他都和谁鬼混了一天,因为他知道大嫂的嘴虽然很严密,向来不爱拉舌头扯簸箕,可是假若她晓得他去交结歪毛淘气儿,她也会告诉大哥,而大哥会又教训他的。

就是这样,他天天出去,天天说事情有希望。而大嫂须天天给他买酒买烟,和预备交际费。她的手越来越紧,老二也就越来越会将就,三毛五毛,甚至几个铜板,他也接着。在十分困难的时候,他不惜偷盗家中一件小东西,拿出去变卖。有时候,大嫂太忙,他便献殷勤,张罗着上街去买东西。他买来的油盐酱醋等等,不是短着分量,便是忽然的又涨了价钱。

在外边呢,他虽然因为口袋里寒伧,没能和那些歪毛淘气儿成为莫逆之交,可是他也有他的一些本领,教他们无法不和他交往。第一,他会没皮没脸的死腻,对他们的讥诮与难听的话,他都作为没听见。第二,他的教育程度比他们的高,字也认识得多,对他们也不无用处。这样,不管他们待他怎样。他可是认定了他是他们的真朋友和"参谋"。于是,他们听戏——自然是永远不打票——他必定跟着。他们敲诈来了酒肉,他便跟着吃。他甚至于随着那真作特务的去捕人。这些，都使他感到兴奋与满意。他是走进了一个新的世界，看见了新的东西，学来了新的办法。他们永远不讲理，而只讲力；他们永远不考虑别人怎样，而只管自己合适不合适；他们永远不说瑞宣口中的话，而只说那夸大得使自己都吓一跳的言语。瑞丰喜欢这些办法。跟他们混了些日子，他也把帽子歪戴起来，并且把一条大毛巾塞在屁股上，假装藏着手枪。他的五官似乎都离了原位：嘴角老想越过耳朵去；鼻孔要朝天，像一双高射炮炮口；眼珠儿一刻不停的在转动，好像要飞出来，看看自己的后脑勺儿。在说话与举动上，他也学会了张嘴就横着来，说话就瞪眼，可是等到对方比他更强硬，他会忽然变成羊羔一般的温柔。在起初，他只在随着他们的时候，才敢狐假虎威的这样作。慢慢的，他独自也敢对人示威，而北平人又恰好是最爱和平，宁看拉屎，不看打架的，所以他的蛮横居然成功了几次。这越发使他得意，增加了自信。他以为不久他就会成为跺跺脚便山摇地动的大瓢把子的。

不过，每逢看见了家门，他便赶紧把帽子拉正，把五官都复原。他的家教比他那点拿文凭混毕业的学校教育更有效一点，更保持得长远一点：他还不敢向家里的人瞪眼撇嘴。家，在中国，是礼教的堡垒。

有一天，可是，他喝多了酒，忘了这座堡垒。两眼离离光光的，身子东倒西歪的，嘴中唱唱咧咧的，他闯入了家门。一进门，他就骂了几声，因为门垛子碰了他的帽子。他的帽子不仅是歪戴着，而是在头上乱转呢。拐过了影壁，他又象哭又象笑的喊大嫂：

"大嫂！哈哈！给我沏茶哟！"

大嫂没应声。

他扶着墙骂开了："怎么，没人理我？行！我×你妈！""什么？"大嫂的声音都变了。她什么苦都能吃，只是不能受人家的侮辱。

天佑正在家里，他头一个跑了出来。"你说什么？"他问了一句。这个黑胡子老头儿不会打人，连自己的儿子也不会去打。

祁老人和瑞宣也出来看。

老二又骂了一句。

瑞宣的脸白了,但是当着祖父与父亲,他不便先表示什么。

祁老人过去细看了看孙子。老人是最讲规矩的,看明白瑞丰的样子,他的白胡子抖起来。老人是最爱和平的,可是他自幼是寒苦出身,到必要时,他并不怕打架。他现在已经老了,可还有一把子力气。他一把抓住了瑞丰的肩头,瑞丰的一只脚已离了地。

"你怎样?"瑞丰撇着嘴问祖父。

老人一声没出,左右开弓的给瑞丰两个嘴巴。瑞丰的嘴里出了血。

天佑和瑞宣都跑过来,拉住了老人。

"骂人,撒野,就凭你!"老人的手颤着,而话说得很有力。是的,假若瑞丰单单是吃醉了,老人大概是不会动气的。瑞丰骂了人,而且骂的是大嫂,老人不能再宽容。不错,老人的确喜欢瑞丰在家里,尽管他是白吃饭不干活。可是,这么些日子了,老人的眼睛并不完全视而不见的睁着,他看出来瑞丰的行动是怎样的越来越下贱。他爱孙子,他可是也必须管教孙子。对于一个没出息的后辈,他也知道恨恶。"拿棍子来!"老人的小眼睛盯着瑞丰,而向天佑下命令:"你给我打他!打死了,有我抵偿!"

天佑很沉静,用沉静压制着为难。他并不心疼儿子,可是非常的怕家中吵闹。同时,他又怕气坏了老父亲。他只紧紧的扶着父亲,说不出话来。

"瑞宣!拿棍子去!"老人把命令移交给长孙。

瑞宣真厌恶老二,可是对于责打弟弟并不十分热心。他和父亲一样的不会打人。

"算了吧!"瑞宣低声的说:"何必跟他动真气呢,爷爷!把自己气坏了,还了得!"

"不行!我不能饶了他!他敢骂嫂子,瞪祖父,好吗!难道他是日本人?日本人欺侮到我头上来,我照样会拼命!"老人现在浑身都哆嗦着。

韵梅轻轻的走到南屋去,对婆婆说:"你老人家去劝劝吧!"虽然挨老二的骂的是她,她可是更关心祖父。祖父,今天在她眼中,并不只是个老人,而是维持这一家子规矩与秩序的权威。祖父向来不大爱发脾气,可是一发起脾气来就会教全家的人,与一切邪魔外道,都感到警戒与恐惧。天佑太太正搂着两个孩子,怕他们吓着。听到儿媳的话,她把孩子交过去,轻轻的走出来。走到瑞丰的跟前,她极坚决的说:"给爷爷跪下!跪下!"

瑞丰挨了两个嘴巴,酒已醒了一大半,好像无可奈何,又像莫名其妙的,倚着墙呆呆的立着,倒仿佛是看什么热闹呢。听到母亲的话,他翻了翻眼珠,身子晃了两晃,而后跪在了地上。

"爷爷,这儿冷,进屋里去吧!"天佑太太的手颤着,而脸上赔着笑说。

老人又数唠了一大阵,才勉强的回到屋中去。

瑞丰还在那里跪着。大家都不再给他讲情,都以为他是罪有应得。

在南屋里,婆媳相对无言。天佑太太觉得自己养出这样的儿子,实在没脸再说什么。韵梅晓得发牢骚和劝慰婆母是同样的使婆母难过,所以闭上了嘴。两个孩子不知道为了什么,而只知道出了乱子,全眨巴着小眼不敢出声,每逢眼光遇到了大人的,他们搭讪着无声的笑一下。

北屋里,爷儿三个谈得很好。祁老人责打过了孙子,心中觉得痛快,所以对儿子与长孙特别的亲热。天佑呢,为博得老父亲的欢心,只拣老人爱听的话说。瑞宣看两位老人都已有说有笑,也把笑容挂在自己的脸上。说了一会儿话,他向两位老人指出来:"假若日本人老在这里,好人会变坏,坏人会变得更坏!"这个话使老人们沉思了一会儿,而后都叹了口气。乘着这个机会,他给瑞丰说情:"爷爷,饶了老二吧!天冷,把他冻坏了也麻烦!"

老人无可如何的点了头。

五十三

尤桐芳的计划完全失败。她打算在招弟结婚的时候动手,好把冠家的人与道贺来的汉奸,和被邀来的日本人,一网打尽。茫茫人海,她没有一个知己的人;她只挂念着东北,她的故乡,可是东北已丢给了日本,而千千万万的东北人都在暴政与毒刑下过着日子。为了这个,她应当报仇。或者,假若高第肯逃出北平呢,她必会跟了走。可是,高第没有胆子。桐芳不肯独自逃走,她识字不多,没有作事的资格与知识。她的唯一的出路好像只有跑出冠家,另嫁个人。嫁人,她已看穿:凭她的年纪,出身,与逐渐衰老的姿貌,她已不是那纯洁的青年人所愿意追逐的女郎。要嫁人,还不如在冠家呢。冠晓荷虽然没什么好处,可是还没虐待过她。不过,冠家已不能久住,因为大赤包口口声声要把她送进窑子去。她没有别的办法,只好用死结束了一切。她可是不能白白的死,她须教大赤包与成群的小汉奸,最好再加上几个日本人,与她同归于尽。在结束她自己的时候,她也结束了压迫她的人。

她时常碰到钱先生。每逢遇见他一次,她便更坚决了一些,而且慢慢的改变了她的看法。钱先生的话教她的心中宽阔了许多,不再只想为结束自己而附带的结束别人。钱先生告诉她:这不是为结束自己,而是每一个有心胸有灵魂的中国人应当去作的事。锄奸惩暴是我们的责任,而不是无可奈何的"同归于尽"。钱先生使她的眼睁开,看到了她——尽管是个唱鼓书的,作姨太太的,和候补妓女——与国家的关系。她不只是个小妇人,而也是个国民,她必定能够作出点有关于国家的事。

桐芳有聪明。很快的,她把钱先生的话,咂摸出味道来。她不再和高第谈心了,怕是走了嘴,泄露了机关。她也不再和大赤包冲突,她快乐的忍受大赤包的逼迫与辱骂。她须拖延时间,等着下手的好机会。她知道了自己的重要,尊敬了自己,不能逞气一时而坏了大事。她决定在招弟结婚的时候动手。

可是,李空山被免了职。刺杀日本特使与向牛教授开枪的凶犯,都漏了网。日本人为减轻自己的过错,一方面乱杀了小崔与其他的好多嫌疑犯,一方面免了李空山的职。他是特高科的科长,凶手的能以逃走是他的失职。他不单被免职,他的财产也被没收了去。日本人鼓励他贪污,在他作科长的时候;日本人拿去他的财产,当他被免职的时候。这样,日本人赚了钱,而且惩办了贪污。

听到这消息,冠晓荷皱上了眉。不论他怎么无聊,他到底是中国人,不好拿儿女的婚姻随便开玩笑。他不想毁掉了婚约,同时又不愿女儿嫁个无职无钱的穷光蛋。

大赤包比晓荷厉害的多,她马上决定了悔婚。以前,她因为怕李空山的势力,所以才没敢和他大吵大闹。现在,他既然丢掉了势力与手枪,她不便再和他敷衍。她根本不赞成招弟只嫁个小小的科长,现在,她以为招弟得到了解放的机会,而且不应放过这个机会去。

招弟同意妈妈的主张。她与李空山的关系,原来就不怎么稳定。她是要玩一玩,冒一冒险。把这个目的达到,她并不怎样十分热心的和李空山结婚。不过,李空山若是一定要她呢,她就作几天科长太太也未为不可。尽管她不喜欢李空山的本人,可是科长太太与金钱,势力,到底还是未便拒绝的。她的年纪还轻,她的身体与面貌比从前更健全更美丽,她的前途还不可限量,不管和李空山结婚与否,她总会认定了自己的路子,走进那美妙的浪漫的园地的。现在,李空山既已不再作科长,她可就不必多此一举的嫁给他;她本只要嫁给一个"科长"的。李空山加上科长,等于科长;李空山减去科长,便什么也不是了。她不能嫁给一个"零"。

在从前，她的心思与对一切的看法往往和妈妈的不大相同。近来，她越来越觉得妈妈的所作所为都很聪明妥当。妈妈的办法都切于实际。在她破身以前，她总渺茫的觉得自己很尊贵，所以她的眼往往看到带有理想的地方去。她仿佛是作着一个春梦，梦境虽然空虚渺茫，可是也有极可喜爱的美丽与诗意，现在，她已经变成个妇人，她不再作梦。她看到金钱，肉欲，享受的美丽——这美丽是真的，可以摸到的；假若摸不到，便应当设法把它牵过来，象牵过一条狗那样。妈妈呢，从老早就是个妇人，从老早就天天设计把狗牵在身边。

她认识了妈妈，佩服了妈妈。她也告诉了妈妈："李空山现在真成了空山，我才不会跟他去呢！""乖！乖宝贝！你懂事，要不怎么妈妈偏疼你呢！"大赤包极高兴的说。

大赤包和招弟既都想放弃了李空山，晓荷自然不便再持异议，而且觉得自己过于讲信义，缺乏时代精神了。

李空山可也不是好惹的。虽然丢了官，丢了财产，他可是照旧穿的很讲究，气派还很大。他赤手空拳的打下"天下"，所以在作着官的时候，他便是肆意横行的小皇帝；丢了"天下"呢，他至多不过仍旧赤手空拳，并没有损失了自己的什么，所以准备卷土重来。他永远不灰心，不悔过。他的勇敢与大胆是受了历史的鼓励。他是赤手空拳的抓住了时代。人民——那驯顺如羔羊，没有参政权，没有舌头，不会反抗的人民——在他的脚前跪倒，像垫道的黄土似的，允许他把脚踩在他们的脖子上。历代，在政府失去统制的力量，而人民又不会团结起来的时候，都有许多李空山出来兴妖作怪。只要他们肯肆意横行，他们便能赤手空拳打出一份儿天下。他们是中国人民的文化的鞭挞者。他们知道人民老实，所以他们连睡觉都睁着眼。他们晓得人民不会团结，所以他们七出七入的敢杀个痛快。中国的人民创造了自己的文化，也培养出消灭这文化的魔鬼。

李空山在军阀的时代已尝过了"英雄"的酒食，在日本人来到的时候,他又看见了"时代",而一手抓住不放。他和日本人恰好是英雄所见略同:日本人要来杀老实的外国人,李空山要杀老实的同胞。

现在,他丢了官与钱财,但是还没丢失了自信与希望。他很胡涂,愚蠢,但是在胡涂愚蠢之中,他却看见了聪明人所没看到的。正因为他胡涂,他才有胡涂的眼光,正因为他愚蠢,所以他才有愚蠢的办法。人民若没法子保护庄稼,蝗虫还会客气么?李空山认准了这是他的时代。只要他不失去自信,他总会诸事遂心的。丢了官有什么关系呢,再弄一份儿就是了。在他的胡涂的脑子里,老存着一个最有用处的字——混。只要打起精神鬼混,他便不会失败,小小的一些挫折是没大关系的。

戴着貂皮帽子,穿着有水獭领子的大衣,他到冠家来看"亲戚"。他带着一个随从,随从手里拿着七八包礼物——盒子与纸包上印着的字号都是北平最大的商店的。

晓荷看看空山的衣帽,看看礼物上的字号,再看看那个随从,(身上有枪!)他不知怎办好了。怪不得到如今他还没弄上一官半职呢;他的文化太高!日本人是来消灭文化的,李空山是帮凶。晓荷的胆子小,爱文雅,怕打架。从空山一进门,他便感到"大事不好了",而想能让步就让步。他没敢叫"姑爷",可也不敢不显出亲热来,他怕那支手枪。

脱去大衣,李空山一下子把自己扔在沙发上,好像是疲乏的不得了的样子。随从打过热手巾把来,李空山用它紧捂着脸,好大半天才拿下来;顺手在毛巾上净了一下鼻子。擦了这把脸,他活泼了一些,半笑的说:"把个官儿也丢咧,×!也好,该结婚吧!老丈人,定个日子吧!"

晓荷回不出话来,只咧了一下嘴。

"跟谁结婚?"大赤包极沉着的问。

晓荷的心差点儿从口中跳了出来!

"跟谁?"空山的脊背挺了起来,身子好像忽然长出来一尺多。"跟招弟呀!还有错儿吗?"

"是有点错儿！"大赤包的脸带出点挑战的笑来。"告诉你，空山，拣干脆的说，你引诱了招弟，我还没惩治你呢！结婚，休想！两个山字落在一块儿，你请出！"

晓荷的脸白了，搭讪着往屋门那溜儿凑，准备着到必要时好往外跑。

可是，空山并没发怒；流氓也有流氓的涵养。他向随从一挤眼。随从凑过去，立在李空山的身旁。

大赤包冷笑了一下："空山，别的我都怕，就是不怕手枪！手枪办不了事！你已经不是特高科的科长了，横是不敢再拿人！"

"不过，弄十几个盒子来还不费事，死马也比狗大点！"空山慢慢的说。

"论打手，我也会调十几二十个来；打起来，不定谁头朝下呢！你要是想和平了结呢，自然我也没有打架的瘾。"

"是，和平了结好！"晓荷给太太的话加上个尾巴。大赤包瞪了晓荷一眼，而后把眼中的余威送给空山："我虽是个老娘们，办事可喜欢麻利，脆！婚事不许再提，礼物你拿走，我再送你二百块钱，从此咱们一刀两断，谁也别麻烦谁。你愿意上这儿来呢，咱们是朋友，热茶香烟少不了你的。你不愿意再来呢，我也下不下帖子请你去。怎样？说干脆的！"

"二百块？一个老婆就值那么点钱？"李空山笑了一下，又缩了缩脖子。他现在需要钱。在他的算盘上，他这样的算计：白玩了一位小姐，而还拿点钱，这是不错的买卖。即使他没把招弟弄到手，可是在他的一部玩弄女人的历史里，到底是因此而增多了光荣的一页呀。况且，结婚是麻烦的事，谁有工夫伺候着太太呢。再说，他在社会上向来是横行无阻，只要他的手向口袋里一伸，人们便跪下，哪怕口袋里装着一个小木橛子呢。今天，他碰上了不怕他的人。他必须避免硬碰，而只想不卑不亢的多捞几个钱。他不懂什么是屈辱，他只知道"混"。

"再添一百，"大赤包拍出三百块钱来。"行呢，拿走！不行，拉倒！"

李空山哈哈的笑起来，"你真有两下子，老丈母娘！"这样占了大赤包一个便宜，他觉得应当赶紧下台；等到再作了官的时候，再和冠家重新算账。披上大衣，他把桌上的钱抓起来，随便的塞在口袋里。随从拿起来那些礼物。主仆二人吊儿郎当的走了出去。

"所长！"晓荷亲热的叫。"你真行，佩服！佩服！""哼！要交给你办，你还不白白的把女儿给了他？他一高兴，要不把女儿卖了才怪！"

晓荷听了，轻颤了一下；真的，女儿若真被人家给卖了，他还怎么见人呢！

招弟，只穿着件细毛线的红背心，外披一件大衣，跑了过来。进了屋门，嘴唇连串的响着："不噜……"而后跳了两三步，"喝，好冷！"

"你这孩子，等冻着呢！"大赤包假装生气的说。"快伸上袖子！"

招弟把大衣穿好，手插在口袋中，挨近了妈妈，问："他走啦？"

"不走，还死在这儿？"

"那件事他不提啦？"

"他敢再提，教他吃不了兜着走！"

"得！这才真好玩呢！"招弟撒着娇说。

"好玩？告诉你，我的小姐！"大赤包故意沉着脸说："你也该找点正经事作，别老招猫递狗儿的给我添麻烦！""是的！是的！"晓荷板着脸，作出老父亲教训儿女的样子。"你也老大不小的啦，应当，应当，"他想不起女儿应当去作些什么。

"妈！"招弟的脸上也严肃起来。"现在我有两件事可以作。一件是暂时的，一件是长久的。暂时的是去练习滑冰。""那——"晓荷怕溜冰有危险。

"别插嘴，听她说！"大赤包把他的话截回去。"听说在过新年的时候，要举行滑冰大会，在北海。妈，我告诉你，你可别再告诉别人哪！

我,勾玛丽,还有朱樱,我们三个打算表演个中日满合作,看吧,准得叫好!""这想得好!"大赤包笑了一下。她以为这不单使女儿有点"正经"事作,而且还可以大出风头,使招弟成为报纸上的资料与杂志上的封面女郎。能这样,招弟是不愁不惹起阔人与日本人的注意的。"我一定送个顶大顶大的银杯去。我的银杯,再由你得回来,自家便宜了自家,这才俏皮!""这想得更好!"晓荷夸赞了一声。

"那个长久的,是这样,等溜冰大会过去,我打算正正经经的学几出戏。"招弟郑重的陈说:"妈,你看,人家小姐们都会唱,我有嗓子,闲着也是闲着,何不好好的学学呢?学会了几出,拍,一登台,多抖啊!要是唱红了,我也上天津,上海,大连,青岛,和东京!对不对?"

"我赞成这个计划!"晓荷抢着说。"我看出来,现在干什么也不能大红大紫,除了作官和唱戏!你看,坤角儿有几个不一出来就红的,只要行头好,有人捧,三下两下子就挂头牌。讲捧角,咱们内行!只要你肯下工夫,我保险你成功!""是呀!"招弟兴高采烈的说:"就是说!我真要成了功,爸爸你拴个班子,不比老这么闲着强?"

"的确!的确!"晓荷连连的点头。

"跟谁去学呢?"大赤包问。

"小文夫妇不是很现成吗?"招弟很有韬略似的说:"小文的胡琴是人所共知,小文太太又是名票,我去学又方便!妈,你听着!"招弟脸朝了墙,扬着点头,轻咳了一下,开始唱倒板:"儿夫一去不回还"她的嗓子有点闷,可是很有中气。"还真不坏!真不坏!应当学程砚秋,准成!"晓荷热烈的夸赞。

"妈,怎样?"招弟仿佛以为爸爸的意见完全不算数儿,所以转过脸来问妈妈。

"还好!"大赤包自己不会唱,也不懂别人唱的好坏,可是她的气派表示出自己非常的懂行。"晓荷,我先嘱咐好了你,招弟要是学戏去,你可不准往文家乱跑！"

晓荷本想借机会，陪着女儿去多看看小文太太，所以极力的促成这件事。哪知道，大赤包比他更精细。"我决不去裹乱，我专等着给我们二小姐成班子！是不是，招弟？"他扯着脸把心中的难过遮掩过去。

桐芳大失所望，颇想用毒药把大赤包毒死，而后她自己也自尽。可是，钱先生的话还时常在她心中打转，她不肯把自己的命就那么轻轻的送掉。她须忍耐，再等机会。在等待机会的时节，她须向大赤包屈膝，好躲开被送进窑子去的危险。她不便直接的向大赤包递降表，而决定亲近招弟。她知道招弟现在有左右大赤包的能力。她陪着招弟去练习滑冰，在一些小小的过节上都把招弟伺候得舒舒服服。慢慢的，这个策略发生了预期的效果。招弟并没有为她对妈妈求情，可是在妈妈要发脾气的时候，总设法教怒气不一直的冲到桐芳的头上去。这样，桐芳把自己安顿下，静待时机。

高亦陀见李空山败下阵去，赶紧打了个跟斗，拼命的巴结大赤包。倒好像与李空山是世仇似的，只要一说起话来，他便狠毒的咒诅李空山。

连晓荷都看出点来，亦陀是两面汉奸，见风使舵。可是大赤包依然信任他，喜爱他。她的心术不正，手段毒辣，对谁都肯下毒手。但是，她到底是个人，是个妇人。在她的有毒汁的心里，多少还有点"人"的感情，所以她也要表示一点慈爱与母性。她爱招弟和亦陀，她闭上眼爱他们，因为一睁眼她就也想阴狠的收拾他们了。因此，无论亦陀是怎样的虚情假意，她总不肯放弃了他；无论别人怎样说亦陀的坏话，她还是照旧的信任他。她这点拗劲儿恐怕也就是多少男女英雄失败了的原因。她觉得自己非常的伟大，可是会被一条哈巴狗或一只小花猫把她领到地狱里去。

亦陀不单只是消极的咒骂李空山，也积极的给大赤包出主意。他很委婉的指出来：李空山和祁瑞丰都丢了官，这虽然是他们自己的过错，可是多少也有点"伴君如伴虎"的意味在内。日本人小气，不容易伺候。所以，他以为大赤包应当赶快的，加紧的，弄钱，以防万一。大赤包觉得这确是忠告，马上决定增加妓女们给她献金的数目。高亦陀还看出来：现在北平已经成了死地，作生意没有货物，也赚不到钱，而且要纳很多的税。要在这块死地上抠几个钱，只有买房子，因为日本人来要住房，四郊的难民来也要住房。房租的收入要比将本图利的作生意有更大的来头。大赤包也接受了这个意见，而且决定马上买过一号的房来——假若房主不肯出脱，她便用日本人的名义强买。

把这些纯粹为了大赤包的利益的计划都供献出，亦陀才又提出有关他自己的一个建议。他打算开一家体面的旅馆，由大赤包出资本，他去经营。旅馆要设备得完美，专接贵客。在这个旅馆里，住客可以打牌聚赌，可以找女人——大赤包既是统制着明娼和暗娼，而高亦陀又是大赤包与娼妓们的中间人，他们俩必会很科学的给客人们找到最合适的"伴侣"。在这里，住客还可以吸烟。烟，赌，娼，三样俱备，而房间又雅致舒服，高亦陀以为必定能生意兴隆，财源茂盛。他负经营之责，只要个经理的名义与一份儿薪水，并不和大赤包按成数分账。他只有一个小要求，就是允许他给住客们治花柳病和卖他的草药——这项收入，大赤包也不得"抽税"。

听到这个计划，大赤包感到更大的兴趣，因为这比其他的事业更显得有声有色。她喜欢热闹。冠晓荷的口中直冒馋水，他心里说：假若他能作这样的旅馆的经理，就是死在那里，也自甘情愿。但是，他并没敢和亦陀竞争经理的职位，因为一来这计划不是他出的，当然不好把亦陀一脚踢开；二来，作经理究竟不是作官，他是官场中人，不便轻于降低了身份。他只建议旅馆里还须添个舞厅，以便教高贵的女子也可以进来。

在生意经里，"隔行利"是贪不得的。亦陀对开旅舍毫无经验，他并没有必能成功的把握与自信。他只是为利用这个旅馆来宣传他的医道与草药。假若旅馆的营业失败，那不过只丢了大赤包的钱。而他的专治花柳与草药仍然会声名广播的。

大赤包是眼里不揉沙子的人，向来不肯把金钱打了"水漂儿"玩。但是，现在她手里有钱，她觉得只要有钱便万事亨通，干什么都能成功。钱使她增多了野心，钱的力气直从她的心里往外顶，像蒸气顶着壶盖似的。她必须大锣大鼓的干一下。哼，烟，赌，娼，舞，集中到一处，不就是个"新世界"么？国家已经改朝换代，她是开国的功臣，理应给人们一点新的东西看看，而且这新东西也正是日本人和中国人都喜欢要的。她觉得自己是应运而生的女豪杰，不单会赚钱，也会创造新的风气，新的世界。她决定开办这个旅馆。

对于筹办旅馆的一切，冠晓荷都帮不上忙，可是也不甘心袖手旁观。没事儿他便找张纸乱画，有时候是画房间里应当怎样摆设桌椅床铺，有时候是拟定旅舍的名字。"你们会跑腿，要用脑子可是还得找我来，"他微笑着对大家说。"从字号到每间屋里的一桌一椅，都得要'雅'，万不能大红大绿的俗不可耐！名字，我已想了不少，你们挑选吧，哪一个都不俗。看，绿芳园，琴馆，迷香雅室，天外楼……都好，都雅！"这些字号，其实，都是他去过的妓院的招牌。正和开妓院的人一样，他要雅，尽管雅的后面是男盗女娼。"雅"是中国艺术的生命泉源，也是中国文化上最贱劣的油漆。晓荷是地道的中国人，他在摸不到艺术的泉源的时候会拿起一小罐儿臭漆。

在设计这些雅事而外，他还给招弟们想出化装滑冰用的服装。他告诉她们到那天必须和演话剧似的给脸上抹上油，眼圈涂蓝，脸蛋擦得特别的红。"你们在湖心，人们立在岸上看，非把眉眼画重了不可！"她们同意这个建议，而把他叫作老狐狸精，他非常的高兴。他又给她们琢磨出衣服来：招弟代表中国，应当穿鹅黄的绸衫，上边绣绿梅；勾玛丽代表满洲，穿满清时贵妇人的氅衣，前后的补子都绣东北的地图；朱樱代表日本，穿绣樱花的日本衫子。三位小姐都不戴帽，而用发辫，大拉翅，与东洋蓬头，分别中日满。三位小姐，因为自己没有脑子，就照计而行。

一晃儿过了新年，正月初五下午一点，在北海举行化装滑冰比赛。

过度爱和平的人没有多少脸皮，而薄薄的脸皮一旦被剥了去，他们便把屈服叫作享受，忍辱苟安叫作明哲保身。北平人正在享受着屈辱。有钱的，没钱的，都努力的吃过了饺子，穿上最好的衣裳；实在找不到齐整的衣服，他们会去借一件；而后到北海——今天不收门票——去看升平的景象。他们忘了南苑的将士，会被炸弹炸飞了血肉，忘记了多少关在监狱里受毒刑的亲友，忘记了他们自己脖子上的铁索，而要痛快的，有说有笑的，饱一饱眼福。他们似乎甘心吞吃日本人给他们预备下的包着糖衣的毒丸子。

有不少青年男女分外的兴高采烈。他们已经习惯了给日本人排队游行，看熟了日本教师的面孔，学会了几句东洋话，看惯了日本人办的报纸。他们年岁虽轻，而学会了得过且过，他们还记得自己是中国人，可是不便为这个而不去快乐的参加滑冰。

到十二点，北海已装满了人。新春的太阳还不十分暖，可是一片晴光增加了大家心中的与身上的热力。"海"上的坚冰微微有些细碎的麻坑，把积下的黄土都弄湿，发出些亮的光来。背阴的地方还有些积雪，也被暖气给弄出许多小坑，像些酒窝儿似的。除了松柏，树上没有一个叶子，而树枝却像柔软了许多，轻轻的在湖边上，山石旁，摆动着。天很高很亮，浅蓝的一片，处处像落着小小的金星。这亮光使白玉石的桥栏更洁白了一些，黄的绿的琉璃瓦与建筑物上的各种颜色都更深，更分明，像刚刚画好的彩画。小白塔上的金顶发着照眼的金光，把海中全部的美丽仿佛要都带到天上去。

这全部的美丽却都被日本人的血手握着，它是美妙绝伦的俘获品，和军械，旗帜，与带血痕的军衣一样的摆列在这里，记念着暴力的胜利。湖边，塔盘上，树旁，道路中，走着没有力量保护自己的人。他们已失去自己的历史，可还在这美景中享受着耻辱的热闹。

参加比赛的人很多，十分之九是青年男女。他们是民族之花，现在变成了东洋人的玩具。只有几个岁数大的，他们都是曾经在皇帝眼前溜过冰的人，现在要在日本人面前露一露身手，日本人是他们今天的主子。

五龙亭的两个亭子作为化装室，一个亭子作为司令台。也不是怎么一来，大赤包，便变成女化装室的总指挥。她怒叱着这个，教训着那个，又鼓励着招弟，勾玛丽，与朱樱。亭子里本来就很乱，有的女郎因看别人的化装比自己出色，哭哭啼啼的要临时撤退，有的女郎因忘带了东西，高声的责骂着跟来的人，有的女郎因穿少了衣服，冻得一劲儿打喷嚏，有的女郎自信必得锦标，高声的唱歌……再加上大赤包的发威怒吼，亭子里就好像关着一群饿坏了的母豹子。冠晓荷知道这里不许男人进来，就立在外边，时时的开开门缝往里看一眼，招得里边狼嗥鬼叫的咒骂，而他觉得怪有趣，怪舒服。日本人不管这些杂乱无章。当他们要整齐严肃的时候，他们会用鞭子与刺刀把人们排成整齐的队伍；当他们要放松一步，教大家"享受"的时候，他们会冷笑着像看一群小羊撒欢似的，不加以干涉。他们是猫，中国人是鼠，他们会在擒住鼠儿之后，还放开口，教它再跑两步看看。

集合了。男左女右排成行列，先在冰上游行。女队中，因为大赤包的调动，招弟这一组作了领队。后边的小姐们都撅着嘴乱骂。男队里，老一辈的看不起年轻的学生，而学生也看不起那些老头子，于是彼此故意的乱撞，跌倒了好几个。人到底还是未脱尽兽性，连这些以忍辱为和平的人也会你挤我，我碰你的比一比高低强弱，好教日本人看他们的笑话。他们给日本人证明了，凡是不敢杀敌的，必会自相践踏。

冰上游行以后，分组表演。除了那几个曾经在御前表演过的老人有些真的工夫，耍了些花样，其余的人都只会溜来溜去，没有什么出色的技艺。招弟这一组，三位小姐手拉着手，晃晃悠悠的好几次几乎跌下去，所以只溜了两三分钟，便退了出来。

可是，招弟这一组得了头奖，三位小姐领了大赤包所赠的大银杯。那些老手没有一个得奖的。评判员们遵奉着日本人的意旨，只选取化装的"正合孤意"，所以第一名是"中日满合作"，第二名是"和平之神"——一个穿白衣的女郎，高举着一面太阳旗，第三名是"伟大的皇军"。至于溜冰的技术如何，评判员知道日本人不高兴中国人会运动，身体强壮，所以根本不去理会。

领了银杯，冠晓荷，大赤包，与三位小姐，高高兴兴的照了相，而后由招弟抱着银杯在北海走了一圈。晓荷给她们提着冰鞋。

在漪澜堂附近，他们看见了祁瑞丰，他们把头扭过去，作为没看见。

又走了几步，他们遇见了蓝东阳和胖菊子。东阳的胸前挂着评判的红缎条，和菊子手拉着手。

冠晓荷和大赤包交换了眼神，马上迎上前去。晓荷提着冰鞋，高高的拱手。"这还有什么说的，喝你们的喜酒吧！"

东阳扯了扯脸上的肌肉，露了露黄门牙。胖菊子很安详的笑了笑。他们俩是应运而生的乱世男女，所以不会红脸与害羞。日本人所倡导的是孔孟的仁义道德，而真心去鼓励的是污浊与无耻。他们俩的行动是"奉天承运"。"你们可真够朋友，"大赤包故意板着脸开玩笑，"连我告诉都不告诉一声！该罚！说吧，罚你们慰劳这三位得奖的小姐，每人一杯红茶，两块点心，行不行？"可是，没等他们俩出声，她就改了嘴，她知道东阳吝啬。"算了吧，那是说着玩呢，我来请你们吧！就在这里吧，三位小姐都累了，别再跑路。"

他们都进了漪澜堂。

五十四

瑞丰在"大酒缸"上喝了二两空心酒,红着眼珠子走回家来。唠里唠叨的,他把胖菊子变了心的事,告诉了大家每人一遍,并且声明:他不能当王八,必定要拿切菜刀去找蓝东阳拼个你死我活。他向大嫂索要香烟,好茶,和晚饭;他是受了委屈的人,所以,他以为,大嫂应当同情他,优待他。大嫂呢反倒放了心,因为老二还顾得要烟要茶,大概一时不至于和蓝东阳拼命去。

天佑太太也没把儿子的声明放在心里,可是她很不好过,因为儿媳妇若在外边胡闹,不止丢瑞丰一个人的脸,祁家的全家也都要陪着丢人。她看得很清楚,假若老二没作过那一任科长,没搬出家去,这种事或许不至于发生。但是,她不愿意责备,教诲,老二,在老二正在背运的时候。同时,她也不愿意安慰他,她晓得他是咎由自取。

瑞宣回来,马上听到这个坏消息。和妈妈的心理一样,他也不便表示什么。他只知道老二并没有敢去找蓝东阳的胆子,所以一声不出也不至于出什么毛病。

祁老人可是真动了心。在他的心里,孙子是爱的对象。对儿子,他知道严厉的管教胜于溺爱。但是,一想到孙子,他就觉得儿子应负管教他们的责任,而祖父只是爱护孙子的人。不错,前些日子他曾责打过瑞丰;可是,事后他很后悔。虽然他不能向瑞丰道歉,他心里可总有些不安。他觉得自己侵犯了天佑的权利,对孙子也过于严厉。他也想到,瑞全一去不回头,是生是死全不知道;那么,瑞丰虽然不大有出息,可究竟是留在家里;难道他既丢失小三儿,还再把老二赶了出去么?这么想罢,他就时常的用小眼睛偷偷的看瑞丰。他看出瑞丰怪可怜。他不再追究瑞丰为什么赋闲，而只咂摸："这么大的小伙子，一天到晚游游磨磨的没点事作，也难怪他去喝两盅儿酒！"

现在，听到胖菊子的事，他更同情瑞丰了。万一胖菊子要真的不再回来，他想，瑞丰既丢了差，又丢了老婆，可怎么好呢？再说：祁家是清白人家，真要有个胡里胡涂就跟别人跑了的媳妇，这一家老小还怎么再见人呢？老人没去想瑞丰为什么丢失了老婆，更想不到这是乘着日本人来到而要浑水摸鱼的人所必得到的结果，而只觉这全是胖菊子的过错——她嫌贫爱富，不要脸；她背着丈夫偷人；她要破坏祁家的好名誉，她要拆散四世同堂！

"不行！"老人用力的擦了两把胡子："不行！她是咱们明媒正娶的媳妇，活着是祁家的人，死了是祁家的鬼！她在外边瞎胡闹，不行！你去，找她去！你告诉她，别人也许好说话儿，爷爷可不吃这一套！告诉她，爷爷叫她马上回来！她敢说个不字，我会敲断了她的腿！你去！都有爷爷呢，不要害怕！"老人越说越挂气。对外来的侵犯，假若他只会用破缸顶上大门，对家里的变乱，他可是深信自己有控制的能力与把握。他管不了国家大事，他可是必须坚决的守住这四世同堂的堡垒。

瑞丰一夜没睡好。他向来不会失眠，任凭世界快毁灭，国家快灭亡，只要他自己的肚子有食，他便睡得很香甜。今天，他可是真动了心。他本想忘掉忧愁，先休息一夜，明天好去找胖菊子办交涉，可是，北海中的那一幕，比第一轮的电影片还更清晰，时时刻刻的映献在他的眼前。菊子和东阳拉着手，在漪澜堂外面走！这不是电影，而是他的老婆与仇人。他不能再忍，忍了这口气，他就不是人了！他的心像要爆炸，心口一阵阵的刺着疼，他觉得他是要吐血。他不住的翻身，轻轻的哼哼，而且用手抚摸胸口。明天，明天，他必须作点什么，刀山油锅都不在乎，今天他可得先好好的睡一大觉；养足了精神，明天好去冲锋陷阵！可是，他睡不着。一个最软柔的人也会嫉妒。他没有后悔自己的行动,不去盘算明天他该悔过自新,作个使人敬重的人。他只觉得自己受了忍无可忍的侮辱,必须去报复。妒火使他全身的血液中了毒,他想起捉奸要成双,一刀切下两颗人头的可怕的景象。嗑喳一刀,他便成了英雄,名满九城!

这鲜血淋漓的景象,可是吓了他一身冷汗。不,不,他下不去手。他是北平人,怕血。不,他先不能一上手就强硬,他须用眼泪与甜言蜜语感动菊子,教她悔过。他是宽宏大量的人,只要她放弃了东阳,以往的一切都能原谅。是的,他必须如此,不能像日本人似的不宣而战。

假若她不接受这种谅解呢,那可就没了法子,狗急了也会跳墙的!到必要时,他一定会拿起切菜刀的。他是个堂堂的男儿汉,不能甘心当乌龟!是的,他须坚强,可也要忍耐,万不可太鲁莽了。

这样胡思乱想的到了鸡鸣,他才昏昏的睡去,一直睡到八点多钟。一睁眼,他马上就又想起胖菊子来。不过,他可不再想什么一刀切下两个人头来了。他觉得那只是出于一时的气愤,而气愤应当随着几句夸大的话或激烈的想头而消逝。至于办起真事儿来,气愤是没有什么用处的。和平,好说好散,才能解决问题。据说,时间是最好的医师,能慢慢治好了一切苦痛。对于瑞丰,这是有特效的,只需睡几个钟头,他便把苦痛忘了一大半。他决定采取和平手段,而且要拉着大哥一同去看菊子,因为他独自一个人去也许被菊子骂个狗血喷头。平日,他就怕太太;今天,菊子既有了外遇,也许就更厉害一点。打虎亲兄弟,上阵父子兵,他非求大哥帮帮忙不可。

可是,瑞宣已经出去了。瑞丰,求其次者,只好央求大嫂给他去助威。大嫂不肯去。大嫂是新时代的旧派女人,向来就看不上弟妇,现在更看不起她。瑞丰转开了磨。他既不能强迫大嫂非同他去不可,又明知自己不是胖菊子的对手,于是只好没话找话说的,和大嫂讨论办法。他是这样的人——与他无关的事,不论怎么重要,他也丝毫不关心;与他有关的事，他便拉不断扯不断的向别人讨论，仿佛别人都应当把他的事，哪怕是像一个芝麻粒那么大呢，当作第一版的新闻那样重视。他向大嫂述说菊子的脾气，和东阳的性格，倒好像大嫂一点也不知道似的。在述说的时候，他只提菊子的好处，而且把它们夸大了许多倍，仿佛她是世间最完美的妇人，好博得大嫂的同情。是的，胖菊子的好处简直说不尽，所以他必须把她找回来；没有她，他是活不下去的。他流了泪。大嫂的心虽软，可是今天咬了咬牙，她不能随着老二去向一个野娘们说好话，递降表。

蘑菇了好久，见大嫂坚硬得像块石头，老二叹了口气，回到屋中去收拾打扮。他细细的分好了头发，穿上最好的衣服，一边打扮一边揣摸：凭我的相貌与服装，必会战胜了蓝东阳的。

他找到了胖菊子。他假装不知道她与东阳的关系，而只说来看一看她；假若她愿意呢，请她回家一会儿，因为爷爷，妈妈，大嫂，都很想念她。他是想把她诓回家去，好人多势众的向她开火；说不定，爷爷会把大门关好，不再放她出来的。

菊子可是更直截了当，她拿出一份文件来，教他签字——离婚。

她近来更胖了。越胖，她越自信。摸到自己的肉，她仿佛就摸到自己的灵魂——那么多，那么肥！肉越多，她也越懒。她必须有个阔丈夫，好使她一动也不动的吃好的，穿好的，困了就睡，睁眼就打牌，连逛公园也能坐汽车来去，而只在公园里面稍稍遛一遛她的胖腿。她几乎可以不要个丈夫，她懒，她爱睡觉。假若她也要个丈夫的话，那就必须是个科长，处长或部长。她不是要嫁给他，而是要嫁给他的地位。最好她是嫁给一根木头。假若那根木头能给她好吃好穿与汽车。不幸，天下还没有这么一根木头。所以，她只好求其次者，要瑞丰，或蓝东阳。瑞丰呢，已经丢了科长，而东阳是现任的处长，她自然的选择了东阳。论相貌，论为人，东阳还不如瑞丰，可是东阳有官职，有钱。在过去，她曾为瑞丰而骂过东阳；现在，东阳找了她来，她决定放弃了瑞丰。她一点也不喜欢东阳，但是他的金钱与地位替他说了好话。他便是那根木头。她知道他很吝啬,肮脏,可是她晓得自己会有本事把他的钱吸收过来;至于肮脏与否,她并不多加考虑;她要的是一根木头,脏一点有什么关系呢。

瑞丰的小干脸白得像了一张纸。离婚?好吗,这可真到了拿切菜刀的时候了!他晓得自己不敢动刀。就凭菊子身上有那么多肉,他也不敢动刀;她的脖子有多么粗哇,切都不容易切断!

只有最软弱的人,才肯丢了老婆而一声不哼。瑞丰以为自己一定不是最软弱的人。丢了什么也不要紧,只是不能丢了老婆。这关系着他的脸面!

动武,不敢。忍气,不肯。他怎么办呢?怎么办呢?胖菊子又说了话:"快一点吧!反正是这么一回事,何必多饶一面呢?离婚是为有个交代,大家脸上都好看。你要不愿意呢,我还是跟了他去,你不是更……"

"难道,难道,"瑞丰的嘴唇颤动着,"难道你就不念其夫妇的恩情……"

"我要怎么着,就决不听别人的劝告!咱们在一块儿的时候,不是我说往东,你不敢说往西吗?"

"这件事可不能!"

"不能又怎么样呢?"

瑞丰答不出话来。想了半天,他想起来:"即使我答应了,家里还有别人哪!"

"当初咱们结婚,你并没跟他们商议呀!他们管不着咱们的事!"

"你容我两天,教我细想想,怎样?"

"你永远不答应也没关系,反正东阳有势力,你不敢惹他!惹恼了他,他会教日本人惩治你!"

瑞丰的怒气冲上来,可是不敢发作。他的确不敢惹东阳,更不敢惹日本人。日本人给了他作科长的机会,现在日本人使他丢了老婆。他不敢细想此中的来龙去脉，因为那么一来，他就得恨恶日本人，而恨恶日本人是自取灭亡的事。一个不敢抗敌的人，只好白白的丢了老婆。他含着泪走出来。"你不签字呀？"胖菊子追着问。

"永远不！"瑞丰大着胆子回答。

"好！我跟他明天就结婚，看你怎样！"

瑞丰箭头似的跑回家来。进了门，他一头撞进祖父屋中去，喘着气说："完啦！完啦！"然后用双手捧住小干脸，坐在炕沿上。

"怎么啦？老二！"祁老人问。

"完啦！她要离婚！"

"什么？"

"离婚！"

"离——"离婚这一名词虽然已风行了好多年，可是在祁老人口中还很生硬，说不惯。"她提出来的？新新！自古以来，有休妻，没有休丈夫的！这简直是胡闹！"老人，在日本人打进城来，也没感觉到这么惊异与难堪。"你对她说了什么呢？""我？"瑞丰把脸上的手拿下来。"我说什么，她都不听！好的歹的都说了，她不听！"

"你就不会把她扯回来，让我教训教训她吗？你也是胡涂鬼！"老人越说，气越大，声音也越高。"当初，我就不喜欢你们的婚姻，既没看看八字儿，批一批婚，又没请老人们相看相看；这可好，闹出毛病来没有？不听老人言，祸患在眼前！这简直把祁家的脸丢透了！"

老人这一顿吵嚷，把天佑太太与韵梅都招了来。两个妇人没开口问，心中已经明白了个大概。天佑太太心中极难过：说话吧，没的可说；不说吧，又解决不了问题。责备老二吧，不忍；安慰他吧，又不甘心。教儿子去打架吧，不好；教他忍气吞声，答应离婚，又不大合理。看看这个，又看看那个，她心中愁成了一个疙疸。同时，在老公公面前，她还不敢愁眉苦眼的；她得设法用笑脸掩盖起心中的难过。

韵梅呢，心中另有一番难过。她怕离婚这两个字。祁老人也不喜欢听这两个字，可是在他心里，这两个字之所以可怕到底是渺茫的，抽象的，正如同他常常慨叹"人心不古"那么不着边际。他的怕"离婚"，正像他怕火车一样，虽然他永没有被火车碰倒的危险。韵梅的怕"离婚"，却更具体一些。自从她被娶到祁家来，她就忧虑着也许有那么一天，瑞宣会跑出去，不再回来，而一来二去，她的命运便结束在"离婚"上。她并不十分同情老二，而且讨厌胖菊子。若单单的就事论事说，她会很爽快的告诉大家："好说好散，教胖菊子干她的去吧！"可是，她不敢这么说。假若她赞成老二离婚，那么，万一瑞宣也来这么一手呢？她想了半天，最好是一言不发。

两位妇人既都不开口，祁老人自然乐得的顺口开河的乱叨唠。老人的叨唠就等于年轻人歌唱，都是快意的事体。一会儿，他主张"教她滚！"一会儿，他又非把她找回来，好好圈她两个月不可！他是独力成家的人，见事向来不迷头。现在，他可是老了，所遇到的事是他一辈子没有处理过的，所以他没了一定的主意。说来说去呢，他还是不肯轻易答应离婚，因为那样一来，他的四世同堂的柱子就拆去一大根。

瑞丰的心中也很乱，打不定主意。他只用小眼向大家乞怜，他觉得自己是受了委屈的好人，所以大家理应同情他，怜爱他。他一会儿要落泪，一会儿又要笑出来，像个小三花脸。

晚间，瑞宣回来，一进门便被全家给包围住。他，身子虽在家里，心可是在重庆。在使馆里，他得到许多外面不晓得的情报。他知道战事正在哪里打得正激烈，知道敌机又在哪里肆虐，知道敌军在海南岛登陆，和兰州的空战我们击落了九架敌机，知道英国借给我们五百万镑，知道……知道的越多，他的心里就越七上八下的不安。得到一个好消息，他就自己发笑，同时厌恶那些以为中国已经亡了，而死心蹋地想在北平鬼混的人们。得到个坏消息，他便由厌恶别人而改为厌恶自己，他自己为什么不去为国效力呢。在他的心中,中国不仅没有亡,而且还正拼命的挣扎奋斗;中国不单是活着,而且是表现着活的力量与决心。这样下去,中国必不会死亡,而世界各国也决不会永远袖手旁观。像诗人会梦见柳暗花明又一村似的,因为他关心国家,也就看见了国家的光明。因此,对于家中那些小小的鸡毛蒜皮的事,他都不大注意。他的耳朵并没有聋,可是近来往往听不见家人说的话。他好像正思索着一道算术上的难题那样的心不在焉。即使他想到家中的事,那些事也不会单独的解决了,而须等国事有了办法,才能有合理的处置。比如说:小顺儿已经到了入学的年龄,可是他能教孩子去受奴化的教育吗?不入学吧,他自己又没工夫教孩子读书识字。这便是个无可解决的问题,除非北平能很快的光复了。在思索这些小问题的时候,他才更感到一个人与国家的关系是何等的息息相关。人是鱼,国家是水;离开水,只有死亡。

对瑞丰的事,他实在没有精神去管。在厌烦之中,他想好一句很俏皮的话:"我不能替你去恋爱,也管不着你离婚!"可是,他不肯说出来。他是个没出息的国民,可得充作"全能"的大哥。他是中国人,每个中国人都须负起一些无可奈何的责任,即使那些责任等于无聊。他细心的听大家说,而后很和悦的发表了意见,虽然他准知道他的意见若被采纳了,以后他便是"祸首",谁都可以责备他。

"我看哪,老二,好不好冷静一会儿,再慢慢的看有什么发展呢?她也许是一时的冲动,而东阳也不见得真要她。暂时冷静一点,说不定事情还有转圈。"

"不!大哥!"老二把大哥叫得极亲热。"你不懂得她,她要干什么就一定往牛犄角里钻,决不回头!"

"要是那样呢?"瑞宣还婆婆妈妈的说,"就不如干脆一刀两断,省得将来再出麻烦。你今天允许她离异,是你的大仁大义;等将来她再和东阳散了伙呢,你也就可以不必再管了!

在混乱里发生的事,结果必还是混乱,你看是不是?""我不能这么便宜了蓝东阳!"

"那么,你要怎办呢?"

"我没主意!"

"老大!"祁老人发了话:"你说的对,一刀两断,干她的去!省得日后捣麻烦!"老人本来不赞成离婚,可是怕将来再捣乱,所以改变了心意。"可有一件,咱们不能听她怎么说就怎么办,咱们得给她休书;不是她要离婚,是咱们休了她!"老人的小眼睛里射出来智慧,觉得自己是个伟大的外交家似的。

"休她也罢,离婚也罢,总得老二拿主意!"瑞宣不敢太冒失,他知道老二丢了太太,会逼着哥哥替他再娶一房的。"休书,她未必肯接受。离婚呢,必须登报,我受不了!好吗,我正在找事情作,人家要知道我是活王八,谁还肯帮我的忙?"老二颇费了些脑子,想出这些顾虑来。他的时代,他的教育,都使他在正经事上,不会思索,而在无聊的问题上,颇肯费一番心思。他的时代,一会儿尊孔,一会儿打倒孔圣人;一会儿提倡自由结婚,一会儿又耻笑离婚;一会儿提倡白话文,一会又说白话诗不算诗;所以,他既没有学识,也就没有一定的意见,而只好东一杓子捞住孔孟,西一杓子又捞到恋爱自由,而最后这一杓子捞到了王八。他是个可怜的陀螺,被哪条时代的鞭子一抽,他都要转几转;等到转完了,他不过是一块小木头。

"那么,咱们再慢慢想十全十美的办法吧!"瑞宣把讨论暂时作个结束。

老二又和祖父去细细的究讨,一直谈到半夜,还是没有结果。

第二天,瑞丰又去找胖菊子。她不见。瑞丰跑到城外去,顺着护城河慢慢的遛。他想自杀。走几步,他立住,呆呆的看着一块坟地上的几株松树。四下无人,这是上吊的好地方。看着看着,他害了怕。松树是那么黑绿黑绿的，四下里是那么静寂，他觉得孤单单的吊死在这里，实在太没趣味。树上一只老鸦呱的叫了一声，他吓了一跳，匆匆的走开，头发根上冒了汗，怪痒痒的。

河上的冰差不多已快化开，在冰窟窿的四围已陷下许多，冒出清凉的水来。他在河坡上找了块干松有干草的地方，垫上手绢儿，坐下。他觉得往冰窟窿里一钻，也不失为好办法。可是，头上的太阳是那么晴暖，河坡上的草地是那么松软，小草在干草的下面已发出极嫩极绿的小针儿来，而且发着一点香气。他舍不得这个冬尽春来的世界。他也想起游艺场，饭馆，公园，和七姥姥八姨儿，心中就越发难过。泪成串的流下来，落在他的胸襟上。他没有结束自己性命的勇气，也没有和蓝东阳决一死战的骨头，他怕死。想来想去，他得到了中国人的最好的办法：好死不如癞活着。他的生命只有一条，不像小草似的，可以死而复生。他的生命极可宝贵。他是祖父的孙子，父母的儿子，大哥的弟弟，他不能抛弃了他们，使他们流泪哭嚎。是的，尽管他已不是胖菊子的丈夫，究竟还是祖父的孙子，和……他死不得！况且，他已经很勇敢的想到自杀，很冒险的来到坟墓与河坡上，这也就够了，何必跟自己太过不去呢！

泪流干了，他还坐在那里，怕万一遇见人，看见他的红眼圈。约摸着大概眼睛已复原了，他才立起来，还顺着河边走。在离他有一丈多远的地方，平平正正的放着一顶帽子，他心中一动。既没有自杀，而又拾一顶帽子，莫非否极泰来，要转好运么？他凑近了几步，细看看，那还是一顶八成新的帽子，的确值得拾起来。往四外看了一看，没有一个人。他极快的跑过去，把帽子抓到手中。下边，是一颗人头！被日本人活埋了的。他的心跳到口中来，赶紧松了手。帽子没正扣在人头上。他跑了几步，回头看了一眼，帽子只罩住人头的一半。象有鬼追着似的，他一气跑到城门。

擦了擦汗，他的心定下来。他没敢想日本人如何狠毒的问题，而只觉得能在这年月还活着，就算不错。他决不再想自杀。好吗，没被日本人活埋了,而自己自动的钻了冰窟窿,成什么话呢!他心中还看得见那个人头,黑黑的头发,一张怪秀气的脸,大概不过三十岁,因为嘴上无须。那张脸与那顶帽子,都像是读书人的。岁数,受过教育,体面,都和他自己差不多呀,他轻颤了一下。算了,算了,他不能再惹蓝东阳;惹翻了东阳,他也会被日本人活埋在城外的。

受了点寒,又受了点惊,到了家他就发起烧来,在床上躺了好几天。

在他害病的时候,菊子已经和东阳结了婚。

五十五

这是蓝东阳的时代。他丑,他脏,他无耻,他狠毒,他是人中的垃圾,而是日本人的宝贝。他已坐上了汽车。他忙着办新民会的事,忙着写作,忙着组织文艺协会及其他的会,忙着探听消息,忙着恋爱。他是北平最忙的人。

当他每天一进办公厅的时候,他就先已把眉眼扯成像天王脚下踩着的小鬼,狠狠的向每一个职员示威。坐下,他假装的看公文或报纸,而后忽然的跳起来,扑向一个职员去,看看职员正在干什么。假若那个职员是在写着一封私信,或看着一本书,马上不是记过,便是开除。他以前没作过官,现在他要把官威施展得像走欢了的火车头似的那么凶猛。有时候,他来得特别的早,把职员们的抽屉上的锁都拧开,看看他们私人的信件,或其他的东西。假若在私人信件里发现了可疑的字句,不久,就会有人下狱。有时候,他来的特别的迟,大家快要散班,或已经散了班。他必定要交下去许多公事,教他们必须马上办理,好教他们饿得发慌。他喜欢看他们饿得头上出凉汗。假若大家已经下了班,他会派工友找回他们来;他的时间才是时间,别人的时间不算数儿。特别是在星期天或休假的日子,他必定来办公。他来到,职员也必须上班;他进了门先点名。点完名,他还要问大家:"今天是星期日,应当办公不应当?"大家当然要答应:"应当!"而后,他还要补上几句训词:"建设一个新的国家,必须有新的精神!什么星期不星期,我不管!我只求对得起天皇!"在星期天,他这样把人们折磨个半死,星期一他可整天的不来。他也许是在别处另有公干,也许是在家中睡觉。他不来办公,大家可是也并不敢松懈一点,他已经埋伏下侦探，代他侦察一切。假若大家都怕他，他们也就都怕那个工友；在他不到班的时候，工友便是他的耳目。即使工友也溜了出去，大家彼此之间也还互相猜忌，谁也不晓得谁是朋友，谁是侦探。东阳几乎每天要调出一两个职员去，去开小组会议。今天他调去王与张，明天他调去丁与孙，后天……当开小组会议的时候，他并没有什么正经事和他们商议，而永远提出下列的问题："你看我为人如何？"

"某人对我怎样？"

"某人对你不甚好吧？"

对于第一个问题，大家都知道怎样回答——捧他。他没有真正的学识与才干，而只捉住了时机，所以他心虚胆小，老怕人打倒他。同时，他又喜欢听人家捧他，捧得越肉麻，他心里越舒服。听到捧，他开始觉得自己的确伟大；而可以放胆胡作非为了。即使有人夸赞到他的眉眼，他都相信，而去多照一照镜子。

对于第二个问题可就不易回答。大家不肯出卖朋友，又不敢替别人担保忠心耿耿，于是只好含糊其词。他们越想含糊闪躲，他越追究得厉害；到末了，他们只好说出同事的缺点与坏处。这可是还不能满足他，因为他问的是："某人对我怎样？"被迫的没了办法，他们尽管是造谣，也得说："某人对你不很好！"并且举出事实。他满意了，他们可是卖了友人。

第三个问题最厉害。他们是给日本人作事，本来就人人自危，一听到某人对自己不好，他们马上就想到监狱与失业。经过他这一问，朋友立刻变成了仇敌。

这样，他的手下的人都多长出了一只眼，一个耳，和好几个新的心孔。他们已不是朋友与同事，而是一群强被圈在一块儿的狼，谁都想冷不防咬别人一口。东阳喜欢这种情形：他们彼此猜忌，就不能再齐心的反抗他。他管这个叫作政治手腕。他一会儿把这三个捏成一组，反对那四个；

一会儿又把那四个叫来，反对另外的两个。他的脸一天到晚的扯动，心中也老在闹鬼。坐着坐着，因为有人咳嗽一声，他就吓一身冷汗，以为这是什么暗号，要有什么暴动。睡着睡着也时常惊醒，在梦里他看见了炸弹与谋杀。他的世界变成了个互相排挤，暗杀，升官，享受，害怕，所组成的一面蛛网，他一天到晚老忙着布置那些丝，好不叫一个鸟儿冲破他的网，而能捉住几个蚊子与苍蝇。

对于日本人，他又另有一套。他不是冠晓荷，没有冠晓荷那么高的文化。他不会送给日本人一张名画，或一对古瓶；他自己就不懂图画与磁器，也没有审美的能力。他又不肯请日本人吃饭，或玩玩女人，他舍不得钱。他的方法是老跟在日本人的后面，自居为一条忠诚的癞狗。上班与下班，他必去给日本人鞠躬；在办公时间内还要故意的到各处各科走一两遭，专为给日本人致敬。物无大小，连下雨天是否可以打伞，他都去请示日本人。他一天不定要写多少签呈，永远亲自拿过去；日本人要是正在忙碌，没工夫理会他，他就规规矩矩的立在那里，立一个钟头也不在乎，而且越立得久越舒服。在日本人眼前，他不是处长，而是工友。他给他们点烟，倒茶，找雨伞，开汽车门。只要给他们作了一件小事，他立刻心中一亮："升官！"他写好了文稿，也要请他们指正，而凡是给他删改过一两个字的人都是老师。

他给他们的礼物是情报。他并没有什么真实的，有价值的消息去报告，而只求老在日本人耳旁唧唧咕咕，好表示自己有才干。工友的与同事们给他的报告，不论怎么不近情理，他都信以为真，并且望风捕影的把它们扩大，交给日本人。工友与同事们贪功买好，他自己也贪功买好，而日本人又宁可屈杀多少人，也不肯白白的放过一个谣言去。这样，他的责任本是替日本人宣传德政，可是变成了替日本人广为介绍屈死鬼。在他的手下，不知屈死了多少人。日本人并不讨厌他的罗嗦，反倒以为他有忠心，有才干。日本人的心计，思想，与才力，都只在一颗颗的细数绿豆与芝麻上显露出来，所以他们喜爱东阳的无中生有的，琐碎的，情报。他的情报，即使在他们细心的研究了以后，证明了毫无根据，他们也还乐意继续接受他的资料，因为它们即使毫无用处，也到底足以使他们运用心计，像有回事儿似的研究一番。白天见鬼是日本人最好的心理游戏。

蓝东阳，这样，成了个红人。

他有了钱，坐上了汽车，并且在南长街买了一处宅子。可是，他还缺少个太太。

他也曾追逐过同事中的"花瓶"，但是他的脸与黄牙，使稍微有点人性的女子，都设法躲开他。他三天两头的闹失恋。一失恋，他便作诗。诗发表了之后，得到稿费，他的苦痛便立刻减轻；钱是特效药。这样，他的失恋始终没引起什么严重的，像自杀一类的，念头。久而久之，他倒觉得失恋可以换取稿费，也不无乐趣。

因为常常召集伶人们，给日本人唱戏，他也曾顺手儿的追逐过坤伶。但是，假若他的面貌可憎，他的手就更不得人缘；他的手不肯往外掏钱。不错，他会利用他的势力与地位压迫她们，可是她们也并不好欺负，她们所认识的人，有许多比他更有势力，地位也更高；还有认识日本人的呢。他只好暗中诅咒她们，而无可如何。及至想到，虽然在爱情上失败，可是保住了金钱，他的心也就平静起来。

闹来闹去，他听到瑞丰丢了官，也就想起胖菊子来。当初，他就很喜欢菊子，因为她胖，她像个肥猪似的可爱。他的斜眼分辨不出什么是美，什么是丑。他的贪得的心里，只计算斤两；菊子那一身肉值得重视。

同时，他恨瑞丰。瑞丰打过他一拳。瑞丰没能替他运动上中学的校长。而且，瑞丰居然能作上科长。作科长与否虽然与他不相干，可是他心中总觉得不舒泰。现在，瑞丰丢了官。好，东阳决定抢过他的老婆来。这是报复。报复是自己有能力的一个证明。菊子本身就可爱，再加上报仇的兴奋与快意，他觉得这个婚姻实在是天作之合，不可错过。

他找了菊子去。坐下,他一声不出,只扯动他的鼻子眼睛,好像是教她看看他像个处长不像。坐了一会儿,他走出去。上了汽车,他把头伸出来,表示他是坐在汽车里面的。第二天,他又去了,只告诉她:我是处长,我有房子,我有汽车,大概是教她揣摩揣摩他的价值。

第三天,他告诉她:我还没有太太。

第四天,他没有去,好容些工夫教她咂摸他的"诗"的语言,与戏剧的行动中的滋味。

第五天,一进门他就问:"你想出处长太太的滋味来了吧?"说完,他便拉住她的胖手,好像抓住一大块红烧蹄膀似的,他的心跳得很快,他报了仇!从她的胖脸上,他看见瑞丰的失败与自己的胜利;他的脸上微微红了一点。她始终没有说什么,而只把处长太太与汽车印在了心上。她晓得东阳比瑞丰更厉害,她可是毫无惧意。凭她的一身肉,说翻了的时候,一条胖腿便把他压个半死!她怎样不怕瑞丰,便还可以怎样不怕东阳,他们俩都没有大丈夫的力量与气概。

她也预料到这个婚姻也许长远不了。不过,谁管那些个呢。她现在是由科长太太升为处长太太,假若再散了伙,她还许再高升一级呢。一个妇人,在这个年月,须抓住地位。只要能往高处爬,你就会永远掉不下来。看人家大赤包,那么大的岁数,一脸的雀斑,人家可也挺红呀。她曾经看见过一位极俊美的青年娶了一个五十多岁,面皮都皱皱了的,暗娼。这个老婆婆的绰号是"佛动心"。凭她的绰号,虽然已经满脸皱纹,还一样的嫁给最漂亮的人。以此为例,胖菊子决定要给自己造个像"佛动心"的名誉。有了名,和东阳散了伙才正好呢。

三下五除二的,她和东阳结了婚。

在结婚的以前,他们俩曾拉着手逛过几次公园,也狠狠的吵过几回架。吵架的原因是:菊子主张举行隆重的结婚典礼,而东阳以为简简单单的约上三四位日本人,吃些茶点,请日本人在婚书上的介绍人,证婚人项下签字盖章就行了。菊子爱热闹,东阳爱钱。菊子翻了脸,给东阳一个下马威。东阳也不便示弱,毫不退让。吵着吵着,他们想起来祁瑞丰。菊子以为一定要先把离婚的手续办清,因为离婚是件出风头的事。东阳等不及,而且根本没把瑞丰放在眼里。他以为只要有日本人给他证婚,他便得到了法律上的保障,用不着再多顾虑别的。及至瑞丰拒绝了菊子的请求,东阳提议请瑞丰作介绍人,以便表示出赶尽杀绝。菊子不同意。在她心里,她只求由科长太太升为处长太太,而并不希望把祁家的人得罪净了。谁知道呢,她想,瑞丰万一再走一步好运,而作了比处长更大的官呢?东阳可以得意忘形,赶尽杀绝。她可必须留个后手儿。好吧,她答应下马上结婚,而拒绝了请瑞丰作介绍人。对于举行结婚典礼,她可是仍然坚持己见。东阳下了哀的美敦书:限二十四小时,教她答复,如若她必定要浪费金钱,婚事着勿庸议!

她没有答复。到了第二十五小时,东阳来找她:他声明:他收回"着无庸议"的成命,她也要让步一点,好赶快结了婚。婚姻——他琢磨出一句诗来——根本就是妥协。

她点了头。她知道她会在婚后怎样的收拾他。她已经收拾过瑞丰,她自信也必能教东阳脑袋朝下,作她的奴隶。

她们在一家小日本饮食店里,定了六份儿茶点,庆祝他们的百年和好。四个日本人在他们的证书上盖了仿宋体的图章。

事情虽然办得很简单,东阳可是并没忘了扩大宣传。他自己拟好了新闻稿,交到各报馆去,并且嘱告登在显明的地位。

在日本人来到以前,这种事是不会发生在北平的。假若发生了,那必是一件奇闻,使所有的北平人都要拿它当作谈话的资料。今天,大家看到了新闻,并没感到怎么奇怪,大家仿佛已经看明白:有日本人在这里,什么怪事都会发生,他们大可不必再用以前的道德观念批判什么。

关心这件事的只有瑞丰,冠家,和在东阳手下讨饭吃的人。

瑞丰的病更重了。无论他怎样没心没肺,他也受不住这么大的耻辱与打击。按照他的半流氓式的想法,他须挺起脊骨去报仇雪耻。可是,日本人给东阳证了婚,他只好低下头去,连咒骂都不敢放高了声音。他不敢恨日本人,虽然日本人使他丢了老婆。只想鬼混的人,没有爱,也没有恨。得意,他扬着脸鬼混。失意,他低着头鬼混。现在,他决定低下头去,而且需要一点病痛遮一遮脸。

冠家的人钦佩菊子的大胆与果断。同时也有点伤心——菊子,不是招弟,请了日本人给证婚。而且,东阳并没约请他们去参加结婚典礼,他们也感到有失尊严。但是,他们的伤心只是轻微的一会儿,他们不便因伤心而耽误了"正事"。大赤包与冠晓荷极快的预备了很多的礼物,坐了汽车去到南长街蓝宅贺喜。

已经十点多钟,新夫妇还没有起来。大赤包与侍从丈夫闯进了新房。没有廉耻的人永远不怕讨厌,而且只有讨厌才作出最无耻的事。

"胖妹子!"大赤包学着天津腔,高声的叫:"胖妹子!可真有你的!还不给我爬起来!"

"哈哈!哈哈!好!好得很!"晓荷眉开眼笑的赞叹。

东阳把头藏起去。菊子露出点脸来,楞眼巴睁的想笑一笑,而找不到笑的地点。"我起!你们外屋坐!""怕我干什么?我也是女人!"大赤包不肯出去。"我虽然是男人,可是东阳和我一样啊!"晓荷又哈哈了一阵。哈哈完了,他可是走了出去。他是有"文化"的中国人。

东阳还不肯起床。菊子慢慢的穿上衣服,下了地。大赤包张罗着给菊子梳头打扮:"你要知道,你是新娘子,非打扮得漂漂亮亮的不可!"

等到东阳起来,客厅里已挤满了人——他的属员都来送礼道喜。东阳不屑于招待他们,晓荷自动的作了招待员。

菊子没和东阳商议,便把大家都请到饭馆去,要了两桌酒席。东阳拒绝参加,而且暗示出他不负给钱的责任。菊子招待完了客人,摘下个金戒指押给饭馆,而后找到新民会去。在那里,她找到了东阳,当着众人高声的说:"给我钱,要不然我会在这里闹一整天,连日本人闹得都办不下公去!"东阳没了办法,乖乖的给了钱。

没到一个星期,菊子把东阳领款用的图章偷了过来。东阳所有的稿费和薪金,都由她去代领。领到钱,她便马上买了金银首饰,存在娘家去。她不像大赤包那样能搂钱,能挥霍;她是个胖大的扑满,只吞钱,而不往外拿。她算计好:有朝一日,她会和东阳吵散,所以她必须赶快搂下老本儿,使自己经济独立。况且,手中有了积蓄,也还可以作为钓别的男人的饵,假若他真和东阳散了伙。有钱的女人,不论长得多么难看,年纪多大,总会找到丈夫的,她知道。

东阳感觉出来,自己是头朝了下。可是,他并不想放弃她。他好容易抓到一个女人,舍不得马上丢开。再说,假若他撵走菊子,而去另弄个女人,不是又得花一份精神与金钱么?还有菊子风言风语的已经暗示给他:要散伙,她必要一大笔钱;嫁给他的时候,她并没索要什么;散伙的时候,她可是不能随便的,空着手儿走出去。他无可如何的认了命。对别人,他一向毒狠,不讲情理。现在,他碰到个吃生米的,在无可如何之中,他反倒觉得怪有点意思。他有了金钱,地位,名望,权势,而作了一个胖妇人的奴隶。把得意变成愁苦,他觉出一些诗意来。亡了国,他反倒得意起来;结了婚,他反倒作了犬马。他是被压迫者,他必须道出他的委屈——他的诗更多了。他反倒感到生活丰富了许多,而且有诗为证。不,他不能和菊子散伙。散了伙,他必感到空虚,寂寞,无聊,或者还落个江郎才尽,连诗也写不出了。

同时,每一想起胖菊子的身体,他就不免有点迷惘。不错,丢了金钱是痛心的;可是女人又有她特具的价值与用处;没有女人也许比没有金钱更不好受。"好吧,"他想清楚之后,告诉自己:"只拿她当作妓女好啦!嫖妓女不也要花钱么?"慢慢的,他又给自己找出生财之道。他去敲诈老实人们，教他们递包袱。这种金钱的收入，既不要收据，也不用签字盖章，菊子无从知道。而且，为怕菊子翻他的衣袋，他得到这样的钱财便马上用个假名存在银行里去，决不往衣袋里放。

这样，他既有了自己的钱，又不得罪菊子，他觉得自己的确是个天才。

五十六

正是芍药盛开的时节，汪精卫到了上海。瑞宣得到这个消息，什么也干不下去了。对牛教授的附逆，他已经难受过好多天。可是，牛教授只是个教授而已。谁能想得到汪精卫也肯卖国求荣呢？他不会，也不肯，再思索。万也想不到的事居然会实现了，他的脑中变成了一块空白。昏昏忽忽的，他只把牙咬得很响。

"你看怎样？"富善先生扯动了好几下脖子，才问出来。老先生同情中国人，可是及至听到汪逆的举止与言论，他也没法子不轻看中国人了。

"谁知道！"瑞宣躲开老先生的眼睛。他没脸再和老人说话。对中国的屡吃败仗，军备的落后，与人民的缺欠组织等等，他已经和富善先生辩论过不止一次。在辩论之中，他并不否认中国人的缺陷，可是他也很骄傲的指出来：只要中国人肯抱定宁为玉碎，不求瓦全的精神抵抗暴敌，中国就不会灭亡。现在，他没话再讲，这不是吃败仗，与武器欠精良的问题，而是已经有人，而且是有过革命的光荣与历史的要人，泄了气，承认了自己的软弱，而情愿向敌人屈膝。这不是问题，而是甘心失节。问题有方法解决，失节是无须解决什么，而自己愿作犬马。

"不过，也还要看重庆的态度。"老人看出瑞宣的难堪，而自己打了转身。

瑞宣只嘻嘻了两声，泪开始在眼眶儿里转。

他知道，只要士气壮，民气盛，国家是绝不会被一两个汉奸卖净了的。虽然如此，他可是还极难过。他想不通一个革命的领袖为什么可以摇身一变就变作卖国贼。假若革命本是假的，那么他就不能再信任革命，而把一切有地位与名望的人都看成变戏法的。这样，革命只污辱了历史，而志士们的热血不过只培养出几个汉奸而已。

在日本人的广播里，汪精卫是最有眼光，最现实的大政治家。瑞宣不能承认汪逆有眼光，一个想和老虎合作的人根本是胡涂鬼。他也不能承认汪逆最现实，除非现实只指伸手抓地位与金钱而言。他不能明白以汪逆的名望与地位，会和冠晓荷李空山蓝东阳们一样的去想在敌人手下取得金钱与权势。汪逆已经不是人，而且把多少爱国的男女的脸丢净。他的投降，即使无碍于抗战，也足以教全世界怀疑中国人，轻看中国人。汪逆，在瑞宣心里，比敌人还更可恨。

在恨恶汪逆之中，瑞宣也不由的恨恶他自己。汪逆以前的一切，由今天看起来，都是假的。他自己呢，明知道应该奔赴国难，可是还安坐在北平；明知道应当爱国，而只作了爱家的小事情；岂不也是假的么？革命，爱国，要到了中国人手里都变成假的，中国还有多少希望呢？要教国际上看穿中国的一切都是假的，谁还肯来援助呢？他觉得自己也不是人了，他只是在这里变小小的戏法。

在这种心情之下，他得到敌机狂炸重庆，鄂北大捷，德意正式缔结同盟，和国联通过援华等等的消息。可是，跟往日不同，那些消息都没给他高度的兴奋；他的眼似乎盯住了汪精卫。汪精卫到了日本，汪精卫回到上海……直到中央下了通缉汪逆的命令，他才吐了一口气。他知道，在日本人的保护下，通缉令是没有什么用处的，可是他觉得痛快。这道命令教他又看清楚了黑是黑，白是白；抗战的立在一边，投降的立在另一边。中央政府没有变戏法，中国的抗战绝对不是假的。他又敢和富善先生谈话，辩论了。

牡丹，芍药都开过了，他仿佛都没有看见。他忽然的看见了石榴花。

在石榴花开放以前，他终日老那么昏昏糊糊的。他没有病，而没有食欲。饭摆在面前，他就扒搂一碗，假若不摆在面前，他也不会催促，索要。有时候，他手里拿着一件东西，而还到处去找它。

对家里的一切，他除了到时候把钱交给韵梅，什么也不过问。他好像是在表示，这都是假的，都是魔术，我和汪精卫没有多少分别！

瑞丰的病已经被时间给医治好。他以为大哥的迷迷糊糊是因为他的事。大哥是爱体面的人，当然吃不消菊子的没离婚就改嫁。因此，他除了磨烦大嫂，给他买烟打酒之外，他还对大哥特别的客气，时常用："我自己还不把它放在心里，大哥你就更无须磨不开脸啦！"一类的话安慰老大。听到这些安慰的话，瑞宣只苦笑一下，心里说："菊子也是汪精卫！"

除了在菊子也是汪精卫的意义之外，瑞宣并没有感到什么耻辱。他是新的中国人，他一向不过度的重视男女间的结合与分散。何况，他也看得很明白：旧的伦理的观念并阻挡不住暴敌的侵袭，而一旦敌人已经进来，无论你怎样的挣扎，也会有丢了老婆的危险。侵略的可怕就在于它不单伤害了你的身体财产，也打碎了你的灵魂。因此，他没把菊子的改嫁看成怎么稀奇，也没觉得这是祁家特有的耻辱，而以为这是一种对北平人普遍的惩罚，与势有必至的变动。

老人们当然动了心。祁老人和天佑太太都许多日子没敢到门口去，连小顺儿和妞子偶尔说走了嘴，提到胖婶，老人的白胡子下面都偷偷的发红。老人找不到话安慰二孙子，也找不到话安慰自己。凭他一生的为人处世，他以为绝不会受这样的恶报。他极愿意再多活几年，现在他可是时常闭上小眼睛装死。只有死去，他才可以忘了这家门的羞耻。

瑞宣一向细心，善于察颜观色。假若不是汪精卫横在他心里，他必会掰开揉碎的安慰老人们。他可是始终没有开口，不是故意的冷淡，而是实在没有心程顾及这点小事。在老人们看呢，他们以为瑞宣必定也动了心，所以用沉默遮掩住难堪。于是，几只老眼老盯着他，深怕他因为这件事而积郁成病。结果，大家都不开口，而心中都觉得难过。有时候，一整天大家相对无言,教那耻辱与难堪荡漾在空中。

　　日本人,在这时候,开始在天津和英国人捣乱。富善先生的脖子扯动得更厉害了。他开始看出来,日本人不仅是要灭亡中国,而且要把西洋人在东方的势力一扫而光。他是东方化了的英国人,但是他没法不关切英国。他知道英国在远东的权势有许多也是用侵略的手段得来的,但是他也不甘心就把那果实拱手让给日本人。在他的心里,他一方面同情中国,一方面又愿意英日仍然能缔结同盟。现在,日本人已毫不客气的开始挑衅,英日同盟恐怕已经没了希望。怎办呢?英国就低下头去,甘受欺侮吗?还是帮着一个贫弱的中国,共同抗日呢?他想不出妥当的办法来。

　　他极愿和瑞宣谈一谈。可是他又觉得难以开口。英国是海上的霸王,他不能表示出惧怕日本的意思来。他也不愿对瑞宣表示出,英国应当帮助中国,因为虽然他喜爱中国人,可是也不便因为个人的喜恶而随便乱说。他并无心作伪,但是在他的心的深处,他以为只有个贫弱而相当太平的中国,才能给他以潇洒恬静的生活。他不希望中国富强起来,谁知道一个富强了的中国将是什么样子呢?同时,他也不喜欢日本人用武力侵略中国,因为日本人占据了中国,不单他自己会失去最可爱的北平,恐怕所有的在中国的英国人与英国势力都要同归于尽。这些话,存在他心中,他感到矛盾与难过;说出来,就更不合体统。战争与暴力使个人的喜恶与国家的利益互相冲突,使个人的心中也变成了个小战场。他相当的诚实,而缺乏大智大勇的人的超越与勇敢。他不敢公然道出他完全同情中国,又不敢公然的说出对日本的恐惧。他只觉得已失去了个人的宁静,而被卷在无可抵御的混乱中。他只能用灰蓝色的眼珠偷偷的看瑞宣,而张不开口。

　　看出富善先生的不安,瑞宣不由的有点高兴。他绝不是幸灾乐祸,绝不是对富善先生个人有什么蒂芥。他纯粹是为了战争与国家的前途。在以前,他总以为日本人既诡诈,又聪明,必会适可而止的结束了战争。现在,他看出来日本人只有诡诈,而并不聪明。他们还没有征服中国,就又想和英美结仇作对了。这是有利于中国的。英美,特别是英国,即使要袖手旁观,也没法子不露一露颜色,当日本人把脏水泼在它们的头上的时候。有力气的蠢人是会把自己毁灭了的。他可是只把高兴藏在心里,不便对富善先生说道什么。这样,慢慢的,两个好友之中,好像遮起一张障幕。谁都想说出对友人的同情来,而谁都又觉得很难调动自己的舌头。

瑞宣刚刚这样高兴一点,汪精卫来到了北平。他又皱紧了眉头。他知道汪精卫并发生不了什么作用,可是他没法因相信自己的判断而去掉脸上的羞愧。汪精卫居然敢上北平来,来和北平的汉奸们称兄唤弟,人的不害羞还有个限度没有呢?汪逆是中国人,有一个这样的无限度不害羞的中国人便是中国历史上永远的耻辱。

街上挂起五色旗来。瑞宣晓得,悬挂五色旗是北平的日本人与汉奸对汪逆不合作的表示;可是,汪逆并没有因吃了北方汉奸的钉子而碰死啊。不单没有碰死,他还召集了中学与大学的学生们训话。瑞宣想象不到,一个甘心卖国的人还能有什么话说。他也为那群去听讲的青年人难过,他觉得他们是去接受奸污。

连大赤包与蓝东阳都没去见汪精卫。大赤包撇着大红嘴唇在门外高声的说:"哼,他!重庆吃不开了,想来抢我们的饭,什么东西!"蓝东阳是新民会的重要人物,而新民会便是代替"党"的。他绝对不能把自己的党放下,而任着汪精卫把伪国民党搬运到北平来。

这样,汪逆便乘兴而来,败兴而去。他的以伪中央,伪党,来统辖南京与华北的野心,已经碰回去一半。瑞宣以为汪逆回到南京,又应当碰死在中山陵前,或偷偷的跑到欧美去。可是,他并不去死,也不肯逃走。他安坐在了南京。无耻的人大概是不会动感情的,哪怕只是个马桶呢,自己坐上去总是差足自慰的。

汪逆没得到"统一",而反促成了分裂。北平的汉奸们,在汪逆回到南方以后,便拿出全副精神,支持与维持华北的特殊的政权。汪逆的威胁越大,他们便越努力巴结,讨好,华北的日本军阀,而华北的日本军阀又恰好乐意割据一方,唯我独尊。于是,徐州成了南北分界的界限,华北的伪钞过不去徐州,南京的伪币也带不过来。

"这到底是怎回事呢?"连不大关心国事的祁老人都有点难过了。"中央?中央不是在重庆吗?怎么又由汪精卫带到南京去?既然到了南京,咱们这儿怎么又不算中央?"瑞宣只好苦笑,没法回答祖父的质问。

物价可是又涨了许多。无耻的汪逆只给人们带来不幸。徐州既成了"国"界,南边的物资就都由日本人从海里运走,北方的都由铁路运到关外。这样各不相碍的搬运,南方北方都成了空的,而且以前南北相通的货物都不再互相往来。南方的茶、磁、纸、丝,与大米,全都不再向北方流。华北成了死地。南方的出产被日本人搬空。

这是个风云万变的夏天,北平的报纸上的论调几乎是一天一变。当汪逆初到上海的时候,报纸上一律欢迎他,而且以为只要汪逆肯负起责任,战争不久就可以结束。及至汪逆到了北平,报纸对他又都非常的冷淡,并且透露出小小的讽刺。同时,报纸上一致的反英美,倒仿佛中国的一切祸患都是英美人给带来的,而与日本人无关。日本人是要帮助中国复兴,所以必须打出英美人去。不久,报纸上似乎又忘记了英美,而忽然的用最大的字揭出"反苏"的口号来;日本军队开始袭击苏联边境的守军。

可是,无敌的皇军,在诺蒙坎吃了败仗。这消息,北平人无从知道。他们只看到反共反苏的论调,天天在报纸上用大字登出来。

紧跟着,德国三路进攻波兰,可是苏日反倒成立了诺蒙坎停战协定。紧跟着,德苏发表了联合宣言,互不侵犯。北平的报纸停止了反苏的论调。

这一串的惊人的消息,与忽来忽止的言论,使北平人莫名其妙,不知道世界将要变成什么样子。可是,聪明一点的人都看出来,假若他们自己莫名其妙,日本人可也够愚蠢的;假若他们自己迷惘惶惑,日本人可也举棋不定，手足无措。同时，他们也看清，不管日本人喊打倒谁，反对谁，反正真正倒霉的还是中国人。

果然，在反英美无效，反苏碰壁之后，日本人开始大举进攻湘北。这已经到了秋天。北平的报纸随着西风落叶沉静下来。他们不能报道日本人怎样在诺蒙坎吃败仗，也不便说那反共最力的德国怎么会和苏联成立了和平协定，更不肯说日本人无可如何只好进攻长沙。他们没的可说，而只报导一些欧战的消息，在消息之外还作一些小文，说明德国的攻取华沙正用的日本人攻打台儿庄的战术，替日本人遮一遮羞。瑞宣得到的消息，比别人都更多一些。他兴奋，他愤怒，他乐观，他又失望，他不知怎样才好。一会儿，他觉得英美必定对日本有坚决的表示；可是，英美人只说了一些空话。他失望。在失望之中，他再细细玩味那些空话——它们到底是同情中国与公理的，他又高了兴。而且，英国还借给中国款项啊。一会儿，他极度的兴奋，因为苏日已经开了火。他切盼苏联继续打下去，解决了关东军。可是，苏日停了战。他又低下头去。一会儿，听到欧战的消息，他极快的把二加到二上，以为世界必从此分为两大阵营，而公理必定战胜强权。可是，再一想，以人类的进化之速，以人类的多少世纪的智慧与痛苦的经验，为什么不用心智与同情去协商一切，而必非互相残杀不可呢？他悲观起来。聪明反被聪明误，难道是人类的最终的命运么？

他想不清楚，不敢判断什么。他只感到自己像浑水中的一条鱼，四面八方全是泥沙。他没法不和富善先生谈一谈心了。可是，富善先生也不是什么哲人，也说不上来世界要变成什么样子。因为惶惑迷惘，老人近来的脾气也不甚好，张口就要吵架。这样，瑞宣只好把话存储在自己心里，不便因找痛快而反和老友拌嘴。那些话又是那样的复杂混乱，存在心中，仿佛像一团小虫，乱爬乱挤，使他一刻也不能安静。夏天过去了，他几乎没有感觉到那是夏天。个人的，家庭的，国家的，世界的，苦难，仿佛一总都放在他的背上，他已经顾不得再管天气的阴晴与凉暖了。他好像已经失去了感觉，除了脑与心还在活动，四肢百体仿佛全都麻木了。入了十月，他开始清醒了几天。街上已又搭好彩牌坊，等着往上贴字。他想象得到，那些字必是：庆祝长沙陷落。他不再想世界问题了，长沙陷落是切身之痛。而且，日本人一旦打粤汉路，就会直接运兵到南洋去，而中国整个的被困住。每逢走到彩牌楼附近，他便闭上眼不敢看。他的心揪成了一团。他告诉自己：不要再管世界吧，自己连国难都不能奔赴，解救，还说什么呢？

可是，过了两天，彩牌坊被悄悄的拆掉了。报纸上什么消息也没有，只在过了好几天才在极不重要的地方，用很小的字印出来：皇军已在长沙完成使命，依预定计划撤出。同时，在另一角落，他看到个小小的消息：学生应以学业为重，此外遇有庆祝会及纪念日，学生无须参加游行……半年来的苦闷全都被这几行小字给赶了走，瑞宣仿佛忽然由噩梦中醒过来。他看见了北平的晴天，黄叶，菊花，与一切色彩和光亮。他的心里不再存着一团小虫。他好像能一低眼就看见自己的心，那里是一片清凉光洁的秋水。只有一句象带着花纹的，晶亮的，小石卵似的话，在那片澄清的秋水中："我们打胜了！"

把这句话念过不知多少回，他去请了两小时的假。出了办公室，他觉得一切都更明亮了。来到街上，看到人马车辆，他觉得都可爱——中国人不都是亡国奴，也有能打胜仗的。他急忙的去买了一瓶酒，一些花生米和香肠，跑回了家中。日本人老教北平人庆祝各地方的失陷，今天他要庆祝中国人的胜利。

他失去了常态，忘了谨慎，一进街门便喊起来："我们打胜了！"拐过影壁，他碰到了小顺儿和妞子，急忙把花生米塞在他们的小手中，他们反倒吓楞了一会儿。他们曾经由爸爸手中得到过吃食，而没有看见过这么快活的爸爸。"喝酒！喝酒！爷爷，老二，都来喝酒啊！"他一边往院里走，一边喊叫。

全家的人都围上了他，问他为什么要喝酒。他楞了一会儿，看看这个,再看看那个,似乎又说不出话来了。泪开始在他的眼眶中转,他把二年多的一切都想了起来。他没法子再狂喜,而反觉得应当痛哭一场。把酒瓶交与老二,他忸怩的说了声:"我们在长沙打了大胜仗!"

"长沙?"老祖父想了想,知道长沙确是属于湖南。"离咱们这儿远得很呢!远水解不了近渴呀!"

是的,远水解不了近渴。什么时候,什么时候,北平人才能协助着国军,把自己的城池光复了呢?瑞宣不再想喝酒了;热情而没有行动配备着,不过是冒冒热气而已。

不过,酒已经买来,又不便放弃。况且,能和家里的人吃一杯,使大家的脸上都发起红来,也不算完全没有意义。他勉强的含着笑,和大家坐在一处。

祁老人向来不大能吃酒。今天,看长孙面上有了笑容,他不便固执的拒绝。喝了两口之后,他想起来小三儿,钱先生,孟石,仲石,常二爷,小崔。他老了,怕死。越怕死,他便越爱想已经过去了的人,和消息不明的人——消息不明也就是生死不明。他很想控制自己不多发牢骚,免得招儿孙们讨厌他。但是,酒劲儿催着他说话;而老人的话多数是泪的结晶。

瑞宣已不想狂饮,而只陪一陪祖父。祖父的牢骚并没招起他的厌烦,因为祖父说的是真话;日本人在这二年多已经把多少多少北平人弄得家破人亡。

老二见了酒,忘了性命。他既要在祖父与哥哥面前逞能,又要乘机会发泄发泄自己心中的委屈。他一口一杯,而后把花生米嚼得很响。"酒很不坏,大哥!"他的小瘦干脸上发了光,倒好像他不是夸赞哥哥会买酒,而是表明自己的舌头高明。不久,他的白眼珠横上了几条鲜红的血丝,他开始念叨菊子,而且声明他须赶快再娶一房。"好家伙,老打光棍儿可受不了!"他毫不害羞的说。

祁老人赞同老二的意见。小三儿既然消息不明,老大又只有一儿一女，老二理应续娶，好多生几个胖娃娃，扩大了四世同堂的声势。老人深恨胖菊子的给祁家丢人，同时，在无可如何之中去找安慰，他觉得菊子走了也好——她也许因为品行不端而永远不会生孩子的。老人只要想到四世同堂，便忘了考虑别的。他忘了老二的没出息，忘了日本人占据着北平，忘了家中经济的困难，而好像墙阴里的一根小草似的，不管环境如何，也要努力吐个穗儿，结几个子粒。在这种时候，他看老二不是个没出息的人，而是个劳苦功高的，会生娃娃的好小子。在这一意义之下，瑞丰在老人眼中差不多是神圣的。

"唉！唉！"老人点头咂嘴的说；"应该的！应该的！可是，这一次，你可别自己去瞎碰了！听我的，我有眼睛，我去给你找！找个会操持家务的，会生儿养女的，好姑娘；像你大嫂那么好的好姑娘！"

瑞宣不由的为那个好姑娘痛心，可是没开口说什么。

老二不十分同意祖父的意见，可是又明知道自己现在赤手空拳，没有恋爱的资本，只好点头答应。他现实，知道白得个女人总比打光棍儿强。再说，即使他不喜爱那个女人，至少他还会爱她所生的胖娃娃，假若她肯生娃娃的话。还有，即使她不大可爱，等到他自己又有了差事，发了财的时节，再弄个小太太也还不算难事。他答应了服从祖父，而且觉得自己非常的聪明，他是把古今中外所有的道理与方便都能一手抓住，而随机应变对付一切的天才。

喝完了酒，瑞宣反倒觉得非常的空虚，无聊。在灯下，他也要学一学祖父与老二的方法，抓住现实，而忘了远处的理想与苦痛。他勉强的和两个孩子说笑，告诉他们长沙打了胜仗。

小孩们很愿意听日本人吃了败仗。兴奋打开了小顺儿的想象：

"爸！你，二叔，小顺儿，都去打日本人好不好？我不怕，我会打仗！"

瑞宣又楞起来。

五十七

　　瑞宣的欢喜几乎是刚刚来到便又消失了。为抵抗汪精卫，北平的汉奸们死不要脸的向日本军阀献媚，好巩固自己的地位。日本人呢，因为在长沙吃了败仗，也特别愿意牢牢的占据住华北。北平人又遭了殃。"强化治安"，"反共剿匪"，等等口号都被提了出来。西山的炮声又时常的把城内震得连玻璃窗都哗啦哗啦的响。城内，每条胡同都设了正副里长，协助着军警维持治安。全北平的人都须重新去领居住证。在城门，市场，大街上，和家里，不论什么时候都可以遭到检查，忘带居住证的便被送到狱里去。中学，大学，一律施行大检举，几乎每个学校都有许多教员与学生被捕。被捕去的青年，有被指为共产党的，有被指为国民党的，都随便的杀掉，或判长期的拘禁。有些青年，竟自被指为汪精卫派来的，也受到苦刑或杀戮。同时，新民会成了政治训练班，给那些功课坏，心里胡涂，而想升官发财的青年辟开一条捷径。他们去受训，而后被派在各机关去作事。假若他们得到日本人的喜爱，他们可以被派到伪满，朝鲜，或日本去留学。在学校里，日本教官的势力扩大，他们不单管着学生，也管着校长与教员。学生的课本一律改换。学生的体育一律改为柔软操。学生课外的读物只是淫荡的小说与剧本。

　　新民会成立了剧团，专上演日本人选好的剧本。电影园不准再演西洋片子，日本的和国产的《火烧红莲寺》之类的影片都天天"献映"。

　　旧剧特别的发达，日本人和大汉奸们都愿玩弄女伶，所以隔不了三天就捧出个新的角色来。市民与学生们因为无聊，也争着去看戏，有的希望看到些忠义的故事，涤除自己一点郁闷，有的却为去看淫戏与海派戏的机关布景。淫戏，象《杀子报》，《纺棉花》，《打樱桃》等等都开了禁。机关布景也成为号召观众的法宝。战争毁灭了艺术。

从思想，从行动，从社会教育与学校教育，从暴刑与杀戮，日本没打下长沙，而把北平人收拾得像避猫鼠。北平像死一般的安静，在这死尸的上面却插了一些五光十色的纸花，看起来也颇鲜艳。

瑞宣不去看戏，也停止了看电影，但是他还看得见报纸上戏剧与电影的广告。那些广告使他难过。他没法拦阻人们去娱乐，但是他想象得到那去娱乐的人们得到的是什么。精神上受到麻醉的，他知道，是会对着死亡还吃吃的笑的。

他是喜欢逛书摊的。现在，连书摊他也不敢去看了。老书对他毫无用处。不单没有用处，他以为自己许多的观念与行动还全都多少受了老书的恶影响，使他遇到事不敢说黑就是黑，白就是白，而老那么因循徘徊，像老书那样的字不十分黑，纸不完全白。可是，对于新书，他又不敢翻动。新书不是色情的小说剧本，便是日本人的宣传品。他不能甘心接受那些毒物。他极盼望能得到一些英文书，可是读英文便是罪状；他已经因为认识英文而下过狱。对于他，精神的食粮已经断绝。他可以下决心不接受日本人的宣传品，却没法子使自己不因缺乏精神食粮而仍感到充实。他是喜爱读书的人。读书，对于他，并不简单的只是消遣，而是一种心灵的运动与培养。他永远不抱着书是书，他是他的态度去接近书籍，而是想把书籍变成一种汁液，吸收到他身上去，荣养自己。他不求显达，不求富贵，书并不是他的干禄的工具。他是为读书而读书。读了书，他才会更明白，更开扩，更多一些精神上的生活。他极怕因为没有书读，而使自己"贫血"。他看见过许多三十多岁，精明有为的人，因为放弃了书本，而慢慢的变得庸俗不堪。然后，他们的年龄加增，而只长多了肉，肚皮支起多高，脖子后边起了肉枕。他们也许万事亨通的作了官，发了财，但是变成了行尸走肉。瑞宣自己也正在三十多岁。这是生命过程中最紧要的关头。假若他和书籍绝了缘,即使他不会走入官场,或去作买办,他或者也免不了变成个抱孩子,骂老婆,喝两盅酒就琐碎唠叨的人。他怕他会变成老二。

可是,日本人所需要的中国人正是行尸走肉。

瑞宣已经听到许多消息——日本人在强化治安,控制思想,"专卖"图书,派任里长等设施的后面,还有个更毒狠的阴谋:他们要把北方人从各方面管治得伏伏帖帖,而后从口中夺去食粮,身上剥去衣服,以饥寒活活挣死大家。北平在不久就要计口授粮,就要按月献铜献铁,以至于献泡过的茶叶。

瑞宣打了哆嗦。精神食粮已经断绝,肉体的食粮,哼,也会照样的断绝。以后的生活,将是只顾一日三餐,对付着活下去。他将变成行尸走肉,而且是面黄肌瘦的行尸走肉!

他所盼望的假若常常的落空,他所忧虑的可是十之八九能成为事实。小羊圈自成为一里,已派出正副里长。

小羊圈的人们还不知道里长究竟是干什么的。他们以为里长必是全胡同的领袖,协同着巡警办些有关公益的事。所以,众望所归,他们都以李四爷为最合适的人。他们都向白巡长推荐他。

李四爷自己可并不热心担任里长的职务。由他的二年多的所见所闻,他已深知日本人是什么东西。他不愿给日本人办事。

可是,还没等李四爷表示出谦让,冠晓荷已经告诉了白巡长,里长必须由他充任。他已等了二年多,还没等上一官半职,现在他不能再把作里长的机会放过去。虽然里长不是官,但是有个"长"字在头上,多少也过点瘾。况且,事在人为,谁准知道作里长就没有任何油水呢?

这本是一桩小事,只须他和白巡长说一声就够了。可是,冠晓荷又去托了一号的日本人,替他关照一下。惯于行贿托情,不多说几句好话,他心里不会舒服。

白巡长讨厌冠晓荷,但是没法子不买这点帐。他只好请李四爷受点屈，作副里长。李老人根本无意和冠晓荷竞争，所以连副里长也不愿就。可是白巡长与邻居们的"劝进"，使他无可如何。白巡长说得好："四大爷，你非帮这个忙不可！谁都知道姓冠的是吃里爬外的混球儿，要是再没你这个公证人在旁边看一眼，他不定干出什么事来呢！得啦，看在我，和一群老邻居的面上，你老人家多受点累吧！"

好人禁不住几句好话，老人的脸皮薄，不好意思严词拒绝："好吧，干干瞧吧！冠晓荷要是胡来，我再不干就是了。""有你我夹着他，他也不敢太离格儿了！"白巡长明知冠晓荷不好惹，而不得不这么说。

老人答应了以后，可并不热心去看冠晓荷。在平日，老人为了职业的关系，不能不听晓荷的支使。现在，他以为正副里长根本没有多大分别，他不能先找晓荷去递手本。

冠晓荷可是急于摆起里长的架子来。他首先去印了一盒名片，除了一大串"前任"的官衔之外，也印上了北平小羊圈里正里长。印好了名片，他切盼副里长来朝见他，以便发号施令。李老人可是始终没露面。他赶快的去作了一面楠木本色的牌子，上刻"里长办公处"，涂上深蓝的油漆，挂在了门外。他以为李四爷一看见这面牌子必会赶紧来叩门拜见的。李老人还是没有来。他找了白巡长去。

白巡长准知道，只要冠晓荷作了里长，就会凭空给他多添许多麻烦。可是，他还须摆出笑容来欢迎新里长；新里长的背后有日本人啊。

"我来告诉你，李四那个老头子是怎么一回事，怎么不来见我呢？我是'正'里长，难道我还得先去拜访他不成吗？那成何体统呢！"

白巡长沉着了气，话软而气儿硬的说："真的，他怎么不去见里长呢？不过，既是老邻居，他又有了年纪，你去看看他大概也不算什么丢脸的事。"

"我先去看他？"晓荷惊异的问。"那成什么话呢？告诉你，就是正里长，只能坐在家里出主意，办公；跑腿走路是副里长的事。我去找他，新新!"

"好在现在也还无事可办。"白巡长又冷冷的给了他一句。

晓荷无可奈何的走了出来。他向来看不起白巡长,可是今天白巡长的话相当的硬,所以他不便发威。只要白巡长敢说硬话,他以为,背后就必有靠山。他永远不干硬碰硬的事。

白巡长可是没有说对,里长并非无公可办。冠晓荷刚刚走,巡长便接到电话,教里长马上切实办理,每家每月须献二斤铁。听完电话,白巡长半天都没说上话来。别的他不知道,他可是准知道铜铁是为造枪炮用的。日本人拿去北平人的铁,还不是去造成枪炮再多杀中国人?假若他还算个中国人,他就不能去执行这个命令。

可是,他是亡了国的中国人。挣人钱财,与人消灾。他不敢违抗命令,他挣的是日本人的钱。

像有一块大石头压着他的脊背似的,他一步懒似一步的,走来找李四爷。

"噢!敢情里长是干这些招骂的事情啊?"老人说:"我不能干!"

"那可怎办呢?四大爷!"白巡长的脑门上出了汗。"你老人家要是不出头,邻居们准保不住外交铁,咱们交不上铁,我得丢了差事,邻居们都得下狱,这是玩的吗?""教冠晓荷去呀!"老人绝没有为难白巡长的意思,可是事出无奈的给了朋友一个难题。

"无论怎样,无论怎样,"白巡长的能说惯道的嘴已有点不利落了,"你老人家也得帮这个忙!我明知道这是混账事,可是,可是……"

看白巡长真着了急,老人又不好意思了,连连的说:"要命!要命!"然后,他叹了口气:"走!找冠晓荷去!"

到了冠家,李老人决定不便分外的客气。一见冠晓荷要摆架子,他就交代明白:"冠先生,今天我可是为大家的事来找你,咱们谁也别摆架子!平日,你出钱,我伺候你,没别的话可说。今天,咱们都是替大家办事,你不高贵,我也不低搭。是这样呢,我愿意帮忙;不这样,我也有个小脾气,不管这些闲事!"

交代完了,老人坐在了沙发上;沙发很软,他又不肯靠住后背,所以晃晃悠悠的反觉得不舒服。

白巡长怕把事弄僵,赶快的说:"当然!当然!你老人家只管放心,大家一定和和气气的办好了这件事。都是多年的老邻居了,谁还能小瞧谁?冠先生根本也不是那种人!"

晓荷见李四爷来势不善,又听见巡长的卖面子的话,连连的眨巴眼皮。然后,他不卑不亢的说:"白巡长,李四爷,我并没意思作这个破里长。不过呢,胡同里住着日本朋友,我怕别人办事为难,所以我才肯出头露面。再说呢,我这儿茶水方便,桌儿凳儿的也还看得过去,将来哪怕是日本官长来看看咱们这一里,咱们的办公处总不算太寒伧。我纯粹是为了全胡同的邻居,丝毫没有别的意思!李四爷你的顾虑很对,很对!在社会上作事,理应打开鼻子说亮话。我自己也还要交代几句呢:我呢,不怕二位多心,识几个字,有点脑子,愿意给大家拿个主意什么的。至于跑跑腿呀,上趟街呀,恐怕还得多劳李四爷的驾。咱们各抱一角,用其所长,准保万事亨通!二位想是也不是?"

白巡长不等老人开口,把话接了过去:"好的很!总而言之,能者多劳,你两位多操神受累就是了!冠先生,我刚接到上边的命令,请两位赶紧办,每家每月要献二斤铁。""铁?"晓荷好像没听清楚。

"铁!"白巡长只重说了这一个字。

"干什么呢?"晓荷眨巴着眼问。

"造枪炮用!"李四爷简截的回答。

晓荷知道自己露了丑,赶紧加快的眨眼。他的确没有想起铁是造枪炮用的,因为他永远不关心那些问题。听到李老人的和铁一样硬的回答,他本想说:造枪炮就造吧,反正打不死我就没关系。可是,他又觉得难以出口,他只好给日本人减轻点罪过,以答知己:"也不一定造枪炮,不一定!作铲子,锅,水壶,不也得用铁么?"

白巡长很怕李老人又顶上来,赶快的说:"管它造什么呢,反正咱们得交差!"

"就是!就是!"晓荷连连点头,觉得白巡长深识大体。"那么,四爷你就跑一趟吧,告诉大家先交二斤,下月再交二斤。"

李四爷瞪了晓荷一眼,气得没说出话来。

"事情恐怕不那么简单!"白巡长笑得怪不好看的说:"第一,咱们不能冒而咕咚去跟大家要铁。你们二位大概得挨家去说一声,教大家伙儿都有个准备,也顺手儿教他们知道咱们办事是出于不得已,并非瞪着眼帮助日本人。""这话对!对的很!咱们大家是好邻居,日本人也是大家的好朋友!"晓荷嚼言咂字的说。

李四爷晃摇了一下。

"四爷,把脊梁靠住,舒服一点!"晓荷很体贴的说。"第二,铁的成色不一样,咱们要不要个一定的标准呢?"白巡长问。

"当然要个标准!马口铁恐怕就……"

"造不了枪炮!"李四爷给晓荷补足了那句话。"是,马口铁不算!"白巡长心中万分难过,而不得不说下去。他当惯了差,他知道怎样压制自己的感情。他须把歹事当作好事作,还要作得周到细腻,好维持住自己的饭碗。"生铁熟铁分不分呢?"

晓荷半闭上了眼,用心的思索。他觉得自己很有脑子,虽然他的脑子只是一块软白的豆腐。他不分是非,不辨黑白,而只人模狗样的作出一些姿态来。想了半天,他想出句巧妙的话来:"你看分不分呢?白巡长!"

"不分了吧?四大爷!"白巡长问李老人。

老人只"哼"了一声。

"我看也不必分得太清楚了!"晓荷随着别人想出来主意。"事情总是笼统一点好!还有什么呢?"

"还有!若是有的人交不出铁来,怎么办?是不是可以折合现钱呢?"

素来最慈祥和蔼的李老人忽然变成又倔又硬:"这件事我办不了!要铁已经不像话,还折钱?金钱一过手,无弊也是有弊。我活了七十岁了,不能教老街旧邻在背后用手指头戳打我!折钱?谁给定价儿?要多了,大家纷纷议论;要少了,我赔垫不起!干脆,你们二位商议,我不陪了!"老人说完就立了起来。

白巡长不能放走李四爷,一劲儿的央告:"四大爷!四大爷!没有你,简直什么也办不通!你说一句,大家必点头,别人说破了嘴也没有用!"

晓荷也帮着拦阻李老人。听到了钱,他那块像豆腐的脑子马上转动起来。这是个不可放过的机会。是的,定价要高,一转手,就是一笔收入。他不能放走李四爷,教李四爷去收钱,而后由他自己去交差;骂归老人,钱入他自己的口袋。他急忙拦住李四爷。看老人又落了座,他聚精会神的说:"大概谁家也不见得就有二斤铁,折钱,我看是必要的,必要的!这么办,我自己先献二斤铁,再献二斤铁的钱,给大家作个榜样,还不好吗?"

"算多少钱一斤呢?"白巡长问。

"就算两块钱一斤吧。"

"可是,大家要都按两块钱一斤折献现钱,咱们到哪儿去买那么多的铁呢?况且,咱们一收钱,它准保涨价,说不定马上就涨到三块,谁负责赔垫上亏空呢?"白巡长说完,直不住的搓手。

"那就干脆要三元一斤!"晓荷心中热了一下。"三块一斤?"李四爷没有好气儿的说:"就是两块一斤,有多少人交得起呢?想想看,就按两块钱一斤说,凭空每家每月就得拿出四块钱来,且先不用说三块一斤了。一个拉车的一月能拉多少钱呢？白巡长，你知道，一个巡警一月挣几张票子呢？一要就是四块，六块，不是要大家的命吗？"

白巡长皱上了眉。他知道，他已经是巡长，每月才拿四十块伪钞，献四元便去了十分之一！

冠晓荷可没感到问题的严重，所以觉得李四爷是故意捣乱。"照你这么说，又该怎办呢？"他冷冷的问。"怎么办？"李四爷冷笑了一下。"大家全联合起来，告诉日本人，铁没有，钱没有，要命有命！"

冠晓荷吓得跳了起来。"四爷！四爷！"他央告着："别在我这儿说这些话，成不成？你是不是想造反？"白巡长也有点发慌。"四大爷！你的话说得不错，可是那作不到啊！你老人家比我的年纪大，总该知道咱们北平人永远不会造反！还是心平气和的想办法吧！"

李四爷的确晓得北平人不会造反，可是也真不甘心去向大家要铁。他慢慢的立起来："我没办法，我看我还是少管闲事的好！"

白巡长还是不肯放老人走，可是老人极坚决："甭拦我了，巡长！我愿意干的事，用不着人家说劝；我不愿干的事，说劝也没有用！"老人慢慢的走出去。

晓荷没有再拦阻李四爷，因为第一他不愿有个嚷造反的人坐在他屋中，第二他以为老头子不爱管事，也许他更能得手一些，顺便的弄两个零钱花花。

白巡长可是真着了急。急，可是并没使他心乱。他也赶紧告辞，不愿多和晓荷谈论。他准备着晚半天再去找李四爷；非到李四爷点了头，他决不教冠晓荷出头露面。新民会在遍街上贴标语："有钱出钱，没钱出铁！"这很巧妙：他们不提献铁，而说献金；没有钱，才以铁代。这样，他们便无须解释要铁去干什么了。

同时，钱默吟先生的小传单也在晚间进到大家的街门里："反抗献铁！敌人用我们的铁，造更多的枪炮，好再多杀我们自己的人！"

白巡长看到了这两种宣传。他本想在晚间再找李四爷去,可是决定了明天再说。他须等等看,看那反抗献钱的宣传有什么效果。为他自己的饭碗打算,他切盼这宣传得不到任何反应,好平平安安的交了差。但是,他的心中到底还有一点热气,所以他也盼望那宣传发生些效果,教北平因反抗献铁而大乱起来。是的,地方一乱,他首先要受到影响,说不定马上就砸了饭锅;可是,谁管得了那么多呢;北平人若真敢变乱起来,也许大家都能抬一抬头。

他又等了一整天,没有,没有人敢反抗。他只把上边的电话等了来:"催里长们快办哪!上边要的紧!"听完,他叹息着对自己说:北平人就是北平人!

他强打精神,又去找冠里长。

大赤包在娘家住了几天。回来,她一眼便看见了门口的楠木色的牌子,顺手儿摘下来,摔在地上。

"晓荷!"她进到屋中,顾不得摘去带有野鸡毛的帽子,就大声的喊:"晓荷!"

晓荷正在南屋里,听到喊叫,心里马上跳得很快,不知道所长又发了什么脾气。整了一下衣襟,把笑容合适的摆在脸上,他轻快的跑过来。"喝,回来啦?家里都好?""我问你,门口的牌子是怎回事?"

"那,"晓荷噗哧的一笑,"我当了里长啊!""嗯!你就那么下贱,连个里长都稀罕的了不得?去,到门口把牌子拣来,劈了烧火!好吗,我是所长,你倒弄个里长来丢我的人,你昏了心啦吧?没事儿,弄一群臭巡警,和不三不四的人到这儿来乱吵嚷,我受得了受不了?你作事就不想一想啊?你的脑子难道是一团儿棉花?五十岁的人啦,白活!"大赤包把帽子摘下来,看着野鸡毛轻轻的颤动。"报告所长,"晓荷沉住了气,不卑不亢的说:"里长实在不怎么体面,我也晓得。不过,其中也许有点来头,所以我……"

"什么来头？"大赤包的语调降低了一些。

"譬如说，大家要献铁，而家中没有现成的铁，将如之何呢？"晓荷故意的等了一会儿，看太太怎样回答。大赤包没有回答，他讲了下去："那就只好折合现钱吧。那么，实价比如说是两块钱一斤，我硬作价三块。好，让我数数看，咱们这一里至少有二十多户，每月每户多拿两块，一月就是五十来块，一个小学教员，一星期要上三十个钟头的课，也不过才挣五十块呀！再说，今天要献铁，明天焉知不献铜，锡，铅呢？有一献，我来它五十块，有五献，我就弄二百五十块。一个中学教员不是每月才挣一百二十块吗？想想看！况且，""别说啦！别说啦！"大赤包截住了丈夫的话，她的脸上可有了笑容。"你简直是块活宝！"

晓荷非常的得意，因为被太太称为活宝是好不容易的。他可是没有把得意形诸于色。他要沉着稳健，表示出活宝是和圣贤豪杰一样有涵养的。他慢慢的走了出去。

"干吗去？"

"我，把那块牌子再挂上！"

晓荷刚刚把牌子挂好，白巡长来到。

有大赤包在屋里，白巡长有点坐立不安了。当了多年的警察，他自信能对付一切的人——只可算男人，他老有些怕女人，特别是泼辣的女人。他是北平人，他知道尊敬妇女。因此，他会把一个男醉鬼连说带吓唬的放在床上去睡觉，也会把一个疯汉不费什么事的送回家去，可是，遇上一个张口就骂，伸手就打的女人，他就感到了困难；他既不好意思要硬的，又不好意思耍嘴皮子，他只好甘拜下风。

他晓得大赤包不好惹，而大赤包又是个妇人。一看见她，他就有点手足无措。三言两语的，他把来意说明。果然，大赤包马上把话接了过去："这点事没什么难办呀！跟大家去要，有敢不交的带了走，下监！干脆嘹亮！"

白巡长十分不喜欢听这种话,可是没敢反驳;好男不跟女斗,他的威风不便对个妇人拿出来。他提起李四爷。大赤包又发了话:

"叫他来!跑腿是他的事!他敢不来,我会把他们老两口子都交给日本人!白巡长,我告诉你,办事不能太心慈面善了。反正咱们办的事,后面都有日本人兜着,还怕什么呢!"大赤包稍稍停顿了一下,而后气派极大的叫:"来呀!"男仆恭敬的走进来。

"去叫李四爷!告诉他,今天他不来,明天我请他下狱!听明白没有?去!"

李四爷一辈子没有低过头,今天却低着头走进了冠家。钱先生,祁瑞宣,他知道,都入过狱。小崔被砍了头。他晓得日本人厉害,也晓得大赤包确是善于狐假虎威,欺压良善。他在社会上已经混了几十年,他知道好汉不要吃眼前亏。他的刚强,正直,急公好义,到今天,已经都没了用。他须低头去见一个臭妇人,好留着老命死在家里,而不在狱里挺了尸。他愤怒,但是无可如何。

一转念头,他又把头稍稍抬高了一点。有他,他想,也许多少能帮助大家一些,不致完全抿耳受死的听大赤包摆布。

没费话,他答应了去敛铁。可是,他坚决的不同意折合现钱的办法。"大家拿不出铁来,他们自己去买;买贵买贱,都与咱们不相干。这样,钱不由咱们过手,就落不了闲话!""要是那样,我就辞职不干了!大家自己去买,何年何月才买得来呢?耽误了期限,我吃不消!"晓荷半恼的说。白巡长为了难。

李四爷坚决不让步。

大赤包倒拐了弯儿:"好,李四爷你去办吧。办不好,咱们再另想主意。"在一转眼珠之间,她已想好了主意:赶快去大量的收买废铁烂铜,而后提高了价钱,等大家来买。可是,她得到消息较迟。高亦陀,蓝东阳们早已下了手,收买了碎铜烂铁。

李四爷相当得意的由冠家走出来,他觉得他是战胜了大赤包与冠晓荷。他通知了全胡同的人,明天他来收铁。大家一见李老人出头,心中都感到舒服。虽然献铁不是什么好事,可是有李老人出来办理,大家仿佛就忘了它本身的不合理。钱先生的小传单所发生的效果只是教大家微微难过了一会儿而已。北平人是不会造反的。

祁老人和韵梅把家中所有的破铁器都翻拾出来。每一件都没有用处,可是每一件都好像又有点用处;即使有一两件真的毫无用处,他们也从感情上找到不应随便弃舍的原因。他们选择,比较,而决定不了什么。因为没有决议,他们就谈起来用铁去造枪炮的狠毒与可恶。可是,谈过之后,他们并没有因愤恨而想反抗。相对叹了口气,他们选定了一个破铁锅作为牺牲品。他们不单可惜这件曾经为他们服务过的器皿,而且可怜它,它是将要被改造为炮弹的。至于它变成了炮弹,把谁的脑袋打掉,他们就没敢再深思多虑,而只由祁老人说了句:"连铁锅都别生在咱们这个年月呀!"作为结论。

全胡同里的每一家都因了此事发生一点小小的波动。北平人仿佛又有了生气。这点生气并没表现在愤怒与反抗上,而只表现了大家的无可奈何。大致的说,大家一上手总是因自家献铁,好教敌人多造些枪炮,来屠杀自家的人,而表示愤怒。过了一会儿,他们便忘了愤怒,而顾虑不交铁的危险。于是,他们,也像祁老人似的,从家中每个角落,去搜拣那可以使他们免受惩罚的宝物。在搜索的时节,他们得到一些想不到的小小的幽默与惨笑,就好像在立冬以后,偶然在苇子梗里发现了一个还活着的小虫子似的。有的人明明记得在某个角落还有件铁东西,及至因找不到而刚要发怒,才想起恰恰被自己已经换了梨膏糖吃。有的人找到了一把破菜刀,和现在手下用的那把一比,才知道那把弃刀的钢口更好一些,而把它又官复原职。这些小故典使他们忘了愤怒,而啼笑皆非的去设法找铁;他们开始承认了这是必须作的事,正如同日本人命令他们领居住证,或见了日本军人须深深鞠躬,一样的理当遵照办理。

在七号的杂院里,几乎没有一家能一下子就凑出二斤铁来的。在他们的屋子里,几乎找不到一件暂时保留的东西——有用的都用着呢,没用的早已卖掉。收买碎铜烂铁的贩子,每天要在他们门外特别多吆喝几声。他们连炕洞搜索过了,也凑不上二斤铁。他们必须去买。他们晓得李四爷的公正无私,不肯经手收钱。可是,及至一打听,铁价已在两天之内每斤多涨了一块钱,他们的心都发了凉。

同时,他们由正里长那里听到,正里长本意教大家可以按照两块五一斤献钱,而副里长李四爷不同意。李四爷害了他们。一会儿的工夫,李四爷由众望所归变成了众怒所归的人。他们不去考虑冠晓荷是否有意挑拨是非,也不再想李老人过去对他们的好处,而只觉得用三块钱去换一斤铁——也许还买不到——纯粹是李四爷一个人造的孽!他们对日本人的一点愤怒,改了河道,全向李四爷冲荡过来。有人公然的在槐树下面咒骂老人了。

听到了闲言闲语与咒骂,老人没敢出来声辩。他知道自己的确到了该死的时候了。他闹不过日本人,也就闹不过冠晓荷与大赤包,而且连平日的好友也向他翻了脸。坐在屋中,他只盼望出来一两位替他争理说话的人,一来是别人的话比自己的话更有力,二来是有人出来替他争气,总算他过去的急公好义都没白费,到底在人们心中种下了一点根儿。

他算计着,孙七必定站在他这边。不错,孙七确是死恨日本人与冠家。可是孙七胆子不大,不敢惹七号的人。他盼望程长顺会给他争气,而长顺近来忙于办自己的事,没工夫多管别人的闲篇儿。小文为人也不错,但是他依旧揣着手不多说多道。

盼来盼去,他把祁老人盼了来。祁老人拿着破铁锅,进门就说:"四爷,省得你跑一趟,我自己送来了。"

李四爷见到祁老人,像见了亲弟兄,把前前后后,始末根由,一口气都说了出来。

听完李四爷的话,祁老人沉默了半天才说:"四爷,年月改了,人心也改了!别伤心吧,你我的四只老眼睛看着他们的,看谁走的长远!"

李四爷感慨着连连的点头。

"大风大浪我们都经过,什么苦处我们都受过,我们还怕这点闲言闲语?"祁老人一方面安慰着老朋友,一方面也表示出他们二老的经验与身份。然后,两个老人把多年的陈谷子烂芝麻都由记忆中翻拾出来,整整的谈了一个半钟头。

四大妈由两位老人在谈话中才听到献铁,与由献铁而来的一些纠纷。她是直筒子脾气。假如平日对邻居的求援,她是有求必应,现在听到他们对"老东西"的攻击,她也马上想去声讨。她立刻要到七号去责骂那些忘恩负义的人。她什么也不怕,只怕把"理"委屈在心里。

两位老人说好说歹的拦住了她。她只在给他们弄茶水的当儿,在院中高声骂了几句,像军队往远处放炮示威那样;烧好了水,她便进到屋中,参加他们的谈话。

这时候,七号的,还有别的院子的人,都到冠家去献金,一来是为给李四爷一点难堪,二来是冠家只按两块五一斤收价。

冠晓荷并没有赔钱,虽然外边的铁价已很快的由三块涨到三块四。大赤包按着高亦陀的脖子,强买——仍按两块钱一斤算——过来他所囤积的一部分铁来。

"得!赚得不多,可总算开了个小小利市!"冠晓荷相当得意的说。